자산어보 1

자산어보 1

| 초판 | 1쇄 발행 2021년 4월 15일 |
| 초판 | 2쇄 발행 2022년 1월 10일 |

지은이	오세영
펴낸이	한승수
펴낸곳	문예춘추사

편집	양정희
디자인	오주희
마케팅	박건원, 김지윤

등록번호	제300-1994-16
등록일자	1994년 1월 24일
주소	서울시 마포구 동교로27길 53 지남빌딩 309호
전화	02-338-0084
팩스	02-338-0087
블로그	moonchusa.blog.me
E-mail	moonchusa@naver.com

| ISBN | 978-89-7604-443-3 (04810) |
| | 978-89-7604-442-6 (세트) |

자산어보 1

오세영 역사소설

문예춘추사

일러두기
이 소설은 역사적 사실과 실제 인물들을 바탕으로 작가가 허구적으로 구성하였음을 밝힙니다.

차례

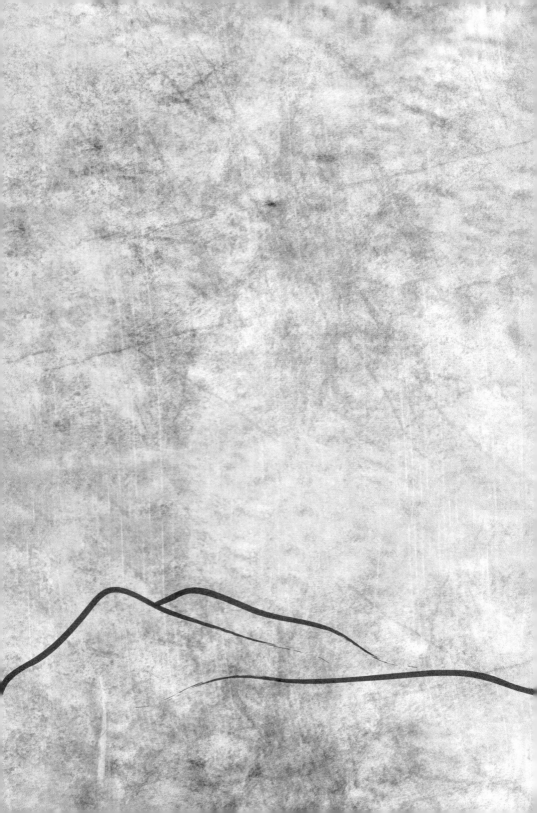

고도 孤島

창을 통해 불어오는 해풍이 싱그러웠다. 그 춥던 겨울이 물러가고 서해의 절해고도 흑산도에 다시 봄이 찾아온 것이다.

정약전(丁若銓)은 몸을 일으켰다. 토담집을 나서니 봄이 이미 성큼 다가왔음을 실감하게 되었다. 어보(魚譜)를 마무리하느라 계절이 바뀌는 것도 모르고 지냈던 것이다. 약전은 편안한 마음으로 주위를 둘러보았다. 약동하는 기운이 절로 느껴졌다. 병자년(丙子年 1816)의 봄은 그렇게 어김없이 다시 찾아왔다.

그러나 새봄을 맞는 약전의 얼굴은 화창한 봄날만큼이나 환하지 못했다. 벌써 열네 번째 맞는 섬의 봄인데 뭍으로 돌아갈 날은 여전히 기약할 수 없었다. 세월은 쉬지 않고 흘러 약전의 나이 어언 예순을 바라보고 있었다. 아직도 유배가 풀렸음을 알리는 소식은 당도하지 않고 있었다.

정녕 다시는 고향 땅을 밟지 못하는 걸까. 약전의 입에서 한숨이 새어 나왔다. 기력도, 의욕도 갈수록 떨어지고 있는데 제일 두려운 것은 무시로 밀려오는 절망감이다. 의욕을 잃는다는 것은 목숨을 잃는 것과 다를 바 없다.

그래도 다행인 것은 어보를 무사히 마무리 지을 수 있게 되었다는 사실이다. 물고기 족보를 만드는 일을 하게 될 줄은 정녕 몰랐다. 하지만 어보는 절해고도에서의 외로운 생활을 달래 주었던 둘도 없는 소중한 동반자였다. 제목을 정해야 할 텐데 아무래도 그 일은 약용 아우와 상의하는 게 좋을 것 같았다. 약용 아우는 어보를 처음 만들 때부터 여러 가지로 자문을 아끼지 않았다.

언덕에 이르자 저 아래로 바다가 눈에 들어왔다. 봄바람에 파도가 밀려오고 있었다. 약전은 문득 십오 년 전에 처음 이 섬에 발을 들여놓을 때가 생각이 났다. 그때도 저렇게 파도가 무심히 밀려오고 있었다.

'그때는 늦가을이었지.'

눈을 감자 지난 세월이 주마등처럼 스치고 지나갔다. 약전의 기억은 십오 년 전의 가을로 거슬러 올라갔다.

살점을 도려낼 듯 차가웠던 늦가을의 해풍. 그리고 수평선 너머로 가물가물 보이기 시작한 섬. 저것이 흑산도란 말인가. 약전은 수평선 너머를 바라보며 한숨을 내쉬었다. 마침내 한번 들어가면 다시는 나오기 힘들다는 서해의 절해고도 유배지 흑산도에 다다른 것이다.

고향 땅을 다시 밟을 수 있을까. 처자를, 형제를 다시 볼 수 있을까. 두려움이 밀려왔다. 함께 배를 타고 있는 금부도사와 나장들도 안쓰러운 표정으로 약전을 쳐다보고 있었다.

"바다 바람이 찹니다. 안으로 드시지요."

금부도사가 선실로 들어갈 것을 권했다. 선실이라고 해 봤자 거적을 둘러 간신히 바람을 막아 놓은 것에 불과하다. 약전은 그냥 뱃전에 있기로 했다. 아직은 낯설지만 새로운 삶의 터전이 될 흑산도의 모습을 깊이 각인시켜 놓고 싶었다. 서해의 외딴섬 흑산도는 그렇게 약전에게 다가왔다.

불행은 경신년(庚申年 1800) 유월에 선대왕(정조)께서 갑자기 세상을 떠나면서 시작됐다. 정순왕대비가 왕실의 최고 어른으로 수렴첨정을 하게 되었는데 선대왕과는 사이가 좋지 않았던 정순왕대비는 조정을 노론 벽파에게 맡겼다. 그러면서 그동안 개혁을 주도했던 남인은 몰락의 길을 걷게 된 것이다.

이어서 천주교 탄압의 피바람이 몰아쳤다. 벽파는 천주교를 아비도 없고 임금도 없는 멸륜지교(滅倫之敎)라고 몰아붙이며 신도들을 마구잡이로 잡아들였다. 잡혀간 신도들은 배교(背敎)를 강요당했고 신앙을 굽히지 않은 신도들은 새남터로 끌려가서 목이 달아났다. 이른바 신유년(辛酉年 1801)의 대박해다.

신유박해는 남인들을 탄압하는 데 더없이 좋은 구실이었다. 약전은 약종(若鍾)과 약용(若鏞) 두 형제와 함께 투옥되었다. 약종은 끝까지 신앙을 지키며 순교했고, 앞으로는 천주학을 가까이 하지 않겠다고 서약을 한 약전과 약용은 간신히 방면이 되었지만 벽파는 두 사람을 그냥 두지 않았다. 약전과 약용 형제는 다시 의금부로 압송되었고 모진 고문 끝에 약전은 흑산도로, 약용은 전라도 강진으로 유배되었다. 흑산도는 한번 들어가면 살아서 돌아오기 힘들다는 서해의 절해고도다.

'내 나이 이제 마흔세 살. 살아서 다시 한양 땅을 밟을 수 있을까.'

약전은 비통한 심정으로 한양을 떠났다. 그리고 나주에서 약용 아우와 눈물로 작별을 고했다.

'저게 흑산도란 말이지.'

서로 믿고 의지하던 약용 아우와 헤어진 후에 외로움과 두려움이 두 배로 늘어난 약전 앞에 마침내 절해고도 흑산도가 모습을 드러낸 것이다.

'내가 저 외딴섬에서 무얼 할 수 있단 말인가. 과연 살아서 다시 뭍을 밟을 수 있을까.'

약전은 점점 다가오는 흑산도를 바라보며 깊은 시름에 잠겼다.

약전은 천천히 눈을 떴다. 기뻤던 일, 슬펐던 일들이 주마등처럼 스치고 지나가면서 만감이 교차했는데 분명한 것은 결코 허송세월을 보내지 않았다는 자부심이었다. 표류기는 진작 마무리를 지었고 어보도 곧 끝을 보게 될 것이다. 그리고 서당은 날로 번성하고 있다. 무엇보다도 뿌듯한 것은 순박한 섬사람들과 함께 기뻐하고 슬퍼하며 그들의 삶에 동화되었다는 사실이다. 한양에서는 꿈도 꾸지 못했을 소중하고 보람 있는 일들로 약전은 이것이야말로 진정한 실학의 정신이라고 믿고 있었다.

약전은 어보를 완성하는 대로 고독했지만 결코 외롭지 않았던, 두려웠지만 절대로 헛된 세월이 아니었던 외딴섬에서의 삶을 글로 정리해야겠다는 생각이 문득 들었다. 그렇다면 섬사람들의 이야기는 창대(昌大)와의 만남부터 시작되어야 할 것이다. 그가 없었다면 어보를 위시해서 그간 섬에서 있었던 여러 일들이 무사히 마무리 짓지 못했을 것임을 약전은 잘 알고 있었다.

'그게 언제였더라……'

약전은 창대와의 첫 만남을 떠올리며 다시 토담길로 걸음을 돌렸다.

잠녀 潛女

후박나무와 동백나무 그리고 그 너머로 소나무 숲이 울창했다. 무엇이 그리도 바쁜지 갈매기들이 가파른 해벽을 쉬지 않고 날아다녔는데 볼 때마다 생동감이 느껴지는 광경이었다. 승선네 토담집은 지대가 높은 곳이어서 뜰에 나서면 살아 숨 쉬는 바다를 마음껏 감상할 수 있어 좋았다. 흑산도 사리. 서해 먼 외딴섬 그곳에서 약전은 새로운 삶을 시작하게 되었다.

사리에 안치된 약전은 승선네 토담집에 머물기로 했다. 승선네는 삼십 대 초반의 후덕한 아낙인데 젊어서 남편을 바다에 빼앗긴 과부다. 약전은 승선네의 시중을 받으며 제법 넓은 토담집 사랑에 기거하게 되었다.

유배라고 하지만 거주지 밖으로 나가는 게 금지된 위리안치(圍籬安置)는 아니기에 약전은 그런대로 섬 안을 자유롭게 돌아다닐 수 있었다. 유배에 처해진 죄인들은 월초와 보름에 한 번씩 관아에 출두해서 점고를 받아야 한다. 하지만 약전은 워낙 외딴섬에 유배되었기에 가끔씩 흑산진(黑山鎭)에서 나장이 나와서 별점고(別點考)를 실시할 뿐 정기적인 점고는 받지 않아도 되었다.

유배된 죄인들의 숙식은 원래는 해당 지방관아에서 맡지만 제대로 돌봐 주지 않는 경우가 비일비재했다. 그래서 유배된 사람들 중에는 구걸이나 동냥으로 연명하는 경우도 흔한데 그런 면에서 약전은 운이 좋은 편이었다. 나주목사나 흑산진 별장 모두 야박한 사람들이 아니었고 섬사람들의 인심도 후덕해서 지내는 데 큰 불편은 없었다.

약전은 파도가 밀려오는 바다를 바라보며 숨을 크게 내쉬었다. 맑은 공기가 폐 깊숙이 들어가면서 기분이 상쾌했다.

이제부터 무엇을 할 것인가. 글 밖에 모르는 선비가 이 외딴섬에서 할 수 있는 일은 무엇일까. 거처가 마련되자 약전은 앞으로 어떻게 세월을 보내야 할 것인가를 고심하게 되었다.

토담집을 나선 약전은 바닷가로 천천히 걸음을 옮겼다. 그 사이에 익숙해진 걸까. 바닷바람이 그리 차갑게 느껴지지 않았다. 사리는 예리나 진리에 비하면 작은 마을이지만 그래도 백여 호가 모여 살고 있어 적적하지는 않았다. 약전은 한가한 마음으로 주변을 둘러보았다. 섬마을의 한가한 풍경과 소박한 인정이 아직 유배의 참담함에서 벗어나지 못하고 있는 약전의 마음을 포근하게 감싸 주고 있었다.

바닷가에 이르니 어민들이 허리를 굽히며 예를 표했다. 한양에서 병조좌랑을 지내다 이곳으로 유배 온 선비를 순박한 섬사람들은 조금 어렵게 대하고 있었다. 약전은 그들과 허물없이 지낼 생각인데 그렇게 되려면 아무래도 시간이 필요할 것이다. 서두르지 않고 지내다 보면 조금씩 거리가 사라질 것이다.

어한기임에도 섬사람들은 부지런히 일손을 놀리고 있었다. 한편에서는 배 밑바닥에 들러붙은 조개껍데기를 떼어 내고 그 자리를 불로 그슬리고 있었고 다른 쪽에서는 낚싯줄을 풋감 으깬 물에 담가 물을 들이고 있었다. 낚싯줄이 물고기 눈에 잘 띄지 않으면서도 질기게 만들기 위해서는 낚싯줄에 감물을 먹이는 일을 게을리 해서는 안 된다. 그 밖에도 그물을 손보는 사람, 돛을 물들이는 사람 등 모두들 바쁘게 움직이고 있었다. 제때 손을 보지 않으면 배가 썩게 되고 어구(漁具)도 못 쓰게 된다. 약전은 그 모습을 보며 절로 삶의 생동감이 느껴졌다.

그럭저럭 섬에 발을 디딘지 한 달이 되었다. 그 사이에 익숙해진 것일까 비릿한 해풍이 마냥 싫지만은 않았다. 날은 맑았고 바다는 잔잔했다. 약전은 예의를 표하는 섬사람들에게 일일이 미소로 답하며 해안가를 소요하듯 거닐었다.

파도는 끊임없이 밀려왔고 물새들은 부지런히 날아다녔다. 유배지가 흑산도로 정해졌음을 알았을 때 약전은 끝없는 나락 속으로 떨어지는 절망감을 맛보았다. 흑산도가 어디인가. 아무리 중한 죄인이라도 여간해서는 유배를 보내지 않는다는 서해의 절해고도다. 약전은 죽으러 가는 심정으로 한양을 떠났다.

하지만 비통한 심정은 오래가지 않았다. 흑산도의 수려한 풍광과 소박한 인심이 큰 힘이 되면서 약전은 어렵지 않게 절망감과 공포감에서 벗어날 수 있었다.

그럼 이제부터 뭘 해야 하나. 호기심이 다하고 나면 무료함이 찾아올 것이고 무료함은 초조함으로, 그리고 초조함은 다시 불안함으로 번질 것이다. 그러니 그 전에 마음을 붙일 수 있는 일거리를 찾아야 한다.

약전이 마땅한 일거리를 궁리하며 바닷가를 걷고 있는데 조그만

배가 닿더니 젊은이가 뛰어내렸다. 이 철에도 고기잡이를 나가는 사람이 있단 말인가. 약전이 호기심을 가지고 쳐다보는데 배에서 내린 젊은이가 양손에 어망을 들고서 바삐 걸어왔다. 젊은이는 제법 준수한 용모를 지니고 있었다.

젊은이는 약전을 알아보고 걸음을 멈추더니 고개를 숙였다.

"잠깐만! 고기를 잡았느냐?"

약전은 젊은이를 불러 세웠다.

"숭어입니다. 이 철에는 잘 잡히지 않는 놈인데 웬일인지 줄줄이 낚싯줄을 물고 올라왔습니다."

청년이 어망을 들어 보였다. 열 마리 정도 되어 보였는데 대여섯 자는 됨직한 놈이 어망 속에 요동을 치고 있었다. 이것이 숭어란 말인가. 실물은 처음이지만 이름은 익히 들어 봤다.

"고기 살이 맛이 좋아서 비싸게 팔리는 물고기지요. 보통은 봄에 그물로 잡습니다만 가끔 이렇게 이 철에 낚시에 걸려서 올라오는 놈들도 있습니다. 잡기도 힘들고 몇 마리 건지기도 힘들지만 그래도 이렇게 낚시로 잡은 쪽이 맛은 훨씬 좋습니다."

이제 갓 스물쯤 되었을까. 열심히 설명하고 있는 젊은이가 꽤나 영특해 보였다. 약전은 호기심이 발동했다. 처음 보는 숭어라는 물고기와 흔히 보는 섬사람과는 달리 준수한 용모의 젊은이 모두에게.

"그렇구나. 이게 숭어라는 물고기로구나. 이름은 들어 봤지만 실제로 보기는 처음이다. 잡기 힘들다는 고기를 이렇게 많이 잡다니. 대단하구나."

약전은 진심으로 감탄을 했다.

"전부 다 숭어가 아닙니다. 이쪽에 있는 놈들은 가숭어라고 하는데 생긴 것은 숭어와 아주 흡사하지만 다른 물고기입니다."

젊은이가 오른손에 들고 있는 어망속의 물고기를 가리켰다. 그럼 저 둘은 서로 다른 물고기란 말인가. 약전은 아무리 봐도 다른 데를 찾을 수 없었다.

"생김새가 아주 흡사하지만 이놈은 머리가 조금 큰 데다 눈이 더 까맣습니다. 그리고 물속에서는 훨씬 민첩하게 헤엄칩니다. 새끼들은 몽어(夢魚)라고도 부르는데 흑산도에는 저 가숭어 쪽이 훨씬 흔합니다."

유심히 살피는 약전을 보며 젊은이가 조리 있게 설명해 주었다. 찬찬히 살펴보니 젊은이의 말대로 두 마리가 그런대로 구별이 됐다.

"그렇구나. 과연 네 말대로 다른 데가 있구나."

약전의 입에서 감탄의 말이 새어 나왔다. 젊은이는 예를 표하고는 어망을 들고 어민들이 있는 곳으로 걸어갔다. 약전은 멀어져 가는 청년의 뒤를 물끄러미 쳐다봤다. 볼수록 친근감이 이는 젊은이였다.

휘영청 만월이 영창 너머로 환하게 빛을 발하고 있었다. 달빛 때문일까 아니면 낮에 봤던 생동감 넘치는 바다 때문일까 쉬 잠이 오질 않았다. 이리 뒤척 저리 뒤척거리던 약전은 끝내 잠을 이루지 못하고 몸을 일으켰다. 억지로 잠을 청하느니 차라리 깨어 있는 것이 나을 것 같았다.

약전은 옷을 갖추어 입고서 마당으로 나섰다. 월광의 수국(水國). 하얗게 부서지는 달빛 아래 섬마을은 별천지를 이루고 있었다. 밤

바다는 어떤 모습을 하고 있을까. 문득 호기심이 일었다. 약전은 밤 바다를 거닐어 보기로 했다.

"아니 선비님 이 밤에 어디를 가시려고……."

승선네가 쪽문을 열고서 얼굴을 내밀었다.

"잠을 이루지 못하고 계시는 모양이로군요. 탁주라도 올릴까요?"

승선네가 얼른 옷을 추려 입고서 뜰로 나왔다. 순박한 승선네는 지성으로 약전을 시중들고 있었다. 흑산진에서 약전 몫으로 내주는 양곡이 조금 있지만 그것 때문에 약전의 시중을 자청하고 나선 건 물론 아니다. 바탕이 순박하고 착한 여인네를 만난 것은 약전에게 큰 행운이었다.

"잠이 오지 않는 건 사실이지만 술 생각이 나서 일어선 것은 아니 다. 잠시 밖으로 거닐고 돌아올 것이니 내 걱정하지 말고 들어가거 라."

약전은 주방으로 달려가려는 승선네를 만류하고서 야행에 나섰 다. 밤의 해변은 낮과는 또 달랐다. 파도는 하얀 이빨을 드러내며 끊 임없이 밀려왔다. 낮의 생동감과는 또 다른 기묘한 감흥이 밀려왔 다. 약전은 색다른 정취를 느끼며 달빛이 하얗게 반사되고 있는 백 사장을 유유자적 거닐었다.

약전은 그렇게 모래밭 끝까지 걷고서 발길을 돌렸다. 기분이 많 이 상쾌해졌다. 밖으로 나오기를 잘했지만 여전히 내가 이 섬에서 해야 할 일이 무엇인가에 대해서는 명쾌한 답이 떠오르지 않았다.

동리 어귀에 들어서자 꽤 늦은 시각임에도 몇몇 집은 아직도 호 롱불이 켜져 있었다. 약전은 고요에 쌓인 거리를 소요하듯 걸었다.

문득 약전은 걸음을 멈추었다. 저쪽 끝 토담집에서 글 읽는 소리 가 들려온 것이다. 약전은 글 읽는 소리가 들리는 쪽으로 발길을 돌

16

렸다. 귀를 기울여 보니《동몽선습(童蒙先習)》인 듯했다. 이 섬마을에
《동몽선습》을 읽는 학동이……. 바짝 호기심이 일었다.

과히 크지 않은 토담집 안에서 글 읽는 소리가 들려왔다. 그런데
글을 읽는 목소리로 보아 어린 학동은 아니고 제법 나이가 든 사람
같았다. 목청은 제법 낭랑했지만 읽는 게 서툴렀다. 아마 선생 없이
독학을 하는 모양이었다.

약전은 안으로 들어가 보기로 했다. 여느 어민들의 토담집과 크
게 다를 바 없는 집이었다. 누굴까. 누가 이렇게 달빛 환한 밤에 낭
랑한 목소리로《동몽선습》을 읽고 있을까.

인기척을 느꼈는지 글 읽는 소리가 멈추었고 스르르 문이 열렸
다. 글을 읽던 자가 약전을 알아보고 얼른 방에서 나왔다. 글을 읽고
있던 자는 아까 숭어를 들고 지나가던 바로 그 젊은이였다.

"선비님께서 어쩐 일로…….'

"잠이 오질 않아서 밤바람을 쏘이러 나섰다가 글 읽는 소리가 들
리기에 누군가 해서 들러 보았다.《동몽선습》인 것 같은데 그래 혼
자서 글을 깨우쳤느냐?'

"여기는 궁촌인지라 서당이 없습니다. 혼자서《천자문》하고《동
몽선습》을 읽고 있습니다만 무슨 뜻인지도 모르고 그저 강독만 하
고 있습니다.'

그렇지 않아도 영민해 보이던 젊은이였는데 밤늦게 혼자서 글을
읽고 있다니. 약전은 점점 젊은이에게 끌렸다.

"아무튼 용하다. 바다 일도 바쁠 텐데 틈을 내어 글을 읽다니. 그
래 네 이름이 무엇이냐?'

"본명은 장덕순(張德順)인데 마을 사람들은 모두 창대라고 부릅니
다.'

"그러냐? 그렇다면 나도 너를 창대라고 부르기로 하겠다."

약전의 말에 창대는 황망한 듯 고개를 조아렸다.

"바람이 찹니다. 누추하지만 방으로 드십시오."

창대가 안으로 들어올 것을 권했다.

"아니다. 늦은 시각이니 오늘은 그냥 돌아가는 게 좋겠다. 그래 가족은?"

"노모를 모시고 있습니다. 그런데 선비님께서는 무슨 까닭으로 잠을 못 이루고 계십니까?"

"글쎄……, 교교한 저 달빛이 내 심사를 어지럽히는 것 같구나."

"한양에서 높은 벼슬을 지내시던 분이 이런 궁촌으로 오셨으니 많이 답답하실 겁니다. 속히 한양으로 돌아가실 날이 오기를 빌겠습니다."

창대의 말에 약전은 미소를 지어 보였다.

"꼭 그 일 때문에 잠을 이루지 못하는 건 아니다. 옛말에 촌음을 아껴 쓰며 궁행(躬行)에 힘쓰라고 했다. 내가 이곳에서 할 수 있는 일이 무엇인가를 아직 찾지 못했기 때문일지도 모른다."

"그렇습니까? 행여 소인이 힘이 될 수만 있다면 언제라도 선비님께 달려가겠습니다."

창대가 씩씩하게 대답했다. 그 말을 들은 약전은 고립무원의 적지에서 천군만마를 얻은 기분이었다. 실학이란 무엇인가. 실사구시(實事求是)와 이용후생(利用厚生)으로 백성의 삶을 이롭고 윤택하게 하는 것 아닌가. 약전은 틀림없이 흑산도에서 실학의 뜻을 펼칠 수 있는 기회가 올 거라는 예감이 들었다.

아직은 바닷물이 찰 텐데도 잠녀(潛女 해녀)들은 부지런히 물속을 드나들며 자맥질을 하고 있었다. 점점이 떠 있는 테왁(해녀가 자맥질할 때 쓰는 뒤웅박)들이 제법 많아 보이는 게 물질 나온 잠녀들이 꽤 되는 것 같았다. "호잇" 하는 숨비소리가 쉬지 않고 들렸다.

물가에는 불턱(해녀들이 물질할 때 쉬는 장소)을 중심으로 한 무리의 잠녀들이 모여 앉아서 불을 쬐고 있었다. 아무리 추위에 단련된 몸이라고 해도 청명이 막 지난 마당에 오래 물질을 할 수는 없다.

"길례네가 잡은 개량조개 봤어? 제법 크던데. 그만한 놈의 전복을 잡았으면 횡재했을 텐데. 요즘은 통 전복이 잡히질 않으니 걱정이야."

잠녀들을 이끌고 있는 대상군(大上軍)이 양손을 부지런히 움직이며 입을 열었다. 이제 막 마흔 줄에 접어든 잠녀로 대상군치고는 특별히 노잠녀라고 할 수는 없지만 그래도 다그칠 때와 인정을 베풀 때를 잘 가리며 잠녀들을 무리 없이 통솔하고 있었다.

대상군을 비롯해서 상군 소리를 듣는 잠녀들은 불턱 가까이에서, 그리고 중군급의 잠녀들은 그 뒷줄에서 불을 쬐며 몸을 녹이고 있었고 이제 물질을 시작한 하군 잠녀들은 불턱에는 다가가지 못하고 저희들끼리 모여서 이런저런 잡담을 나누며 고된 일로부터 잠시 벗어나 있었다.

"정분이는 뭍으로 시집간다고 하던데 그럼 줄줄이 달린 동생들은 누가 먹여 살리는 거야? 주정뱅이 아비는 없느니만도 못할 텐데."

"글쎄 말이야. 그래도 정분이네는 형편이 나은 편이야. 바로 아래 동생이 그럭저럭 배를 탈 나이가 되었잖아. 정말 불쌍한 건 달래 엄마지. 여태껏 달래년 하나 믿고 살았는데 방물장수와 눈이 맞아서 야반도주를 해 버렸으니."

"달래 그년, 도대체 어디로 갔을까요? 내 생각으로는 아주 멀리 달아났을 것 같아요."

뒷줄에서 젊은 잠녀가 끼어들었다. 상군들의 얘기를 할 때 하군 잠녀가 불쑥 끼어드는 것은 용납되지 않지만 달래랑 제일 친하게 지내던 잠녀여서 상군들은 따로 나무라지 않았다. 멀리 달아나고 싶다는 것은 어쩌면 젊은 잠녀들 모두의 바람일지도 모른다.

"제까짓 게 가면 어디를 가. 방물장수가 집이 따로 있겠어? 뭍을 전전하다 결국은 섬으로 다시 기어들어 오겠지."

나이 든 상군이 핀잔을 주었다.

"도대체 방물장수 그자 어디가 그리 좋다고 어미고 고향이고 다 팽개치고 따라갔을까요? 나도 봤지만 얼굴은 쥐상에 키는 꼽추만 하던데. 그렇다고 가진 게 많은 것도 아닐 테고. 그깟 등짐 전부 해 봐야 얼마나 될라고. 듣자 하니 판석이 총각이 저 좋다고 쫓아다닌 다고 하던데 판석이가 더 낫지 쯧쯧……."

상군치고는 젊은 편에 속하는 잠녀가 묘한 웃음을 흘리며 끼어들 었다.

"아따 이 사람, 당신이 방물장수에 대해서 뭘 안다고 이러쿵저러 쿵 말이 많은 겐가? 방물장수의 뭐가 좋아도 좋으니까 달래 그년이 어련히 알아서 따라나섰으려고."

나이 든 상군이 면박을 주자 뒷줄의 젊은 잠녀들이 킥킥거리며 저들끼리 웃어 댔다. 자고로 뒤에서 남의 얘기하는 것만큼 재미있 고 신나는 것도 없다.

"하긴 어미라고 해 봐야 계모로 들어와서 구박만 해 댔으니 달래

년 심사를 이해하지 못할 것도 없지. 나도 처녀 때는 그렇게 이 지겨운 섬에서 벗어나고 싶었으니까. 어차피 한 세상, 좁은 섬에 갇혀서 칠성판 위에 발을 얹고 물속을 들락거리며 늙어 죽을 때까지 사느니 나 좋다는 사람과 팔도 유람하며 원 없이 살다가 죽는 것도 나쁘지는 않을 거야."

상군 잠녀가 넋두리를 늘어놓자 젊은 잠녀들은 눈을 동그랗게 뜨고 서로를 쳐다봤다. 그런 생각은 자기들 같은 하군 잠녀들이나 하는 줄 알았는데 다섯 장(丈)이나 되는 깊은 물속을 잠수하며 값비싼 전복이며 우뭇가사리를 채취하는 상군 잠녀의 입에서 그런 말이 나오다니…….

"애들 앞에서 그 무슨 쓸데없는 소리! 잡담들 그만하고 망시리를 채울 궁리들이나 해! 아직 철이 이르기는 하지만 그래도 찬 물속에서 고생을 했는데 전복은 몰라도 해삼이나 멍게는 가득 채워 가야지."

대상군이 점잖게 핀잔을 주자 그제야 상군 잠녀들이 주섬주섬 망시리 속을 살피기 시작했다. 한푼이라도 모아 보겠다고 덜덜 떨면서 자맥질을 했건만 아직은 때가 아닌지라 거두어들인 것이 별로 신통치 못했다. 몇몇 망시리에 해삼과 멍게, 조개가 들어 있지만 아직 제대로 자라지 않아서 제값을 받지 못할 것들이다.

"아무리 그래도 그렇지. 찬 물속에서 그리 고생을 했는데 수확이 이래가지고서야 어디…….보릿고개까지 기다릴 것도 없이 당장 애들 굶기게 생겼군."

대상군이 크게 낙담을 했다. 춘궁기가 되면 뭍에서도 먹을 것이 없다고 난리일 텐데 이 좁은 섬은 오죽하겠는가. 그래도 젊은 사람들은 주린 배를 움켜쥐고 참겠지만 나이 잡수신 어른들이나 어린애들은 춘궁기를 넘기기 정말 힘들 것이다. 하다못해 뜨물이라도 먹여야 할 텐데……. 그래서 고생을 각오하고 찬 물속을 드나들었는데 수확이 너무 형편없었다. 이래가지고서는 괜히 물질 나가자고 해서 생고생시켰다는 원성을 들을 판이다.

"이게 누구 거야? 제법인데!"

망시리를 들춰 보던 상군이 망시리 하나를 번쩍 들어 올리더니 호들갑을 떨었다. 그 소리에 불턱에서 몸을 녹이고 있던 잠녀들이 우르르 몰려갔다.

"월례 거 같은데? 역시 애기상군 소리를 듣는 아이는 다르다니까."

"개량조개하고 가무락조개에……. 전복도 있네! 크다! 다섯 치는 되겠어."

잠녀들이 망시리를 들여다보며 소란을 떨었다. 자기들은 기껏해야 미역이나 따고 새끼 멍게, 해삼이나 건져 올렸는데 이제 겨우 열여덟 살짜리 새내기 잠녀가 값나가는 전복을 땄으니 그녀들이 놀라는 것도 무리가 아니었다.

"애기상군, 애기상군하길래 제까짓 게 얼마나 물질을 잘하나 했는데 이제 보니 정말 애기상군 소리를 들을만하네."

"제 어미를 닮아서 그래. 제 어미가 대상군이었잖아. 그러니 애기상군 소리를 듣는 것도 당연하지 뭐."

"그래, 월례 엄마는 정말 굉장했어. 한 번 자맥질을 하면 열다섯 장까지 내려갔으니까. 생전 구경도 못 한 커다란 전복을 캐가지고 유유히 올라오던 광경이 지금도 눈에 선해. 하긴 지금 대상군도 월례 엄마 밑에서 물질을 배웠으니까."

솜씨 좋은 잠녀가 되기 위해서는 우선 헤엄을 잘 쳐야 하지만 숨을 오래 참는 것이 그 이상 중요하다. 그래야 남들이 가지 못하는 깊은 곳까지 내려가서 이것저것 따올 수 있다. 게다가 눈도 좋아야 한다. 모든 것이 흐릿해 보이는 바닷속에서 귀한 전복인지 흔해 빠진 조개인지 구별하는 게 쉽지 않다. 하군 잠녀들은 우뭇가사리를 캤다고 좋아하며 물 위로 올라왔다가 잡풀인 것을 알고 실망하는 경우가 비일비재했다. 그런 면에서 월례는 애기상군 소리를 들을 만했다.

"설마 아직도 물속에 있는 사람은 없겠지?"

대상군이 혹시 아직 나오지 않은 잠녀들이 있는지 살필 것을 상군 잠녀들에게 일렀다. 들고 날 때마다 인원 점고를 확실히 해야 한다.

"이게 뭐야?"

뒤편에 놓여 있는 망시리를 발견하고는 잠녀 하나가 깜짝 놀라서 소리쳤다.

"전복이야! 그것도 아주 큰데! 대체 이걸 어디서 잡았을까? 이만한 놈을 잡으려면 최소한 열 장은 잠수를 해야 할 텐데."

잠녀의 손에 들려 있는 망시리에는 상당히 큼직한 전복들이 여러 개 들어 있었다. 누구 것일까. 잠녀들의 눈이 휘둥그레졌다.

"예리에서 왔다는 그 아이 것 같은데……?"

상군이 망시리의 주인을 찾으려는 듯이 사방을 둘러봤지만 주인은 보이지 않았다. 아마 아직도 물질을 하고 있는 모양이었다.

"대단하군. 이게 정말 그 전옥패(金玉佩)란 아이 거란 말이야? 기껏해야 열일곱, 열여덟밖에 되어 보이지 않던데……. 대상군님, 대체 그 아이가 누굽니까? 예리에서 왔다고 하던데 예리 아이가 자기 마을을 놔두고 우리 사리에 와서 물질을 하는 겁니까? 대상군님께서 순순히 물질을 허락하신 걸 모두들 궁금해하고 있습니다."

잠녀들이 우르르 대상군 주변으로 몰려들었다. 그렇지 않아도 물어보고 싶었던 것이다. 아무나 잠녀가 되는 게 아니다. 헤엄 잘 치고 자맥질도 잘해야 하는 건 당연하지만 물질을 하려면 반드시 마을 대상군의 허락을 받아야 한다. 그리고 그것은 아무에게나 쉽게 내주는 게 아니다.

얼마 전에 산 너머 예리에서 왔다는 처자가 대상군을 찾아가서 잠녀 일을 하게 해 달라고 했을 때 대상군이 의외로 선뜻 허락을 했다. 그것은 분명 예삿일이 아니었다. 그런데 그 아이가 이렇게 뛰어난 물질 솜씨를 지니고 있을 줄이야.

"할머니와 둘이 살고 있는데 할머니가 오랫동안 병을 앓고 있다는 거야. 먹고살기도 빠듯한데 젊은 처자가 무슨 재주로 할머니 약값을 대겠어. 사정이 하도 딱해서 물질을 허락한 것일세."

대상군은 별일 아니라는 듯 서둘러 얘기를 끝냈다. 제 동리를 놔두고 여기로 온 것도 그렇고 의외로 선뜻 허락한 것도 그렇고 아무래도 뭔가 사연이 있는 것 같았지만 대상군이 모른 체하는데 그 이상 물고 늘어질 수도 없었다. 사리 잠녀들은 대상군의 눈치를 살피며 하나둘씩 흩어졌다.

그때 "호잇" 하는 숨비소리와 함께 저 멀리서 잠녀가 물 위로 머리를 내밀었다. 바로 예리에서 왔다는 전옥패였다. 저 아이는 누굴까. 어쩌면 저리도 물질을 잘할까. 예리에 살 때는 잠녀 일을 하지 않은 게 분명했다. 그렇지 않고서야 저렇게 살결이 희고 고울 수가 없다.

도대체 저 아이는 누굴까. 잠녀들은 잠녀답지 않게 흰 살결에 이목구비가 수려한 전옥패를 의문의 눈초리로 쳐다봤다.

24

겨우내 매섭게 몰아쳤던 해풍에 봄기운이 실리면서 동백꽃들이 꽃망울을 터뜨리기 시작했다. 해가 바뀌어 임술년(壬戌年 1802)이 된 지도 석 달이 흘렀고 섬마을에 다시 봄이 찾아왔다.

언덕 위에 오르자 넓은 바다가 시원스레 한눈에 들어왔다. 멀리 점점이 떠 있는 잠녀들의 테왁 수가 갈수록 늘어나고 있었다.

창대는 숨을 돌릴 겸 잠시 쉬기로 했다. 배에서 내리자마자 여기까지 단숨에 뛰어왔으니 숨이 찰만도 했다. 때 이르게 잡힌 준치가 망 속에서 거세게 꿈틀대고 있었다. 준치는 보통 곡우가 지나야 잡히기 시작하는데 오늘은 횡재를 한 셈이다. 아무튼 일찍 잡힌 준치일수록 맛이 담백하고 좋다. 하지만 한양 선비께서는 물고기에는 그렇게 관심을 보이면서 막상 먹는 데는 별로 까다롭지 않아서 원님 덕분에 나발 분다고 승선네만 호강할 판이다.

고개를 돌리니 잠녀들이 불턱에 삼삼오오 모여 앉아 얘기를 나누고 있는 모습이 눈에 들어왔다. 옥패 처자도 저 중에 있을까. 창대는 공연히 얼굴이 붉어지면서 가슴이 두방망이질 쳤다.

얼마 전에 창대는 동리 어귀에서 낯선 처자를 보았다. 섬마을 처자 같지 않게 흰 살결에 흔히 볼 수 없는 고운 용모를 지닌 여인이었다. 누굴까. 아무튼 그날 이후로 어딘지 모르게 슬픔을 간직하고 있는 듯한 그 처자의 얼굴이 창대의 뇌리에서 사라지지 않고 있었다. 그리고 나중에 예리에서 온 처자로 이름은 전옥패라고 하며 이곳 사리로 옮겨 와서 잠녀 일을 하고 있다는 사실을 알게 되었다.

창대는 몸을 일으켰다. 혹시나 하는 마음에서 바닷가를 다시 살펴봤지만 얼굴을 확인할 수 있는 거리는 아니었다. 그리고 그녀는 신참내기라서 아직은 불턱 가까이에 있지 못할 것이다. 창대는 승선네의 토담집을 향해 걸음을 옮겼다. 준치를 잡은 걸 알면 한양 선비께서 크게 기뻐할 것이다.

승선네가 창대의 손에 들려 있는 준치를 보고는 호들갑을 떨었다.

"창대 총각이 재주가 좋다는 건 잘 알지만 그래도 이 철에 이렇게 큰 준치를 잡을 줄은 몰랐네. 창대 총각 덕분에 오늘 호강하게 생겼네. 선비님께서 기다리고 계시니 빨리 가보우."

승선네의 입이 함박만 해져서 준치를 받아들려 했지만 한양 선비에게 먼저 보여야 한다. 창대는 약전이 머물고 있는 사랑채로 걸음을 돌렸다. 소리를 들었는지 약전이 문을 열고 나왔다. 창대는 넙죽 절을 올렸다.

"준치입니다. 아직은 철이 아닌데 요행히 낚시에 걸렸습니다."

창대가 망을 번쩍 들자 아직도 힘이 남았는지 준치가 펄떡거리며 요동을 쳤다. 석 자는 됨직한 큰 놈이다.

"이놈이 고문헌에 시어(鰣魚)라고 기재되어 있는 바로 그놈이로구나."

약전은 마당으로 내려서더니 펄쩍펄쩍 뛰고 있는 준치를 찬찬히 살폈다.

"곽박(郭璞)이 《이아주소(爾雅注疏)》에서 준치는 병어를 닮아서 비늘이 굵고 살이 통통하며 맛은 좋지만 가시가 많다고 했는데 과연 보기에도 맛이 좋게 생겼구나. 이시진(李時珍)은 《본초강목(本草綱目)》에서 준치는 모양이 수려하고 납작하며 빛은 흰색이고 고기에 작은 가시가 많다고 했는데 그렇다면 배를 갈라봐야겠구나. 배를 가른 김에 고기 맛도 봐야겠군."

동진의 학자 곽박과 명의 본초학자 이시진의 기록을 통해서만 준치를 알고 있던 약전은 실물을 확인하고서 크게 기뻐했다. 그리고 기록이 얼마나 정확한지를 확인이라도 하려는 듯 당장이라도 배를 가를 기세였다.

"쇤네가 냉큼 배를 갈라 올리겠습니다."

입맛을 다시고 있던 승선네가 얼른 준치를 받아들고 부리나케 주방으로 달려갔다.

"안이 상하지 않도록 조심하거라."

약전은 허둥대는 승선네에게 주의를 주었다. 절해고도에 유배되어 있는 동안 마음 붙일 일을 찾던 약전은 고심 끝에 어보(魚譜)를 만들어 보기로 마음을 정했다. 약전이 그리 결심을 한 데는 창대의 역할이 컸다. 섬에서 태어나 줄곧 바다에서 자란 창대는 바다와 물고기에 대해서는 모르는 것이 없는 바다 사람이면서 혼자서 글도 깨우칠 정도로 성실한 젊은이였다. 그의 도움을 얻으면 어보를 만들 수 있을 것 같았다. 약전은 창대에게 어보를 만들 테니 도와 달라는 뜻을 비쳤고 창대는 기쁜 마음으로 수락을 했다. 비록 나이와 신분이 달랐지만 바다를 사랑하고 자연을 아끼는 마음은 하나였던 것이다.

약전은 한양의 벗과 동학들에게 서신을 보냈다. 어보를 만들려면 그와 관련된 문헌을 먼저 섭렵할 필요가 있었다.

한양의 벗들은《본초강목》과《정자통(正字通)》,《임해이물지(臨海異物誌)》등 중원의 고문헌들과《동의보감(東醫寶鑑)》을 비롯해서 각종 지리지(地理誌)와《신증동국여지승람(新增東國輿地勝覽)》등 우리나라의 문헌을 보내 주었다. 약전은 이들 문헌에 기록돼 있는 내용들을 실물과 비교하면서 새로운 물고기 족보를 만들기로 했다. 중원의 바다가 조선과 똑같지는 않을 것이다. 벗들은 청나라에서 들어왔다는 물눈(물안경)도 보내 주었는데 그것은 창대에게 아주 유용하게 쓰일 것이다.

　문헌들을 살피면서 약전은 조선에도 어류를 다룬 기록들이 오래
전부터 있었다는 사실을 알게 되었다. 세종 연간에 출간된 《경상도
지리지》의 토산부(土産部)에 어류의 종류와 산지가 간략하게 기록되
어 있었고 《세종실록지리지》의 토산부와 《신증동국여지승람》에도
어종과 산지에 관한 기록이 소략하게 기재되어 있었다. 물론 중원
에서 건너온 문헌들이 훨씬 상세하고 양도 방대한 것은 사실이지만
그래도 우리 선조들도 자연을 살피고 기록하는 데 소홀하지 않았음
을 알게 된 것은 큰 기쁨이었다. 용기를 얻은 약전은 중원의 문헌보
다도 상세하고 방대한 어보를 만들 결심을 굳혔다.

　어보를 만들겠다고 했을 때 섬사람들은 별로 마땅치 않게 생각
했다. 일부는 죄를 짓고 유배를 온 마당에 그래도 양반입네 행세
를 하려고 괜히 쓸데없는 일을 벌인다며 뒤에서 쑥덕거리기까지
했다.

　"족보야 양반네들에게나 있는 거지 우리에게도 없는 족보를 물고
기에게 무슨 족보를 만들어 준단 말이오."

　그렇지만 약전과 창대는 흔들리지 않았다. 물고기 족보가 완성되
면 틀림없이 어민들에게 큰 도움이 될 것이라 믿으며 창대는 부지런
히 낚시를 드리우고 그물을 던졌고 새로운 종류의 물고기가 잡힐 때
마다 약전에게 달려갔다. 그렇게 물고기의 생태와 모습을 기록한 초
(抄)들이 하나둘씩 늘어가면서 약전은 삶의 보람을 느꼈다. 세상에
죽으라는 법은 없다. 약전은 외딴섬에서 자신이 해야 할 일을 확실
하게 찾은 것이다.

　창대는 계속해서 온갖 종류의 물고기를 잡아 올렸고 약전은 창대
가 잡아 온 물고기를 문헌과 비교해 가며 특성과 습성을 빠짐없이

기록해 나갔다.

"앞으로는 어류 외에도 해조류와 조개류도 다룰 것이니 빠뜨리지 말고 채집하거라."

"날이 풀리는 대로 물속으로 들어갈 생각입니다. 그런 것들은 물질을 하면 많이 잡을 수 있습니다."

창대는 신이 났다. 한양 선비로부터 인정을 받은 것이다. 물질이라면 누구에게도 뒤지지 않는다고 자부하고 있다. 창대는 어보의 초가 한 장 한 장 늘어나는 것을 보며 약전 못지않게 뿌듯했다.

더구나 물눈을 얻은 마당이다. 물눈을 끼면 물속이 바깥세상처럼 환하게 보인다고 하는데 얼마나 멀리까지 보일까. 창대는 당장이라도 물질을 하고 싶어서 몸이 근질근질했다.

약전은 기다렸다가 준치를 먹고 가라고 했지만 창대는 자리에서 일어섰다. 어머니가 기다리고 계신다. 그리고 아무리 한양 선비가 허물없이 대해 주더라도 지킬 것은 지키는 것이 좋을 것이다.

창대는 언덕 아래로 내달았다. 어민들이 조기잡이에 대비해서 그물을 손질하고 배를 수리하며 바쁘게 일하고 있었다. 흑산도의 계절은 뭍보다 이르다. 붉은 꽃망울을 자랑하던 동백꽃들은 벌써 지기 시작했다. 뺨을 스치고 지나가는 해풍에서도 지난겨울의 매서운 추위는 이미 옛일이 되어 있었다. 머지않아 흑산도 어민들에게 제일 중요한 일인 조기잡이가 시작될 것이다.

아랫마을로 통하는 토담 께에 이르자 창대는 저도 모르게 얼굴이 붉어졌다. 창대는 누가 보기라도 할세라 주위를 살피고서 조심스레 방아다리 토담집으로 걸음을 옮겼다. 삼 년 전에 바다에 남편을 잃은 젊은 아낙이 뭍으로 떠나면서 비어 있는 집인데 얼마 전부터 예리에서 왔다는 옥패 처자와 할머니가 그곳에서 살고 있었다. 약전으로부터 앞으로는 해조류도 채집하라는 말을 들었을 때 창대는 잠녀 일을 하고 있는 옥패 처자에게 접근할 수 있는 구실을 발견하고 속으로 기뻐했다.

왜 이러는 것일까. 자꾸만 가슴이 뛰었다. 토담집 앞에 이르러 창대는 혹시 옥패 처자가 나와 있지 않나 해서 고개를 기웃거렸다. 하지만 토담집은 굳게 닫혀 있었다.

창대가 전옥패를 처음 본 것은 열흘 전, 평소 잘 알고 지내던 대상군의 집에서다. 잠녀들은 물질에 나서기 전에 해류와 수온 그리고 조류(潮流)에 대해서 자세히 살피는데 창대는 그 일로 대상군과 상의할 게 있었다.

그런데 누굴까. 낯선 젊은 여인이 대상군과 함께 있었다. 젊은 여인은 얼른 고개를 숙이고 자리를 피했는데 짧은 순간이지만 하얀 목덜미가 창대의 눈에 또렷이 각인이 되었다. 어쩌면 저리도 곱게 생겼을까. 그리고 저렇게 살결이 고울까. 창대는 대상군으로부터 젊은 여인의 이름은 전옥패며 예리 사람으로 잠녀 일을 하기 위해서 사리로 왔다는 말을 들었다.

그날 이후로 창대는 눈만 감으면 전옥패의 아리따운 자태가 어른거려 일이 손에 잡히질 않았다. 그리고 시도 때도 없이 가슴이 울렁거렸다. 이제 막 스무 살이 된 창대는 전옥패에게 연모의 정을 불태우게 된 것이다.

잠녀 일을 하게 해 달라고 부탁하러 왔다니. 그럼 물질을 할 줄 안다는 이야기인데 물질을 하는 사람이 어찌 그렇게 살결이 고울 수 있단 말인가. 그리고 뭣 때문에 제 마을을 두고 여기서 물질을 하려는 걸까. 깊은 사정은 모르겠지만 흰 살결로 봐서 예리에서는 물질을 하지 않았을 것이다.

외지 사람에게 물질을 허락하는 경우는 극히 드문데 대상군은 예
상 외로 전옥패를 물질에 합류시켰다. 그리고 전옥패는 사리 잠녀
들의 눈이 휘둥그레질 정도로 자맥질에 능했다. 어디서 자맥질을
배웠을까. 궁금한 것이 한둘이 아니었다.

　"계시오!"

　전옥패의 집 앞에 선 창대는 숨을 크게 들이쉬며 큰소리로 사람
을 불렀다. 아까 물질을 끝내고 뒷정리하던 것을 언덕 위에서 봤다.
그러니 지금쯤 집에 돌아와 있을 것이다.

　"뉘시오?"

　쪽문이 열리면서 전옥패가 얼굴을 조심스레 내밀었다. 그리고 창
대가 서 있는 것을 보고는 흠칫 놀라면서 문고리를 잡은 채 물었다.

　"무슨 일이시오?"

　그날 대상군 집에서 처음 본 이후로 오며 가며 두어 차례 더 마주
친 적이 있는 남자다. 그런데 왜 여기를 찾아왔을까. 알 수 없지만
나쁜 사람이 아니라는 사실은 전옥패도 알고 있었다.

　전옥패와 눈이 마주치자 창대는 가슴이 두방망이질 쳤다. 창대는
진정해야 한다며 스스로에게 타일렀다. 방 안에서 연신 기침 소리
가 들리는 것으로 봐서 소문대로 할머니는 병세가 심한 것 같았다.
대상군으로부터 옥패 처자는 할머니의 병이 깊은데 약값을 댈 형편
이 못되자 어떻게 해서든 약값을 벌어 보려고 사리로 왔다는 말을
들었다.

　"장덕순이라고 하오. 동리 사람들은 그냥 창대라고 부르지요. 몇
번 마주쳤던 적이 있었을 것이오."

　창대는 그렇게 자기소개를 했다. 그 말을 하는 데도 다리가 후들
거렸다. 전옥패는 알고 있다는 듯 고개를 돌린 채 끄덕였다.

"혹시 알고 있는지 모르겠소만 한양에서 이곳으로 유배를 오신 선비님이 계시오. 선비님께서 어보, 그러니까 물고기 족보를 만들고 있는데 내가 돕고 있소. 그동안 그물을 던지고 낚시를 드리우며 여러 종류의 물고기들을 잡았소. 그런데 선비님께서 앞으로는 바닷말도 채집하라고 하셨소. 바닷말이라면 아무래도 잠녀들에게 당부를 하는 것이 좋을 것 같아서 그 일을 당부해 볼 요량으로 이렇게 처자를 찾아온 것이오."

수십 번도 더 연습을 했던 말이건만 왜 이리도 힘이 들까. 창대는 더듬거리며 간신히 말을 마쳤다. 고개를 돌리고 있는 전옥패의 옆모습이 너무 고왔기 때문일지도 모른다.

"물고기 어보며 바닷말 얘기는 처음이오만 한양 선비님 얘기는 이 몸도 들어 알고 있소. 무슨 말인지 잘 알겠는데 그런 일이라면 대상군에게 부탁하는 것이 좋을 것이오. 이 몸은 공연히 남의 이목을 끌 일에 나설 처지가 못 되오."

잠시 생각하더니 전옥패가 차분하게 입을 열었다. 틀린 말이 아니다. 사리 잠녀들 눈치를 보며 물질을 하고 있는 처지에 괜히 남의 눈치를 살 일은 삼가는 게 좋을 것이다.

창대는 크게 실망하지 않았다. 애초부터 별로 기대를 하지 않았던 터였다. 그저 그 일을 구실 삼아서 전옥패에게 접근하고 싶었던 것뿐이다. 거절을 당했으니 이제 돌아가야 할 텐데 발이 쉽게 떨어지지 않았다.

"할머니께서 많이 편찮으신 모양이오?"

방 안에서 계속 기침 소리가 들렸다.

"게서 뭐하는 게냐? 밖에 뉘가 오신 게냐?"

할머니가 전옥패를 부르자 전옥패가 얼른 문을 닫았고 창대는 아쉬운 발길을 돌렸다. 집에 다 이르렀는데도 가슴은 아직도 두방망이질 치고 있었다. 전옥패와 얼굴을 맞대고 이야기를 나눈 것이다. 창대는 그것만으로도 뛸 듯이 기뻤다.

"이제 오는 게냐? 월례 말로는 준치를 잡았다고 하던데. 또 한양 선비님에게 들렀던 모양이로구나."

설거지를 하던 참인지 창대 모친이 손을 씻으며 주방에서 나왔다.

"월례가 왔다 갔어요?"

"그래. 오늘 물질을 했다며 미역이랑 조개를 놓고 갔다. 어린것이 마음 씀씀이가 어찌 그리 고울까. 물질은 또 얼마나 잘하는데."

창대 모친이 들으라는 듯 월례 자랑을 늘어놓았다.

———◈———

조각배를 타고 다니며 기다란 막대 집게로 조개를 집어 올리던 어부들은 잠녀들이 물가로 모이는 것을 보고는 뱃머리를 돌렸다. 바다가 잔잔해서 그런대로 조개가 쏠쏠하게 잡혔지만 잠녀들이 나타나면 자리를 비켜주는 게 관례다. 본격적인 조기잡이 철이 시작될 때까지 어부들은 이렇게 조각배를 타고 얕은 바다를 다니며 조개도 줍고 굴도 따고 미역도 감아올리며 바깥 물질을 하고 있었다.

잠녀들은 어부들이 멀리 사라지는 것을 확인하고서 불턱에 불을 지피고 물옷으로 갈아입기 시작했다. 물옷은 무명에 감물을 들여서 물속에서도 오래 견딜 수 있는데 어깨와 종아리가 그대로 드러나는 데다 옷이 몸에 착 달라붙기에 잠녀들이 물질을 할 때는 남정네들은 가까이 접근하지 못하도록 되어 있었다.

물옷으로 갈아입은 잠녀들은 빗창과 골각지, 종게호미 따위의 채취 도구를 챙겨 들고서 대상군에게 몰려갔다. 이제부터는 대상군의 말이 곧 임금님의 말이다. 불턱 뒤쪽으로 테왁과 망시리들이 보기 좋게 놓여 있었다.

　"저 애 좀 봐. 얘기는 들었지만 살결이 어쩌면 저렇게 고울까? 정말 비단결이로구만. 열여덟이라고 했던가. 한참 나이지만 그래도 그렇지. 대처 기녀들도 저렇게 곱지는 못할 거야."

　"글쎄 말이야. 처음에는 뭍에서 도망쳐 온 기녀가 아닌가 의심했는데 물질을 저리 잘하는 걸 보면 그렇지는 않은 것 같고……. 아무튼 예리에서는 물질을 하지 않았다고 하던데."

　"그럼 어디서 물질을 배웠대?"

　"따로 배운 것 같지는 않아. 숨을 워낙 오래 참아서 그렇지 손 놀리는 건 별로 능숙하지 못하거든. 아마도 타고난 잠녀인 모양이야."

　잠녀들이 한쪽 구석에서 물옷으로 갈아입고 있는 전옥패를 보며 수군거렸다. 월례는 눈꼬리를 치켜뜨고 또래의 전옥패를 노려보았다. 새내기가 어떻게 애기상군 소리를 듣는 자기보다 물질이 뛰어날 수 있단 말인가. 무엇보다도 전옥패의 흰 살결이 월례의 질투심을 자극했다.

　"파도는 그리 높지 않지만 그래도 아직 물이 차니 물속에 오래 있지 말도록 하거라. 그리고 너무 깊은 데 들어가지도 말고. 힘들면 돌아가면서 테우에서 쉬도록 하고. 상군들은 하군들을 잘 보살피고."

　대상군이 잠녀들을 둘러보며 주의를 주었다. 잠녀들은 큰소리로 대답하고 삼삼오오 짝을 지어 바다로 향했다. 물이 차갑지만 막상 물속에 들어가면 그런대로 견딜 만할 것이다. 숨비소리가 연이어 들리면서 잠녀들이 차례로 자맥질을 시작했다. 그렇게 물속을 들락거리다 힘이 부치면 뗏목처럼 띄워 놓은 테우에 매달려 쉬며 고된 물일을 계속해야 한다.

전옥패는 테왁에 매달려 부지런히 물장구를 치며 바다로 나갔다. 대상군은 너무 멀리 나가지 말라고 주의를 주었지만 값나가는 전복을 채취하려면 남들보다 멀리 나가야 한다. 숨을 참는 거라면 누구에게도 뒤지지 않을 자신이 있지만 조개를 찾아내고 바닷말을 캐내는 일은 아직 서툴다. 그러니 조금 무리를 해서라도 다른 잠녀들이 가지 않는 곳까지 나가야 한다.

전옥패는 주위를 둘러봤다. 저만큼 떨어져서 테우가 떠 있을 뿐 다른 잠녀들은 보이지 않았다. 여기까지 온 잠녀는 없는 듯했다. 전옥패는 숨을 가다듬고서 물속으로 들어갔다. 물질을 정식으로 배운 적은 없지만 제주도 여자들에게 바다는 집이고 친구다. 전옥패는 물속에 들어가기만 하면 마음이 편해졌다.

한 열 장쯤 내려왔을까 전옥패는 바위틈에 숨어 있는 전복을 발견하고 손을 뻗었다. 껍질이 날카로우니 조심하지 않으면 베일 염려가 있다. 단숨에 전복을 낚아챈 전옥패는 회심의 미소를 지으며 물 위로 향했다.

물밖으로 나와서 살펴보니 가마귀비말이라고 하는 놈인데 그리 크지는 않지만 껍질이 검은 것을 봐서 제법 속이 찬 놈 같았다. 전옥패는 가마귀비말을 망시리에 집어넣고서 "호잇" 하고 숨비소리를 내며 다시 물속으로 들어갔다. 시작이 좋았다. 계속해서 값이 나가는 공작조개나 흑주걱조개를 건져 올리면 할머니 약값을 댈 수 있을 것이다.

그렇지만 그렇게 귀한 조개는 쉽게 잡히지 않는다. 열 장 아래 바닷속은 수면보다 많이 어두워서 물질하기가 쉽지 않다. 노련한 잠녀들은 나름대로 터득한 감각으로 조개를 잡아 올리지만 새내기 잠녀인 전옥패에게는 아직 그런 감각이 없다. 조개인 줄 알고 손을 내밀었다가 돌멩이를 집은 경우가 한두 번이 아니었다.

아까 같은 놈을 두서너 개만 더 잡으면 좋으련만 쉽게 눈에 들어오지 않았다. 그렇다고 더 깊이 들어가는 것은 위험하다. 아직은 물이 차서 오래 물질을 할 수 없다.

몇 차례 헛물질을 하자 전옥패는 조바심이 일었다. 욕심이 과했나. 이럴 바에야 차라리 얕은 바다에서 미역이나 우뭇가사리를 부지런히 캐는 쪽이 더 실속이 있을 것 같은데 그렇다고 이제 와서 남들 열심히 일하고 있는데 끼어들 수도 없었다. 전옥패는 깊이 숨을 들이쉬고서 다시 자맥질을 했다. 조금 무리를 해서라도 깊은 곳까지 들어가 볼 셈이다.

전옥패는 팽생이모자반이 큰 키를 자랑하며 흐늘거리고 있는 물밑을 헤치며 나아갔다. 해조류가 무성해서 꼭 숲 속을 헤엄치는 기분이었다.

바닷말을 헤치며 나가던 전옥패는 뭔가 시커먼 그림자가 옆으로 지나치자 소스라치게 놀랐다.

상어? 그렇다면 주의를 해야 한다. 상어가 무턱대고 사람에게 덤벼들지는 않지만 방심을 했다가는 큰 봉변을 당한다.

그러나 흐릿하기는 했지만 전옥패를 스치고 지나간 그림자는 상어가 아닌 것 같았다. 그럼 다른 잠녀? 여기까지 올 사람은 대상군밖에 없다.

전옥패 앞을 스치고 지나갔던 시커먼 그림자는 천천히 방향을 틀더니 다시 전옥패에게 다가왔다.

전옥패는 흠칫했다. 그것은 상어도 대상군도 아니었다. 건장한 체구를 가진 남자였다.

'저 사람이 왜 여기에…….'

시야는 많이 흐렸지만 전옥패는 건장한 체구의 남자가 누구라는 걸 충분히 알 수 있었다. 대상군이 물질을 하기 전에 상의를 할 만큼 바다에 능한 남자, 일전에 자기 집을 찾아왔던 남자, 바로 창대였다. 창대는 눈에 동그란 테 같은 것을 달고 있었는데 아마도 물속에서도 훤히 본다는 물눈 같았다.

물눈을 낀 창대가 곧장 전옥패에게 다가왔다. 그러더니 허둥대는 전옥패에게 자루 하나를 건네주고는 얼른 사라졌다.

창졸간의 일이었다. 전옥패는 허겁지겁 물 위로 솟아올랐다. 손에는 창대가 건네준 자루가 들려 있었다. 이게 뭘까. 테왁에 의지해 숨을 몰아쉬던 전옥패는 손에 들린 자루를 펼쳐 보았다.

"……!"

전옥패의 눈이 휘둥그레졌다. 자루 속에는 흑립복(黑笠鰒)과 백립복(白笠鰒) 등 값이 나가는 전복이 가득했다. 그가 왜……. 어쨌든 이거면 당분간 할머니 약값은 문제없을 것 같았다.

그 순간 전옥패는 가슴이 철렁 내려앉았다. 물눈을 끼면 물속에서도 앞이 훤히 보인다고 하던데 그럼 창대 총각이 몰옷 차림으로 자맥질을 하던 나를……. 생각이 거기에 이르자 전옥패는 얼굴이 발갛게 달아올랐다.

전옥패는 뭍으로 헤엄쳐 나왔다. 테왁 밑에 달린 망시리가 묵직했다. 일찍 물질을 마친 잠녀들이 불턱에 모여 앉아 수다를 늘어놓고 있다가 전옥패의 손에 들린 망시리를 보고는 입이 딱 벌어져서 아무 말도 못 하고 서로를 쳐다보기만 했다. 망시리에는 값비싼 전복이 가득했다. 지금 저만한 놈을 잡으려면 열 장은커녕 스무 장까지 물질을 해도 될까 말까 한데 이제 겨우 몇 번 물질을 따라나섰던 새내기 잠녀가 어떻게 저것을…….

전옥패는 난감했다. 그렇지 않아도 다른 잠녀들로부터 눈총을 받고 있던 판이었다. 그렇다고 누가 나타나서 줬다고 말할 수도 없었다. 놀라기는 대상군도 마찬가지였는지 눈을 휘둥그레 뜨고 전옥패에게 다가왔다.

"이걸 전부 네가 땄단 말이냐? 대단하구나. 제법 멀리 나가는 걸 봤지만 이렇게 귀한 전복을 딸 줄은 몰랐다. 전복 밭이라도 찾은 모양이로구나. 하긴 지금은 전복들이 몰려 있을 철이니."

대상군이 전복 밭 운운하며 은근히 전옥패를 감싸고돌았다. 재주껏 물질을 해서 제가끔 먹고사는 게 잠녀들이다. 남이 많이 딴 것을 가지고 뭐라 할 수는 없지만 새내기가 값비싼 전복을 독식했으니 잠녀들은 입을 비쭉이며 고개를 돌렸다. 전옥패의 망시리를 슬쩍 들여다보고 지나가는 월례의 눈에서 새파란 불꽃이 일었다.

"불턱을 정리하고 장비들을 빠짐없이 챙기거라."

"상분이네가 아직 나오지 않았습니다."

대상군이 물질을 마무리하려는데 누가 뒤에서 큰소리로 외쳤다.

"그럼 아직도 물속에 있단 말이야? 물이 얼마나 찬데……. 쯧쯧, 욕심 부리지 말라고 그렇게 일렀거늘."

대상군이 혀를 끌끌 찼다. 조개를 줍다 보면 욕심이 나게 마련이고, 그러다 보면 늦게 나오는 경우가 종종 있다. 그렇지만 아직은 물이 차기에 욕심을 부리면 위험하다.

상분이네는 물질을 알 만큼 아는 중군 잠녀지만 그렇다고 혼자 남겨 두고 돌아갈 수는 없다. 잠녀들은 상분이네가 돌아오기를 기다리며 꺼져 가는 불턱으로 다시 모여들었다.

그러나 오래 기다릴 필요는 없었다. 상군 잠녀가 뭔가를 발견했는지 몸을 벌떡 일으켰다.

"저거……. 상분이네 것 같습니다!"

상군 잠녀가 멀리 해면 위를 떠돌고 있는 테왁을 가리켰다. 따라서 벌떡 몸을 일으킨 대상군은 상분네 테왁임을 확인하고는 사고가 생겼음을 짐작했다. 물질 중인 테왁과 표류하는 테왁은 떠 있는 모양새가 다르다. 주인을 잃고 떠돌고 있는 테왁은 물속에서 무슨 일이 생겼음을 말해 주고 있었다.

반어(鮟魚 멸치).

몸이 매우 작으며 빛깔은 청백색이다. 유월 초에 연안에 나타나서 상강(霜降) 즈음에 물러간다. 밝은 빛을 좋아해서 어부들이 밤에 불을 밝히고 유인해서 손그물을 이용해 잡는다.

이어(耳魚 노래미).

큰 놈은 길이가 두세 자 정도 되는데 몸이 둥글고 길며 비늘이 잘다. 빛깔은 황색 혹은 황흑색이다. 머리에 파리 날개같이 생긴 귀가 있다. 맛이 없다. 돌 사이에서 잔다.

약전은 한 장 한 장 늘어 가는 초들을 살피며 아이처럼 기뻐했다. 그리고 보람을 느꼈다. 애초에는 큰 기대를 않고 시작한 일이지만 어보의 초가 하나둘씩 늘어나면서 약전은 점점 물고기에게 관심을 기울이게 되었고 바다의 신비로움에 빨려 들어갔다.

창대는 초를 이리저리 넘기며 혹시 사실과 다르게 기재된 것은 없는지 꼼꼼히 살폈다. 창대는 웬만한 책은 별 어려움 없이 읽을 수 있는 데다 매사에 성실해서 약전은 창대로부터 큰 도움을 얻고 있었다.

"소인은 매일 보면서도 그저 그러려니 하고 넘어갔는데 선비님께서 작은 것 하나도 놓치지 않으시는 데 놀랐습니다."

창대가 초를 넘기며 감탄을 했다.

"그런데 여기 편어(扁魚 병어)는 머리가 작고 목이 움츠러들었으며 꼬리가 없다고 적혀 있는데 편어에게는 작기는 하지만 꼬리가 있습니다. 아마 제가 꼬리가 떨어져 나간 놈을 잡아 온 모양인데 다음에 제대로 된 놈을 다시 잡아 오겠습니다."

"그러냐? 그렇다면 고쳐 적어야겠구나."

약전은 즉시 붓을 집어 들었다. 이렇듯 약전은 매사를 창대와 의논하고 있었다.

"뭐니 뭐니 해도 흑산도에서는 조기와 홍어가 제일인데 아직 철이 되질 않아서 잡지 못하고 있습니다. 홍어 큰 놈은 넓이가 육칠 자나 되는데 그 넓적한 놈이 바다 밑을 유유히 헤치며 나가는 모습은 정말 장관입니다."

창대는 빨리 청가오리며 노랑가오리를 잡아 와서 약전에게 자랑하고 싶었다.

"분어(鱝魚 홍어) 말이로구나. 흑산도 홍어가 유명하다는 얘기는 한양에 있을 때부터 익히 들어 알고 있다. 나도 과연 무엇이 흑산도 홍어를 그렇게 이름나게 만들었는지 몹시 궁금하구나."

"흑산도 홍어는 제사상에서 빠지지 않는 귀물로 무엇보다도 그 맛이 일품입니다. 그렇지만 그 괴이한 생김새 또한 사람의 이목을 끌기에 충분합니다. 어떻게 해서든 산 채로 잡아 오도록 하겠습니다."

창대는 신이 났다. 동리 사람들은 창대를 보고 흑산진 별장도 나 몰라라 하는 죄인의 하인 노릇을 자청했다며 손가락질을 했지만 창대는 조금도 개의치 않았다. 약전의 인품에 반한 데다 그를 도와서 어보를 만들고 있다는 사실에 크게 자부심을 느끼고 있기 때문이다.

평생을 파도에 시달리며 칠성판 위에 몸을 얹고 사는 소박한 어민들. 불쌍한 그들에게 소원이 있다면 오로지 만선(滿船)의 기쁨일 것이다. 싸움에서 이기기 위해서는 적을 알아야 하듯이 만선을 이루기 위해서는 먼저 물고기의 특성과 생태를 파악해야 한다. 그것이 바로 어보를 만드는 목적이고 이유다. 그러니 그보다 더 보람 있는 일이 어디 있단 말인가. 약전은 그렇게 믿으며 일에 몰두하고 있었다.

"그런데 어쩐지 마을이 조금 소란스러운 것 같구나. 무슨 일이라도 생긴 게냐?"

잠시 쉴 요량으로 약전이 초들을 한쪽으로 밀며 창대에게 물었다.

"선비님이 보시기에도 그런 것 같습니까? 실은 마을에 일이 생겼습니다. 며칠 전에 물질을 나갔던 잠녀가 실종이 되었습니다."

"실종이라면……. 바다에서 죽었단 말이냐?"

약전이 정색을 하고 물었다. 어부나 잠녀들은 바다에 목숨을 맡기고 사는 사람들이라고 하지만 약전은 아직 변을 당한 경우를 직접 보지 못했다.

"시신이 발견되지 않았으니 단정 지을 수는 없지만 물질을 제법 오래한 잠녀가 사흘이 지나도록 감감 무소식이니 아무래도 변을 당한 것 같습니다."

창대가 침울한 얼굴로 대답했다.

"어쩌다 그런 변고가 생겼단 말이냐?"

"상어에게 먹혔을지 모른다고 말하는 사람도 있습니다만 부근에 피가 번지지 않은 것으로 봐서 그런 것 같지는 않습니다. 그리고 지금은 상어가 출몰할 때도 아닙니다."

괴이한 일 아닌가. 실종된 잠녀는 이십 년 째 물질을 했다니 헤엄이 서툴러서 바다에 빠져 죽었을 리는 없을 테고 상어에게 물린 것 같지도 않다면 대체 왜 실종되었단 말인가. 알 수 없지만 창대의 말대로 살아서 돌아오기는 힘들 것 같았다. 분위기가 뒤숭숭하지만 그래도 잠녀들은 물질을 계속하고 있었다. 먹고살려면 바다에 의지하는 수밖에 없는 게 섬사람들의 삶이다.

약전은 다시 일을 시작하기로 하고 창대가 늘어놓은 조개를 살펴보았다. 여러 종류의 조개들이 차례로 놓여 있었다.

"조개 종류가 이렇게 많을 줄은 몰랐다. 한양에 있을 때는 그저 그게 그거려니 하며 지냈는데."

약전은 조개를 하나 집어 들었다. 영롱한 빛을 내는 게 한양에서 보던 것과는 확연히 달랐다.

"일부에 불과합니다. 조개는 종류가 엄청나서 다 잡으려면 시간이 꽤 걸릴 겁니다. 물눈이 있으니 깊은 곳 조개들도 얼마든지 건져 올릴 수 있습니다."

창대가 의기양양해서 대답했다. 흑산도에도 선비는 있다. 하지만 그들은 뱃사람들을 우습게 알고 걸핏하면 무시하려 들었다. 그러나 약전은 그들과 달랐다.

"그래. 앞으로도 수고를 좀 하거라. 오늘은 늦었으니 그만 돌아가

보거라. 자당께서 기다리고 계시겠구나."

약전이 오늘은 그만 파할 것을 이르자 창대가 익숙한 솜씨로 조개들을 정리하고는 방을 나섰다. 창대는 요즘 만사가 즐거웠고 모든 게 다 아름답게 보였다. 물속을 헤엄치던 전옥패의 눈부신 자태가 눈앞에 어른거리면서 창대는 괜스레 얼굴이 후끈거렸다. 가늘고 긴 팔다리를 휘저으며 물속을 더듬고 있던 전옥패를 발견한 순간 창대는 숨이 멎을 것만 같았다. 어찌 저리도 아름다울 수가 있을까. 날렵한 몸매에 가녀린 허리, 긴 머리를 질끈 동여맨 채 유유히 헤엄치는 모습은 정녕 천상의 선녀가 유영을 하는 모습이었다.

그런데 무슨 일일까. 동리 어귀에 이르자 분위기가 심상치 않았다. 창대는 물어볼 요량으로 바닷가에서 걸어오는 어부에게 다가갔다.

"무슨 일이 생겼습니까?"

"그게……. 상분이네 시신이 발견되었다네. 물질을 하루 이틀 한 사람도 아닌데 어쩌다 그런 변을 당했단 말인가."

어부가 고개를 절레절레 흔들었다. 끝내 상분네가 죽었단 말인가. 창대는 한걸음에 바닷가로 달려갔다. 본격적으로 물질을 시작하기도 전에 사고가 발생했으니 큰일이었다.

잠녀들은 물질을 하다 말고 몰려온 듯 물옷 그대로였고 동리 사람들은 멀찌감치 떨어져서 수군거리고 있었다. 다른 사람들 같으면 가까이 가기가 뭣하겠지만 이런저런 일로 잠녀들과 잘 알고 지내는 창대는 개의치 않고 얼른 앞으로 나섰다. 한가운데 거적때기로 뒤집어씌운 것이 상분이네의 시신일 것이다.

"아무리 물귀신에게 몸을 맡기고 사는 신세라고 하지만 그래도 그렇지 이게 무슨 날벼락이야. 상분이네가 어쩌다……."

"글쎄 말이야. 어떻게 이런 일이……."

"용왕님께서 노하실 일을 한 모양이군. 그렇지 않고서야……."

잠녀들은 사색이 되어서 저희들끼리 수군거렸다. 창대는 삼삼오오 모여 있는 잠녀들 사이에서 전옥패를 찾아냈다. 전옥패는 핏기가 가신 얼굴로 불안한 듯 뒷줄에 서 있었다.

대상군이 창대를 보고는 가까이 오라고 손짓을 했다. 창대가 다가가자 잠녀들이 길을 비켜 주었다. 대상군이 살짝 거적때기를 들췄다. 상분이네는 자는 듯 누워 있었다. 혹시 끔찍한 꼴을 하고 있는 것은 아닌가 했는데 의외로 시신은 깨끗했다. 물질을 하다가 죽은 잠녀를 보는 게 처음이 아닌데도 창대는 왠지 느낌이 예전과 달랐다.

"상어에게 물린 건 아니로군요."

"보다시피 물린 자국은 전혀 없네."

시신은 이상할 정도로 깨끗했다. 상태로 봐서 물을 먹은 것도 아니었다.

"혹시 독이 있는 물고기에게 쏘인 것은 아닐까요?"

"내가 자세히 살펴봤지만 쏘인 자국도 전혀 없었어."

대상군이 고개를 흔들었다. 그렇다면 왜 죽었단 말인가. 무엇보다도 이상한 것은 며칠 만에 발견된 시신치고는 너무도 깨끗하다는 사실이다. 정말로 용왕님이 노하신 것일까. 섬에서 태어나 바다에서 잔뼈가 굵은 창대지만 이런 경우는 처음이었다. 도대체 왜 죽었을까. 전혀 짐작이 가질 않았다.

"제대로 물질을 시작하기도 전에 변이 생겼으니 큰일일세. 잠녀야 늘 물귀신에게 잡혀갈 각오를 하고 있지만 그래도 빨리 원인을 밝혀내지 못하면 별의별 소문이 다 돌면서 잠녀들이 물에 들어가려 하지 않을 거야. 정말 이상해. 상분이네는 물질이 서툰 것도 아니고 그날 파도가 높지도 않았는데 왜 변을 당했을까."

대상군은 창대에게 상분이네가 변을 당한 이유를 알아봐 달라고 당부했다. 관아에 알려 봤자 잠녀가 물질을 하다가 죽은 걸 가지고 어떻게 하란 말이냐라는 대답밖에 듣지 못할 것이다.

대상군은 창대를 어릴 때부터 잘 알고 있었다. 그리고 창대가 장부로 자란 뒤에는 잠녀들이 처리하기 곤란한 일이 생기면 줄곧 창대에게 도움을 청했고 창대는 기꺼이 도와주고 있었다. 본래부터 남 어려운 사정을 못 본 체하는 법이 없는 창대다. 창대는 당연하다는 듯 대상군의 부탁을 받아들였다.

상분이네 시신은 안색이 백지장처럼 창백한 것을 빼고는 잠이 든 사람과 다를 바가 없을 정도로 깨끗했다. 도무지 사인이 짐작가질 않았다. 물린 곳도 없었고 물을 먹지도 않았으며 며칠이나 지났음에도 조금도 썩지 않았다. 창대는 자는 듯 조용히 누워 있는 상분이네를 내려다보며 고개를 갸우뚱했다.

———◆◇◆———

할머니는 당장이라도 숨이 넘어갈 듯 심하게 기침을 해댔다. 전옥패는 당황해서 허둥댔다. 이럴 때는 어떻게 해야 하나. 이러다 무슨 일이 생기는 게 아닐까. 경황이 하나도 없었다. 겁이 나 죽겠는데 누구 하나 도움을 청할 사람이 없었다.

다행히 할머니의 기침이 오래가지 않았다. 전옥패는 가슴을 쓸어내리며 그대로 털썩 주저앉고 말았다. 할머니는 괜찮으니 그만 일을 나가 보라며 손짓을 했지만 놀랄 대로 놀란 전옥패는 발길이 떨어지지 않았다. 차도는커녕 나날이 병세가 더해가고 있었다.

"괜찮다는 데도 그러는구나. 대상군께서 큰마음 먹고 너를 받아 주셨는데 늦어서야 되겠느냐. 빨리 가거라."

할머니가 숨을 헐떡이며 간신히 말했다.

"잠깐만 기다리세요. 약을 달여 올 테니."

없는 돈에 마련한 약이다 보니 제대로 된 약재로 지은 약일 리 없다. 정성만 가지고 병이 낫지는 않는다. 그래도 지금 믿고 기댈 데는 약밖에 없다. 전옥패는 얼른 주방으로 달려갔다. 할머니는 그런 전옥패를 보면서 눈물이 핑 돌았다.

'불쌍한 것. 그냥 제주도에서 살지 뭐하러 여기 와서 이 고생을……. 저 어린것이 어미를 버린 제 아비와 남의 서방 가로챈 제 어미를 대신해서 늙은 할미 뒷바라지를 해야 한단 말인가. 그런데 저 착한 심성은 누굴 닮은 걸까. 물질 솜씨는 분명 제 어미를 닮았는데…….'

할머니가 긴 한숨을 내쉬었다. 불현듯 전옥패가 불쑥 예리로 찾아왔던 이태 전의 일이 떠올랐다.

"네가 봉규의 딸이란 말이냐."

난생 처음 보는 친손녀는 가을 하늘처럼 맑은 눈을 하고 있었다.

할머니는 바람벽에 몸을 기댔다. 숨이 넘어갈 것만 같았던 기침이 멎자 살 것 같았다. 그러면서 지난날들이 주마등처럼 스치고 지나갔다. 어부인 남편을 바다에 빼앗기고서 오로지 어린 아들 하나 믿고 사는 과부에게 유일한 희망은 아들을 장가들여서 며느리와 손주를 보는 것이었다.

아들 봉규가 고깃배를 탈만큼 장성했지만 할머니는 그래도 일을 놓지 않았다. 선창에서 고기를 다듬고 그물을 풀었고, 조기배가 들어오면 염장(鹽場)으로 달려가서 조기를 소금에 절여서 굴비를 만들었다. 또 건조장을 찾아다니며 악착같이 돈을 모았다. 아무리 없이 사는 사람들이라고 해도 아들 며느리 내외와 좁은 방에서 한 이불을 덮고 살 수는 없는 노릇이었다.

할머니는 그렇게 악착스럽게 일해서 아들의 장가 밑천을 마련했고 마침내 며느릿감도 골랐다. 아비는 물귀신이 되었고 어미는 돌림병으로 죽어서 오갈 데 없게 된 열세 살짜리 여아를 민며느리로 들이기로 한 것이다. 가진 게 없다 보니 냉수 한 그릇 떠 놓고 혼례를 올렸지만 그래도 할머니는 뛸 듯이 기뻤다. 소원을 이룬 것이다.

그렇게 셋이서 없는 대로 오붓하고 살고 있는데 제주도 잠녀들이 흑산도로 원정 물질을 왔다. 제주도 잠녀들이 흑산도로 원정 물질을 오는 일은 전에도 있었다. 잠녀들은 물질을 마치면 그동안 잡은 것을 약속대로 나누고 다시 제주도로 돌아가는데 이번에는 그만 사고가 생겼다. 봉규가 제주도 잠녀와 눈이 맞아서 그녀를 따라서 제주도로 가버린 것이다.

민며느리 삼아 데려다 놓은 깡촌 고아 계집아이에 비하면 제주도 잠녀는 한결 성숙했고 훨씬 여인스러웠다. 더구나 모친이 서두르는 바람에 끌리듯 치른 혼례다. 봉규는 촌티가 줄줄 흐르는 색시를 내팽개치고서 제주도로 달아났다.

'못된 것.'

할머니가 한숨을 내쉬었다. 그때 일을 생각하면 지금도 억장이 무너질 것만 같았다. 어떻게 저 하나 믿고 살아온 홀어머니와 불쌍한 색시를 헌신짝 버리듯 내팽개치고서 떠나 버렸단 말인가.

아들에게 배신을 당한 할머니는 몸져누웠고 창졸간에 과부 아닌

과부가 된 며느리는 옷가지를 챙겨 들고 집을 떠났다. 잡을 수도 말릴 수도 없는 형편이었다. 얼마 후에 며느리가 뭍으로 떠났다는 말을 들었고 그 후로 소식이 끊겼다.

그렇게 죽지 못해서 산 게 십육 년의 세월이었다. 그때 얻은 병이 점점 깊어져서 이제 그만 남편의 뒤를 따라가야겠다고 생각하고 있는데 느닷없이 손녀라며 전옥패가 나타난 것이다.

'이 아이가 봉규하고 그 제주도 잠녀 사이에서 태어난 아이란 말인가.'

할머니는 놀라 기절할 뻔했다. 너무나 뜻밖의 사실이었다. 전옥패의 말로는 아버지는 몇 해 전에 세상을 뜨셨고 어머니는 석 달 전에 돌아가셨는데 숨을 거두시면서 흑산도의 할머니를 찾아뵐 것을 신신당부했다는 것이다.

이미 가슴 속에 묻어 버린 아들이다. 죽었다는 말에 새삼 슬프지 않았다. 오히려 손녀가 생긴 게 기뻤다. 할머니는 그날 이후로 새로 삶을 얻었다.

전옥패는 어머니의 유언을 들어주기 위해서 흑산도에 왔지만 할머니에게 인사를 드리고 다시 제주도로 돌아갈 생각이었다. 하지만 노구를 이끌고 어렵게 살고 있는 할머니를 보자 전옥패는 발길이 떨어지지 않았던 것이다.

'불쌍한 할머니.'

아버지와 어머니는 평생을 죄인으로 사셨다. 전옥패는 대신 속죄하는 마음으로 할머니를 모시기로 하고 예리에 눌러앉기로 했다. 그렇게 이태가 지나면서 이제는 떨어져서는 살 수 없을 만큼 깊은 정을 느끼게 된 것이다.

48

'못된 놈. 어미를 버리고 가 버렸으면 그만이지 어린 딸에게 왜 짐을 씌우고……'

할머니는 연신 부채질을 해 대며 약을 달이고 있는 전옥패를 쳐다보며 한숨을 내쉬었다. 저 애의 성의를 봐서라도 차도를 보여야 할 텐데 그게 마음대로 되질 않았다. 빨리 죽어 버리는 것이 전옥패를 위하는 길이라는 생각이 들다가도 전옥패에게 짝을 지어 주고 싶은 욕심을 버리지 못하고 약사발에 손을 내밀고 있었다.

'그래. 살아야 한다. 어떻게 해서든 살아서 저것이 제 짝을 찾아서 혼례를 올리는 것을 이 두 눈으로 봐야 해.'

할머니는 힘겹게 몸을 일으키고 전옥패로부터 약사발을 받아 들었다. 전옥패는 할머니가 약 드시는 것을 확인하고서 집을 나섰다. 용하다는 소리를 듣는 의원의 약을 쓰려면 열심히 일해서 빨리 돈을 모아야 한다.

전옥패가 흠칫 놀라며 걸음을 멈추었다. 문 앞에 창대가 서 있었다.

"할머니는 좀 어떠시오. 기침을 심하게 하시는데."

"……."

전옥패는 혹시 누가 보는 사람은 없을까 마음이 쓰여서 얼른 주위를 둘러보았다. 다행히 부근에 사람이 없었다.

"약은 제대로 쓰고 있는지 모르겠소. 섬 구석이다 보니 약재를 구하기가 쉽지 않을게요. 아무래도 용한 의원에게서 약을 쓰려면 할머니를 모시고 뭍으로 나가야 될 텐데……."

창대 말대로 흑산도에는 의술을 제대로 배운 의원이 없어서 섬사람들은 큰 병에 걸리면 배를 타고 뭍까지 나가야 했다. 급질에라도 걸리면 도리 없이 명줄을 놓아야 하는 게 여기 실정이다. 전옥패는 가진 돈 전부를 털고 또 이웃에게 빌려서 예리의 의원에게 할머니를 보였지만 도무지 차도를 보이지 않고 있었다. 그래도 약은 계속 마련해야겠기에 사리로 옮겨서 물질을 하고 있었다.

"지난번에는 정말 고마웠소. 하지만 앞으로는 그런 짓 하지 마시오. 행여 다른 잠녀들의 눈에 띄기라도 하면 금세 소문이 나돌 것이고 그러면 나는 물질을 못 하게 될 것이오. 대상군님의 호의로 간신히 물질을 하고 있는 판이오."

전옥패는 일부러 쌀쌀맞게 창대를 대했다. 사실 전옥패도 창대가 싫지는 않았다. 듬직한 사내가 마음 씀씀이도 자상했다. 괜히 낯선 처자에게 수작이나 붙일 한량은 분명 아니었다. 그렇지만 처지가 처지인지라 몸가짐에 각별히 조심을 해야 했다. 잠녀들이 물질을 할 때 남정네들은 절대로 접근하지 못하도록 돼 있다. 더구나 남이 딴 전복을 제 것이라고 내놓는 것은 부끄러운 일이다. 물속에서 창대를 만났다는 사실이 밝혀지면 힘들게 얻은 일자리를 내놓아야 할 것이다.

"열 길까지 자맥질을 할 수 있는 사람은 대상군밖에 없으니 그런 염려는 하지 않아도 좋을 거요. 그러나저러나 어찌 그렇게 자맥질을 잘 하시오? 옥패 처자는 본래 제주도에서 살았다고 들었소만."

"밖에 누가 왔느냐?"

할머니가 인기척을 느꼈는지 문을 열어젖혔다. 기침 소리가 요란했다.

"옥패 처자를 돕고 싶소. 오늘은 솔섬 쪽에서 물질을 하시오."

창대는 그 말을 남기고 황급히 사라졌다.

"아무것도 아니에요, 할머니."

전옥패가 얼른 할머니에게 달려갔다. 할머니는 서둘러 뛰어가는 창대의 뒷모습을 보고 전에도 집 주위를 서성이던 총각임을 알아보았다.

'그때 그 총각이로군. 옥패에게 마음이 있는 모양이야. 아무튼 빨리 저것 짝을 지어 주어야 할 텐데. 그래야 나도 마음 놓고 눈을 감지.'

할머니는 숨이 가쁠 텐데도 억지로 고개를 들고는 멀어져가는 창대의 뒷모습을 유심히 살펴봤다.

전옥패는 할머니를 간신히 진정시키고서 바닷가로 달려갔다. 빨리 나가서 불턱에 불도 놓고 연장들도 챙겨야 한다. 그것은 하군 잠녀들의 몫이다. 서두르지 않으면 늦을 것 같았다. 전옥패는 잰걸음으로 바닷가로 내달렸다. 상분이네 일로 해서 마을이 온통 뒤숭숭하다. 이런 판에 하군 잠녀가 물질에 늦었다가는 날벼락이 떨어질 것이다.

서둔 덕에 다행히 늦지 않았다. 전옥패는 서둘러 물옷으로 갈아입고 불턱에 불을 놓았다. 그러고서 상군과 중군 잠녀들의 빗창과 골각지, 종게호미 등을 차례로 늘어놓았다.

곧 잠녀들이 모여들었는데 모두들 침통한 얼굴로 입을 굳게 다물고서 물옷으로 갈아입었다. 대상군이 상군 잠녀들과 연장을 살피고는 모두에게 조심할 것을 지시했다.

잠녀들은 삼삼오오 짝을 지어서 테왁을 붙잡고 바다로 헤엄을 쳐 나갔다. 전옥패는 그들로부터 조금 떨어져서 헤엄을 쳤다. 창대 총각의 말이 아니더라도 오늘은 솔섬 쪽으로 가 볼 생각이었다. 그곳은 열길 이상 되는 깊은 곳이어서 아무래도 수확이 나을 것 같았다.

그런데 월례도 같은 생각일까. 부지런히 자기 뒤를 쫓아오고 있었다. 월례는 앞으로 대상군이 될 거란 소리를 들을 만큼 물질에 능한 잠녀인데 왠지 자기에게는 쌀쌀맞게 대하는 것 같아서 전옥패는 신경이 쓰였다. 어쨌거나 제발 창대 총각이 나타나지 말아야 할 텐데. 전옥패는 자꾸만 마음이 쓰였다. 남의 눈에 띄는 것도 문제지만 물옷 차림을 그에게 보인다는 것도 부끄러웠다.

마침내 솔섬이 보였다. 월례는 다른 데로 갔는지 보이지 않았다. 전옥패는 호흡을 고르고 물속으로 들어갔다. 그 사이에 날이 풀렸는지 처음 물질할 때보다 차가움이 한결 덜했다. 전옥패는 무성한 모자반 숲을 헤치며 천천히 헤엄을 쳤다.

조금 떨어져서 뭔가 빨리 헤엄치며 지나가는 것이 있었다. 창대 총각……? 그러나 확인은 되지 않았다. 전옥패는 생각만으로도 공연히 얼굴이 붉어지면서 가슴이 뛰었다.

빗창으로 바닥을 파내고 골각지로 일일이 돌 틈을 후벼낼 필요도 없었다. 예상했던 대로 조개와 소라가 널려 있었다. 전옥패는 되는 대로 주워 담고서 물 위로 향했다.

그렇게 몇 차례 자맥질을 하고 나니 망시리에 멍게와 소라가 그득했다. 이제 그만 돌아갈 때가 되었다. 전옥패는 한결 풀어진 마음으로 뭍을 향해서 헤엄을 쳤다.

그런데 또 무슨 일이 생긴 걸까. 잠녀들이 빙 둘러 서 있는데 예감이 불길했다. 전옥패는 허겁지겁 그리로 달려갔다.

"칠례가 죽었어!"

누군가가 작은 소리로 얘기해 주었다. 그럼 또 사고가! 전옥패는 가슴이 철렁 내려앉았다. 칠례는 하군 잠녀로 물질은 익숙한 편은 못되지만 그래도 장정 못지않게 건장한 몸을 지닌 잠녀다. 그리고 오늘은 바람 한 점 없었고 파도도 거의 없었다. 그런데 왜 또 변이……. 칠례의 시신은 상분이네와 마찬가지로 자는 듯한 모습을 하고 있었다.

"전혀 상처가 없어. 물을 먹은 것도 아니고."

시신을 살펴보던 대상군이 고개를 절레절레 저었다. 그렇다면 상분이네처럼 변사란 말인가. 잠녀들의 얼굴에서 핏기가 사라졌다.

왜 자꾸만 이런 끔찍한 일이 일어나는 걸까. 대상군은 침통했다. 삼십 년이 넘는 세월 동안 물질을 하면서 상어에 물려 죽은 잠녀도 봤고 물속에서 숨이 넘어간 잠녀도 봤지만 이런 경우는 처음이었다. 정말로 용왕님이 노하신 것일까. 대상군은 덜컥 겁이 났다.

"왜 자꾸 이런 변이 생기는지 모르겠네. 물굿이라도 지내야 하는 것 아닙니까?"

시신을 살피던 상군이 혀를 차며 물에 빠져 죽은 사람들의 혼을 달래는 무혼제를 지내는 게 어떠냐고 말했다.

"아무래도 용왕님께서 노하신 것 같아."

뒤에서 누가 금세 말을 받았다.

"그럼 누가 부정한 짓이라도 저질렀단 말이야? 용왕님께서 노하시게."

"누가 샛서방이라도 얻은 모양이지?"

잠녀들이 수군거렸다.

"시끄럽다! 그렇지 않아도 정신 사나운 판에 쓸데없는 소리!"

대상군이 일갈을 하자 입방아를 찧던 잠녀들이 머쓱해서 뒷줄로 물러섰다. 그렇지만 마냥 잠녀들만 나무랄 일도 아니다. 용왕님께서 노하지 않고서야 어떻게 이런 일이 연이어 발생한단 말인가.

정말로 누가 금기로 되어 있는 일을 몰래 저질러서 용왕님께서 노하신 것일까. 그럼 혹시 물에 들어가서는 안 될 사람이 물에 들어가기라도 한 것일까. 생각이 거기에 미치자 대상군은 가슴이 덜컥 내려앉았다. 잘못하면 전옥패가 의혹을 뒤집어 쓸 판이다. 물에 들어갈 때는 심신을 정갈히 해야 한다. 아무나 함부로 물에 들어가면 용왕님께서 크게 노하신다고 잠녀들은 굳게 믿고 있었다. 타지 사람이 불쑥 물질에 끼어든 것도 잠녀들의 눈총을 받을 일인데 자기들보다 훨씬 많이 조개를 줍고 미역을 따고 있는 전옥패가 질시를 받는 것도 어쩌면 당연한 일이다. 서둘러 변사의 원인을 밝히지 못하면 불똥이 엉뚱한 곳으로 튈 수가 있다. 대상군은 잠녀들을 둘러보면서 엄한 표정으로 주의를 주었다.

"이유가 밝혀질 때까지 함부로 입을 놀리지 말거라. 만약에라도 내 지시를 어겼다가는 그날로 물질은 다한 줄 알거라."

대상군이 으름장을 놓자 수군거리던 잠녀들이 입을 꾹 다물고 흩어졌다. 전옥패도 망시리를 챙겨 들고 집으로 돌아갔다. 다리가 후들거렸다. 자기를 쳐다보는 잠녀들의 눈빛이 심상치 않았다. 다행히 대상군이 호통을 치며 수습했기에 망정이지 하마터면 곤경에 처할 뻔했다.

전옥패는 울고 싶었다. 정말로 나 때문에 용왕님께서 노하신 것일까. 잠녀가 물속에서 남정네를 만나는 것은 엄히 금지되어 있었다. 창대 총각은 왜 자꾸만 내 입장을 난처하게 만드는 것일까. 오늘도 그랬다. 아무리 솔섬 쪽이 수확이 좋다고 해도 이렇게 많이 건져 올린 것은 틀림없이 창대 총각이 미리 물속에서 손을 써 놨기 때문일 것이다.

전옥패는 창대가 원망스러웠다. 왜 자꾸 이렇게 눈치 없이 구는 것일까. 그가 왜 그러는지 모르는 것은 아니지만 지금은 때가 너무 좋지 않다. 잘못되었다가는 물질을 못 하게 되는 것은 고사하고 변사의 책임까지 몽땅 뒤집어 쓸 판이다. 특히 월례의 눈치가 심상치 않았다. 전옥패는 눈물이 나올 것만 같았다.

◈━━━◈◇◈━━━◈

조개 종류가 이리도 다양하단 말인가. 옛 문헌에 이르기를 조개 중에서 생김새가 긴 놈은 방(蚄)이라 부르고 생김새가 둥근 놈은 합(蛤), 생김새가 좁고 길며 머리가 날카롭고 작은 놈은 마도(馬刀), 빛깔이 검고 가장 작은 놈은 현(蜆)이라 부른다고 했는데 약전은 기록과 실물을 일일이 대조하며 흐뭇한 미소를 지었다. 직접 눈으로 확인을 한 것이다.

"이놈들을 다 잡느라고 애를 많이 썼겠구나."

"솔섬 쪽에서 잡은 것들입니다. 영산도 쪽으로 나가면 종류가 또 다른 조개들이 있지만 그쪽은 조금 기다려야 할 것 같습니다. 잠녀들이 물질하는 곳은 피해 가면서 잡아야 하니까요."

창대가 으쓱해서 대답했다.

"그렇겠지. 남녀가 유별한 마당에 물옷 차림으로 일하는데 외간 남자가 가까이 있으면 되겠느냐."

약전이 고개를 끄덕이더니 갑자기 생각이 났다는 듯이 창대에게 물었다.

"듣자 하니 잠녀가 또 변을 당했다고 하던데……. 그래, 어찌된 영문이냐?"

"그게 참으로 이상합니다. 소인도 이런저런 일들을 많이 겪었고 변을 당한 시신도 여러 구 봤습니다만 이런 경우는 처음입니다. 도무지 왜 죽었는지 그 이유를 알 수 없습니다. 아무튼 상어에게 물린 것도 아니고 숨이 막혀서 죽은 게 아닌 것은 분명합니다.”

그렇다면 괴사(怪死)가 이어지고 있단 말인가. 약전이 심각한 표정으로 말을 이었다.

“참으로 괴이한 일이로구나. 빨리 원인을 밝혀내지 못하면 잠녀들이 무서워서 물질을 못 할지도 모르겠구나.”

잠녀들이 물질을 못 하는 것은 농부가 농사를 못 짓는 것과 진배없다. 절대로 그냥 넘길 일이 아니다.

“그렇습니다. 지금 잠녀들 사이에서 물할망이 나타났다는 소문이 돌면서 아무도 물에 들어가려 하지 않고 있습니다.”

“물할망이라니?”

“물할망은 물질을 하다 죽은 잠녀의 혼으로 물속을 떠돌다가 물질하는 잠녀를 보면 잡아간다고 합니다. 소인은 섬사람들을 홀리는 헛소리라고 믿고 있지만 변사가 계속되니 잠녀들은 불안한 모양입니다.”

큰일이다. 그렇지 않아도 보릿고개를 넘기느라 힘든 판인데 물질마저 못 하게 되면 굶어 죽는 사람이 나올 것이다.

“빨리 괴사의 원인이 밝혀져야 잠녀들이 안심하고 다시 물질을 할 텐데. 큰일이로구나.”

“그렇습니다. 지금 마을이 온통 뒤숭숭합니다. 소인도 도대체 이유가 무엇인지 궁금합니다.”

창대는 은근히 약전이 나서 줄 것을 바라는 심정으로 대답을 했다. 창대는 약전이 만사에 달통한 사람이라고 믿고 있었다.

“아무리 괴이한 일도 살펴보면 반드시 그 원인이 있을 것이다. 우선은 네가 돌아다니면서 좀 더 자세한 사정을 알아보도록 하거라. 일단 자세한 전말을 살핀 후에 이유를 밝혀보기로 하자.”

창대는 약전이 나설 뜻을 보이자 크게 기뻐했다. 학식 높은 한양 선비님이 나서 주신다면 괴사의 원인을 밝혀낼 수 있을 것 같았다. 창대도 지금 전옥패가 어려운 처지에 몰려 있다는 사실을 잘 알고 있었다. 그리고 그것이 자기 때문이라는 사실도 알고 있었다. 빨리 괴사의 원인을 밝혀내서 어려운 처지에 놓인 옥패 처자를 도와야 한다. 어찌해야 할지 몰라 혼자서 애를 태우고 있던 차에 약전이 도와주겠다고 하자 창대는 지옥에서 부처를 만난 기분이었다.

봉화대가 있는 언덕에 올라서자 당집이 눈에 들어왔다. 대상군은 잠시 쉬어 가기로 하고 그대로 바위에 털썩 주저앉았다. 대상군은 물굿을 의논하기 위해서 새 무녀를 찾아가는 길이다. 언덕 아래로 바다가 시원스레 눈에 들어왔다. 바다는 조용했다. 다른 때 같으면 물질을 하느라고 한창 바쁠 텐데 지금은 아무도 물질을 하지 않고 있었다.

사리의 풍어제를 주관하던 노무녀가 작년에 죽으면서 당집은 그대로 비어 버렸다. 새끼 무녀도 없는 외딴섬의 초라한 당집이기에 마을 사람들은 따로 당할머니를 모셔 올 생각을 못하고 있었다. 그런 차에 얼마 전에 웬 무녀가 나타나서 당집에 주저앉아 주인 행세를 하고 있었다. 뭍에서 왔다는 새 무녀는 당집에 들어앉아서 바깥 나들이를 거의 하지 않았고 마을 사람들도 당집을 별로 찾지 않았다. 수더분하던 노무녀와는 달리 차갑고 매서운 인상이어서 한 번 찾아갔던 사람들은 다시 걸음을 하지 않고 있었다.

대상군도 소문을 들은 터라 별로 발길이 내키지 않았지만 그래도 물굿을 하려면 무녀를 모셔야겠기에 무거운 걸음으로 당집에 향하고 있었다. 변사의 원인을 빨리 밝혀내지 못하면 물질을 못 하게 된다. 어쩌면 전옥패는 사리에서 쫓겨날 것이다. 당장은 대상군의 위세로 딴소리를 못 하게 하고 있지만 빨리 매듭을 짓지 못하면 잠녀들이 들고 일어날 것이다

대상군이 상례를 깨고 전옥패를 선뜻 받아들인 것은 대상군이 오래전에 전옥패의 모친에게서 큰 도움을 받은 적이 있었기 때문이다. 오래전에 제주도 잠녀들이 흑산도로 물질을 하러 왔었는데 전옥패의 생모는 그때 사리에서 두 달간 머무르며 물질을 했다. 당시 하군 잠녀로 아직 물질이 서툴렀던 대상군은 욕심을 부리다 물속에서 변을 당할 뻔했었다. 그때 전옥패 모친이 도와주지 않았다면 꼼짝없이 물귀신이 되었을 것이다.

'이름이 고동주라고 했었지……'

전옥패의 생모는 잠녀답지 않게 살결이 고왔고 이모구비 또한 또렷했다. 그리고 마음씨도 고와서 대상군은 고동주를 친언니처럼 따르며 지냈다.

그런데 두 달간의 원정 물질이 끝나갈 무렵 일이 터졌다. 고동주와 눈이 맞은 예리의 어부가 노모와 혼례를 올린 지 얼마 되지 않는 처를 내팽개치고 고동주를 따라서 제주도로 가 버렸던 것이다.

'그때 온 섬이 떠들썩했었지.'

대상군이 고개를 절레절레 흔들었다. 그리고 그 사건 이후로 다시는 제주도 잠녀들이 흑산도로 오지 않았다. 그게 벌써 이십 년 전의 일이고 대상군도 거의 잊고 지냈다.

그런데 전옥패가 불쑥 나타나서 자기가 제주도 잠녀 고동주의 딸

이라고 하는 것이 아닌가. 대상군은 소스라치게 놀랐다. 고동주의
딸이라니 그럼……? 예측대로 전옥패는 고동주와 예리 어부 사이에
서 태어난 딸이었다. 평생 불효의 한을 지고 살았던 부친과 남의 남
편을 빼앗았다는 죄책감에서 벗어나지 못하던 어머니는 전옥패에
게 꼭 흑산도로 가서 할머니를 찾아뵐 것을 신신당부하며 숨을 거
두었다는 것이다.

전옥패는 어머니께서 혹시 어려운 일이 있거든 사리의 대상군을
찾아가면 도와줄 것이라고 했다며 물질을 하게 해달라고 당부를 했
다. 생명의 은인이며 친언니처럼 따랐던 고동주의 딸이다. 그리고
사정도 딱했다. 대상군은 순순히 물질을 허락했다. 물론 다른 잠녀
들에게는 지난 일을 일절 함구하고 있었다.

전옥패는 제 어미를 닮아서 물질에 천부적인 재질을 지녔다. 숨
을 참는 것이며 물속을 헤집는 솜씨가 웬만한 중군 잠녀들보다도
윗길이었다. 부지런히 일하면 그런대로 할머니 약값을 댈 수 있을
것 같았다. 고령에다가 워낙 병세가 깊어 완쾌는 힘들겠지만 그래
도 약 한 첩 제대로 지어드리지 못하고 돌아가시게 했다는 회한은
없도록 해야 한다.

그러던 차에 사고가 생긴 것이다. 잠녀들은 두 변사를 전옥패의
탓으로 돌리려 하고 있었다. 미모를 시기하는 것일까, 애기상군
자리를 빼앗길까봐 그러는 것일까, 또래의 월례가 앞장을 서고 있
었다.

대상군은 몸을 일으켰다. 물굿은 아무나 하는 게 아니다. 그런데
면식도 없는 무녀가 제대로 물굿을 할까. 물굿을 하면 변사가 그칠
까. 답답한 심사 때문일까 발길이 무거웠다.

마침내 당집에 이르렀다. 그동안 여러 차례 드나들었던 당집이지

만 주인이 바뀌었기 때문일까 이상하게 낯설었다. 새 무녀는 어떤 사람일까. 대상군은 조심스레 당집으로 들어섰다.

무녀는 기다렸다는 듯이 정좌를 하고 있다가 대상군을 쏘아보았다. 생각보다는 젊어 보이는 무녀인데 듣던 대로 눈매가 날카로웠다.

"물굿을 할까 해서 찾아왔소."

대상군은 마주 쏘아보며 찾아온 용건을 밝혔다.

"용왕님께서 크게 노하고 계시는데 왜 이제 오는 게야."

무녀가 대뜸 언성을 높였다. 꿰뚫어보는 듯한 형형한 눈빛은 대상군을 죄인 취급하고 있었다. 잠녀들의 대상군이다. 그런데 초면에 이렇게 안하무인으로 나오다니. 어이가 없었지만 깊이 팬 주름과 쏘아보는 눈빛에 압도된 대상군은 사죄하듯 고개를 푹 숙인 채 자리를 잡았다.

———◆◆◆———

창대는 주위를 살피고서 전옥패의 토담집으로 잰걸음을 옮겼다. 때가 때인지라 남의 눈에 띄는 일이 있어서는 안 된다. 토담집 가까이 이르자 간간히 할머니 기침 소리가 들려왔다. 창대는 누가 보는 사람이 없는지 다시 확인하고서 얼른 안으로 들어갔다. 창대는 문으로 다가가며 조심스레 인기척을 냈다.

"누구시오?"

전옥패가 쪽문을 열고 밖을 내다보더니 창대임을 알아보고는 소스라치게 놀랐다.

"잠시 물어볼 것이 있어서 들렸소."

창대가 소리를 죽이며 말했다. 전옥패는 겁먹은 얼굴로 창대를 쳐다보더니 주방을 가리켰다. 창대는 얼른 주방으로 뛰어 들어갔다. 창대는 창백한 전옥패의 얼굴을 쳐다보며 연민의 정이 솟아올랐다. 그리고 이렇게 가까이에서 얘기를 나누고 있다는 사실이 꿈만 같았다. 마음고생이 심했는지 전옥패는 며칠 사이에 얼굴이 말이 아니게 상해 있었다.

"어쩌자고 여기를 찾아온 것이오. 댁도 지금 내 처지가 어떻다는 것을 모르지는 않을 텐데. 이렇게 나를 찾아온 걸 행여 다른 사람들의 눈에 띄기라도 했다가는 나는 당장 사리에서 쫓겨날 것이오."

전옥패의 목소리가 심하게 떨렸다. 그렇지 않아도 바늘방석 위에 앉아 있는 판에 이렇게 자꾸만 찾아오면 어쩌란 말인가.

"옥패 처자의 어려운 처지를 잘 모르는 게 아니오. 그래서 속히 변사의 원인을 밝혀내서 옥패 처자가 어려운 처지에서 벗어나게끔 하기 위해서 이렇게 찾아온 것이오. 한양 선비님께서도 도와주신다고 하셨소. 선비님은 아는 게 많으신 분이어서 꼭 변사의 이유도 밝혀내실 것이오. 그러니 너무 심려하지 말고 기다리시오."

창대는 단숨에 말해 버렸다. 그리고 진지한 표정으로 전옥패를 상대로 탐문을 시작했다.

"혹시 물질을 할 때 이상한 느낌은 없었소?"

전옥패는 잠시 생각하더니 고개를 가로저었다.

"나도 줄곧 바닷가에서 자랐지만 이런 일은 처음이오. 제주도에서도 이런 일은 없었소."

아무래도 전옥패로부터는 별 단서를 얻지 못할 것 같았다.

"그럼 마음을 편히 먹고 기다려 보시오. 어떻게 해서든 변사의 정체를 밝혀낼 테니까."

창대가 의연하게 말하고 토담집을 빠져나왔다. 아직은 아무런 실마리도 잡지 못했지만 전옥패를 위해서 최선을 다할 결심이었다. 전옥패에게는 자기를 돕는 사람들이 있다는 사실만으로도 큰 힘이 될 것이다.

창대는 바닷가로 달려갔다. 잠녀들이 사고를 당한 곳으로 직접 들어가서 살펴볼 생각이었다. 바닷가는 한산했다. 잠녀는 물론 어부들도 보이지 않았다. 사리에는 어두운 그림자가 드리워졌다. 물질도 고기잡이도 모두 중지된 마당이다. 빨리 대책이 마련되지 못하면 섬에는 큰 재앙이 닥칠 것이다. 대상군은 아마 지금쯤 물굿을 하기 위해서 새로 왔다는 무녀를 만나고 있을 것이다.

굿을 하려면 돈이 적지 않게 들 테고 어쩔 수 없이 집집마다 추렴을 해야 할 텐데 그렇지 않아도 쪼들리는 판에 무슨 돈으로 굿을 벌인단 말인가. 그나마 굿을 해서 효험이 있으면 다행이지만 그렇지 못하면 일은 그 다음부터는 손가락을 빨고 지내는 수밖에 없을 것이다. 곳간에서 인심이 난다고 먹고살기 힘들어지면 인심이 흉흉해지게 마련이다. 그리고 모든 원망은 전옥패에게 쏠릴 판이다. 그렇게 되면 대상군도 더 이상 전옥패를 감싸지 못할 것이다.

'절대로 그런 일이 생겨서는 안 된다.'

창대는 이를 악물고 힘껏 쪽배를 저었다. 어느새 솔섬 두렁여 인근에 이르렀다. 두 번째 변사가 발생한 곳이다. 그날 바람은 잔잔했고 수면도 평온했다. 그리고 주위를 둘러봐도 별 이상한 게 눈에 들어오지 않았다.

창대는 숨을 고르고서 물속으로 들어갔다. 솔직히 물할망이 달려드는 게 아닐까 겁도 났지만 창대는 한양 선비의 말을 믿기로 했다. 한양 선비는 절대로 그런 건 없다고 했다.

창대는 제법 깊은 곳까지 잠수를 했다. 흑산도 물속이라면 제 손금 보듯 샅샅이 알고 있다고 자부하고 있고 거기에 물속을 환히 볼 수 있는 물눈이 있다. 샅샅이 뒤지면 뭔가 단서를 찾을 수 있을지도 모른다. 작은 고기들이 떼를 지어 곁을 스치고 지나갔다. 창대는 고기떼 사이를 헤엄치며 바닥으로 접근했다. 두렁여는 깊이가 칠팔 장은 되어서 중군 잠녀 이상은 되어야 물질을 할 수 있는 곳이다.

바닥에 이르자 해조들이 물결에 나부끼며 무성한 숲을 이루고 있었다. 창대는 돌 위에 들러붙은 감태의 방향을 살폈다. 근자에 센 조류가 밀려왔는지 모두 휘어져 있었다. 두렁여는 조류가 센 편이어서 조심하지 않으면 떠밀려 가는 수가 있다. 창대는 바닥에 이르러서 돌멩이 하나하나를 자세히 살폈다.

문득 상어가 나타나지 않을까 걱정이 되면서 허리춤에 찬 단검에 손을 댔지만 작은 고기떼들만이 유영하고 있을 뿐 주위에 큰 고기는 없었다. 아무리 살펴도 별 다른 이상은 없어 보였다. 숨이 차올랐다. 창대는 그만 물 밖으로 나가기로 했다.

"……!"

뭘까. 순간 써늘한 기운이 등골을 스치고 지나갔다. 모골이 송연했다. 창대는 위험을 감지하고서 있는 힘을 다해 물 위로 떠올랐다.

"홋!"

간신히 수면 위로 솟아오른 창대는 가쁜 숨을 몰아쉬었다. 무엇이었을까. 아까의 그 기분 나쁜 써늘함은. 아무리 궁리를 해도 마땅한 답이 떠오르지 않았다. 어떻게 할까. 잠시 망설이던 창대는 마음을 다져 잡고 다시 물속으로 들어갔다.

물속으로 들어가면서 이렇게 겁을 먹어 보기는 처음이다. 잔뜩 긴장해서 천천히 접근했지만 바닥에 이르도록 별다른 이상은 없었다. 그럼 아까의 그 기분 나빴던 느낌은 무엇이었을까······? 물속에서 큰 고기가 가까이 다가오면 기척이 느껴진다. 그런데 아까는 아무런 기척이 없었다. 잠녀들 말대로 정말로 물할망이······?

창대는 겁이 덜컥 나서 허겁지겁 부상했다. 아무튼 물속에 뭔가 이상이 있음을 확인한 셈이다.

절해고도에서의 기약 없는 유배. 암담하고 참담한 세월이지만 달리 생각하면 피비린내 나는 권세 다툼을 멀리하고 새로운 학문에 정진할 수 있는 좋은 기회이기도 하다. 약전은 어보 작성에 전념하며 외딴섬에서의 낯선 삶에 열심히 적응했다. 반가운 소식도 있었다. 강진으로 유배된 약용 아우가 집필에 몰두하고 있다는 소식을 전해 온 것이다. 약용 아우 역시 마음을 비우고 평소 마음에 두고 있었던 저술에 전념하고 있었다.

약전은 변사 사건에 적극 매달리기로 했다. 그동안 탐독을 했던 바다에 관한 고문헌이 적지 않다. 거기서 얻은 지식을 잘 활용하면 원인을 밝혀낼 수 있을지 모른다. 약전은 그것이야말로 실사구시와 이용후생을 추구하는 실학의 길이라고 생각하고 있었다.

약전은《정자통(正字通)》과《영표록(嶺表錄)》,《임해이물지(臨海異物志)》, 그리고《박물지(博物誌)》등 바다의 이변을 기록한 고문헌들을 모조리 펼쳐 들고서 지금 흑산도에서 벌어지고 있는 변사와 관련이 있을만한 기록이 있는지 샅샅이 살펴보았다. 바다를 직접 살피는 것은 창대의 몫이고 고문헌을 뒤지고 기록을 살펴보는 것은 약전의 몫이다.

마을 사람들은 용왕님께서 노하셔서 물할망을 보냈다고 하며 물굿을 벌이려 하고 있지만 약전은 변사의 원인은 따로 있다고 믿고 있었다. 바다에 명줄을 맡기고 사는 어민들이 물굿을 벌이고 배고사를 지내는 것을 탓할 수는 없다. 하지만 풍어제며 물굿은 소원을 비는 것 이상의 의미를 지녀서는 안 된다. 모든 결과에는 그에 합당하는 원인이 있게 마련이다. 그것을 밝혀내는 것이 여기서 자신이 해야 할 일이라고 약전은 믿고 있었다.

창대는 예리에서 온 젊은 처자가 지금 몹시 어려운 처지에 몰렸다고 했다. 듣고 보니 꽤나 사정이 딱한 처자였다. 그러니 괜히 불똥이 엉뚱한 데로 튀는 일을 막아야 한다. 처자의 딱한 처지를 얘기하며 제 일처럼 안타까워하는 것으로 봐서 창대는 그 처자에게 마음을 두고 있는 것 같았다. 총각이 처녀에게 끌리는 것은 만물의 이치다. 도대체 어떻게 생긴 처자일까. 약전은 은근히 호기심이 일었다. 말하는 품세로 봐서 제법 미모를 지닌 처자인 듯한데 아무튼 효심은 칭찬할 만했다.

당장은 막막하지만 계속해서 문헌을 뒤지고 창대가 수집해 온 증거들을 면밀히 검토하다 보면 무슨 실마리가 잡힐 것이다. 약전은 절해고도로 유배된 후 처음으로 팽팽한 긴장감에 휩싸였다.

조상상을 든 잠녀들이 낑낑거리며 바닷가로 향했다. 조상상 위에 놓인 밥이며 제물들이 제법 푸짐했다. 용왕님께 무사를 빌고 수중

고혼을 달래기 위해서 용왕굿을 벌일 참이다. 사리 마을 사람들은 굿을 준비하느라 다른 일은 전부 놓은 상태였다. 급히 돈을 추렴하고, 서둘러 법성포를 다녀오며 제수(祭需)를 간신히 마련했다. 용왕제가 되었든 풍어제가 되었든, 아니면 무혼제가 되었든 간에 해신제는 바다에 기대서 먹고사는 어촌에서는 제일 큰 행사다.

굿판이 갖추어지자 대상군을 필두로 사리 잠녀들 모두가 조심스레 굿판 앞으로 모여들었다.전옥패도 일행의 끝줄에 서서 용왕굿에 참관했다. 장구재비와 북재비를 맡아줄 마을 남자들은 벌써 굿판에 나와 있었다. 노무녀와는 오랫동안 소리를 맞추어 왔지만 새 무녀와는 처음인지라 모여든 마을 사람들은 표정이 조금 굳어 있었다.

마침내 용왕굿을 주재할 무녀가 큰머리에 홍치마, 그리고 쾌자 차림을 하고 상 앞으로 걸어왔다. 무녀는 거만한 자세로 사람들을 둘러보고서 돌아섰다. 마을 사람들은 무녀의 쏘아보는 시선에서 가슴이 철렁 내려앉았다. 친근감보다는 위압감을 주는 무녀였다.

이윽고 장구 소리가 요란하게 울려 퍼지면서 용왕굿이 시작되었다. 무녀는 천천히 일어서서 사방에 절을 하고는 피리 소리, 북소리 장단에 맞추어 큰소리로 무가(巫歌)를 부르기 시작했다.

"깊은 바다에서 용왕님께서 내려오셔⋯⋯."

마을 사람들은 그 처연한 목소리에 가슴이 섬뜩했다. 무녀의 목소리에는 어딘지 모르게 음울한 기운이 서려 있었다. 깊은 한이 쌓인 듯 처절한 목소리였다. 어디서 저런 소리가 나는 것일까. 사람들은 처음 들어 보는 무가에 조금은 겁을 먹은 표정을 지었고 무녀는 신명이 난 듯 신방울을 요란하게 흔들어댔다.

사람들 틈에 끼어서 용왕굿을 지켜보고 있는 창대는 무녀의 비장한 사설에 까닭 모를 경계심이 일었다. 매서운 눈매와 압도하는 분위기. 인정이 느껴졌던 이전의 노무녀와는 너무도 다른 무녀였다.

굿이 진행되면서 마을 사람들은 점차 무녀에게 끌려들어 갔고 시퍼런 서슬에 눌려서 고개도 제대로 들지 못했다. 악사들도 무녀에게 압도되었는지 쉬지 않고 노래를 부르며 열심히 뒷바라지를 해주었다. 굿은 점점 고조를 더해 가면서 부정(不淨)굿으로 이어졌다. 신들린 듯 춤을 추던 무녀가 부정소지(不淨燒紙)에 불을 붙이고 하늘 높이 올리며 큰소리로 외쳤다.

"동방의 부정이나 남방의 부정이나……. 상물로 씻겨 내고 맹물로 씻겨 내고 쑥물로 씻겨 내고 일시 소망하옵소서."

그 모습을 본 마을 사람들은 모골이 송연해지며 탄성을 내뱉었다. 무녀의 사설에는 오뉴월에도 서리가 내릴 만큼 깊은 한이 서려 있었던 것이다. 처음에는 의심의 눈초리로 무녀를 대했던 마을 사람들은 이제 완전히 굿에 빠져들어 갔고, 벌벌 떨면서 용왕님께 그만 노여움을 거두실 것을 빌었다.

무녀의 굿이 끝나자 마을 사람들이 달려들어 차려 놓은 제물들을 바다에 던졌다. 용왕밥을 드리는 것이다. 용왕굿이 모두 끝나자 혼신을 다한 듯 무녀는 비 오듯 땀을 쏟으며 그대로 주저앉았다. 잠시 쉰 다음에 마을 사람들이 마련한 상을 받을 것이다.

"정말 대단해. 그동안 굿을 많이 봤지만 이런 굿은 처음이야. 그만하면 용왕님도 진노를 거두실 거야."

"난 넋이 빠져나가는 줄 알았어. 물귀신이 된 상분이네와 칠례의 혼도 이제는 마음 편히 저세상으로 떠날 거야."

마을 사람들은 무녀를 완전히 신뢰하게 되었다. 없는 돈을 짜내서 굿을 마련한 보람을 느꼈던 것이다.

무녀를 중심으로 해서 대상군과 상군들, 그리고 북과 꽹과리를 맡아 주었던 남자들이 둘러앉았다. 중군 이하 잠녀들은 바깥채에서 따로 상을 받았다.

"애쓰셨습니다. 할머니."

나이는 엇비슷해 보였지만 대상군은 예전의 노무녀를 부르던 대로 그냥 할머니라고 부르며 술을 따랐다.

줄곧 눈을 감고 있던 무녀가 눈을 뻔쩍 뜨자 대상군은 가슴이 철렁했다. 이리 무서운 눈빛을 본 적이 없었다. 불타는 듯한 눈빛은 싸움터에 임하는 장수보다 더 형형했다. 무녀는 이글거리는 눈빛으로 마을 사람들을 단번에 휘어잡은 것이다.

"아무리 급히 마련한 굿이라고 하지만 그래도 제수가 너무 소홀하지 않았나. 곧 조기잡이 배들이 출어를 할 테니 풍어제 때는 이보다 정성껏 제수를 마련해야 할 것이야."

무녀는 단숨에 술잔을 비우더니 제수가 부족했음을 나무랐다. 대상군은 얼굴이 벌게졌다. 노무녀도 대상군을 이런 식으로 잠녀들이 보는 면전에서 면박을 주지는 않았다. 그런데 이제 겨우 첫 굿을 마치고서 이리 위세를 부린단 말인가. 도대체 이 무녀는 누구며 어디서 뭘 하다가 이 섬까지 왔을까. 아무튼 해신제에 정통한 것으로 봐서 뭍에서만 전전하던 무녀는 아닌 것 같았다.

"용왕님께서도 이제 그만 노여움을 거두셨을 겁니다. 그런데 할머니께서는 물굿을 아주 잘 하시는군요. 사실 물굿은 아무 무녀나 하는 게 아니기에 마을 사람들은 혹시 물굿이 서툴면 어떻게 하나 해서 걱정 많이 했습니다. 할머니께서는 어디에 계셨기에 그렇게 물굿을 잘하십니까?"

꽹과리를 맡았던 사람이 궁금하게 여기고 있던 것을 물었다.

"나는 본래 섬사람이야. 섬에서 태어나서 섬에서 자랐으니 물굿에 능할 수밖에.”

무녀가 무표정한 얼굴로 대답했다. 섬사람이라고? 마을 사람들은 그제야 수긍이 간다는 듯 고개를 끄덕였다.

창대는 무녀가 마을 사람들과 어울리는 것을 보고 발길을 돌렸다. 전옥패는 자리에 낄 처지가 못 되는 신출내기 하군 잠녀들과 함께 집으로 돌아간 터였다. 저리 대단한 무녀일 줄이야. 단번에 마을 사람들을 휘어잡았고 모두들 흡족해하고 있었다. 한양 선비께서는 굿을 못마땅해하시지만 어쨌거나 굿의 효험으로 옥패에게 아무 일이 생기지 말았으면 하는 게 창대의 솔직한 심정이었다. 곧장 한양 선비에게 갈까 아니면 잠깐 옥패 처자에게 들렀다 갈까 생각을 하는데 뒤에서 누가 창대를 불렀다.

“오라버니.”

돌아보니 월례가 헐레벌떡 뛰어오고 있었다. 같은 동리에 사는 월례는 어릴 때는 허물없이 지내는 사이였는데 나이가 들면서 조금씩 내외를 하고 있었다. 그런데 무슨 일이 있어서 저리 헐떡거리며 뛰어오는 것일까.

“어딜 그리 급히 가시오?”

“가기는 어딜 가. 굿이 끝났으니 집에 가야지. 너야말로 왜 벌써 자리를 뜬 게냐? 잠녀들은 아직 모여 있을 텐데.”

“오라버니에게 할 말이 있어서 쫓아온 길이오.”

할 말이? 앞을 가로막고 선 월례를 보면서 창대는 얼굴이 화끈거렸다. 봉긋한 가슴에 잘록한 허리. 어느새 월례도 여인이 다 돼 있었다. 하긴 이제 열여덟이 되었을 테니 시집을 가고도 남을 나이다. 창대는 문득 옥패 처자하고 같은 나이구나 하는 생각이 들었다.

월례가 창대를 빤히 쳐다보더니 뜻밖의 말을 꺼냈다.

"오라버니 지금 그 예리에서 온 계집애 집에 가는 길 아니오?"

월례가 따지듯 한걸음 앞으로 다가섰다.

"그게 무슨 소리냐? 내가 거기를 왜 가? 방금 얘기하지 않았냐? 집에 가는 길이라고."

속마음을 들켰기 때문일까. 창대는 말을 허둥댔다.

"오라버니가 잡아떼도 다 알고 있소. 그동안 오라버니가 그 계집애 집을 드나들고 있었다는 사실을."

월례가 쌜쭉해서 내뱉었다. 창대는 철렁했다. 월례가 쓸데없는 소문이라도 냈다가는 옥패 처자의 처지가 이만저만 곤란해지지 않을 것이다.

"쓸데없는 소리! 그렇지 않아도 마을이 뒤숭숭한 판에 너까지 나서서 생사람 잡으려 하느냐!"

창대가 버럭 소리를 질렀지만 월례는 물러서지 않았다.

"오라버니가 그 계집애 집 주변을 어슬렁거리는 것을 여러 번 보았소. 그 계집애에게 마음을 두고 있다는 것을 다 알고 있소."

월례가 따지듯 언성을 높였다. 눈에서 새파란 불이 일었다. 그토록 조심을 했건만 월례의 눈에 띄었단 말인가. 창대는 난감했다.

"그깟 뜨내기 계집애에게 마음을 주어서 뭘 어쩌려고 그러시오? 대상군이 무슨 마음을 먹고 그 계집애에게 물질을 허락했는지 모르겠지만 물질이 끝나면 떠나갈 계집애 아니오?"

월례는 그 말을 남기고서 돌아섰다. 창대는 소태를 씹은 얼굴이 되었다. 옥패 처자를 마음에 두고 있다는 사실을 간파당한 것도, 월례가 그토록 전옥패를 미워하고 있는 것도 결코 달가운 일이 아니었다. 월례가 그리도 옥패 처자를 미워하고 있는 이유를 창대는 물론 잘 알고 있었다. 필시 모친도 닦달하고 나설 것이다. 창대는 착잡한 심정으로 승선네로 향했다.

약전은 방안 가득 고문헌을 펼쳐 놓고서 이책 저책을 번갈아 가며 살피고 있었는데 표정이 더 없이 진지했다.

"새로 알아낸 것이 있느냐?"

창대가 들어서자 약전은 문헌을 한쪽으로 밀어 놓았다.

"잠녀가 변을 당했던 곳을 샅샅이 훑어봤습니다만 별 이상한 점은 없었습니다."

창대는 물 밖으로 나오려던 순간 느꼈던 싸늘한 냉기에 대해서는 일단 입을 다물기로 했다. 어쩌면 두려움에서 그냥 섬뜩한 기분을 느낀 것일지도 모른다. 그래서 한 번 더 들어가서 상세히 살핀 후에 얘기하기로 마음을 정하고 있었다.

"마을에서 용왕굿을 지냈다면서?"

"네. 부정을 씻고 변을 당한 잠녀들의 넋도 달랠 겸해서 제법 큰 굿을 지냈습니다."

약전의 안색이 어두워졌다. 굿판을 마련하느라 들인 돈이 만만치 않을 것이다. 그렇지 않아도 먹고 살기가 힘든 판인데 앞으로는 더 쪼들리게 된 것이다. 어쨌거나 기왕에 벌인 일이다. 약전은 그 문제는 더 따지지 않기로 했다.

"문헌들을 살피고 있는 중이지만 도무지 짐작이 가질 않는구나."

어느새 약전은 창대를 동료로 대하고 있었다.

"다시 한 번 물속에 들어가 보겠습니다."

창대는 괜히 미안했다. 아무리 박식한 선비라고 해도 방안에 가만히 앉아서 물속 깊은 곳에서 벌어지고 있는 변괴를 내다볼 수는 없을 것이다. 결국 자기가 부지런히 물속을 들락거려야 한다. 그리고 그때의 섬뜩함도 자꾸만 마음에 걸렸다.

"힘들겠지만 네가 수고 좀 하거라. 하지만 주의해야 한다. 한 사람도 아니고 두 사람이 거푸 죽은 것으로 봐서 뭔가 정체를 알 수 없는 위험이 도사리고 있는 것은 분명하니."

약전은 창대에게 조심할 것을 일렀다. 너무도 막연했지만 그래도 창대가 옆에서 도와주고 있고 한양의 동학들이 여러 문헌들을 수집해서 보내주고 있기에 약전은 일말의 기대를 놓지 않고 있었다. 어제도 흑산진에서 나졸이 와서 한양에서 보내온 문헌을 한 아름 전해 주고 갔는데 개중에는 구하기 힘든 진귀한 문헌들도 제법 많았다.

───◆◇◆───

용왕님께서 노여움을 푸신 것일까 용왕제를 올리고서 잠녀들은 물질을 다시 시작했고 다행히 별 탈이 없었다. 굿을 지내느라 살림이 다 거덜 났지만 그래도 물질을 다시 하게 돼 다행이었다. 잠녀들은 쉴 틈 없이 물속을 드나들었고 어부들은 곧 시작될 조기잡이에 대비해서 밤낮없이 배와 그물을 손봤다.

창대는 조각배를 저으며 두렁여 쪽으로 다가갔다. 저 멀리서 잠녀들이 물질하는 것이 눈에 들어왔다. 얼굴을 알아볼 수 없을 만큼 먼 거리였기에 자맥질을 해도 상관없을 것이다. 옥패 처자도 저기에 있을까. 생각만으로도 가슴이 뛰었다. 창대는 설레는 가슴을 진정키시며 물속으로 들어갈 채비를 했다.

창대는 허리에 찬 짧은 칼을 살펴보고서 물눈을 끼웠다. 그리고 숨을 크게 들이키고서 물속으로 들어갔다. 그동안에 수온이 조금 올라서 자맥질이 한결 수월했다. 너울거리는 해면 아래로 망상어

같기도 하고 벤자리 같기도 한 고기떼들이 분주히 오가고 있었다. 아래가 울창한 물풀의 숲이어서 물고기들이 많이 모이는 곳이다. 철이 들면서부터 바닷속을 드나들었지만 이처럼 조심스러웠던 적은 없었다. 창대는 앞뒤와 옆을 빠뜨리지 않고 살피면서 바닥으로 접근했다.

해조류의 숲을 지나자 바위가 나타났다. 놀래기들이 쉬지 않고 바위틈을 드나들고 있었다. 아마 근처에 독가시치가 있는 모양이다. 바닷속에는 독가시치와 쏠종개를 비롯해서 조심해야 할 고기들이 많다. 멋모르고 접근했다가는 낭패를 보는 수가 있다. 창대는 주위의 경계를 소홀히 하지 않으면서 앞으로 헤엄쳐 나갔다. 변사의 원인은 밝혀지지 않았지만 물속에 뭔가 이상한 게 있는 건 분명했다.

섬 주위를 돌며 바닥을 살피던 창대는 뜻밖의 장면을 목격했다. 갯바위 주변 개흙에 능성어가 뒤집힌 채로 떼죽음을 당한 것이다. 더 이상한 것은 떼죽음을 당한 것은 능성어뿐으로 놀래기를 비롯해서 다른 작은 물고기들은 주변에서 분주히 움직이고 있었다.

왜 능성어만 떼죽음을? 이런 일은 처음이다. 창대는 뒤집혀서 떠다니고 있는 능성어를 집어 들었다. 서늘한 기운이 손끝에 전해졌다. 그렇지만 딱딱하게 굳어진 것만 빼고는 살아 있는 것과 똑같은 모습이었다. 아무리 훑어봐도 물린 자국은 찾아볼 수 없었다. 그럼 왜……? 그렇지만 창대는 숨이 차서 더 이상 버틸 수 없었다. 창대는 능성어를 꼭 쥔 채 수면으로 솟아올랐다.

창대는 능성어를 움켜쥐고서 헐레벌떡 승선네 토담집으로 달려갔다. 약전은 조그마한 이상이라도 빠뜨리지 말고 알리라고 지시를 했다. 창대는 이 기회에 그때의 싸늘한 냉기도 얘기하기로 했다.

약전은 창대가 가지고 온 능성어를 자세히 살펴보았다. 능성어는 살아 있는 것처럼 생생했다. 아무래도 급동사(急凍死)를 한 것 같았다. 왜 떼로 급동사를……? 민물에서는 가끔 고기들이 떼죽음을 당하는 일이 있지만 바다에서도 이런 일이 있다는 말은 들었던 적이 없었다.

"이런 일이 이전에도 있었느냐?"

"구즛물(적조 현상)이 돌면 물고기들이 떼죽음을 당합니다만 이것은 구즛물과는 상관이 없는 듯합니다. 구즛물이 돌면 바다가 온통 붉은색으로 변하고 고기들이 썩는데 지금은 바다도 깨끗하고 이 능성어는 살아 있는 듯 생생하지 않습니까. 그리고 다른 고기들은 다 괜찮은데 능성어만 떼죽음을 한 것도 이상합니다."

창대가 조리 있게 대답했다. 약전도 구즛물을 염두에 두지 않았던 것은 아니다. 적조 현상으로 인해서 어패류가 떼죽음을 당하고 또 그 어패류를 먹고 사람이 죽었다는 기록이 문헌 여러 곳에 기재되어 있었다. 선조 계사년(癸巳年 1593)과 계묘년(癸卯年 1603)에 적조 현상으로 물고기가 떼죽음을 당했고 홍합과 물고기를 먹은 사람들도 잇달아 죽었다는 기록은 이미 확인했다.

창대의 말대로 구즛물과는 관련이 없는 것 같았다. 그리고 큰 고기에게 먹힌 것도 아니고 독이 있는 고기에게 쏘인 것도 아니었다. 약전은 물할망이 잠녀를 잡아갔다는 따위의 말은 애초부터 믿지 않았지만 자신이 알지 못하는 일이 벌어지고 있는 것은 인정할 수밖에 없었다.

"실은 전에 물속에서 이상한 일을 겪었습니다. 뭔가 차가운 기운이 뒤에서 밀려오는 것 같아서 뒤를 돌아봤지만 아무것도 없었습니다. 확실치 않아서 선비님께 말씀을 드리지 않았는데 능성어의 떼죽음을 보니 아무래도 그때 소인이 헛것에 놀랐던 것이 아닌 듯합니다."

"그런 일이 있었느냐? 역시 물속에 무슨 이상이 있기는 있는 모양이로구나. 그렇다면 괴변이 또 발생할 수도 있는데 잠녀들이 물질을 다시 시작했다니 큰일이 아니냐."

"그렇습니다. 잠녀들은 용왕님께서 노여움을 푸셨다며 마음을 놓고 물질을 하고 있습니다."

빨리 손을 쓰지 않으면 변사가 또 생길지 모른다. 약전은 서두르기로 했다.

"내가 대상군을 만나서 얘기를 해 볼 테니 이리로 데리고 오거라. 그리고 그 예리에서 왔다는 처자 말인데."

약전이 갑자기 전옥패를 거론하자 창대는 긴장이 되었다.

"그 처자의 집에 들려 볼 생각이다. 할머니의 병세가 깊다고 하는데 내가 의술에 대해서 별반 아는 건 없지만 그래도 고칠 수 있는 병인지 아닌지 정도는 알 수 있다. 고칠 수 있는 병이라면 어떻게 해서든 손을 써 봐야 할 것 아니겠느냐."

창대는 뛸 듯이 기뻐했다. 약전은 기뻐하는 창대를 보며 역시 자기 추측이 옳았다고 생각했다. 하루 속히 괴사의 원인을 밝혀내서 섬마을 사람들이 마음 놓고 고기를 잡고 물질을 할 수 있도록 해야 할 텐데 여태 아무것도 알아낸 것이 없으니 큰일이다. 더구나 지금 예리 처자의 신세가 바람 앞의 등불이다. 약전은 허둥지둥 대는 창대를 보며 어떻게 해서든 실마리를 풀어야겠다고 다짐했다.

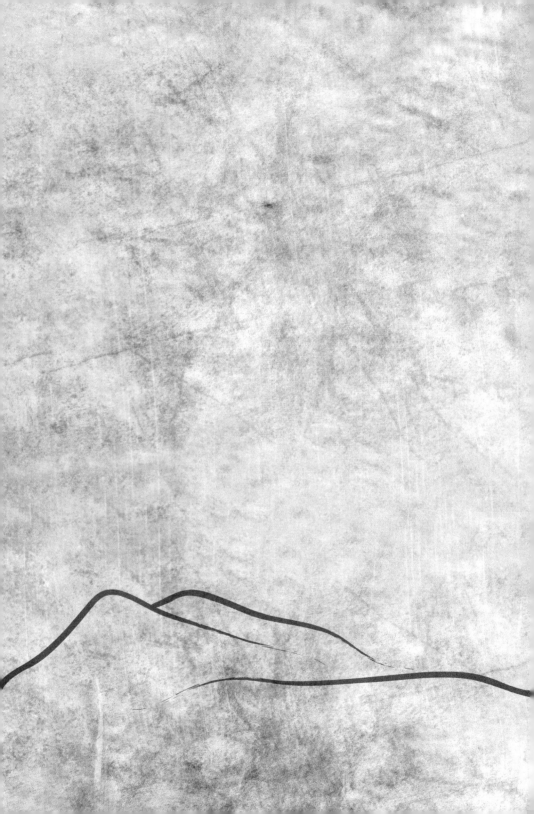

냉수괴 冷水槐

전옥패는 창대가 약전을 모시고 나타나자 깜짝 놀라서 몸 둘 바를 몰라 했다. 더구나 대상군도 함께였다.

"한양 선비님께서 옥패 처자의 할머니 병세를 살펴봐 주신다기에 모시고 왔소."

약전은 당황해서 어쩔 줄을 몰라 하는 전옥패를 흘끗 쳐다보고는 창대가 어째서 그리도 마음을 졸이고 있는지 짐작이 갔다. 하얀 살결에 또렷한 이목구비를 지니고 있는 옥패 처자는 대처에서도 흔치 않은 미모를 지니고 있었다.

"네 할머니의 병이 깊다고 들었다. 내 의술이 깊지는 못하지만 그래도 병세 정도는 볼 줄 아니 너무 어려워하지 말고 내게 보이도록 하거라."

할머니와 단 둘이서 사는 집에 남자가 불쑥 나타났으니 당황스럽기도 할 것이다. 약전은 대상군을 데리고 오기를 잘했다고 생각하며 대상군의 뒤를 따라 방으로 들어섰다. 전옥패의 할머니는 떠나갈 듯 기침을 심하게 하면서도 억지로 몸을 일으키려 했다.

"한양 선비님께서 어려운 걸음을 하신 것이니 얼른 할머니를 부축하거라."

대상군이 전옥패에게 일렀다. 쿨럭쿨럭 기침을 해 대던 할머니는 전옥패의 부축을 받으며 간신이 몸을 일으켰다. 퀭한 눈으로 약전을 쳐다보는데 몰골이 말이 아니었다. 약은커녕 끼니조차 제대로 잇지 못하고 있는 것 같았다.

"약은?"

문밖에 서 있던 창대가 냉큼 주방으로 달려가서 약재를 들고 왔다. 약전은 기가 막혔다. 그동안 어보를 만들면서 《동의보감》이며 《본초강목》도 빠뜨리지 않고 살폈다. 정식으로 취재(取才)에 급제한 의원과는 비교할 바가 못 되겠지만 그래도 어깨 너머로 배운 재주로 명의 행세를 하는 시골 의원만큼은 병을 볼 수 있을 것이다. 그런데 창대가 들고 온 것은 약재라기보다는 초근목피에 불과했다.

"이런 것들을 약이라고……. 차도가 없는 게 당연하지 않느냐?"

어처구니가 없어서 질타를 하려던 약전은 곧 후회를 했다. 고개를 숙이고 있는 전옥패의 귀밑이 진홍색으로 물들었다.

"이 아이가 하노라고 했지만 좁은 섬이다 보니 어디 쓸 만한 약재를 구할 수가 있겠습니까. 천상 영광이나 나주로 나가야 하는데 그게……."

대상군이 대신 대답했다. 입장이 난처해진 약전은 공연히 헛기침을 해 댔다.

"듣자하니 네 효성이 지극하다고 하더구나. 내가 보건데 네 할머니 병은 명줄을 놓을 정도는 아닌 것 같다. 대처로 옮겨서 용한 의원에게 보이고 제대로 된 약재를 쓴다면 틀림없이 기력을 되찾을 것이다. 당장 네 처지에 그게 쉽지는 않겠지만 죽으란 법은 없으니 너무 걱정하지 말거라. 나도 힘닿는 데까지 알아볼 테니 조금만 더 참고 기다려 보거라."

약전이 전옥패를 위로하고 일어섰다. 오래 있을 자리가 아니다. 전옥패가 황망히 따라 일어서며 배웅을 했다. 밖으로 나오자 기다리고 있던 창대가 얼른 달려왔다.

"참으로 딱한 일이로군. 제대로 먹지를 못하는데 장정인들 배겨 나겠느냐. 아무튼 기특한 처자로구나. 물질을 하고 돌아오면 몸이 파김치가 될 텐데도 저렇게 지극정성으로 할머니 병수발을 들다니."

"그렇습니다. 아주 기특한 아이입니다. 워낙 가진 게 없다 보니 저 싸구려 약재마저 빚을 얻어서 구한 것이지요."

대상군이 전옥패를 거들었다. 생각할수록 갸륵한 처자였다. 창대가 연모의 정을 단단히 품고 있는 모양인데 맺어 주면 좋은 짝이 될 것 같았다.

"두 사람 다 내 집에 들렀다 가거라. 이를 말이 있네."

약전이 창대와 대상군에게 따를 것을 이르고 행보를 빨리했다. 세 사람은 황급히 승선네 토담집으로 향했고 약전이 자리를 잡자 대상군과 창대가 조심스레 따라 앉았다.

"자네는 그 처자에 대해서 잘 알고 있는 것 같은데 이전부터 알던 사이인가?"

"실은……."

대상군이 약전과 창대를 번갈아 보면서 잠시 망설이더니 마음을 정한 듯 천천히 입을 열었다.

"오래전의 일인데 그 아이의 모친과 인연이 있었습니다."

대상군은 전옥패 생모와의 만남부터 차근차근 얘기해 내려갔고 전옥패의 부친이 노모와 갓 시집온 색시를 버리고 전옥패의 생모를 따라서 제주도로 가버렸다는 부분에 이르러서 약전은 긴 탄식을 늘어놓았다.

"그래서 부모의 불효를 대신해서 할머니를 지극정성으로 모시고 있단 말인가. 듣고 보니 더욱 갸륵하구나. 어쨌거나 함부로 발설할 일이 아닌 것 같으니 입을 굳게 다물고 있거라."

약전이 창대에게 주의를 주었다.

"여부가 있겠습니까. 옥패 처자는 참으로 마음씨가 고운 사람입니다."

창대가 얼른 대답했다.

"대상군으로서 힘닿는 데까지 봐주고 있습니다만 할머니를 모시고 뭍으로 나갈 만큼 돈을 모으는 게 쉽지 않을 겁니다. 제 어미를 닮아서 물질은 잘 합니다만 아직 서툰 데다 또 이런 일이 있고 보니……. 그런데 제게 이르실 말씀이란 게 무엇입니까?"

대상군이 아까부터 궁금해하던 것을 물었다.

"지금 창대와 함께 변사의 원인을 조사하고 있는 중이다. 잠녀들과 어민들은 용왕님께서 노하셔서 그런 일이 생겼다고 하지만 나는 그리 생각하지 않는다. 대저 일에는 반드시 그 까닭이 있는 법, 그래서 창대는 바닷속을 살피고 있고 나는 옛 문헌들을 조사하고 있는 중이다. 잠녀들은 용왕님께서 노여움을 푸셨다고 좋아하고 있다지만 나는 아직 위험이 사라지지 않았다고 생각하고 있다. 여전히 바닷속에 정체를 알 수 없는 위험이 도사리고 있다는 말이지. 아직은 그 원인을 분명히 밝혀내지 못하고 있지만 머지않아 알아낼 것이니 그때까지 물질을 중지하는 것이 어떻겠나?"

"네? 물질을 중지하라고요? 선비님께서 저희들을 위해서 그리 애를 써주시니 고맙기 이를 데 없습니다만 용왕굿까지 지낸 마당에 물질을 중단할 수는 없습니다. 그렇지 않아도 없는 살림에 제수를 마련하느라 지금 죽을 지경입니다. 물질이라도 하지 않았다가는 당장 끼니를 잇지 못할 판입니다."

대상군이 난색을 표했다. 지금 물질을 중단하라는 것은 그대로 굶어 죽으라는 것과 똑같은 말이다.

"나도 사정을 모르는 바 아니니 더 이상 강요하지는 않겠다. 하지만 조심해야 한다."

사정이 그러하니 마냥 강요할 수도 없었다. 약전은 조심할 것을 단단히 일렀고 대상군과 창대는 약전에게 사의를 표하고서 승선네를 물러났다. 대상군의 표정이 어두웠다. 창대도 마찬가지다. 제발 무슨 일이 없어야 할 텐데. 창대는 무력감을 느끼며 집으로 들어섰다.

"월례를 만나지 못한 게로구나."

창대 모친이 느닷없이 월례 얘기를 꺼냈다.

"집에 들렀기에 한양 선비님에게 갔다고 했더니 그리고 가겠다고 하던데. 참 기특하기도 하지 그래. 월례가 어느 틈에 빨래를 다 해놓고 주방도 말끔히 치워 놓고 갔더구나."

월례가? 그렇다면 승선네로부터 한양 선비님을 모시고 옥패 처자에게 갔다는 얘기를 들었을지도 모른다. 그렇다면 또 옥패 처자에게 해코지를 해댈 것이다. 월례는 본시 남에게 지는 것을 싫어하는 데다 성깔도 있어서 충분히 그러고도 남을 아이다. 창대라고 근자들어 왜 월례가 자주 집에 들르고 또 전에 없이 살갑게 구는지 모르는 것은 아니다. 아무튼 옥패 처자가 어려운 처지에 놓이지 말아야 할 텐데. 자꾸만 일이 꼬이는 것 같아서 창대는 안타까웠다.

"들어오너라. 네게 이를 말이 있다."

창대 모친이 창대를 불렀다. 아마도 월례 얘기일 것이다. 창대는 풀이 죽어서 방 안으로 들어갔다.

◆━━◆◇◆━━◆

쪽배가 빠른 속도로 물살을 가르며 나갔다. 창대는 오늘 영산도 쪽을 살필 요량이다. 기슭을 쳐다보니 잠녀들이 불턱에 모여 있었다. 혹시 저 중에 옥패 처자가 있을까 해서 살폈지만 멀어서 얼굴을 확인할 수 없었다.

한참 나가자 낚싯배 한 척이 보였다. 다가가자 맹씨 아저씨가 잡은 고기를 흔들어 보이며 희희낙락했다.

"가다랭이 아닙니까?"

"그렇다네. 아 글쎄 이놈이 준치 주낙에 걸렸지 뭔가."

가다랭이는 남해 먼 바다에서 잡히는 고기로 흑산도에서는 좀처럼 구경하기 힘든 놈이다. 더구나 지금은 철도 아니다. 그런데 왜 가다랭이가 준치 주낙에? 맹씨 아저씨는 횡재를 했다는 얼굴이지만 창대는 혹시 괴변과 관련이 있는 것은 아닌가 해서 표정이 굳어졌다.

아무래도 바닷속을 살펴봐야 할 것 같았다. 창대는 물눈을 하고서 물속으로 들어갔다. 솔직히 겁이 났지만 창대는 어려움에 처한 옥패를 생각하며 두려움을 떨쳐 버렸다.

떠다니는 물풀들 사이로 돌돔이며, 꽁치, 날치의 치어들이 떼를 지어 헤엄치고 있는데 이것도 범상치 않은 광경이다. 아직은 치어들이 나타날 때가 아니다. 남쪽에서 떠밀려 온 것일까. 그렇지만 요즘에 큰 바람이 불었던 적이 없다. 무성한 해조류는 근자에 별다른 풍랑이 없었음을 확인해 주고 있었다. 왜 이렇게 겁이 나는 걸까. 창대는 목덜미가 섬뜩해지는 것을 느끼며 조심스레 헤엄쳤다.

한 열 장쯤 내려왔을 때 저쪽에서 누가 헤엄을 치고 있는 것이 눈에 들어왔다. 여기까지 내려온 잠녀라면 전옥패밖에 없을 것이다. 창대는 얼른 그리로 다가갔다. 물눈을 통해서 전옥패의 날렵한 몸매가 눈에 들어왔다. 잘록한 허리에 부푼 가슴, 삼단 같은 긴 머리는 질끈 동여맸는데 짧은 물옷 아래로 하얗게 드러난 다리로 인해서 물속이 다 환해진 느낌이었다.

전옥패의 벗은 모습을 훔쳐보는 것 같아서 가슴이 뛰고 얼굴이 달아올랐지만 지금 그런 생각을 할 때가 아니다. 위험이 도사리고 있다. 창대는 얼른 전옥패의 앞을 가로막아 섰다.

전옥패가 화들짝 놀라더니 황급히 앞을 가렸다. 창대는 빨리 위로 올라가라고 손짓을 했다. 전옥패는 잠시 머뭇거리더니 얼른 몸을 솟구쳤다. 자기를 피하려는 것이겠지만 아무튼 위험한 곳을 벗어나야 한다. 창대도 숨이 차오름을 느끼고 부상하기로 했다.

갑자기 강한 조류가 밀려왔다. 그리고 창대는 심장이 멎을 것 같은 충격을 받았다. 조류는 흐름이 특별히 센 편은 아니지만 얼음장같이 차가웠다. 창대는 정신이 아득했다. 온몸이 송곳으로 찔리는 것처럼 아프고 따가웠다. 빨리 빠져나오지 못하면 소용돌이 해류에 휘말려 들어가서 얼음같이 찬 물에 그대로 심장이 멎어 버릴 것이다.

침착해야 했다. 다행히도 창대는 바위틈에 있었고 물눈을 하고 있었다. 창대는 바위를 꼭 붙들고 버텼다. 와중에서도 소용돌이 흐름이 눈에 똑똑히 들어왔다.

이것이 변사의 정체였단 말인가. 얼마나 지속될까. 빨리 빠져나가지 못하면 얼어 죽을 것이다. 창대는 이를 악물고 버텼다. 천운이 닿

왔는지 흐름은 오래 지속되지 않았다. 창대는 허겁지겁 부상했다.

"후!"

창대는 큰 숨을 몰아쉬었다. 생과 사의 경계를 간신히 헤치고 나온 것이다. 창대는 쪽배에 올라타고서 허겁지겁 노를 저었다. 빨리 한양 선비에게 달려가서 전말을 소상히 말씀드려야 한다. 창대는 배에서 내리자마자 승선네로 단숨에 내달았다.

문헌을 살피고 있던 약전은 놀라서 달려오는 창대를 보고 심상치 않은 일이 발생했음을 눈치챘다.

"무슨 일이냐? 안색이 백지장 같구나."

"영산도 쪽으로 나갔다가 하마터면 죽을 뻔했습니다."

창대는 숨을 몰아쉬며 방금 겪었던 일들을 소상히 얘기했다.

"얼음같이 차가웠습니다. 한겨울에도 자맥질을 해 봤습니다만 그렇게 찬 물은 처음이었습니다. 꼭 얼음장 속을 헤엄치는 기분이었습니다. 요행히 빠져나왔습니다만 해류에 끌려갔다가는 꼼짝없이 죽었을 것입니다."

얼음같이 차가운 해류가 흐르고 있었다고? 약전은 정신이 번쩍 들었다. 새로운 사실을 알아낸 것이다.

"한류(寒流)가 흐르고 있었단 말이지?"

"그렇습니다. 소인은 흑산도에서 태어나서 줄곧 여기서 자랐습니다만 흑산도 인근에 그렇게 차가운 해류가 흐르고 있다는 얘기는 들어 본 적이 없습니다. 물눈이 있었기에 바위를 잡고 버텼고 다행히 흐름이 곧 그쳐서 이렇게 살아서 돌아왔지만 하마터면 오늘 명줄을 놓을 뻔했습니다. 소인의 생각으로는 잠녀들의 변사도 그 차가운 해류와 관계가 있는 것 같습니다."

"정황으로 봐서 네 생각이 틀리지 않을 것 같구나. 얼음장처럼 차가운 해류라……. 실은 어쩌면 정체불명의 해류가 흐르고 있을지 모른다는 짐작은 하고 있었다."

약전이 무거운 표정으로 입을 열었다.

"그렇습니까? 도대체 어디서 그렇게 얼음장같이 차가운 해류가 흘러왔을까요?"

약전이 차가운 해류가 있을지 모른다고 짐작하고 있었다고 하자 창대는 깜짝 놀랐다. 자기는 전혀 어림도 못 한 일이었다.

"그렇다면 정말로 용왕님께서 노하신 것일까요? 용왕님께서 노하셔서 용궁에서 찬 해류를 흘려보내신 것이 아니고서는 난데없이 어디서 그렇게 찬 해류가……."

창대가 허둥대며 말했다. 황해는 수심이 얕은 바다여서 대구 같은 냉수성 어류들은 황해에서 여름을 보내기 힘들다. 그런데도 대구가 여름에도 가끔 황해에서 잡히는 것은 바다 한복판에 찬물을 담고 있는 웅덩이, 즉 바다우물이 있기 때문이다. 어부들은 그곳을 용왕님께서 사시는 용궁이라고 부르고 있었다.

약전은 황해 한복판에 찬물이 고여 있는 바다우물이 있다는 사실을 이미 여러 문헌에서 확인한 바 있다. 그리고 창대의 짐작대로 찬 해류가 거기에서 흘러나온 것이라면 용왕님께서 진노를 하셨다고 해도 크게 틀린 말이 아닐 것이다.

그런데 정말로 정체를 알 수 없는 냉수류가 바다우물에서 솟아오른 것일까. 약전은 고개를 가로저었다. 문헌의 기록과 비교해 보건데 지금 흑산도 부근을 흐르고 있는 냉수류는 시기나 현상으로 봐서 대구가 잡히던 때와 확연히 달랐다.

"확실치는 않지만 나는 문제의 찬 해류는 용궁에서 솟구친 것이 아니라고 본다."

약전은 그리 말하고 가지런히 정리해 놓은 문헌들을 차례로 집어 들었다. 진작부터 정체 모를 찬 해류가 흘러들어 왔을 것으로 짐작하고 관계가 있는 문헌들을 따로 분류해 놓았던 것이다. 양(梁)의 임방(任肪)이 편찬한 《술이기(述異記)》와 진(晉)의 장화(張華)가 찬술한 《박물지(博物志)》에 관련이 있을 것으로 보이는 글들이 수록되어 있는데 특히 십 수 년 전에 일본에서 발간된 《해도풍토기(海島風土記)》에 결정적인 글이 실려 있었다.

"여러 가지를 고려해 볼 때 정체불명의 냉수류는 아마도 흑조류(黑潮流)와 관련이 있는 듯하다."

"예? 흑조류하고 하셨습니까?"

창대가 고개를 갸우뚱했다. 그런 조류는 들어 본 적이 없었다.

"흑조류는 일본 연안을 타고 흐르는 난류(暖流)인데 가끔가다 흐름이 끊기면서 그로 인해서 일본 연해와 강남 일대에 천변을 일으킨 적이 여러 차례가 있었다."

해안을 따라서 뱀처럼 구불구불 흐르던 쿠로시오(黑潮) 해류는 흐름이 끊기면서 소용돌이 흐름으로 변하는 경우가 있다. 한류로 바뀐 소용돌이 흐름은 상당히 먼 곳까지 떠밀려 가지만 염분과 수온이 주변의 물과 차이가 커서 쉽게 섞이지 않고 냉수괴(冷水塊)가 되어 바다를 떠돈다는 사실을 약전은 여러 문헌을 통해 확인한 것이다.

"그럼 흑조류에서 떨어져 나온 차가운 물 덩어리가 흑산도 앞바다까지 떠밀려 왔다는 말씀입니까?"

《해도풍토기》에는 흑조류가 뱀처럼 꾸불꾸불 흐르다가 거대한 냉수괴를 만들고, 그것이 찬물 덩어리를 이루며 북으로 흘러간다고 적혀 있고 《임해이물지》에는 등주(登州) 등지에 가끔 정체불명의 차가운 해류가 흘러들어 천변을 일으킨다고 적혀 있는데 이들과 관련해 생각해 보건대 소냉수괴가 어쩌다 흑산도 앞바다까지 흘러든 것 같구나."

"하면……."

창대가 무릎걸음으로 다가섰다. 그예 한양 선비께서 괴사의 정체를 밝혀낸 것이다.

"여태까지의 정황으로 봐서, 또 문헌들의 기록을 취합해 볼 때 그렇게 판단이 선다. 거대한 냉수괴는 여기까지 떠밀려 오는 동안에 수천수만의 작은 수괴로 부서졌을 것이다. 작은 물 덩어리라고 하지만 그래도 큰 것은 산더미만 하고 작은 것도 집채만 할 테니 그 속으로 빨려 들어가면 물고기든 사람이든 얼어 죽고 말 것이다. 너는 요행히 아주 작은 덩어리가 스치고 지나가는 바람에 목숨을 건진 듯한데 앞으로는 함부로 물에 들어가지 말도록 하거라."

창대는 등에 식은땀이 흘렀다. 그야말로 구사일생으로 살아 돌아온 것이다. 물속을 정처 없이 떠돌고 있는 차가운 물 덩어리. 눈으로는 볼 수 없는 죽음의 냉수괴들이 지금 흑산도 앞바다를 떠돌아다니고 있다는 생각만으로도 등골이 오싹했다.

"하면 앞으로 어찌해야 합니까?"

변사의 원인이 밝혀졌지만 대책이 서질 않았다. 사람을 순식간에 얼려 죽이는 냉수괴는 눈에 보이지 않는다.

"냉수괴는 무서운 존재지만 문헌에 의하면 그리 오래 가지 않는다고 하니 불행 중 다행이라 해야 할 것이다. 냉수괴는 북쪽으로 떠밀려가면서 차츰 위로 떠오르다가 수면에 이르러서 터져 버린다고 하니 머지않아 저절로 소멸될 것이다. 하지만 이때 피해가 제일 심하다고 하니 앞으로는 더욱 주의를 해야 한다. 아무튼 이제 정체가 확실해졌으니 마을 사람들에게 절대로 물에 들어가지 말라고 일러야겠다.”

창대의 낯빛이 백지장이 되었다. 큰일이다. 잠녀들이 지금 물질을 하고 있다. 빨리 제지하지 않으면 또 희생자가 나올지 모른다. 창대가 안절부절못하고 있는데 승선네가 허둥대며 뛰어 들어왔다.

“웬 호들갑이냐?”

“잠녀가 또 변을 당했다고 합니다. 지금 난리입니다.”

승선네가 숨을 헐떡이며 말했다.

“소인이 살펴보고 오겠습니다.”

창대는 벌떡 일어서서 그대로 바닷가로 내달았다. 그예 일이 터진 것이다. 창대의 가슴이 두방망이질 쳤다. 행여 전옥패에게 무슨 일이 생기면 어떻게 하나 하는 걱정이 창대의 마음을 더욱 무겁게 했다.

잠녀들이 쭉 둘러서 있었고 뒤쪽에 마을 사람들이 모여 있었다. 그 안에 시신이 놓여 있을 텐데 병이가 미친 듯이 울부짖고 있는 것으로 봐서 아마도 병이의 언니인 을이가 변을 당한 모양이다. 창대는 창백한 얼굴로 뒤에 서 있는 전옥패를 확인하고서 대상군에게 달려갔다.

“또 변사입니까?”

대상군이 덜덜 떨면서 간신히 고개를 끄덕였다. 이전보다 더 충격을 받은 듯했다. 굿까지 지낸 마당에 다시 변을 당했으니 그럴 만도 할 것이다. 더구나 당분간 물질을 중지하라는 약전의 충고도 무시했으니 약전을 뵐 면목도 없을 것이다.

“허! 참으로 변괴로군. 용왕제를 지냈는데 어째 이런 일이.”

“용왕님께서 노여움을 푸시지 않은 게로군. 이러다가 조기잡이 배도 띄우지 못하는 거 아닌가? 이제 어떻게 해야 하나?”

마을 사람들이 뒤쪽에서 한마디씩 했는데 모두의 얼굴에 수심이 잔뜩 드리워져 있었다. 평소에도 성미가 괄괄한 편이었던 병이는 창졸간에 언니를 잃자 입에 거품을 물고 날뛰며 고래고래 악을 써댔다.

"여기서 이럴 게 아니고 당할머니에게 갑시다. 없는 돈을 짜내서 물굿을 지냈는데 용왕님께서 아직도 노여움을 풀지 않으셨다면 필시 곡절이 있을 터, 당할머니에게 따져 봅시다."

어부들 중 연장자인 송씨가 대상군을 재촉했다. 곧 조기잡이가 시작될 텐데 아직도 용왕님께서 노여움을 풀지 않고 있다면 잠녀의 변사는 어부들에게도 남의 일이 아니다.

사람들이 우르르 언덕 위 당집으로 향했다. 창대는 자기를 쏘아보고 있는 월례의 눈길을 피하며 그들의 뒤를 따랐다. 빨리 마을 사람들에게 한양 선비님의 말을 전해야 할 텐데 이렇게 흥분해서 날뛰고 있으니 선뜻 말을 꺼낼 수가 없었다. 일단 흥분이 가라앉기를 기다렸다가 기회를 잡는 게 좋을 것이다.

무녀는 마을 사람들이 몰려올 것을 알고 있었는지 당 밖으로 나와서 기다리고 있었다. 무녀는 얼음장같이 차가운 얼굴을 하고서 기세등등 몰려온 사람들을 노려보았다. 음산한 얼굴에 폐부를 찌르는 듯한 형형한 눈빛. 당장이라도 요절을 낼 듯 몰려왔던 사람들은 그 퍼런 서슬에 기가 꺾이고 말았다.

"잠녀가 또 죽었소. 굿을 지냈는데 어째서 이런 일이 또 일어나는 거요?"

송씨가 나서며 따지고 들었다.

"어째서 이런 일이 일어났느냐니? 그걸 왜 내게 물어? 너희들이 잘못을 했으니 용왕님께서 노여움을 풀지 않고 계시는 건데."

"그게 무슨 소리요? 우리가 뭘 잘못했다는 거요? 쪼들리는 형편에 정성껏 제수를 장만했고 할머니가 하라는 대로 다했소."

대상군이 항의하듯 말했다. 이번 일로 입장이 이만저만 난처해진 것이 아니다. 굿에 앞장선 것도 물질을 주도한 것도 대상군이다.

"먼저 할머니가 계실 때는 이런 일이 없었소."

마을 사람들이 뒤에서 웅성거렸고 언니를 잃은 병이는 당장이라도 달려들 듯 쌍심지를 켜고 무녀를 노려봤다. 아무래도 그냥 넘어갈 성 싶지 않았다.

"마치 내가 굿을 잘 못해서 용왕님께서 노여움을 풀지 않으신 것처럼 따지고 드는데 내 분명히 말하거니와 잘못은 너희들에게 있다. 너희들 중에 누군가가 몰래 부정한 짓을 저질렀기에 용왕님께서 노여움을 푸시지 않으신 것이야."

웬만하면 겁을 먹고 물러설 만한 데도 무녀는 조금도 위축되지 않았다. 그리고 잡아먹을 듯 좌중을 쏘아보았다. 참으로 억세고 당찬 여자였다.

무녀가 조금도 위축되지 않고 당당하게 대거리를 해 대자 대상군은 어이가 없었다. 그 서슬에 기세등등했던 마을 사람들은 주춤하며 뒤로 물러섰고 일순 당집에 적막이 흘렀다.

"그런 말이 어디 있소. 도대체 누가 부정한 짓을 했다는 거요."

대상군이 간신히 정신을 수습하고 따지고 들었다.

"어허 그래도! 용왕님께서 다 알고 계시는데 잡아떼려 들다니! 당장 나오지 못할까?"

무녀는 마치 누구인지 알기라도 하는 것처럼 무서운 눈으로 좌중을 휘둘러보았다. 사람들은 겁에 질려서 무녀와 시선이 마주치지 않으려고 황급히 고개를 숙였다. 이것저것 따지고 들면 뭐가 걸려도 걸릴 판에 공연히 무녀와 눈이 마주쳤다가는 봉변을 당할지 모른다. 따지러 몰려왔던 사람들은 창졸간에 죄인 신세가 되어 몸을 숨기기에 급급해졌다.

"내가 부정한 짓을 저지른 년을 알고 있소!"

그때 뒤에서 누가 소리치며 앞으로 나섰다. 사람들이 일제히 고개를 돌렸다. 월례였다. 순간 창대는 가슴이 철렁 내려앉았다. 불길한 예감이 스치고 지나간 것이다. 월례가 쌍심지를 추켜올리고서 전옥패를 노려보더니 악을 썼다.

"바로 저년이요! 저년이 물속에서 남정네랑 만나는 것을 이 두 눈으로 똑똑히 보았소."

사람들이 일제히 전옥패에게 시선을 돌렸다. 그게 사실이라면 엄청난 일이다. 전옥패는 얼굴이 백지장이 되어서 바들바들 떨었다. 창대는 하늘이 무너지는 것만 같았다. 설마했는데 전옥패에게 접근한 것을 월례가 본 모양이었다.

잠녀가 물속에서 남정네와 몰래 만났다는 것은 씻을 수 없는 부정한 짓이다. 잠녀들이 줄줄이 죽어 나간 마당에 전옥패는 그렇지 않아도 잠녀들로부터 질시를 받고 있는 처지였다. 빠져나갈 길이 없었다. 자신의 부주의로 전옥패가 절체절명의 위기에 처했다는 사실에 창대는 숨이 막힐 것 같은 공포감에 휩싸였다.

"그게 무슨 소리야? 남정네라니? 월례 말이 사실이냐?"

대상군이 전옥패를 다그쳤다. 그러나 전옥패는 아무 말도 하지 못하고 떨기만 했다. 입이 떨어지지 않았던 것이다. 대상군은 얼핏 뒷줄에서 당황해서 어쩔 줄을 몰라 하는 창대를 보면서 일의 전말을 눈치챘다.

"저년이 그동안에 남들 못 따는 전복을 혼자서 딴 것도 다 이유가 있었소."

월례가 기고만장해서 전옥패를 몰아붙였다. 애기상군으로서 상처 받은 자존심도 그렇지만 창대를 빼앗겼다는 사실에 못 견디게 미웠던 것이다. 전옥패가 달리 변명을 하지 못하자 사람들이 웅성거리기 시작했다. 그게 사실이라면 용왕님께서 노여워하시는 것이 당연했다.

"이런 죽일 년이 있나! 어디서 굴러먹던 게 우리 언니를!"

병이가 눈을 허옇게 뒤집어 까고서 전옥패에게 달려들더니 머리채를 잡아챘다. 월례도 잡아먹을 듯 전옥패를 노려봤다. 전옥패는 쓰러질 듯 비틀거리며 간신히 몸을 지탱했다.

"무슨 짓이야! 당장 놓지 못해! 자초지종을 따져보기 전에 함부로 나서지 마라!"

대상군이 큰소리로 꾸짖었다. 그러나 병이는 물러서지 않았다.

"대상군이 뭣 때문이 이 계집애를 감싸고도는지는 모르겠지만 이번만은 그냥 물러갈 수 없소! 내 언니가 저 계집애 때문에 죽었소!"

병이가 악을 쓰며 대상군에게 대들었다. 평소 같으면 있을 수 없는 일이다. 그러나 잠녀들은 병이를 만류하지 않았다. 창대는 애간장이 탔지만 그렇다고 섣불리 나설 수도 없었다.

"무슨 짓이냐! 용왕님 앞에서!"

무녀는 소리를 버럭 지르며 병이를 나무랐다. 그 서슬에 놀란 병이는 전옥패를 놓고서 뒤로 물러섰다. 무녀는 잡아먹을 듯 무서운 눈빛으로 좌중을 쏘아보았다. 사람들은 찔끔해서 고개를 돌렸다.

"용왕님께 죄를 지었으니 용왕님께서 벌을 내리실 것이다. 그러니 함부로 나서지 마라!"

무녀의 대갈일성에 당장이라도 일을 낼 듯 흥분했던 마을 사람들이 슬금슬금 뒷걸음질 쳤다. 무녀의 말을 거슬렀다가는 다시는 바다로 나가지 못할 것만 같은 두려움이 스치고 지나간 것이다.

"돌아들 가 있거라. 내가 용왕님께 죗값을 물을 것이다."

무녀의 말은 이미 거역할 수 없는 엄명이 되어 있었다. 사람들은 하나둘씩 흩어졌고 병이는 잡아먹을 듯 전옥패를 쏘아보고는 발길을 돌렸다. 대상군은 상군에게 전옥패를 부축할 것을 이르고서 무녀를 따라서 당집으로 들어섰다. 어느덧 사위가 어둑어둑해 있었다.

"제발 저 아이를 살려주시오, 할머니."

대상군은 무녀에게 매달리기로 했다. 무녀가 전옥패의 생사여탈을 쥐고 있는 상황이었다. 무녀의 인정에 기대어 보는 수밖에 없었다.

"부정한 짓을 저지른 아이를 용서하란 말인가?"

무녀가 차가운 눈초리로 대상군을 노려봤다. 인정이라고는 털끝만큼도 없는 사람 같지만 그래도 지금은 무녀에게 매달리는 수밖에 없다. 대상군은 다시 한 번 간청했다.

"그 아이는 여기 사람이 아니오. 그래서 실정을 잘 모르기에 혹시 오해를 받을 짓을 했는지 모르겠는데 내가 자초지종을 알아보겠소. 절대로 부정한 짓을 할 아이가 아니오."

"여기 아이가 아니라니?"

"집은 예리인데 본래는 제주도 아이지요. 아마 그곳 풍습이 여기와 달라서 오해를 받을 일을 한 모양인데 너그럽게 용서해 주시오."

"제주도?"

상대할 것이 없다는 듯 눈을 감고 있던 무녀가 갑자기 눈을 번쩍 떴다. 섬뜩할 정도로 무서운 눈빛이었다. 그 서슬에 대상군은 숨이 막힐 것만 같았다. 대상군은 떨리는 가슴을 진정시키며 전옥패의 기구한 사연을 얘기해 내려갔다.

눈을 감고 있는 무녀는 죽은 듯 미동도 하지 않았는데 얼굴에 만 감이 교차하는 것만 같았다. 여하튼 이제는 무녀의 인정에 기대어 보는 수밖에 없다. 물질이야 못 하겠지만 무사히 예리로 돌아갈 수 만 있으면 좋겠는데……. 그러나 대상군은 냉기가 도는 무녀의 얼 굴에서 옥패의 앞날이 험할 것이란 예감이 들었다.

———◆◇◆———

다행히 할머니의 기침이 조금 수그러들었다. 전옥패는 영창으로 스며들어 오는 환한 달빛을 바라보면서 한숨을 깊이 내쉬었다. 그 예 일이 이렇게 되고 말았다. 무녀가 대갈일성을 내지르는 바람에 봉변을 면했지만 변사가 이어지는 판에 잠녀가 물질 중에 남정네를 몰래 만났다는 것이 밝혀졌으니 마을 사람들이 절대로 그냥 넘어가 지 않을 것이다.

거푸 한숨이 나왔다. 이제 어떻게 될 것인가. 다행히 목숨을 부지 해서 예리로 돌아간다고 한들 기다리고 있는 것은 빚더미뿐이다. 약 값은커녕 끼니도 잇지 못하고 할머니는 돌아가실 것이다. 어쩌면 그 동안 뒤를 봐주었던 대상군이나 창대 총각에게도 화가 미칠지 모른 다는 생각이 들자 전옥패는 더 이상 가만히 있을 수 없었다. 나 때문 에 도와준 사람들에게 피해를 입는 일은 없어야 했다. 전옥패는 할머 니가 잠이 든 것을 확인하고는 살그머니 방을 빠져나왔다.

환한 달빛이 오늘따라 음산하게 느껴졌다. 전옥패는 부들부들 떨 면서 당집으로 걸음을 옮겼다. 무녀를 직접 만나서 사정을 해 볼 생각이다. 일이 이리된 마당에 몸 성히 빠져나가기는 힘들겠지만 어떻게 해서든 할머니를 살리고 도와준 사람들에게 화가 돌아가지 않게 하고 싶었다. 그러기 위해서는 내키지는 않지만 당할머니에게 매달리는 수밖에 없다.

마침내 당집에 이르렀다. 사위는 쥐죽은 듯 조용했는데 무녀는 아직 깨어 있는지 불빛이 새어 나왔다. 전옥패는 두근거리는 가슴을 진정시키며 당집으로 들어섰다.

무녀는 마치 찾아올 것을 알고 있기라도 한 듯 정좌를 하고서 머뭇거리는 전옥패를 쏘아보았다. 전옥패는 왈칵 겁이 났다.

"앉거라!"

무녀의 목소리에는 거역할 수 없는 위엄이 서려 있었다. 간이 콩알만큼 오그라든 전옥패는 쓰러질 듯 주저앉았다. 오금이 저려 왔다. 무녀는 예의 무서운 눈빛으로 간신히 숨을 내쉬고 있는 전옥패를 잡아먹을 듯 노려봤다. 전옥패는 당장이라도 도망치고 싶은 두려움을 간신히 참았다.

"대상군으로부터 네 얘기를 들었다."

아득히 먼 곳에서 소리가 들려오는 듯했다. 전옥패가 간신히 고개를 끄덕였다.

"대상군은 네 딱한 사정을 얘기하며 그저 몸이나 성히 마을을 떠나게 해 달라고 했지만 네가 용왕님의 노여움을 사는 바람에 벌써 사람이 셋이나 죽어 나갔다. 그러니 어찌 제 한 몸 무사하기를 바란단 말이냐!"

추상같은 목소리였다. 흥분한 듯 무녀의 숨소리가 조금 거칠어졌다.

"이 몸의 불찰로 애꿎은 사람들이 죽어 나갔는데 어찌 혼자 살기

를 바라겠습니까. 하지만 내가 어찌되면 가엾은 할머니는……, 그리
고…….”

목이 메어서 전옥패는 말을 잇지 못했다. 설움이 복받쳐 오른 것
이었다.

“대상군 말대로 효심이 지극하구나. 하지만 모든 불행은 너의 부
정에서 비롯된 것이다. 용왕님께서는 부정한 짓을 저지른 것들을
절대로 용서하시지 않는다.”

갑자기 무녀의 얼굴에서 살기가 일었다. 전옥패는 가슴이 철렁
내려앉으며 그대로 뒷걸음질을 치고 말았다.

“할머니를 살리고 싶다고? 좋아. 그렇다면 내 말을 똑똑히 듣거
라!”

잡아먹을 듯 노려보던 무녀의 입가에 섬뜩한 살기가 스치고 지나
갔다.

<hr>

창대는 도무지 일이 손에 잡히질 않았다. 어제는 일단 그렇게 넘
어갔지만 그 표독한 무녀가 용왕님을 내세우며 또 무슨 짓을 할지
몰라 도무지 마음이 놓이지 않았다. 창대는 자신의 경솔함이 일을
이 지경으로 만들었다는 자책감과 함께 전옥패에게 아무런 도움도
되어 주지 못하는 처지가 너무 안타까웠다.

약전은 그런 창대의 속을 아는지 모르는지 그저 열심히 문헌만
살피고 있었다. 창대는 안타까운 심정으로 약전이 입을 열기만을
기다리고 있었다. 흑조류에 의한 냉수괴가 확실하다면 대책도 있을

것이다.

"지금 흑산도 앞바다를 배회하고 있는 냉수괴들은《술이기》에 기재되어 있는 북상하는 정체불명의 찬물 덩어리가 틀림없다. 문헌에 이르기를 냉수괴는 이른 봄에 왼쪽으로 소용돌이를 이루며 북상하다 수면 위로 떠올라서 수압의 차이로 터지며 소멸된다고 했다. 그때까지 참고 물에 들어가는 것을 삼가면 변사를 막을 수 있을 것이다."

약전은 냉수괴를 확신하고 있었다. 창대도 엄청나게 차가운 물 덩어리가 물속을 떠다니고 있는 것을 직접 겪었다. 그렇지만 문제는 이러한 사실을 어떻게 섬사람들에게 알리느냐는 데 있다. 지금 그들은 흥분해서 누구의 말도 듣지 않을 것이다.

"저……, 그런데 무녀는 자꾸만 용왕님이 노하셔서 괴변이 일어났다며 마을 사람들을 부추기고 있습니다. 지금 옥패 처자가 매우 어려운 처지에 몰렸습니다. 부정한 짓을 저질렀다는 누명을 쓰고 있습니다. 그게……."

창대는 말을 끝맺지 못했다. 목이 메었던 것이다.

"승선네에게 들어서 알고 있다. 물질을 하는 곳에 남정네를 몰래 불러들였다고 하더구나. 하지만 너무 걱정하지 말거라. 곧 괴사의 원인이 밝혀지면 모든 일이 순조롭게 해결될 테니."

약전은 짚이는 데가 있다는 듯 슬며시 창대를 쳐다봤다. 창대는 불장난하다 들킨 아이마냥 얼굴이 화끈 달아올랐다.

"지금 마을 사람들은 당장이라도 요절을 낼 기세입니다."

창대는 상황이 다급함을 약전에게 전했다. 흑산도에도 관헌이 있지만 섬은 뭍과 달라서 용왕님이 노하셨음을 이유로 마을 사람들이 들고일어나면 관에서는 간여하지 않는다. 잠녀 하나쯤 사사로운 형벌을 가하는 것은 일도 아니다.

전옥패는 밤새 아무 일 없었을까. 당장이라도 달려가고 싶지만 입장이 입장인지라 창대는 발만 동동 구르고 있었다. 섣부른 행동은 전옥패를 더욱 사지로 몰아넣을 것이다. 창대는 아무것도 할 수 없는 자신의 처지가 원망스러웠다.

"알고 있다. 쌀겨나 횟가루를 마련하거라. 물이 도는 것을 섬사람들의 눈으로 확인시킬 수 있을 것이다."

"그리하겠습니다."

창대는 큰소리로 대답하고 몸을 일으켰다. 일각이 급한 상황이었다.

"선비님! 선비님!"

창대가 토담집을 나서려고 하는데 또 무슨 일이 생겼는지 승선네가 호들갑을 떨며 뛰어 들어왔다.

"마을에서 내일 또 용왕제를 지낸다고 합니다. 지금 마을이 떠들썩합니다."

또 용왕제를? 약전과 창대가 놀라며 서로를 쳐다봤다. 뜻밖이었다. 그리고 큰일이었다. 무슨 돈으로 또 굿을 벌인단 말인가.

그새 또 일이 이렇게 되었단 말인가. 그야말로 한치 앞을 내다볼 수 없는 상황이었다. 빨리 굿을 못 하게 해야 할 텐데 과연 마을 사람들이 순순히 말을 들을까. 창대는 자신이 없는 표정으로 약전을 쳐다보았다.

"이번에는 띠배를 띄운다고 합니다. 그래서 지금 사리 남정네들이 띠배를 만드느라고 볏짚을 전부 모아들이고 있습니다."

승선네가 계속 떠벌렸다. 띠배라고? 무슨 소리냐는 듯 약전이 창대에게 고개를 돌렸다.

"짚으로 배를 엮어서 그 안에 용왕님께 바칠 제물과 제웅을 싣고서 멀리 바다로 띄워 보내는 겁니다. 공양인 셈이지요. 그런데 그까짓 띠배하고 제웅을 만드는 데 무슨 난리란 말이요? 가마니 두서너 장이면 충분할 텐데…….."

창대가 승선네에게 고개를 돌렸다.

"그게 그렇지가 않으니까 이 난리지. 아 글쎄 이번에는 제웅 대신에 산 사람을 태우기로 했다는 거야. 그 전옥패라는 처자를 말이야."

"뭣! 지금 뭐라고 했느냐?"

약전이 깜짝 놀라며 소리쳤고 창대는 얼굴이 하얗게 질렸다.

"그게 무슨 소리요? 옥패 처자를 띠배에 태우다니. 세상에 산 사람을 띠배에 태우는 법이 어디 있소?"

창대는 당장이라도 달려나갈 듯한 기세였다. 그렇다면 인신공양이다. 그것은 말도 안 되는 소리다.

"아 글쎄, 나도 처음에는 잘못 들은 것은 아닌지 내 귀를 의심했다니까. 어떻게 생사람을 띠배에 태워서 망망대해로……. 그런데 얘기를 듣고 보니 옥패 처자가 스스로 청해서 이루어진 일이라고 하더군."

전옥패가 스스로? 창대는 도무지 믿겨지지가 않았다. 대체 밤새무슨 일이 벌어졌기에 옥패 처자가 자청해서 띠배를…….

"이 무슨 해괴한 소리냐! 가서 당장 대상군을 불러오너라! 자초지종을 소상히 알아야겠다."

약전의 말이 떨어지기 무섭게 창대가 달려나갔다. 띠배는 해신제의 일종으로 용왕께 음식을 공양하고 사람을 대신해서 짚으로 만든 인형을 희생물로 바치는 어촌 전래의 풍습이다. 바다에 목을 매고 사는 어민들이다 보니 그런 풍습이 충분히 이해가 되었지만 생사람을 배에 태워서 망망대해로 떠나보내겠다는 것은 있을 수 없는 일이다. 약전은 분기탱천하여 허공을 노려보았다. 어떻게 산 사람을 제물로 바칠 수 있단 말인가.

오래지 않아서 대상군이 창백해진 얼굴로 창대를 따라서 들어왔다.

"도대체 어찌된 얘긴가? 생사람을 띠배에 태우겠다니?"

약전의 목소리에 노기가 서렸다. 대상군은 고개를 들지 못했다.

"소인도 그 소리를 듣고 깜짝 놀라서 무녀에게 달려갔습니다. 그리고 말도 되지 않는 소리 말라며 펄쩍 뛰었습니다."

대상군도 어지간히 충격을 받았는지 양 볼이 다 덜덜 떨렸다.

"그런데 무녀 말로는 옥패가 띠배에 탈 것을 자청했다고 합니다. 죗값을 치르겠다며."

"그 얘기는 나도 들었네. 하지만 말도 안 되는 소리다! 그깟 작은 띠배를 타고 망망대해로 나갔다가는 죽는 게 뻔한 데 어떻게 그런 짓을!"

약전은 쉽게 흥분을 가라앉히지 못했다. 아무리 섬마을 풍습이 그렇고 본인이 자청을 했다고 해도 그렇지 두 눈 똑똑히 뜨고서 생사람이 죽어 나가는 것을 보고만 있을 수는 없었다.

"소인도 옥패를 붙들고 당장 그만두라고 극구 만류했습니다만 옥패는 결심을 단단히 한듯 말을 들으려 하지 않습니다. 자기 때문에 사람이 죽어 간 마당에 죗값을 치르겠다며."

약전은 어처구니가 없었다. 도대체 밤새 무슨 일이 있었기에 옥패 처자가 그리도 모질게 마음을 먹었단 말인가.

"옥패가 지난밤에 무녀를 따로 만나서 담판을 지은 모양입니다. 산 제물이 되면 스무 냥을 주겠다고 했다고 합니다. 옥패로서는 요행히 몸 성히 사리를 빠져나간다 해도 앞으로 살아갈 길이 막막한 판에 그럼 할머니 약값이라도 벌어야겠다는 생각에……."

대상군이 채 말을 끝내지 못했다. 일이 그렇게 된 것인가. 약전은 뭐라 해야 할지 마땅한 말이 떠오르지 않았다.

"그 못된 무녀가 옥패 처자를 몰아붙인 게 틀림없습니다."

창대가 분을 삭이지 못하며 씩씩거렸다. 창대의 말대로 무녀는 전옥패에게 잔뜩 겁을 주었을지도 모른다.

"지금 전옥패는 어디에 있는가?"

약전은 흥분을 가라앉히며 물었다. 이럴수록 침착해야 한다.

"당집 별채에 있습니다. 용왕제가 시작될 때까지 마을 청년들이 주위를 에워싸고 지킨다고 합니다."

일이 급하게 돌아가고 있었다. 변사의 원인을 밝힘으로써 일이 순조롭게 풀릴 것이라 기대를 했던 약전은 복병을 만난 셈이다. 우선 급한 대로 관아에 알려서 띠배를 띄우지 못하게 할까. 그러나 약전은 고개를 가로저었다. 옥패 처자가 자진해서 띠배를 타기로 한 마당에 관은 나서려 하지 않을 것이다. 그리고 지금 마을 사람들은 무슨 말을 해도 듣지 않을 기세였다.

"안 되겠다. 내가 무녀를 직접 만나 봐야겠다. 앞장들 서거라."

약전이 몸을 일으켰다. 무녀를 다그쳐서라도 생사람 잡는 어리석은 짓을 그만두게 할 셈이었다. 약전은 급히 의관을 갖추고서 창대와 대상군을 앞세우고 당집으로 향했다. 어떻게 생사람을 띠배에 태울 생각을 했단 말인가. 참으로 몹쓸 무녀였다.

약전이 당집에 이르자 당집 주위를 에워싸고 있던 마을 청년들이 약전을 노려보았지만 길을 막지는 않았다. 약전은 헛기침을 하고서 당집으로 들어섰다.

무녀는 당당하게 약전을 맞았는데 듣던 대로 무녀는 예사 여인이 아니었다. 한양에서 높은 벼슬을 지낸 사람이라고 해서 조금도 주눅이 들지 않았다.

"얘기를 듣고 왔다. 살아 있는 사람을 띠배에 태우겠다니. 이게 무슨 해괴한 짓이냐! 당장 그만두거라!"

약전이 호통을 쳤다.

"선비께서는 무슨 자격으로 마을 용왕굿에 끼어들어 감 놔라 대추 놔라 하는 거요? 아무리 사대부라고 하나 나라에 죄를 짓고 섬에 유배된 처지로 함부로 하대를 하지 마시오."

무녀가 지지 않고 대거리를 해 댔다. 쌍심지에서 파르르 불꽃이 일었다. 죄인 운운하며 대드는 무녀를 보며 약전은 절대로 그냥 물러설 여인이 아님을 직감했다.

"산 사람을 공양하는 것은 살인에 버금가는 짓이다! 당장 그치지 않으면 관에 발고해서 그 죄를 물을 것이다."

약전이 거듭 호통을 쳤다.

"이것 보시오, 선비님. 경우를 분명히 하시오. 살인이라니. 띠배는 그 아이가 스스로 택한 것이오. 그리고 나는 대가를 지불하기로 했고. 어디서 누가 뭘 어쨌다고 관에 발고하겠다는 거요? 죄인의 몸으로 괜스레 여기저기 돌아다니며 남의 일에 끼어드는 것이야 말로 발고할 일이오."

무녀가 고개를 빳빳이 쳐들고 약전에게 대들었다. 딴은 틀린 말이 아니다. 마을 사람들이 들고일어나서 관아에 진정했다가는 약전은 곤경에 처할 수도 있다.

"내가 옥패를 한번 만나 봐야겠소."

따라 들어온 대상군이 전옥패를 만나 보겠다고 하자 무녀가 버럭 소리를 질렀다.

"안 될 말! 용왕님께 바칠 아이야. 이제 그 누구도 함부로 그 아이를 만날 수 없어!"

무녀가 소리를 지르자 밖에서 대기하고 있던 장정들이 뛰어 들어왔다. 여차하면 약전을 강제로 끌어낼 기세였다.

"안 되겠습니다, 선비님. 일단 돌아가서 따로 대책을 강구하도록 하는 게 좋겠습니다."

창대는 혹시라도 약전이 그들에게 의관파열(衣冠破裂)이라도 당할까봐 걱정이 되었다. 옷이 찢기고 갓이 떨어져 나가는 것은 사대부에게 둘도 없는 망신이다. 창대가 가로막고 서자 장정들은 달려들지 않았다.

"부정한 몸이 바다를 더럽혀서 용왕님께서 노하셨다. 용왕님의 노여움을 풀어 드리기 위해서는 몸을 깨끗이 한 후에 제물로 바쳐야 한다."

무녀가 매서운 눈초리로 세 사람을 쏘아봤다.

"옥패가 남정네를 끌어들였다고 하지만 그것은 월례의 말일 뿐 따로 증거가 있는 것도 아니지 않소. 물속에서 남정네를 만나는 것은 분명히 금지된 일이지만 그것이 목숨을 내놓을 만큼 큰 죄라고는 생각하지 않소. 그러니⋯⋯."

대상군이 마지막으로 통사정을 했다. 이 마당에 창대가 나서기는 어려울 것이고 한양 선비가 또 나섰다가는 장정들이 당장 달려들 것이기 때문이다.

"옥패에게 죄가 있는지 없는지는 용왕님께서 심판을 하실 것이다. 정말로 죄를 지었으면 목숨을 거두어 가실 것이고 당신 말대로 죄가 없다면 살아서 돌아올 것이야."

무녀는 요지부동이었다. 더 이상 얘기해 봐야 아무런 소용이 없었다. 듣던 대로 정말 무서운 여인이었다. 다른 방도를 강구하기로 하고 약전은 일단 돌아가기로 했다. 발걸음이 몹시 허탈했다.

"살아서 돌아오다니. 띠배에 태워서 망망대해로 흘려보내는데 어떻게 살아서 돌아온단 말이오?"

대상군은 마지막까지 통사정을 해 봤지만 무녀는 눈을 감고서 더 이상 상대를 하지 않았다. 정녕 차가운 피가 흐르는 여인 같았다.

⊷◇◈◇⊷

할머니는 당장이라도 숨이 넘어갈 것만 같았다. 너무 떨려서 말도 나오지 않았다. 이게 무슨 날벼락이란 말인가. 내일 용왕굿이 열리는데 옥패는 띠배에 태워져 먼 바다로 떠나보낼 것이라고 했다. 어제 옥패가 집에 들어오지 않았기에 행여 무슨 일이 일어난 것은 아닌지 걱정이 되어서 아픈 몸을 이끌고 대상군을 찾아갔던 할머니는 하늘이 무너지는 소리에 그대로 털썩 주저앉고 말았다. 변괴가 이어지면서 마을이 뒤숭숭한 것은 알고 있었다. 그렇지만 그것이 옥패하고 관련이 있을 줄이야. 옥패가 죄를 몽땅 뒤집어쓰게 될 줄이야. 할머니는 물론 띠배가 무엇이라는 것은 잘 알고 있었다. 그런데 짚으로 만든 제웅 대신에 옥패를 태울 것이라니. 더욱 놀라운 것은 옥패가 스무 냥을 받고서 띠배를 타기로 했다는 사실이다.

"옥패가 할머니께 제대로 된 약을 한번 지어드리는 게 소원이라고 하면서……."

대상군은 말을 잇지 못했다. 할머니는 하늘이 무너져 내리는 것만 같았다. 제대로 된 약이라니. 내가 살면 얼마를 더 산다고. 젊디젊은 저것을⋯⋯.

하루 세끼 밥이 그리워서 모진 목숨을 부지하고 있는 것이 아니다. 그저 어떻게 해서든 옥패가 짝짓는 것을 보고 눈을 감고자 악착같이 버티고 있는 중이다. 그런데 이 늙은 몸 대신에 옥패가 죽게 됐으니 이 얼마나 기가 막힌 일이란 말인가.

할머니는 무녀를 직접 찾아가서 통사정을 해 보기로 하고 무거운 몸을 일으켰다. 그저 이 몸이 옥패 대신에 띠배를 탈 수 있다면 그 이상 바랄 것 없다는 심정으로⋯⋯. 할머니는 해가 뉘엿뉘엿 넘어가고 있는 언덕을 힘들게 걸어 올라갔다. 저 해가 넘어가고 다시 날이 밝으면 옥패가 영영 돌아오지 못할 길을 떠나게 될지도 모른다고 생각하니 평소 같으면 엄두도 내지 못할 험한 길이지만 할머니는 쉬지도 않고 부지런히 걸음을 재촉했다.

언덕에 다 올라왔을 때는 시야가 이미 어두워졌지만 당집을 찾는 데 어려움은 없었다. 당집에서 불빛이 새어 나오고 있었다. 할머니는 늙은 것이 통사정을 하면 그래도 모른 척은 하지 않겠지 하는 한 가닥 희망으로 숨도 돌리지 않고 당집으로 향했다.

할머니는 쓰러질 듯 비틀거리며 당집으로 들어섰다. 너울거리는 촛불에 비친 벽의 부적들이 오늘따라 무섭게 느껴졌다. 할머니는 몸을 지탱하기조차 힘들었다.

"앉으시오."

촛불 저편에서 목소리가 들려왔다.

"제발 우리 옥패를 살려 주시오, 당할머니. 그것이 아직 어려서 그만, 해서는 안 될 짓을 저지른 모양인데 당할머니께서 너그러운 마음으로 용서를 해주시오. 따지고 보면 다 이 늙은 것 때문이오. 내가 빨리 죽었어야 하는데…….”

할머니는 너울거리는 촛불 너머로 그린 듯 앉아 있는 무녀에게 머리를 조아리고 통사정을 했다. 감히 얼굴을 쳐다볼 용기가 나질 않았다.

“옥패가 부정한 짓을 저질렀기에 용왕님께서 노하셔서 사람들이 셋이나 죽어 나갔소. 용왕님께서 노여움을 거두시기 전에는 계속해서 사람들이 죽어 나갈 것이오. 그러니 내가 용서를 하고 말고 할 일이 아니오.”

차가운 목소리가 들려왔다. 그렇지만 포기할 수는 없었다.

“제발 목숨만은 살려 주시오. 대신 이 늙은 몸이 띠배에 타겠소.”

할머니는 필사적이었다.

“아무나 띠배를 타는 것이 아니오! 죗값을 치룰 자를 태워야 용왕님의 진노가 풀리는 법이오!”

무녀는 매섭게 몰아붙이면서도 하대는 하지 않았다.

“그러기에 늙은 것이 이렇게 통사정을 하는 것이 아니오. 남정네와 만난 것은 해채(解採)를 어긴 것과 마찬가지로 이십 일 동안 물질을 금지당하는 게 통례라고 하던데 굳이 띠배를 태울 것까지는 없지 않소. 더구나 남정네가 멋모르고 그 아이 쪽으로 다가왔을 수도 있는데.”

옥패를 살리기 위해서는 어떻게 해서든 무녀의 마음을 돌려야 했다. 아무리 마을 인심이 흉흉해도 무녀가 나서면 옥패의 목숨은 부지할 수 있을 것이다. 할머니는 막무가내로 매달렸다.

“그것은 아무 일이 없을 때 얘기고 이번에는 사람이 거듭 죽어 나갔소. 어찌 같을 수가 있단 말이오!”

각오를 하고 왔음에도 섬뜩한 목소리에 할머니는 피가 쪽쪽 마르는 기분이었다. 사람이 어찌 저리도 몰인정할 수 있단 말인가.

"부정한 씨, 부정한 배에서 태어난 몸이오. 내가 용서한들 용왕님께서 용서하시지 않을 것이오."

짧은 침묵에 이어 무녀의 입에서 뜻밖의 말이 나왔다. 부정한 씨, 부정한 배에서 태어난 몸이라니. 그게 무슨 소리란 말인가. 할머니는 무슨 소리인가 해서 고개를 들었다. 너울거리는 촛불 너머로 자기를 쏘아보고 있는 눈초리가 왠지 낯설지 않게 느껴졌다.

"인연이 아직 남아 있어 오랜 세월이 흐른 후에 이렇게 다시 만나게 되었소."

무녀가 몸을 일으키더니 앞으로 다가왔다. 비로소 무녀의 모습이 환하게 드러났다. 할머니는 정신이 아득한 속에서도 무녀를 자세히 살펴보았다. 저 얼굴, 저 눈매……. 분명 낯이 익은 얼굴이었다.

"헉!"

할머니는 비명을 지르며 뒤로 벌렁 나자빠졌다. 비로소 그가 누구인지를 알아본 것이다. 태어나서 이렇게 놀란 적이 있었을까. 턱이 덜덜거리며 사지가 와들와들 떨렸다.

"너는……, 너는……."

너무 놀라서 말이 더 이상 나오지 않았다.

"그렇소. 벌써 이십 년이 다 되었소. 그렇게 섬을 떠난 뒤로 조선 팔도 헤매고 다니지 않은 데가 없었소. 안 해 본 일도 없었고."

무녀가 한숨을 길게 내쉬었다.

"사당패를 따라서 저 먼 북쪽 강계까지 올라갔다가 갑자기 열이 오르면서 다 죽게 되었을 때 나를 살려 주신 당할머니가 있었소. 열이 내리고 할머니의 새끼 무당이 되었소. 할머니를 따라서 조선 팔도를 떠돌다가 할머니가 돌아가시고 영광 일대를 떠돌던 중에 흑산도 사리 당집이 비었다는 소리를 듣고서 다시 이 한 많은 섬에 발을 들이게 되었소."

무녀의 말이 아득히 먼 곳에서 들려오는 것 같았다. 앞에 버티고 앉은 무녀는 십팔 년 전에 아들 봉규가 옥패 생모와 눈이 맞아서 제주도로 가는 바람에 창졸간에 생과부 신세가 되어 집을 나갔던 바로 그 민며느리였다.

이 무슨 모진 운명이란 말인가. 그 아이가 이제 무녀가 되어서 한 많은 흑산도에 다시 돌아왔고 손녀 옥패를 죽이고 살리게 될 줄이야.

"그래도 어딘가에 살아 있으려니 생각은 했다만 너를 이렇게 다시 만나게 될 줄이야……. 옥패 아비와 옥패 어미는 천벌을 받아도 마땅한 죄를 지었고 나는 죽어도 상관은 없다만 옥패, 저 어린것에게 무슨 죄가 있느냐. 옛정을 생각해서 제발 목숨만은 살려다오."

할머니는 오래전에 연이 끊긴 며느리에게 읍소를 했다.

"나도 내가 다시 이 저주의 섬으로 돌아오게 될 줄은 몰랐소. 우여곡절 끝에 흑산도에 다시 돌아왔지만 마을 사람들은 별로 나를 좋아하지 않았소. 아무도 찾아오지 않는 빈 당집을 차지하고서 초근목피로 연명을 하던 차에 모처럼 용왕굿을 지내게 되었소. 이제야 겨우 하루 세끼 굶지 않나 했는데 용왕님께서 쉽게 노여움을 거두시지 않는 바람에 잘못하면 여기서 쫓겨날 판이오. 내가 왜 또 이 섬에서 쫓겨나야 하오?"

무녀의 목소리가 분노로 떨렸다.

"도대체 누가 부정한 짓을 저질러서 나를 곤궁에 빠뜨린 것일까. 그런데 그 부정한 짓을 저지른 것이 바로 부정한 씨, 부정한 배에서 태어난 아이였소."

무녀는 격정을 이겨 내기 힘든지 숨을 거칠게 몰아쉬었다. 할머니는 기막힌 사연에 할 말이 없었다.

"그 부정한 년놈들이 나를 두 번씩이나 이 섬에서 쫓아내려 하고 있소! 절대로 그럴 수는 없소! 용왕님께서도 그 부정한 씨를 절대로 용서하시지 않을 거요!"

무녀는 다시 이전의 무서운 얼굴을 하고서 언성을 높였다. 할머니는 소름이 쫙 끼쳤다.

"다시 말하거니와 봉규와 옥패 어미는 천벌을 받아 마땅하지만 옥패에게 무슨 죄가 있느냐. 아들을 잘못 둔 죄로 내가 대신 벌을 받겠으니 제발 옥패만은 살려다오."

할머니는 필사적으로 매달렸다. 하지만 무섭게 쏘아보는 무녀의 얼굴에서 옛날 순박했던 며느리의 모습은 찾아볼 수 없었다.

"내 마음대로 살리고 죽이는 것이 아니오. 모든 것은 용왕님께서 심판하실 것이오. 죄가 있다면 죗값을 치르게 될 것이고 그렇지 않다면 용왕님께서 용서를 해 주실 것이오."

무녀는 매정하게 돌아섰다.

———◦✦◦———

약전은 일어섰다 앉기를 반복했다. 날이 밝으면 용왕제가 시작될 텐데 도무지 방도가 떠오르지 않았다. 일은 시시각각 급하게 돌아가고 있었다. 마을 사람들을 설득하는 것은 포기를 해야 할 것 같았다. 모두들 무녀의 말을 철석같이 믿고 있었다. 창대와 대상군이 초췌한 얼굴로 약전을 쳐다보고 있었다.

"소인이 쪽배를 타고 따라가서 옥패 처자를 구해 오겠습니다."

창대의 말에 대상군이 고개를 가로저었다.

"안 될 말이야. 마을 사람들이 다 보고 있을 텐데 용왕님께 바치는 제물을 가로채는 짓을 했다가는 더 큰 봉변을 당하게 될 거야."

"모선이 띠배를 수평선 너머까지 끌고 가면 사람들 눈에 띄지 않을 겁니다. 모선에서 띠배를 떼어내는 것을 확인하고서 쪽배를 타고 쫓아가면 남의 눈에 띄지 않을 겁니다. 가서 옥패 처자를 구해서 예리든 어디든 데려다 놓겠습니다."

"그것도 안 될 말이야. 띠배는 짚을 엮어서 만든 거라 그 사이에 물이 새어 들어서 가라앉을 거야."

대상군 말대로다. 용왕님께 공양할 제물을 싣는 띠배는 쉽게 가라앉도록 짚을 얼기설기 엮는 데다 전옥패는 꽁꽁 묶인 몸이어서 아무리 헤엄에 능하다고 해도 창대가 구하러 갈 때까지 버티지 못할 것이다.

"대상군 말이 맞을 것이다. 게다가 찬물 덩어리들이 부근을 떠돌고 있을 텐데 섣불리 물속에 들어갔다가는 물 덩어리 속으로 빨려 들어가서 얼어 죽을 수도 있다."

약전이 흥분해서 날뛰는 창대를 말렸다. 이제 띠배 띄우는 것을 막을 길은 없다. 그렇다고 생사람을 죽게 내버려 둘 수도 없다. 그럼 어떻게 해야 하나. 제가 저지른 일이 있는 창대는 '제발 살려주십시오' 하는 표정으로 약전을 쳐다보았다.

"일전에 얘기했던 것들은 준비했느냐?"

"갑자기 횟가루를 구할 수 없어서 대신 쌀겨를 모아 놓았습니다."

쌀겨라도 큰 상관이 없다. 냉수괴의 정체를 어민들에게 분명히 확인시켜 줘서 그들의 생각을 바꿔야 한다. 문제는 때맞춰 수괴가 떠오르면서 터지느냐는 것인데 약전은 그 일은 하늘에 맡기기로 했다.

"정말로 얼음처럼 차가운 물 덩어리들이 바닷속을 헤집고 다니는 걸까요?"

대상군이 미심쩍은 얼굴로 물었다. 아무리 한양 선비가 책을 많이 읽었고 세상 이치에 통달했다고 해도 그렇지 흑산도에 오기 전까지는 바다를 제대로 본 적도 없을 책상물림이다.

"문헌들을 살펴본 바, 틀림없을 것이네. 세상에 이유 없는 변괴란 없는 법, 쓸데없는 미신으로 해서 생사람을 잡는 일은 없어야 할 것일세."

약전은 자신의 추측을 확신하고 있었다. 태풍이 그러하듯 냉수괴들도 때가 되면 저절로 소멸이 되면서 섬을 공포로 몰아넣은 변괴도 사라질 것이다. 그렇지만 인신공양은 빨리 손을 쓰지 않으면 생사람을 잡게 된다.

"소인이 배를 타고 나가서 쌀겨를 뿌리겠습니다. 그런데 어떻게 냉수괴를 판별합니까?"

창대가 냉정을 되찾았다. 사실 그것이 문제였다. 흑조류라고 하지만 바닷물은 검은색이 아니며 오히려 맑고 투명한 편이다. 그렇다면 육안으로는 구별이 힘들 것이다.

"글쎄……. 자세히 살피면 바다의 부유물이라든가 해조류들이 떠다니는 것이 아무래도 좀 다르지 않을까?"

그 점은 약전이 오히려 창대에게 묻고 싶었다. 문헌으로 알아내는 것에는 한계가 있었다.

"할머니가 여길 어떻게……. 세상이 꼴이 이게 뭐요? 선비님, 좀 나와 보세요."

그때 밖에서 승선네가 떠드는 소리가 들렸다. 누가 왔을까. 약전이 문을 열자 옥패의 할머니가 쓰러질 듯 비틀거리며 다가왔다.

"선비님, 제발 불쌍한 우리 옥패를 좀 살려 주시오. 그 애가 작심을 하고 우리 옥패를 죽이려고 하고 있소."

할머니는 그 말을 마치고 바닥에 펄썩 주저앉았다.

　사리 마을 사람들이 모두 바닷가에 모여들었다. 꽹과리 소리와 북소리가 요란하게 울려 퍼졌다. 용왕제는 지난번보다 훨씬 크게 치러지는데 이번에는 대상군을 대신해서 맹씨가 마을의 연장자로 무녀를 상대하고 있었다. 굿판을 다시 마련하느라 짜낼 수 있는 것 모두를 다 짜냈으니 변괴가 그치지 않으면 마을 사람들은 모두 굶어 죽게 될 것이다.

　굿판을 에워싸고 있는 장정들의 눈에 핏발이 서 있었다. 이틀째 잠을 자지 못하고서 당집을 지켜 왔고 또 밤을 새며 띠배를 엮었기 때문이다. 그러니 눈에 살기가 등등한 것도 당연했다.

　전옥패는 아직 모습을 드러내지 않고 있었다. 굿이 끝나 갈 무렵에 장정들의 호위를 받으며 이리로 호송될 것이다. 띠배가 모선에 묶여있는데 산 사람을 태울 것인지라 보통 때보다 상당히 컸다. 밤새 저리 큰 것을 엮느라고 마을 장정들이 혼났을 것이다. 띠배 사방에 동방청제(東方靑帝)와 서방백제(西方白帝), 남방적제(南方赤帝)와 북방흑제(北方黑帝)를 부르는 글이 깃대에 높이 매달려 있었다.

　약전은 멀찌감치 떨어져서 지켜보고 있었다. 마을 사람들 중에서 과연 몇이나 따라 줄 것인가. 눈에 핏발이 선 채 지나다니는 마을 사람들을 보며 약전의 얼굴이 어두워졌다. 창대는 쌀겨를 잔뜩 짊어진 채 하회를 기다리고 있었고 대상군은 불안한 얼굴로 잠녀들을 지켜보고 있었다. 전옥패의 할머니는 혼절을 해서 지금 승선네가 보살피고 있다.

전옥패의 할머니를 통해서 들은 사연은 참으로 기가 막혔다. 무녀가 바로 전옥패의 부친으로부터 버림을 받았던 그 불쌍한 여인이라니. 무슨 악연이 그리도 끈질기단 말인가.

"악심을 품고 옥패 처자를 물고기 밥으로 만들려고 하는 것 같습니다."

창대가 굿을 주관하기 위해 제단으로 오르는 무녀를 쏘아보며 말했다. 천천히 단을 오르는 무녀의 얼굴에서 섬뜩함이 느껴졌다.

무녀를 보며 약전은 착잡했다. 마음 한구석에서 일말의 동정심이 일었다. 천애 고아로 자란 몸으로 어렵게 올린 혼례인데 졸지에 서방을 빼앗기고 생과부가 되었던 가엾은 여인이다. 나이 어린 여인의 몸으로 팔도를 유랑하며 이루 형용할 수 없는 고생을 겪었을 것이다. 몰리고 쫓긴 끝에 더 이상 갈 데가 없게 되자 쳐다보기도 싫었던 섬으로 다시 들어온 것인데 악연이 모녀로 이어지며 계속된 것이다.

'악연이로고. 이 일을 어쩌면 좋단 말인가.'

약전은 한숨을 내쉬었다. 그렇다면 무녀로서는 자신과 전옥패 둘 중 하나는 이 세상에서 없어져야 한다고 믿는 것도 무리가 아닐 것이다.

'내가 지금 무슨 생각을 하고 있는가.'

약전이 고개를 흔들었다. 전옥패의 목숨이 경각에 달려 있는 판이다. 다른 생각을 할 겨를이 없었다.

사리 사람들은 약전을 어렵게 대하고 있었다. 유배된 몸이지만 한양에서 병조좌랑을 지낸 명문가의 사대부다. 웬만한 일에는 약전의 말을 믿고 따랐다. 그렇지만 이번은 경우가 다르다. 마을 사람들의 마음을 돌리기 위해서는 그들에게 냉수괴의 정체를 똑똑히 보여 주는 수밖에 없다. 창대가 잘해 주어야 할 텐데. 그리고 때맞춰 수괴가 터져 주어야 할 텐데. 약전은 기도하는 심정으로 눈을 감았다.

꽹과리 소리가 요란하게 울리면서 무녀는 미친 듯이 춤을 추기 시작했다. 춤사위가 먼저와 또 달랐다. 도무지 사람이 추는 춤 같지 않았다. 처연하다 못해 간담이 서늘해졌는데 무녀는 마치 삶과 죽음의 경계를 무시로 넘나드는 것 같았다. 무녀의 춤판이 점점 빨라지면서 꽹과리 소리도 따라서 빨라졌다. 지켜보는 사람들 모두 혼을 빼앗긴 채 멍하니 쳐다보고만 있었다.

"동방청제, 서방백제시여 부디 노여움을 거두시고……."

무녀가 사방을 둘러보며 큰소리를 내지르자 마을 사람들은 큰 죄라도 지은 양 모두 겁에 질려서 벌벌 떨었다. 고수와 징재비들도 덩달아서 겁에 질렸는지 사정없이 북과 꽹과리를 두들겨 댔다. 정신 없이 요령을 흔들어 대던 무녀가 이번에는 칼을 집어 들더니 미친 듯이 춤을 추어 댔다. 시퍼런 날이 너울너울 춤을 추자 사람들의 얼굴이 백지장으로 변했다.

그렇게 신들린 듯 춤을 추던 무녀가 홀연 춤을 멈추었다. 그러자 곧 적막이 흘렀다. 그러기를 잠시, 뒤쪽에서 웅성거리는 소리가 들리면서 사람들이 옆으로 비켜섰다. 전옥패가 하얀 소복 차림을 하고서 넋이 나간 사람 마냥 천천히 제단으로 걸어오고 있었다. 소름이 오싹 끼치는 모습이었다. 양옆에는 눈에 핏발이 선 장정들이 지키고 있었다. 전옥패는 곧 띠배에 태워지고 띠배는 모선에 끌려서 먼 바다로 나가고 전옥패는 수평선 너머로 영원히 사라질 것이다.

마을 사람들과 잠녀들은 막상 전옥패가 나타나자 슬그머니 고개를 돌려 버렸다. 어쩔 수 없이 전옥패를 띠배에 태우게 되었지만 생사람을 고기밥 만드는 일이니 마음이 편할 리 없었다.

"옥패 처자를 구해야겠소."

창대가 더 참지 못하겠다는 듯 주먹을 불끈 쥐었다.

"안 돼! 지금 나섰다가는 모든 것이 수포로 돌아간다. 얼른 쌀겨를 쪽배에 싣고서 기다리고 있거라."

약전은 다시 흥분하는 창대를 만류했다. 그 마음을 어찌 헤아리지 못하겠냐마는 이럴수록 냉정해야 했다.

사람들이 용왕상에 차려 놓았던 제물들을 덜어 내더니 먼저 바다에 고수레를 하고서 띠배에 조금씩 나누어 담았다. 전옥패는 넋이 나간 사람 마냥 시종일관 멍하니 바다만 바라보고 있었다.

"네 이년, 우리 언니를 잡아먹은 년!"

병이가 전옥패에게 욕지거리를 해 대며 달려들다 장정들의 손에 끌려 나왔다. 월례가 옥패를 향해 눈을 흘기고는 병이의 뒤를 따라갔다. 다시 요란하게 꽹과리 소리가 울리면서 무녀가 앞으로 나섰다. 그리고 그 소리에 맞추어서 모선에 타기로 한 사람들이 일제히 배에 올라탔다. 곧 모선과 띠배를 연결하는 줄이 내려졌다. 무녀가 전옥패에게 다가갔지만 전옥패는 아무것도 보이지 않고 아무것도 들리지 않는 듯 그저 멍하니 허공만을 바라보고 있었다.

"용왕님께서 너를 부르신다. 용왕님께 가서 부정한 몸을 깨끗이 씻도록 하거라."

무녀의 말이 떨어지자 전옥패는 벌떡 일어서더니 마치 몽유병 환자처럼 천천히 띠배를 향해 걸어갔다. 모선에서 풍악 소리가 요란하게 울려 퍼졌다. 이제 곧 먼 바다를 향해서 출항할 것이다. 더 이상 지체할 틈이 없었다. 약전은 창대에게 쪽배로 가라고 이르고는 큰소리를 지르며 사람들 앞으로 나섰다.

"멈추거라! 이를 말이 있다!"

약전이 소리를 치며 나서자 마을 사람들이 일제히 돌아섰다. 그들의 얼굴에 경계의 빛이 역력했다. 약전은 절박한 심정으로 그들의 이성에 호소했다.

"어찌하려고 생사람을 수장시키려 하느냐. 상례대로 띠배에는 제웅을 싣도록 하거라!"

"선비님께서 나설 일이 아니오! 용왕님께서 노하셔서 벌써 세 사람이나 물귀신이 되었소. 그래서 지금 물질은 물론 고기잡이도 엄두를 못 내고 있소. 빨리 용왕님의 노여움을 풀어 드리지 못했다가는 마을 사람들 모두 굶어 죽고 말 것이오."

대상군을 대신해서 굿을 주관하고 나선 맹씨가 언성을 높이며 대들었다.

"맞소! 한양 선비님이 나설 일이 아니오! 저 아이는 부정한 짓으로 용왕님의 노여움을 샀소. 그러니 죗값을 치러야 하오."

마을 사람들이 일제히 약전을 향해 소리쳤다. 그렇다고 여기서 밀려서는 안 된다. 약전은 마음을 다지며 큰소리로 외쳤다.

"내 말을 똑똑히 듣거라! 그동안의 변괴는 용왕님이 노했기 때문이 아니다. 먼 남쪽 바다에서 우연히 차가운 조류가 물 덩어리를 이루며 흑산도 앞바다까지 흘러왔기 때문이다. 참변을 당한 잠녀들은 그 차가운 물 덩어리 속으로 빨려 들어간 것이다."

약전이 눈을 부라리고 있는 마을 사람들을 향해 냉수괴의 정체를 설파했다.

116

"그게 무슨 뚱딴지 같은 소리요! 차가운 물 덩어리라니. 나는 여기서 태어나서 이 나이까지 줄곧 여기서 살았지만 그런 말은 들어 본 적이 없소. 글이나 읽는 선비님이 바다에 대해서 뭘 안다고 나서는 거요!"

"맞소! 선비라고 하지만 죄를 짓고 귀양살이를 온 몸. 괜히 마을 일에 끼어들지 마시오."

뒷줄에서 험악한 소리가 들려왔다. 약전은 문득 신유년의 옥사 때 의금부에 끌려가서 추국을 당하던 때가 생각났다. 이글거리는 저 눈동자들과 생사람의 목숨을 앗아 갈 띠배는 너울거리던 형장의 불빛과 무시무시한 형틀들과 조금도 다를 바가 없었다. 아니 그때보다도 더한 두려움이 느껴졌다. 그렇지만 약전은 물러서지 않았다.

"내가 비록 뭍에서만 살았지만 여러 문헌들을 통해서 이런 일은 우리나라에만 국한된 것이 아님을 잘 알고 있다. 그간 살펴본 바에 의하면 일본과 청국에도 이와 흡사한 일들이 있었는데 공포의 냉수괴들은 때가 되면 수면 위로 떠올라 터지면서 스스로 소멸이 된다고 하니 너무 겁먹지 말고 차분히 기다리면 변괴는 저절로 사라질 것이다. 내 말이 바르다는 것을 보여 주기 위해서 지금 창대가 쪽배를 타고 바다로 나갔다. 그래서 왼쪽으로 빠르게 소용돌이치는 물살을 찾아서 쌀겨를 뿌릴 것이니 눈으로 똑똑히 확인하도록 하거라."

약전은 당장이라도 달려들 듯 거리를 좁히고 있는 마을 사람들을 향해 일장을 설파했다. 소용돌이치는 조류라니. 그리고 얼음처럼 차가운 물 덩어리라니. 그게 무슨 소리란 말이냐. 마을 사람들은 주춤하며 서로를 쳐다봤다. 별로 믿지 않는 눈치들이지만 약전이 워낙 강하게 밀어붙이자 그 이상 대들지는 못했다.

이제 저들에게 사실임을 입증하는 것만 남았다. 예상대로라면 곧 냉수괴들이 수면 위로 떠오를 것이고 터지면서 소용돌이를 이룰 것이다. 문제는 과연 창대가 정확하게 수괴를 찾아내느냐는 것인데…… 약전은 다시 기도를 하는 심정이 되었다. 물빛으로는 구별할 수 없을 테니 결국 창대의 동물적인 감각에 의존하는 수밖에 없을 것이다.

"이게 무슨 짓이오!"

무녀가 호통을 치며 앞으로 나섰다. 눈에 살기가 등등했다.

"죄인의 몸으로 함부로 나서지 말라고 그리 얘기했거늘 여전히 처지를 망각하고 해괴망측한 말을 늘어놓고 다니다니. 당장 나주목(羅州牧)에 사람을 보내서 죄상을 고하겠소."

무녀의 호통 소리가 바닷가에 쩌렁쩌렁 울려 퍼졌다. 그러자 잠시 주춤했던 마을 사람들이 다시 제정신으로 돌아온 듯 약전에게 밀려들었다.

"내 그대에 대해서 들었다. 지금 그대의 심정이 어떠하리라는 것은 충분히 이해가 간다. 하지만 그렇다고 생사람을 수장시킬 수는 없지 않느냐. 어찌 회한이 없겠냐마는 지난 일은 지난 일이고 지금은 지금이다. 죄 없는 사람을 죽음으로 모는 일은 중단해야 한다."

"내가 누군지 알았다면 더 이상 나서지 마시오."

무녀가 버럭 소리를 질렀다. 약전은 그 시퍼런 서슬에 놀라 자신도 모르게 그만 뒷걸음질 치고 말았다.

"그래도 굶어 죽을 수는 없어서 통한의 섬으로 다시 기어들어 왔소. 그런데 저 아이 때문에 다시 쫓겨나게 생겼소. 그런 마당에 찢어 죽여도 시원치 않을 그 제주도 잠녀년의 딸이라니. 저 모녀가 대를 이어서 나를 해하려 하는데 어찌 나보고 가만히 있으란 말이오? 저 아이에게 죄가 없다고 했소? 그럴지도 모르지. 하지만 저 아이와 나는 도저히 같은 하늘을 이고 살 수 없는 불구대천 지간이오."

어쩌자는 것일까. 약전은 퍼뜩 무녀의 눈빛에서 죽음의 그림자를 발견했다.

"당할머니, 제발 마음을 돌리고 옥패를 살려 주시오. 선비님께서 차가운 물 덩어리는 저절로 없어질 것이라고 하시지 않소. 마을 사람들은 모두 당할머니의 굿이 효험을 발해서 용왕님께서 노여움을 푸신 것으로 믿을 것이오. 그러니 띠배에는 제웅을 태우고 옥패는 그만 돌려보내 주시오."

대상군이 옆에서 통사정을 하고 나섰다. 대상군이 사정을 하고 나서자 그때까지 전옥패를 동정하면서도 험악한 분위기 때문에 차마 나서지 못하고 있었던 아녀자들이 뒷줄에서 하나둘 씩 입을 열기 시작했다.

"그건 그래, 부정을 저질렀다고 하지만 어떻게 산 사람을 띠배에……."

"저도 혼이 날만큼 났을 테니 한 번 용서해 줍시다. 용왕님께서도 그만하면 헤아려 주실 것도 같소."

"시끄럽다! 너희들이 무얼 안다고 나서는 게야!"

무녀가 대성일갈을 하자 아녀자들이 쭈뼛거리며 뒤로 물러섰다.

"저 아이에게 죄가 있는지 없는지는 용왕님께서 정하실 것이다. 저 아이에게 죄가 있다면 용왕님께서는 저 아이를 거두어 가실 것이고 만약 저 아이에게 죄가 없다면 애꿎은 사람을 제물로 바치려 한 나를 데려가실 것이다."

그게 무슨 소리란 말인가? 약전도 방금 뭘 잘못 들은 것은 아닌가 해서 무녀를 쳐다봤다. 다른 사람들도 마찬가지였다. 무녀는 더 이상 말을 하지 않았다. 그리고 모선에 타고 있는 사람들을 향해 소리 쳤다. 약전이 놀라서 쫓아가려 했으나 마을 장정들이 앞을 가로막 으며 제지했다.

"배를 띄워라. 내가 직접 띠배를 타고 바다로 나가서 용왕님께 제를 올릴 것이다."

무녀가 띠배에 타겠다니. 무녀가 모선이 아닌 띠배에 타는 일은 없다. 사람들은 깜짝 놀라서 눈을 휘둥그레 떴다. 띠배에 생사람을 태우는 것도 흔치 않은 일인데 당할머니가 같이 타겠다니.

무녀는 성큼 띠배에 올라타더니 떠날 것을 지시했다. 그렇지 않아도 얼기설기 엮은 띠배는 두 사람이 타면 그리 오래 버티지 못할 것이다. 어리둥절해서 서 있던 사람들은 무녀가 호통을 치자 별 수 없다는 듯이 바다를 향해 모선을 띄웠다. 띠배는 모선에 줄로 연결된 채 천천히 먼바다로 흘러갔다.

"북을 쳐라! 징을 울려라!"

무녀가 띠배에서 소리쳤다. 곧 모선에서 요란한 소리가 울려 퍼졌다. 북소리 징 소리가 요란하게 울려 퍼지면서 띠배는 모선에 이끌린 채 천천히 바다로 향했다.

전옥패는 정신이 몽롱했다. 사방이 온통 시끄러웠다. 배가 출발하는 것 같았다. 이미 죽음을 각오한 몸이다. 소원이 있다면 죽기 전에 할머니를 한번 봤으면 하는 것뿐이다. 할머니는 어찌 되었을까. 이 사실을 아시고 얼마나 슬퍼하실까. 하지만 씻을 수 없는 불효를 저지른 아버지와 어머니를 대신한다고 생각하니 후회는 없었다. 그렇게 생각하며 두려움을 달래고 있는데 갑자기 무녀가 띠배로 뛰어들었다.

전옥패는 놀라서 무녀를 쳐다봤다. 무녀가 왜 모선이 아니고 띠배에?

"참으로 악연이로구나. 그 더러운 핏줄과 이렇게 만나게 될 줄이야."

무녀가 전옥패를 쏘아보며 뜻밖의 말을 했다.

"당할머니가 왜 띠배를 탔소? 그리고 더러운 핏줄이라니?"

전옥패가 물었다. 이미 죽음을 각오한 마당이다. 두려움이 없었다.

"너도 네 아비와 어미가 어떻게 만났으며 네 아비가 왜 흑산도를 떠났는지 들어서 알 것이다. 네 아비로부터 버림을 받았던 예리의 여자가 바로 나다. 네 어미에게 남편을 빼앗기고서 고향을 떠나 조선 팔도를 헤매고 다니며 말로 할 수 없는 고생을 했다. 한시도 네 어미와 아비를 잊어 본 적이 없는데 이제 네가 또 다시 나를 곤궁에 빠뜨리려 하느냐."

무녀가 거칠게 숨을 몰아쉬었다. 전옥패는 숨이 넘어갈 것 같은 충격에 휩싸였다. 그 일이라면 어머니로부터 귀에 못이 박히도록 들었던 터다. 어머니는 숨을 거두는 순간까지도 속죄의 마음으로 살았다. 그런데 바로 그 사람이 무녀일 줄이야. 얄궂은 운명과 무녀의 처절한 한에 죽음을 각오한 마당임에도 전옥패는 다시 두려움이 밀려왔다.

"불구대천. 같은 하늘을 보고 살 수 없으니 어차피 너와 나 둘 중 하나는 죽어야 한다. 용왕님께서 부정한 몸에서 태어난 너를 벌하실 것인지 생사람을 수장시키려는 나를 벌하실 것인지 결정하실 것이다."

그러더니 무녀가 벌떡 몸을 일으켰다. 그 사이에 꽤 멀리까지 나와서 두 배는 수평선 부근에 이르렀다.

"줄을 끊어라! 용왕님께서 둘 중 죄 많은 사람을 잡아가실 것이다!"

무녀가 소리쳤다. 하지만 모선에 탄 사람들은 선뜻 줄을 끊지 못했다. 띠배는 머지않아 가라앉을 것이고 그러면 두 사람 다 죽게 된다. 무녀의 말을 따라서 생사람을 띠배에 태우고 나왔지만 막상 줄을 끊으려니 마음이 약해진 것이다.

"뭐하느냐! 빨리 줄을 끊으라는데도!"

무녀가 거듭 호통을 쳤다. 그때 바람도 불지 않는데 갑자기 파도가 치면서 두 배가 심하게 흔들렸다. 사람들의 얼굴빛이 싹 변했다. 정말로 용왕님께서 노하신 것일까. 잔잔한 바다에 바람도 없는데 갑자기 물결이 일다니.

"용왕님께서 노하셨다! 빨리 줄을 끊으라니까!"

무녀가 악을 쓰자 사람들은 그제야 연결된 줄을 끊고서 뱃머리를 돌려 버렸다. 어차피 띠배는 먼바다로 흘려보내기로 되어 있었다.

모선은 그렇게 떠나갔고 두 사람을 태운 띠배는 망망대해에 일엽편주가 되어 이리저리 요동쳤다. 곧 물이 스며들 것이다.

무녀는 눈을 감은 채 태연자약했다. 진작 죽음을 초월한 듯했다. 전옥패는 다급했다. 이런 이유로 죽는다면 너무도 허무하다.

"당할머니 얘기는 어머니로부터 많이 들었소. 씻지 못할 죄를 지었다며 어머니는 평생을 괴로워하셨소. 아버지도 돌아가시기 전에 한번 만나 보고 싶다는 말씀을 하셨소. 내가 두 분의 잘못을 대신 빌겠소. 그리고 내가 딸 노릇을 해 드리겠소. 할머니랑 셋이서 같이 삽시다. 아버지도 어머니도 저 세상에서 기뻐하실 것이오."

전옥패는 진심이었다. 벌써 띠배 구석에서 물이 새어 들어오고 있었다.

"셋이서 같이 살자고? 말도 되지 않는 소리 하지 마라. 네가 죽어

서 용왕님의 노여움을 풀어 드려야만 내가 여기서 쫓겨나지 않을
것이다. 나는 여기서 쫓겨나면 더 이상 갈 데도 없는 몸이다. 너희
모녀 때문에 두 번씩이나 흑산도에서 쫓겨나고 싶지 않다."

무녀가 벌떡 몸을 일으켰다. 그 바람에 띠배가 기우뚱했다.

"용왕님! 용왕님! 심판을 내려 주소서!"

물은 계속해서 새어 들어오는데 무녀는 미친 듯이 울부짖으며 용
왕님만을 부르고 있었다. 아무래도 살아서 돌아가기 힘들 것 같았
다. 전옥패는 최후의 순간이 다가왔음을 직감했다.

———◇◇◇———

창대는 사력을 다해서 쪽배를 저어 갔다. 한양 선비는 수괴를 찾
아서 뱃사람들에게 확인시키라고 했는데 무슨 수로 수괴를 찾아낸
단 말인가. 급한 김에 여기까지 달려오기는 했지만 창대는 걱정이
되었다. 눈으로는 바다를 조금도 구별할 수 없었다.

그때 바람 한 점 없는데 갑자기 물살이 밀려오더니 쪽배를 밀어
냈다. 쪽배가 왼쪽으로 도는 것으로 봐서 한양 선비 말대로 물 덩어
리가 떠오르며 터진 모양이었다. 창대는 얼른 바다를 살폈지만 눈
에 들어오는 것은 아무것도 없었다. 아무튼 수괴들이 터지기 시작
한 것은 분명했다. 빨리 쫓아가서 전옥패를 구해야 했다. 창대는 노
를 저었다.

젖 먹던 힘까지 다해서 쫓아갔건만 안타깝게도 띠배는 이미 모선
에서 분리된 다음이었다. 모선이 다가오며 창대를 제지하려 했다.
생사람을 수장시키고 돌아오는 길이라서 그럴까 사람들의 눈에 핏

발이 서 있었다.

"어디를 가는 거야? 띠배에 잡인의 접근을 금하는 것을 모르나?"

맹씨가 창대에게 호통을 쳤다. 뱃사람들이 살기등등한 눈으로 창대를 노려봤다. 창대는 난감했다. 저들을 어찌 설득해야 한단 말인가. 띠배는 점점 멀리 떠내려가고 수괴들은 터지기 시작하고 있었다.

"엇!"

창대가 난감해 하는데 갑자기 뱃사람 하나가 비명을 지르면서 뒤로 벌렁 나자빠졌다. 모선이 급격히 흔들린 것이다. 충격은 곧 쪽배에도 밀려왔다. 창대가 탄 쪽배는 당장 뒤집힐 듯이 심하게 흔들렸다. 제법 큰 수괴가 터진 것 같았다.

창대는 얼른 쌀겨를 물속으로 집어던졌다. 쌀겨가 퍼져 나가면서 물살이 빠른 속도로 왼쪽으로 소용돌이치고 있는 게 똑똑히 눈에 들어왔다. 모선에 타고 있는 사람들의 시선이 일제히 소용돌이에 집중되었다.

"이게 한양 선비님께서 말씀하신 수괴의 정체요. 차가운 물 덩어리가 물 위로 떠오르며 터진 것이지요."

창대가 소리쳤다. 뱃사람 하나가 슬그머니 물속에 손을 집어넣었다가 깜짝 놀라며 얼른 뺐다. 창대의 말대로 얼음장처럼 차가운 물이었다.

"수괴들이 계속해서 터질 테니 얼른 돌아가시오. 수괴들이 다 터지고 나면 다시는 괴변이 생기지 않을 것이오."

창대는 놀라서 쳐다보는 뱃사람들에게 얼른 돌아갈 것을 이르고서 다시 노를 저었다. 뱃사람들은 더 이상 창대를 제지하려고 하지 않았다. 빨리 쫓아가서 전옥패를 구해야 한다. 제법 시간이 흘렀으니 띠배는 물이 많이 새어 들었을 것이다. 그리고 수괴들이 계속해서 터지고 있다. 창대는 마음이 급했다.

한참을 저어 나간 창대는 수평선 부근에 떠 있는 띠배를 발견했다. 다행히 아직 가라앉지 않았다. 창대는 안도의 숨을 내쉬며 죽을 힘을 다해서 노를 저었다. 띠배에는 무녀가 전옥패와 함께 있는데 반쯤 가라앉은 상태였다. 창대는 부러져라 노를 저었다.

"앗!"

거의 다 이르렀을 무렵 갑자기 쪽배가 위로 솟구치더니 삽시간에 아래로 곤두박질쳤다. 엄청나게 큰 수괴가 터진 것이다. 창대는 그대로 물속으로 떨어졌고 쪽배보다 더 높이 솟아올랐던 띠배는 그대로 뒤집혀 버렸다.

"옥패 처자!"

얼음장처럼 차가운 물이다. 온몸이 바늘에 찔린 듯 쓰려 왔지만 창대는 주저하지 않고 헤엄을 쳤다. 빨리 전옥패를 데리고 배 위로 올라가야 했다.

전옥패가 창대를 발견하고 헤엄을 쳐 왔다. 무녀가 함께 타는 바람에 다행히 결박을 당하지 않았던 것이다.

"빨리 여기를 빠져나가야 하오. 계속해서 냉수괴들이 터질 것이오."

다행히 전옥패를 구했지만 살아날 길이 막막했다. 쪽배는 어디론가 흘러가 버렸고 띠배는 이미 가라앉았다. 창대와 전옥패가 아무리 헤엄에 능하다고 해도 망망대해 한복판의 얼음장같이 차가운 물속에서 살아나기는 힘들다.

"당할머니를 도와주어야 해요. 당할머니는 헤엄이 서툴러요."

전옥패는 와중에서도 무녀를 찾고 있었다. 창대는 어이가 없었지만 지금 다툴 때가 아니었다. 온몸이 송곳으로 찔린 듯 따가웠다. 그때 저 멀리서 모선이 다가오는 것이 눈에 들어왔다.

"일단 몸을 피하고서 당할머니를 구하기로 합시다. 그러니 빨리!"

창대가 앞장을 서자 전옥패도 따라서 헤엄쳤다. 이대로 얼어붙는 것이 아닐까. 전신에서 힘이 빠져나가면서 헤엄치는 속도가 점점 느려졌고 정신도 아득해졌다. 돌아보니 전옥패는 기진했는지 간신히 허우적대고 있었다. 모선에서 두 사람을 발견하고서 급히 달려왔지만 그때까지 버틸 수 있을지 의문이었다.

"옥패 처자! 조금만 더 힘을 내시오!"

창대가 소리를 질렀다. 소용돌이가 발끝까지 따라온 것 같았다. 빨리 모선에 올라타지 못하면 소용돌이에 빨려 들 것이다. 창대는 손을 뻗어 허우적대는 전옥패를 잡아끌었다.

"흑!"

뭔가 뒤에서 강한 힘으로 잡아당기는 것 같았다. 소용돌이가 바로 뒤까지 쫓아온 것이다. 말려들면 모든 것이 끝장이다.

"빨리!"

뱃사람이 손을 내밀었다. 창대는 죽을힘을 다해서 전옥패를 배 위로 밀어 올렸다. 전옥패가 배 위에 오르는 것을 확인한 창대가 뱃사람의 손을 잡으려는 순간 누가 허리를 휘감고 잡아끄는 것 같은 느낌이 들었다. 소용돌이였다. 놓치면 안 된다. 창대는 죽을힘을 다해서 뱃사람의 손을 붙들었고 그들의 도움으로 간신히 배 위에 올랐다. 창대는 흔들리는 모선 위에 그대로 벌렁 누워 버렸다. 생과 사의 틈바구니를 간신히 빠져나온 것이다.

"대단하군. 냉수괴들이 계속 터지고 있어. 한양 선비님 말대로야."

맹씨가 경탄의 얼굴로 수면을 바라보았다. 하지만 지금 감탄하고 있을 때가 아니다. 더 큰 수괴가 터졌다가는 모선도 뒤집힐 판이다. 어부들은 허겁지겁 뱃머리를 돌렸다.

"저기 당할머니가 있어요!"

전옥패가 벌떡 몸을 일으키며 소리쳤다. 무녀가 저 멀리서 허우적대고 있었다.

"틀렸어. 소용돌이 한복판이야. 곧 빨려 들어갈 거야."

맹씨가 고개를 절레절레 저었다. 또 다른 수괴가 터졌는지 다시 충격이 밀려왔다. 뱃사람들은 사색이 되어서 빨리 여기를 벗어나자고 했다. 창대가 보기에도 무녀를 구하는 것은 무리였다.

무녀는 힘이 다한 듯 이제는 허우적거리지도 않았다. 따듯한 정을 받지 못한 채 냉혹한 세상을 힘겹게 헤치며 살아 온 비운의 무녀는 이제 한 많은 세상을 하직하려 하고 있었다. 창대는 동정과 연민이 뒤섞인 눈으로 차츰 소용돌이 속으로 빨려 들어가고 있는 무녀를 바라보았다.

"용왕님!"

무녀의 처절한 비명 소리가 수평선 위에 메아리쳤다.

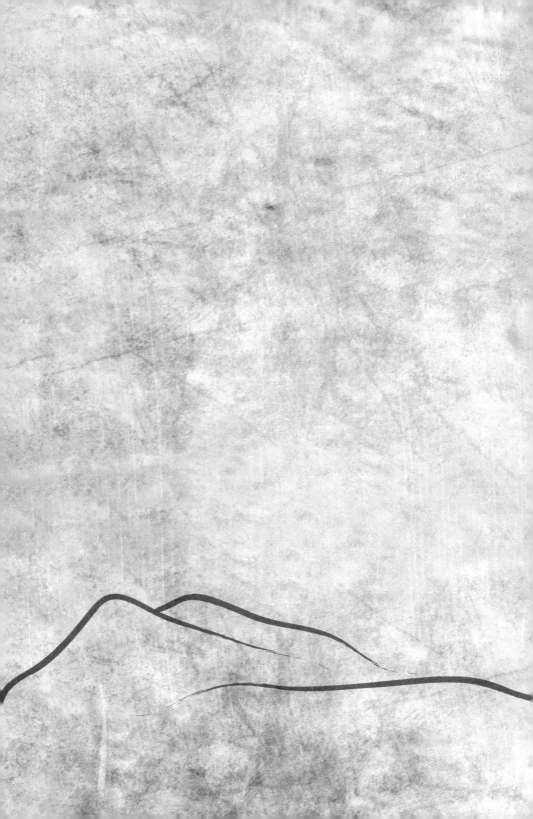

파시 波市

마을 사람들이 덩실덩실 춤을 추며 신명나게 꽹과리를 울려 댔다. 덩달아 흥이 난 아이들은 정신없이 뛰어다니며 제 세상을 만난 듯 활개 쳤고 노인들은 바다를 향해 차례로 넙죽 절을 하며 풍어(豊漁)를 빌었다. 바닷가에는 돛대가 세 개나 달린 큰 배들이 여러 척 늘어서 있었다. 어부들은 부지런히 손을 놀리며 돛을 펼치고 또 짐을 실었다. 조기잡이 선단이 칠산탄(七山灘)으로 출어를 하려는 참이다.

한식이 지나면서 흑산도에 조기잡이 철이 다시 돌아왔다. 조기는 홍어와 더불어 흑산도 어민들의 귀중한 밥줄이다. 그 해의 조기잡이 조황에 따라서 흑산도 사람들은 그런대로 먹고살 만할지 아니면 일 년 내내 굶주린 배를 움켜쥐고 살아야 할지가 가늠된다. 마을 사람들 모두 바닷가로 몰려들어 정성껏 만선을 기원했다.

양자강 하구의 모래밭에서 겨울을 낸 조기들은 날이 풀리면서 북상을 시작해서 한식 무렵이면 흑산도 해역에 이르는데 아직은 알이 차지 않아서 잡더라도 비싼 값을 받을 수 없다. 그래서 흑산도 어부들은 조기떼가 알을 낳기 위해 칠산 앞바다의 얕은 모래밭에 몰려들 때를 기다렸다가 영광 법성포 앞바다까지 진출해서 알이 잔뜩 밴 조기를 잡는다.

"가자!"

모두 승선했음을 확인한 선두가 출항을 명했다. 배에는 먹을 것과 식수가 가득 실려 있고 돛은 순풍을 맞아 한껏 부풀어져 있었다. 흑산도 조기잡이 배들은 차곡차곡 쌓아서 실은 중선망(中船網)에 만선의 꿈을 안고서 차례로 칠산탄을 향해 빠져나갔다.

그렇게 하루 밤낮을 항해해서 햇살이 수평선 위로 환하게 퍼질 무렵에 칠산 앞바다에 당도한 어선들은 쉴 틈도 없이 조기잡이 채비에 들어갔다. 추위가 뼛속까지 파고들었지만 어부들은 얼큰한 농주의 기운으로 추위를 참아 냈다. 조기떼가 지나가는 길목을 잘 찾아서 지키고 있어야 만선을 할 수 있다. 어부들은 잰 손놀림으로 암해를 묶은 줄을 풀고 닻줄을 매만졌다. 그물이 꼬이지 않고 잘 펼쳐지게 하려면 통나무를 베어 만든 암해를 소중하게 다루어야 한다.

어부들은 누가 시키지 않아도 부지런히 몸을 움직였다. 집에는 이미 먹을 것이 바닥난 마당이다. 퀭한 눈으로 조심히 다녀오라던 부모님과 허옇게 버짐이 돋은 얼굴로 배웅을 나왔던 아이들. 주린 배를 안고 기다리고 있을 식솔들을 생각하면 이따위 추위는 얼마든지 견딜 수 있었다.

"조심해라. 칠산탄은 수심이 얕아서 까딱 잘못했다가는 배가 모래등 위에 올라타게 될 테니까."

선두는 어부들을 감독하면서도 틈틈이 키잡이에게 주의를 주었다. 배가 모래 등에 올라앉았다가는 만선은커녕 빚만 잔뜩 질 판이다.

다행히 일은 순조롭게 풀렸고 선단 모두 무사히 조기잡이 채비를 마쳤다. 이제 조류를 타고 북상하는 조기떼의 길목을 정확하게 짚는 일만 남았다. 길목을 어디로 잡느냐는 한 해 조기잡이의 성패를 정하는 중요한 일이다.

선두가 대나무 통을 물속에 담그고서 귀를 바짝 갖다 댔다. 누구는 대나무 숲을 스치는 바람 소리 같다고 하고 또 누구는 왁자지껄 아이들이 떠드는 소리 같다는 조기떼의 소리를 놓치지 않아야 한다. 어부들은 숨을 죽이고 선두를 쳐다봤다. 길목을 제대로 잡았다면 조기잡이의 움직임이 포착될 것이다. 눈을 감은 채 물속 소리에 귀를 기울이고 있던 선두가 천천히 손을 들더니 손가락으로 방향을 가리켰다. 조기떼의 소리를 포착한 것이다. 긴장해서 지켜보던 어부들이 잽싸게 움직였다. 꾸물대다 때를 놓치면 만사가 수포로 돌아간다. 조기잡이 배들은 선두가 가리키는 쪽으로 일제히 뱃머리를 돌렸다.

"그물을 드리워라!"

선두가 소리쳤다. 먼저 닻줄이 내려지고 이어서 암해가 중선망을 끌고서 물속으로 잠겼다. 입구가 넓고 끝으로 갈수록 좁아지는 형태의 중선망은 간만의 차가 크고 조류가 빠른 서해 바다에 잘 맞는 그물이다.

"서둘러라. 조기떼가 다가오고 있다."

선두가 호령했다. 칠백 발을 드리우려면 지금보다 훨씬 빨리 움직여야 한다. 어부들은 재빨리 중간짜리 중선망을 바닷속에 드리웠다. 조류가 센 편이다. 닻줄을 단단히 고정했기에 배가 떠밀려 가지는 않겠지만 그물을 거두어들일 때 애를 먹을 것이다. 그렇지만 어부들의 표정은 모두 밝았다. 이렇게 조류가 센 날에 조기가 많이 잡히기 때문이다. 그리고 이즈음에 칠산에서 잡히는 조기들은 알이 차고 살이 통통해서 조기 중에서도 으뜸으로 친다. 귀선해서 파시(波市)에 내놓으면 얼마든지 비싼 값을 받을 수 있을 것이다.

조기 값을 제대로 받으면 그동안 초근목피로 연명을 해야 했던 부모님과 자식들에게 하얀 쌀밥 한번 배불리 먹여야지. 그 생각만으로도 어부들은 얼마든지 고생을 감수할 수 있었다.

'제발 많이 많이 몰려들어라.'

어부들은 마음속으로 천지신명께 만선을 빌었다.

"온다!"

잔뜩 긴장해서 대나무 장대에 귀를 갖다 대고 있던 선두의 목소리가 예사롭지가 않았다. 엄청난 떼가 몰려오는 모양이다. 어부들은 흥분을 감추지 못했다.

"엄청나다!"

선두가 대나무 장대를 집어던지며 벌떡 몸을 일으켰다. 더 들을 것도 없었다. 바다에서 태어나 잔뼈가 굵고 철이 들면서 조기잡이 배를 탔던 몸이다. 선두는 만선을 확신했다.

조기떼가 빠른 조류를 타고 그대로 중선망 속으로 빨려 들어가는 것이 배 위에서도 생생하게 느껴졌다. 앞쪽은 벌써 그물 끝에 이르렀을 것이다.

"암해를 끌어올려라!"

한시도 쉴 틈이 없었다. 우선 물속에 내렸던 암해를 배 바닥까지 잡아당기고서 그물 끝을 배 위로 끌어올린 후에 재빨리 그물 끝을 풀고서 조기떼를 배 위에 뿌려야 하는데 서두르다가 행여 그물 끝을 놓치기라도 했다가는 다 된 밥에 재를 뿌리게 된다. 그러니 잽싸게 손을 놀리면서도 절대로 실수를 해서는 안 된다.

"와!"

어부들의 입에서 탄성이 터져 나왔다. 마침내 조기들이 배 위에 쏟아지기 시작한 것이다. 알이 탱탱하게 배고 살도 실한 것이 한눈에도 최상급 조기들이다. 조기떼는 끝도 없이 배 위에 뿌려졌다. 흑산도 어민들의 꿈이요, 희망인 조기들이 찬연히 떠오르는 햇살을 하얗게 반사시키며 펄떡였다. 어부들의 입이 함박만 해졌다.

"만선이야. 이게 몇 년 만인가."

"내가 이십 년 째 배를 타고 있지만 이렇게 많이 잡아 본 적이 없었어. 그리고 저렇게 알이 탱탱하게 밴 놈들도 처음이고."

어부들은 서로를 얼싸안으며 좋아했다. 눈물을 흘리는 사람도 있었다.

<hr>

해가 또 바뀌어 갑자년(甲子年 1804)이 되었다. 약전은 유배지에서 세 번째 봄을 맞고 있었고 어느덧 마흔일곱이 되었다. 해가 바뀌면서 한양에서 새로운 소식이 전해졌다. 대왕대비께서 수렴청정을 폐지했다는 것이다. 신유년의 사옥을 주도했던 대왕대비였기에 약전은 유배가 풀릴지도 모른다는 한 가닥의 희망을 갖기도 했지만 조정은 여전히 노론 벽파가 주도해서 유배가 그리 쉽게 풀릴 것 같지 않았다. 부질없는 집착은 절망만 더할 것이기에 약전은 마음을 비

우기로 했다.

어쨌든 새봄이 왔다는 사실은 사람을 들뜨게 한다. 약전은 마음을 편히 가지고서 문박으로 나섰다. 봄기운이 물씬 풍겨 왔다. 파란 바다를 배경으로 동백꽃과 들매화가 곱게 피어 있는데 저 멀리 온통 노란색으로 산허리를 장식하고 있는 꽃은 아마도 산수유일 것이다. 흑산도의 봄은 한양보다 한결 일찍 찾아온다.

"아직 바람이 찹니다."

언제 왔는지 창대가 뒤에 서 있었다.

"날씨가 하도 좋기에 나와 보았다. 한기가 남아 있기는 하지만 견딜 만은 하구나."

"날이 풀리는 대로 다시 자맥질을 시작할까 합니다."

약전과 창대는 겨우내 잠시 손을 놓고 있었던 어보 저술을 다시 시작하기로 하고 필요한 것들을 준비하고 있었다. 흑산도에서 세 해째를 보내면서 약전은 상당한 양의 자료를 모았고 기록해 놓은 초도 꽤 되었다. 어보는 약전에게 유일한 낙이다.

그 사연 많았던 풍어제에서 무녀는 냉수괴에 빨려 들어가며 한 많은 생을 마쳤고 창대는 오매불망하던 전옥패와 혼례를 치렀다. 그리고 전옥패가 그렇게도 봉양코자 했던 할머니는 소원이었던 손녀의 혼례를 보고 작년 겨울에 마음 편히 눈을 감았다.

"마을 사람들은 지금 무얼 하고 있느냐?"

"지금 조기를 다듬느라고 정신이 없습니다."

요즘 창대는 매일 싱글벙글하였다. 깨가 쏟아지고 있을 것이다.

"조기잡이 배들이 들어왔다는 말은 들었다. 만선을 했다면서?"

"그렇습니다. 그래서 지금 모두 바쁘게 일하고 있습니다. 조기를 다듬고 말리자면 손이 많이 갑니다. 아낙네들은 말할 것도 없고 아이들까지 전부 바닷가로 몰려가서 일을 거들고 있습니다."

조기를 말려 굴비를 만드는 게 이만저만 손이 가지 않는다. 조기는 배를 가르지 않고 통으로 말린 것이 맛도 좋고 값도 비싸게 나가기에 마을 사람들은 지금 조기를 소금에 절이고 볏짚으로 엮느라고 정신이 없었다. 그렇게 한 두름(스무 마리)씩 엮은 후에 널어서 말려야 한다. 소금에 절이고 볏짚으로 엮는 일은 나이도 있고 또 손재주가 있는 사람들의 몫이고 서툰 사람들은 배를 가르고 내장과 알을 끄집어내는 따위의 허드렛일을 하는데 어느 것 하나 하루 종일 허리 한번 제대로 펴지 못하고 쪼그리고 앉아서 일을 해야 하는 고역이다.

그렇지만 마을 사람들의 얼굴에 힘들어 하는 기색은 찾아볼 수 없었다. 곧 뭍에서 어상(魚商)들이 몰려오면서 조기 파시가 열릴 것이다. 조기 파시는 흑산도 어민들에게는 일 년 농사의 추수에 해당한다. 그러니 그 전에 일을 끝마쳐야 한다. 어민들은 피곤한 줄도 모르고 파시를 준비했다.

창대와 함께 바닷가로 내려온 약전은 바삐 일하는 마을 사람들을 보며 삶의 생동감을 느꼈다. 조기는 이곳에 오기 전부터 익히 알고 있던 물고기다. 그 이름이 기운을 돕는다는 뜻의 조기(助氣)에서 비롯되었다는 말이 있을 정도로 밥맛을 돋우는 반찬인데 염장한 조기를 굴비라고 부르는 것은 당연히 알고 있었지만 애두치(大鮸)나 민어(鮸魚), 유수어(踰水魚), 또는 석수어(石首魚) 등 조기의 종류와 명칭이 다양하다는 사실은 흑산도에 와서 비로소 처음 알았다. 그렇지만 지금은 같은 조기 치어라도 암치어(巖峙魚)라 불리는 놈과 부세어(富世魚)라 불리는 놈이 어떻게 다르다는 것도 알아볼 정도가 되었다. 어보를 만드느라 물고기와 더불어 사는 동안에 약전도 흑산도 사람이 다 된 것이다.

예로부터 최고의 반찬으로 치부되는 귀한 조기. 그리고 흑산도 어민들에게는 쌀과도 같은 소중한 조기. 그 조기 파시 철이 다시 돌아온 것이다.

어느새 나이가 마흔 줄에 들어섰지만 차현장(車玄將)은 젊은이 못지않은 기력을 지니고 있다고 자부하고 있었다. 그런데 오늘따라 몸이 왜이리 무겁단 말인가. 아무래도 어제 과음을 했기 때문일 텐데 역시 세월은 속일 수 없는 모양이다. 한창 때 같으면 그 정도 가지고는 끄떡도 하지 않았다.

차현장이 상을 찌푸리자 좌우로 앉아서 단주(團主)의 눈치를 살피고 있는 상단(商團)의 전주(廛主)와 행수(行首) 들은 괜히 불안해했다. 조선 팔도를 호령하는 상단의 단주가 소집령을 내리자 상단 예하의 전주들과 행수들이 한양에서도 부자 동네로 손꼽히는 필운방의 고래 등 같은 차현장의 저택으로 득달같이 달려온 것이다.

"전부 모인 것 같군. 전방(廛房)에는 별 문제가 없느냐?"

차현장이 위엄이 가득한 얼굴로 좌중을 돌아보았다.

"네. 매상이 꾸준히 늘어나고 있습니다."

명주를 팔고 있는 우세전(羽細廛) 전주가 얼른 치부책을 내밀었다. 제법 장사가 잘되는지 희색이 만면했다.

"매상이 올랐다고 하지만 시전(市廛)을 따돌리기 위해서는 그 정도로는 모자라. 그동안에 가져다 퍼부은 돈을 생각해 봐! 한참 더 팔을 걸어붙여야 해."

차현장이 치부책을 보는 둥 마는 둥 하며 면박을 주자 칭찬을 들을 줄 알았던 우세전 전주는 머쓱해서 뒷전으로 물러났다. 포전(布廛)과 저전(紵廛)을 위시해서 그동안 매출이 별로 좋지 못했던 전주들은 언제 불호령이 떨어질까 고개를 푹 숙인 채 전전긍긍하고 있었다.

개국 이래 조선의 상권은 관에서 허락을 받은 시전에서 독점하고 있었다. 그렇지만 이앙법(移秧法)의 실시로 생산량이 급격히 늘고 상평통보가 유통되면서 경제의 규모가 팽창되어 사상(私商)들은 공기업의 일종인 육의전(六矣廛)을 제치고 경제의 주역으로 자리매김했다. 급기야는 재벌이랄 수 있는 사상도고(私商都賈)도 등장하게 되었다.

맨주먹으로 시작해서 경상(京商)을 대표하는 신흥 사상도고로 급부상한 차현장이 눈을 번뜩이자 예하 전주와 행수들은 쥐구멍이라도 찾고 싶은 심정이 되었다. 차현장은 고양이 앞의 쥐 꼴을 하고 있는 전주들을 훑어보고는 표정을 풀었다. 사람을 다루는 데 너무 죄기만 하는 것도 능사는 아니다. 차현장이 어물전 전주를 지목했다.

"그래 일은 잘 추진되고 있느냐? 누구를 보냈다고 했지?"

"임치상 행수가 차인(差人) 몇을 데리고 흑산도로 떠났습니다. 원래 어물전 일을 하던 자라서 잘 해낼 겁니다."

어물전 전주가 허둥대며 대답했다. 차현장이 고개를 끄덕이더니 이번에는 조운선단(漕運船團)을 맡고 있는 행수에게 고개를 돌렸다. 한양의 상권을 장악하고 있는 경상은 본래 세곡(稅穀)을 운반하는 조운선단을 발판으로 성장한 상단이어서 휘하에 많은 조운선을 확보하고 있고 세곡을 위시해서 물자 운송을 좌지우지하고 있다.

"빈틈없이 마무리 해 놓았습니다. 우리 상단 배들은 전부 불러들였고 다른 상단의 배들은 선금을 쥐어 주고서 묶어 놓았습니다."

조운선단 행수가 기다렸다는 듯이 대답했다.

"그래 영산강 하구의 법성포하고 사진포만 묶어 버리면 될 것 같으냐?"

"그렇습니다. 흑산도 어민들은 기껏해야 야거리 아니면 당도리를 가지고 있는데 그런 배들로는 그 이상 멀리 가지 못합니다."

어물전 행수가 자신 있게 대답했다. 돛대가 하나 달린 야거리와 돛대가 두 개 달린 당도리는 흑산도의 대표적인 어선인데 당연히 당도리가 더 크다.

"그래도 모르니까 위도하고 강경 포구까지 묶어 버리도록 해. 아무리 빈틈없이 채비를 해 놓았다고 해도 엉뚱한 데서 말썽이 생기는 수가 있으니까. 아무튼 칼을 뽑았으면 끝을 봐야 해. 이번 일은 우리 상단의 명운이 걸린 중대사라는 사실을 잊지 말고! 돈이 더 필요하면 언제든지 얘기해!"

차현장이 으름장을 놓았다. 그렇지만 상단의 명운이 달려 있다는 말은 과장된 것만은 아니다. 차현장은 이번에 흑산도에서 새로운 장사를 도모해 볼 요량으로 물경 이십만 냥이라는 거금을 쏟아붓고 있었다. 엄청난 거금을 동원해야 하는 데다 꼭 성공한다는 보장도 없는 일이기에 전주와 행수들이 말렸지만 차현장은 결심을 바꾸지 않았다. 기회란 불쑥 나타났다가 우물쭈물 하는 사이에 홀연히 사라져 버리는 법이다. 차현장은 지금이 바로 기회라고 판단하고 있었다. 그렇다면 확실하게 잡아야 한다. 기회란 놈은 절대로 기다려 주지 않는다.

전주들이 차례로 치부책을 내놓았지만 차현장은 흥미가 없다는 듯 한쪽으로 밀어 놓았다. 그만 나가봐야 할 때가 된 것이다.

"이판 대감을 뵈러 갈 것이다."

차현장은 전주 모임을 그렇게 마무리 짓고서 자리에서 일어섰다. 이조판서 김달순(金達純) 대감을 찾아뵙기로 한 것이다. 김달순 대감은 평시서(平市署) 제조(提調)를 겸하고 있는데 평시서가 상단들의 독점 행위를 감시하고 불공정한 거래를 규찰하는 기관이다 보니 사상 도고들은 하루가 멀다 하고 그를 찾아가서 이런저런 성의를 표시하고 있었다.

전주와 행수들이 양쪽으로 도열하며 출타하는 단주를 정중하게 배웅했다. 차현장은 나귀의 등에 실린 자루에 눈길을 주고는 수행 행수에게 고개를 돌렸다.

"이천 냥을 실었습니다."

수행 행수가 목소리를 죽이며 말했다. 치부에 능하고 입이 무거워서 차현장은 그에게 비밀스런 거래를 맡기고 있었다. 차현장이 그만하면 되었다는 듯 고개를 끄덕이고 앞장섰다. 대갓만 쓰지 않았을 뿐 고관대작의 출타에 뒤질 것이 없는 으리으리한 행차다.

예전 같으면 언감생심 장사꾼 주제에 감히……, 하며 양반들이 눈을 부라렸겠지만 이제는 세상이 바뀌어서 아무도 차현장을 그런 눈으로 보지 못한다. 돈이 행세를 하는 세상이 된 지 오래다. 돈만 있으면 정승판서 부럽지 않고 돈 있는 상민이 가난한 양반보다 백배 나은 세상이다. 차현장은 보란 듯 거만한 걸음으로 재동 김달순 대감의 집으로 향했다.

시대가 영웅을 만든다고 차현장은 때를 잘 타고난 셈이다. 시대가 바뀌어 난전(亂廛), 즉 사사로운 상거래가 허용되면서 한양을 무대로 하는 경강상인(京江商人)들 중에는 대상(大商)이 여럿 나왔는데 차현장이 그들 중 대표적인 인물이다.

돈이란 처음에 모으기가 힘든 법이지 일단 어느 정도 모으고 나면 그 다음부터는 돈이 돈을 번다. 본래부터 이재에 재능이 있던 차현장은 새로운 환경에 금세 적응했고 일취월장하면서 재물은 눈덩이처럼 불어났다. 그러면서 맨주먹으로 장사판에 뛰어든 지 이십여 년 만에 한양에서도 제일 큰 상단을 이끌게 된 것이다.

그렇지만 차현장은 만족하지 않았다. 변화의 물결이 쉬지 않고 밀려오고 있었다. 단꿈에 빠져 있다가는 부귀영화는 일장춘몽이 될 것이다. 절대로 그런 일이 생겨서는 안 된다. 자고로 재물은 버는 것보다 지키는 게 더 어렵다고 했다. 그리고 적은 재물은 저만 성실히 일하면 모을 수 있지만 큰 재물을 모으려면 든든한 끈을 쥐어야 한다는 사실도 차현장은 잘 알고 있었다. 노론 벽파를 주도하고 있는 이조판서 김달순 대감은 지금 조정에서 실세로 통하는 세도가다. 차현장은 옷차림을 가다듬고서 김달순의 저택으로 들어섰다.

권문세가의 집은 찾아온 사람들로 문전성시를 이루고 있었다. 그러나 이천 냥의 위력은 금세 나타났다. 차현장은 즉시 안채로 안내되었다. 이런저런 청탁을 넣기 위해서 사랑에 죽치고 앉아서 이제나저제나 차례가 오기를 기다리고 있던 사람들은 한갓 상민이 순서를 건너뛰고서 안채로 들어가는 것을 보고 상을 찡그렸지만 대놓고 불평을 늘어놓지는 못했다. 그가 경상 차현장 상단의 단주인 것을 알아본 것이다. 불과 얼마 전까지만 해도 한갓 시정 상인 따위가 이조판서를 면대한다는 것은 상상도 하지 못했던 일이다. 하지만 세상이 변하면서 사상도고들은 조정 고관의 저택을 수시로 드나들고 있었다.

유자관을 쓴 김달순이 보료에 기댄 채 거만한 자태로 차현장을 맞았다. 차현장은 공손히 절을 올렸다.

"그간 강녕하셨습니까."

"오냐. 그래 장사는 잘 되느냐?"

김달순이 거드름을 빼며 물었다. 그로부터 매달 적지 않은 금액을 받고 있지만 조선은 반상(班常)의 구별이 엄연한 나라다. 그리고 아무리 돈 많은 대상이라고 해도 관에 밉보이면 상단을 꾸려가기 힘들다.

"대감님께서 보살펴 주신 덕분에 아무런 어려움 없이 장사를 하고 있습니다."

차현장은 최대한 예의를 갖추었다.

"너희들 장사치가 부지런히 장사를 해야 국고도 충실해지는 법이다. 어려움 없이 장사를 하고 있다니 내 마음도 편하구나."

김달순이 거듭 허세를 부렸다. 김달순도 차현장이 찾아온 이유를 잘 알고 있었다. 한양에서 제법 돈 좀 만진다는 사상도고들이 때를 거르지 않고 돈 꾸러미를 들고 찾아오는 이유는 뻔하다. 자신이 평시서 제조를 겸하고 있기 때문이다.

평시서는 육의전의 독점거래를 허가하는 전안물종(廛案物種)을 관장하는 부서로 상인들을 상대해야 하는 자리여서 얼마 전까지만 해도 사대부들은 평시서를 맡는 걸 꺼리고 있었다. 하지만 세상이 바뀌었다. 돈만 있으면 정승재상이 부럽지 않은 세상이고 또 정승재상이 되려면 돈이 필요한 세상이 되었다. 권세와 재물이 결탁하게 된 것이다.

경제 규모가 커지고 독점으로 큰 이익이 생기기 시작하면서 관이 상행위에 적극 끼어들게 되었다. 당연히 도고금령(都庫禁令)으로 독점금지를 감시하는 평시서는 사상도고들을 죽이고 살리는 부서가 되었고 평시서 제조는 노른자위가 되었다.

'역시 평시서 제조를 맡기 잘했군.'

김달순은 돈 꾸러미를 싸들고 찾아오는 사상도고들을 볼 때마다 자신의 판단이 옳았음을 절감하고 있었다. 김달순은 이미 겸인을 통해서 차현장이 이천 냥을 가지고 왔다는 말을 들었다.

면담은 오래가지 않았다. 전할 것만 전하면 된다. 차현장은 간단한 인사치례를 끝내고 사랑채를 물러 나왔다.

'저자가 또 무슨 일을 꾸미려고 하는군.'

김달순은 이제 찾아온 자들의 표정과 그들이 들고 온 금액만을 보고도 무슨 청탁을 하려는지 대강 짐작을 할 수 있게 되었다. 장사꾼들은 절대로 그냥 돈을 갖다 바치지 않는다. 반드시 청탁에 상응하는 금액을 들고 온다. 이천 냥이면 큰 금액이다. 뭔지 몰라도 제법 큰일을 꾸미려는 게 확실하다. 장사꾼에게 받은 재물은 자칫 독이 될 수도 있다. 김달순은 차현장 상단의 움직임을 주시할 필요가 있다고 생각했다.

차현장이 나오자 사랑채 밖에서 대기하고 있던 수행 행수가 얼른 달려왔다. 차현장은 자기 차례가 오기를 목이 빠져라 기다리고 있는 양반들에게 조소를 보내고는 밖으로 걸음을 옮겼다. 무슨 청탁을 넣으려고 왔는지 몰라도 돈이 없으면 그곳에서 하염없는 세월을 보내야 할 것이다.

차현장은 걸음을 서둘렀다. 평시서에 손을 썼으니 이제부터는 계획대로 밀어붙이면 된다. 차현장은 흑산도의 조기 파시를 손에 넣을 계획을 꾸미고 있었다. 흑산도 파시를 손에 넣은 후에 차례로 위도와 연평도로 올라가면서 파시들을 모조리 수중에 넣고 조기를 독점할 계획이다.

파시에서 거래된 조기들은 한양으로 운송되어서 중간 상인인 어물 중도아(中途兒)들의 손을 거쳐서 도성 안의 이현이나 칠패 시장, 도성 밖의 송파나 광주 등지 시장에 풀린다. 차현장은 파시를 매점해 버려서 조기의 유통을 철저하게 차단할 생각이다. 준비는 그동안 철저히 해 왔다. 관계가 있을 만한 상단에게는 미리 양해를 구해 놓았고 밑천도 마련해 놓았다. 또 시장의 어물전 상인들에게도 미리 통기를 해 놓았다. 그리고 마지막으로 평시서의 제조를 찾아가서 일을 벌이려 한다는 뜻을 전했다. 이제 더 이상 문제될 것이 없다.

파시 독점을 추진하면서 끌어다 쓴 돈이 이래저래 이십만 냥이 넘었다. 적은 돈이 아니다. 전주들이 걱정을 하는 게 무리가 아니다. 당장의 수익만 보자면 위험을 감수하면서 뛰어들 필요는 없을 것이다. 그렇지만 앞으로 살아남기 위해서는 먼 앞을 내다봐야 한다는 것이 차현장의 생각이다. 목전의 이익만 챙기다가는 언제 쪽박을 차게 될지 모를 만큼 세상은 빠르게 변하고 있었다. 나라에서 뒤를 봐주는 시전과는 달리 사상들은 여차하면 쪽박을 차기 십상이다.

차현장은 원대한 꿈이 있다. 그것은 조선의 미곡을 휘어잡는 것이다. 사실 이번 서해 조기 파시 독점은 장차 미곡 시장에 진출하기 위한 전초 단계에 불과하다. 미곡을 한 손에 틀어쥐면 그때는 정말로 일인지하요 만인지상이라는 영의정도 부럽지 않을 것이다. 그리되면 차현장 상단은 명실상부하게 조선 제일의 사상단이 될 것이다.

생각만 해도 가슴이 벅찼다. 사실 매점매석은 송상(松商)들의 특기다. 몇 해 전에 개성 상인들이 전라도 해남에 진을 치고 있다가 제주도에서 들어오는 말총을 독점해 버리는 바람에 한양에서 갓 값이 폭등을 했던 적을 차현장은 똑똑히 기억하고 있었다. 갓은 양반네들에게나 소용되는 물건으로 말총이 없다고 백성들이 먹고 사는 데 큰 불편을 겪지는 않는다. 그런데도 송상들은 엄청난 이문을 남겼다. 어물은 갓과는 비교할 수 없을 것이다. 하물며 미곡이야.

먹이를 노리는 맹수의 눈빛이 그러할까 차현장의 얼굴에서 전의가 스치고 지나갔다. 사냥은 이미 시작되었다. 그리고 여태 한 번도 놓쳐본 적이 없었다.

<hr />

흑산도가 떠들썩했다. 마침내 조기 파시가 선 것이다. 염장된 조기들이 두름두름 묶여서 파시로 몰려들었다. 본래 파시는 잡아온 물고기를 즉석에서 거래하는 것이지만 조기는 통상 말려서 굴비로 거래된다.

곧 한양과 지방의 어물 거간꾼들과 중도아들이 구름처럼 몰려들 것이고 마을마다 주막은 사람들로 북적이고 밤이면 불야성을 이룰 것이다. 왁자지껄하며 흥정이 오가고 거래가 성사되면 조기들은 배에 실려서 한양 마포나루로 옮겨지고 시장에 풀려서 도성민들의 밥상 위에 오르게 될 것이다. 힘들게 잡았고 고생하며 다듬은 소중한 조기들이다. 어민들은 힐끔힐끔 남의 조기를 살피면서 잰 손놀림으로 스무 마리씩 단단히 묶인 조기를 늘어놓았다.

"꽤 많이 내놨군. 동당 얼마나 받을 수 있을까? 조기들이 이렇게 쌓이는 것을 보니까 풍어가 반갑지만도 않아."

조기 한 동이면 천 마리다. 어민들은 파시에 쌓이는 조기를 보며 제법 행복한 고민을 늘어놓았다.

"조기가 많이 잡혔다고 하지만 그래도 다들 알이 통통하고 살도 실해서 아무렴 작년 시세보다야 많이 받겠지. 나는 내거간들에게

144

넘길 생각이야. 그저 술 한번 걸지게 받아 주고 돈푼 적당히 쥐어 주면 값을 후하게 쳐줄 걸세."

객주에 소속된 내거간들은 거래할 때 그리 까다롭게 굴지 않는다.

"그야 그렇지만 그래도 나는 중도아들과 흥정할래. 웬만큼 쳐주면 한꺼번에 다 넘겨 버리는 게 속 편해. 내거간들을 일일이 상대하는 게 어디 쉬운 일인가."

어민들은 끼리끼리 모여서 이런저런 얘기를 주고받았다. 법성포와 위도의 파시를 입에 담는 자도 있었다. 흑산도 어민들에게는 그곳 파시가 신경 쓰일 수밖에 없었다. 그러나저러나 어상들이 많이 몰려들어야 할 텐데. 그래야 파는 쪽에서는 큰소리를 칠 수 있다.

그런데 어찌된 일일까. 아침 일찍부터 부지런을 떨며 조기를 늘어놓았건만 해가 수평선 너머로 넘어갈 때까지 어상은 그림자도 보이지 않았다.

어민들은 멍하니 바다를 바라보았다. 꼭 무엇에 홀린 기분이었다. 매년 이맘 때 파시가 열렸다. 어상들이 흑산도 파시 날짜를 모를 리 없다. 그런데 왜 아무도 나타나지 않는 걸까. 예년 같으면 지금쯤 흥정 소리로 섬이 온통 시끌벅적했을 것이다. 무슨 일이 생겼나. 해가 바다 너머로 사라질 때까지 끝내 아무도 나타나지 않자 마을 사람들은 어리둥절한 표정으로 늘어놓았던 조기를 거두어 들였다.

그런데 예리와 진리 쪽도 같은 일이 벌어졌다는 소식이 전해졌다. 그럼 섬 전체에 어상은 그림자도 보이지 않았단 말인가. 분명 예전에는 없던 일이다. 어민들은 무거운 마음으로 집으로 돌아갔다. 걸음을 옮기는 그들의 얼굴에는 불안의 그림자가 짙게 드리워져 있었다.

예년 같으면 불야성을 이루었을 섬이 쥐 죽은 듯 조용했다. 구름처럼 몰려왔어야 할 어상들이 그림자도 보이지 않은 것이다. 어민들은 영문을 몰라 허둥댔고 한 밑천 잡아 보겠다고 흑산도로 들어왔던 기녀와 들병이 들은 이러다가는 섬귀신 되는 것 아니냐며 푸념을 늘어놓았다. 그렇게 영문도 모르는 채 전전긍긍하기를 며칠, 뭍의 사정을 살피려 법성포며 나주목으로 떠났던 사람들이 돌아오면서 어민들은 마침내 일의 전말을 알게 되었다.

"경상 차현장 상단이라고 했나? 그래, 나주에 갔을 때 이름을 들어봤어. 한양에서도 첫손 꼽히는 상단이라고 하더군."

환갑을 바라보는 노어부로 사리 어민들 사이에서 어른 노릇을 하고 있는 신씨가 고개를 끄덕였다. 자주 뭍을 드나들기에 그런대로 세상 돌아가는 사정에 밝은 사람이다.

"도대체 어떻게 된 일이야? 자세히 좀 얘기해 봐!"

마을 사람들이 몰려와서 뭍을 다녀온 사람을 재촉했다.

"그 차현장 상단에서 흑산도의 파시를 독점해 버릴 요량으로 배들을 전부 틀어쥐었다고 하더군. 자기네 상단의 조운선은 말할 것도 없고 다른 상단에서 부리고 있는 배들까지 전부 미리 임차해 버렸다는 거야."

"저런 죽일 놈을 봤나. 그럼 조기를 실어 나를 배를 구하지 못해서 어상들이 코빼기도 보이지 않았단 말인가?"

"그뿐만이 아니더군. 차현장 상단에서 나주 향상(鄕商)들의 돈줄을 쥐어 버리는 바람에 지금 나주는 돈줄이 막혀서 난리라고 해. 좌고(坐庫)에 찬바람이 쌩쌩 일고 있다는대."

돈이 돌지 않으니 고을 시장에 찬바람이 부는 게 당연했다.

"허! 그놈이 우리하고 무슨 철천지원수를 졌다고 그리 악랄하게 우리 목을 쥔단 말인가."

마을 사람들이 얼굴이 벌겋게 달아올라서 저마다 한마디씩 욕설을 뱉었다.

"쳐 죽일 놈 같으니라고. 나주목 향상들 손발을 꽁꽁 묶어 놓으면 흑산도 파시가 제 놈 손아귀에 떨어지는 줄 아는 모양인데 어림도 없는 소리다."

지렁이도 밟으면 꿈틀거린다. 목에 칼을 들이미는데 가만히 있을 사람은 없다. 모여든 어민들은 흥분해서 악을 써댔다.

"조용히 해! 여기서 떠든다고 해결될 일이 아니야. 우선 예리하고 진리 쪽 사정을 알아봐야겠다."

신씨가 길길이 날뛰는 마을 사람들을 진정시켰다. 마른하늘에 날벼락 같은 소리지만 이럴수록 침착해야 한다. 한양의 대상이 작심을 하고 덤벼드는 마당이다. 절대로 그냥 넘어가지 않을 것이다.

신씨가 그런대로 침착하게 대응하는 데는 그럴만한 이유가 있었다. 오래전에도 이와 비슷한 일을 겪었던 적이 있었기 때문이다. 한참 파시가 서고 있는데 한양의 육의전 상인들이 나주 관아 나졸들을 데리고 들이닥쳤던 것이다. 내어물전에서 온 육의전 상인들로 금난전권(禁難廛權)을 내세우며 나주 어상들을 파시에서 몰아내려 했다. 당시 어물은 금난전권을 가지고 있는 육의전 상인들만 취급하게 되어 있었다.

흑산도 어민들과 어상들은 처음에는 당황해서 허둥댔지만 곧 냉정을 되찾고서 대응책을 마련했다. 금난전권이 발동되어 흑산도에서 조기를 거래할 수 없게 되었다면 조기를 배에 싣고서 다른 곳으로 가지고 가서 팔면 그만이었다. 배가 없는 육의전 상인들은 일일이 쫓아다닐 수 없었다. 괜한 노고를 들였지만 그래도 파시를 열 수 있었다. 그런데 이번에도 그 방법이 통할까. 신씨는 왠지 자신이 없었다.

창대가 숨을 헐떡이며 뛰어 들어왔다. 단숨에 달려온 모양이다.

"그래 상세한 사정을 알아보았느냐?"

"네. 경상에서 배들을 모조리 선점해 버리는 바람에 나주 어상들이 꼼짝을 못하고 있다 합니다."

창대가 거칠게 숨을 토해냈다. 짐작대로 경상에서 조기 공급을 독점해 버리겠다는 속셈인 것 같았다. 파시가 열리지 못하면 흑산도 어민들은 모조리 굶어 죽을지도 모른다. 약전은 가만히 앉아 있을 수가 없었다.

"차현장 상단은 한꺼번에 수십만 냥을 끌어들일 수 있을 만큼 부자 상단이라고 합니다."

차현장 상단이라. 아마도 근래에 급부상한 경상의 신흥 사상도고일 것이다. 아무리 부자 상단이라고 해도 그렇지 어떻게 배를 모조리 묶어 버릴 수 있단 말인가.

약전은 엄청난 재력에 혀를 둘렀다. 아무튼 엄청난 돈을 들였을 테니 금리도 만만치 않을 것이다. 그러니 조기를 헐값에 사들여 폭리를 취하려 할 것이다. 가만히 두면 흑산도에서는 조기 가격이 폭락하고 한양에서는 조기 가격이 폭등하는 일이 벌어질 게 불 보듯

148

훤했다.

흑산도에 시커먼 먹구름이 몰려오고 있다. 약전은 인적이 끊긴 거리에서 폭풍 전야의 고요를 느꼈다. 약전은 사상도고들의 힘을 잘 알고 있다. 그들은 땅 짚고 헤엄치는 장사를 하는 육의전 상인들과는 본질적으로 다른 부류의 장사꾼들이다. 잡초처럼 끈질긴 생명력을 지녔고 삵처럼 표독스러운 심성을 지녔다. 이익을 위해서라면 못 할 일이 없는 무서운 자들이다.

"큰일이로구나. 그래 마을 사람들은 지금 어찌하고 있느냐?"

"아닌 밤중에 홍두깨라고 자다가 날벼락을 맞은 꼴이 됐지만 그래도 나름대로 대책은 있는 것 같습니다."

"그래? 그렇다면 불행 중 다행이로구나."

경상에서 작심을 하고 달려드는 마당에 대책이 있단 말에 약전은 내심 놀라움을 금치 못했다.

"마을 어른들 말로는 오래전에도 이와 비슷한 일을 겪었다고 합니다. 그때는 경상이 아니고 내어물전의 시전상인들이었던 것이 다르기는 하지만 말입니다."

약전은 창대가 무슨 말을 하는지 대충 짐작이 갔다. 어물은 그때그때 상황에 따라서 금난전권 물목에 포함되기도 하고 빠지기도 하는데 아마도 물목에 포함되었을 때 육의전 상인들이 흑산도까지 내려왔던 적이 있었던 모양이다.

"육의전 상인들이 난전물금패(亂廛勿禁牌)를 내보이며 어상들을 내쫓았지만 섬 어민들이 조기를 배에 싣고 멀리 나가서 팔아 버리는 바람에 두 손을 들고 물러갔다고 했습니다."

약전이 고개를 끄덕였다. 있을 법한 일이다. 독점거래 허가장에 해당하는 난전물금패를 꺼내드는 것은 한양 저자거리에서나 통하

는 수법이다. 배를 타고 떠나면 그만인 흑산도에서는 효력을 발하
지 못했을 것이다.

"그래서 이번에도 같은 수법을 쓸 것이라고 하더냐?"

"그때는 법성포하고 사진포로 갔지만 이번에는 더 멀리 갈 거라
고 합니다. 어쩌면 법성포나 사진포도 경상들이 손을 써 놓았을지
모르니까요. 아마 위도나 사탄, 아니면 더 멀리 강경포구까지 갈 생
각인 것 같습니다. 당도리로 그 먼 곳까지 가는 게 쉽지 않겠지만 그
래도 앉아서 당할 수야 없지 않겠습니까."

창대가 비장한 얼굴로 대답했다. 사탄이나 강경이라……. 멀기는
먼 곳이다. 하지만 사상도고가 작심을 하고 덤벼든 마당에 마수를
벗어날 수 있을까. 흑산도 어민들은 아직 사상도고의 힘을 모른다.
약전은 불안했지만 일단 지켜보기로 했다. 불현듯 감회가 밀려왔다.
아우 약용과 더불어 채제공 대감을 보필하며 시정개혁을 주도했던
일들이 주마등처럼 뇌리를 스치고 지나간 것이다. 지금 흑산도에서
벌어지고 있는 일은 어쩌면 그때 이미 예견했던 일일지도 모른다.

'유수무뢰배(遊手無賴輩)들이 한성부, 형조와 결탁해서 금난전권을
내세우며 소상인, 농민, 어민들의 물건을 염가늑매(廉價勒買)하고 있
습니다. 이 때문에 물가가 세 배에서 다섯 배까지 폭등을 했고 백성
들은 더욱 궁핍한 삶을 살게 되었습니다.'

일찍이 약전과 약용 형제는 상소를 올려 시전상인들의 폐해를 논
박했고 개혁이 필요함을 주청했다. 조선은 조정에서 소요되는 경비
를 대는 대신에 육의전 상인들에게 독점거래를 인정하는 금난전권
을 주었다. 독점거래는 땅 짚고 헤엄치는 장사다. 육의전 상인들은
강제로 싼 값에 후려치며 돈궤를 채웠고 소작농, 소상인 들은 그들
의 횡포에 시달려야 했다.

150

일하는 사람 따로 있고 놀고먹는 사람 따로 있으면 안 된다. 열심히 일하는 사람이 잘 사는 세상이 되어야 한다. 그래서 약전과 약용 형제는 개혁에 앞장섰던 것이다. 형제에게 채제공 대감은 좋은 후원자였다.

세 사람을 절대적으로 신임하는 정조는 즉시 윤허를 내렸다. 그래서 정미년(丁未年 1787)과 신해년(辛亥年 1791), 그리고 갑인년(甲寅年 1794) 세 차례에 걸쳐서 차례로 독점을 금하는 통공책(通共策)이 공표되었다. 통공책이 실시되면서 금난전권의 단물을 빨던 시전상인들은 철퇴를 맞았지만 그렇다고 두 형제가 바라던 세상이 오지는 않았다. 하나를 얻으면 하나를 잃는 게 세상 이치다. 이번에는 반대쪽에서 문제가 발생했다. 육의전을 대신해서 신흥 사상도고들이 상권을 좌지우지하게 된 것이다. 소상인들에게는 그들이 시전상인들보다 더 무서운 존재로 등장했다.

'근자에 사상도고들이 도고다전(都庫多錢)을 내세워 산지의 농어민들에게는 궁박판매(窮迫販賣)를 강요하고 도성민들에게는 고가늑매(高價勒賣)를 일삼고 있습니다.'

약전과 약용 형제는 다시 상소를 올렸다. 통공책은 절반의 개혁을 했던 것이다. 이제부터는 매점매석으로 폭리를 취하고 있는 사상도고들을 상대해야 했다. 한양의 경상과 개성의 송상, 동래의 내상(來商)과 의주의 만상(灣商)들이 조선 팔도의 상권을 장악했는데 그들을 제대로 통제하지 못하면 빈부의 차이가 극심하게 벌어지고 돈으로 국정을 농단하는 세상이 올지 모른다. 약전과 약용 형제는 개혁의 끈을 놓지 않았다.

그러나 하늘이 돌보지 않으심인지 채제공 대감과 정조가 차례로 세상을 뜨면서 약전과 약용 형제는 날개가 꺾였고 벽파 세상이 되면서 두 형제는 유배에 오르게 되었다.

그런데 이 절해고도에서 약전은 다시 사상도고들과 마주치게 된 것이다. 작금 흑산도 어민들이 겪고 있는 어려움은 그때 개혁을 마무리하지 못했기 때문이다. 약전은 사상도고들과의 일전은 피할 수 없는 숙명이라는 생각마저 들었다.

약전은 두려움에 휩싸였다. 사상도고들은 땅 짚고 헤엄치던 육의전 상인들과는 질적으로 다른 존재들이다. 그들은 조운으로 시작해서 물품 보관과 금융, 숙박 등으로 영역을 넓혔고 계속해서 이현과 칠패, 송파, 광주 등지의 시장에도 진출하며 현지 매입부터 운송과 유통, 그리고 소매까지 차례로 장악하고 있는 무서운 존재이다. 섬사람들이 과연 막강한 경상을 상대로 싸워서 이길 수 있을까. 약전은 두려움이 밀려왔다.

"강진에 좀 다녀오너라."

대책을 강구하던 약전이 돌연 창대에게 전라도 강진에 다녀올 것을 일렀다. 그리고 영문을 몰라서 쳐다보는 창대에게 차분한 어조로 지시를 내렸다.

"서신을 써 줄 테니 아우에게 전하거라. 그리고 답신을 써 주거든 지체 없이 돌아오거라."

사태가 심상치 않다. 아무래도 강진에서 유배 중인 약용 아우와 상의를 하는 것이 좋을 것 같았다. 평소 경세와 목민에 관심이 많은 약용 아우라면 묘책을 떠올릴 수 있을지도 모른다.

위도와 강경포구로 떠났던 배들이 차례로 돌아왔다. 목이 빠져라 기다리고 있던 사람들이 우르르 몰려들었다. 그곳 어상들에게 무사히 조기를 넘겼을까. 그러나 기대와는 달리 싣고 갔던 조기들이 그대로 배에 실려 있었다. 바닷가로 몰려들었던 사람들은 축 처져서 배에서 내리는 어민을 바라보니 가슴이 덜컥 내려앉았다.

"어찌 된 영문이냐? 왜 조기를 그대로 싣고 왔어? 웬만하면 강경 어상들에게 넘기라고 했잖아?"

신씨가 따지듯 물었다.

"그러고 싶어도 그럴 수가 없었습니다. 위도나 강경이나 사정은 매한가지였으니까요. 배 그림자도 찾아볼 수 없었습니다. 한양으로 실어 나를 재주가 없는 판에 그곳 어상들이 조기를 사겠습니까."

"뭐야? 그럼 위도와 강경의 배들도 전부……?"

신씨의 얼굴이 일시에 사색이 되었다. 설마 거기까지 손을 썼을 줄이야. 경상의 위세는 들어 알고 있지만 이 정도일 줄은 몰랐다. 예전에 육의전 상인들과는 확실히 다른 자들이었다. 신씨는 비로소 지금 흑산도 어민들이 얼마나 심각한 사태를 직면하고 있는지를 통감하게 되었다.

그렇다면 예리나 진리 쪽도 사정은 마찬가지일 것이다. 흑산도 어민들은 이제 조기를 내다 팔 판로가 완전히 막혀 버렸다. 그렇다고 당도리를 가지고 그 이상 멀리 가는 것은 어렵다. 또 위험을 무릅쓰고 간다고 해도 그곳의 사정이 어떠할지도 알 수 없다.

"그럼 이제 어떻게 해야 하는 거요? 조기를 내다 팔지 못하면 우리 모두 죽는 것 아니오?"

"이대로 죽을 수는 없지! 정 안되면 한양까지 쫓아가서 그 차현장이란 자를 칼로 찌르고 나도 죽겠어."

마을 사람들이 흥분하기 시작했다. 목에 칼을 들이댄 마당에 가만히 있을 사람은 없다.

"조용히 해! 떠든다고 해결될 일이 아니다! 짐작건대 경상에서 사람을 보낼 것이다. 일단 그자의 얘기를 들어 보기로 하자."

신씨가 사람들을 진정시켰다. 흑산도 사람들을 굶겨 죽이는 게 경상의 목적이 아닌 만큼 틀림없이 사람을 보내 흥정하려 들 것이다. 정상적으로 파시가 열린다면 흑산도 조기는 상등품 기준으로 동당 이백 냥 정도는 받는다. 그런데 저들은 얼마나 쳐주려 할까. 당연히 후려치려 들 것이다. 동당 백오십 냥? 아니면 백이십 냥? 어쩌면 백 냥도 채 쳐주지 않을지 모른다는 데 생각이 들자 신씨는 등골이 오싹했다.

━━◆◇◆━━

그렇게 섬이 뒤숭숭한 판에 강진에 갔던 창대가 돌아왔다. 그리고 비슷한 또래의 사내를 데리고 왔다.

"이청이라고 합니다. 강진에서 선비님을 모시고 있습니다. 강진 선비님께서 흑산도로 가서 형님을 도우라고 하셨습니다."

이청이 씩씩하게 대답하며 약전에게 인사를 올렸다. 창대가 흑산도에서 약전을 돕듯이 이청은 강진에서 약용을 돕고 있었다.

"답신을 받아 왔습니다."

창대가 봉서를 바쳤다. 약전은 얼른 서신을 펼쳐 들었다. 약용 아우의 친필이 눈에 들어오는 순간 약전은 가슴이 뭉클했다. 친필 서신을 손에 드니 약용 아우를 직접 대하는 것만 같았다. 나주에서 눈물의 작별을 했던 것이 벌써 삼 년 전이다. 선대왕과 채제공 대감의 총애를 한 몸에 받으며 조선의 실학을 이끌었던 약용 아우가 포부를 접은 채 땅끝 유배지에서 실의의 나날을 보내고 있을 것을 생각하니 약전은 눈물이 나올 것만 같았다.

'실로 오랜만에 형님의 친필을 대하니 형님을 면전에서 뵙는 것 같아서 소제, 아주 기뻤습니다.'

약용 아우의 서신은 반가움으로 가득했다.

'흑산도에서 지금 벌어지고 있는 일에 대해서 소제도 걱정이 큽니다. 형님의 짐작대로 한양의 사상도고들이 농간을 부리고 있는 것 같습니다. 소제도 언젠가는 이런 날이 올 것을 예감하고 있었습니다. 지금 저들의 농간을 막지 못하면 나중에는 미곡도 저들 손아귀에 떨어질 것입니다.'

역시 약용 아우는 사태의 본질을 정확하게 꿰뚫어 보고 있었다. 약전은 그것만으로도 마음이 든든했다. 눈을 감자 새삼 약용 아우와 더불어 개혁을 추진하던 때가 생각났다. 노론은 통공책을 실시하면 부상들이 활개를 칠 거라며 약전과 약용 형제를 공박하고 나섰다. 세상에 완벽한 제도는 없다. 약전과 약용 형제도 통공책의 폐단을 짐작하고 있었다. 그래서 보완책으로 사상도고들의 매점매석을 금지하는 도고금령을 마련하던 중이었다. 그런데 든든한 울타리가 되어 주었던 채제공 대감과 선대왕께서 차례로 세상을 뜨면서 그만 개혁이 미완으로 끝나고 말았던 것이다.

그런데 흑산도에서 매점매석과 마주치게 될 줄이야. 약전은 경상의 농간을 물리치는 것이야말로 미완의 개혁을 완수하는 길이라 믿으며 결의를 다졌다. 약용은 향후 추이를 면밀히 지켜볼 것과 어민들이 쉽사리 동요하지 않도록 잘 다독일 것, 그리고 한양에 사람을 보내서 사정을 소상히 파악할 것 등을 당부하고는 수시로 연락하자며 끝을 맺었다. 약전은 고립무원의 적지에서 천군만마를 얻은 기분이었다.

경상에서 보낸 사람이 흑산도에 도착했다. 상단의 행수가 차인 몇 명을 대동하고서 사리에 나타났는데 이미 예리와 진리를 거쳐서 온 길이었다. 한양에서 내려온 자는 자신을 한양 차현장의 행수 임치상이라고 소개하면서 사리 어민들에게 동당 백 냥을 제시했다. 반값에 후려친 것이다.

"말도 안 되는 소리!"

어민들은 펄쩍 뛰며 분통을 터뜨렸다. 하지만 경상 행수는 아쉬울 것이 없다는 듯 두말없이 돌아섰고 여각에 자리를 잡고서 세월아 네월아 하며 지내고 있었다. 어민들은 절대로 조기를 넘기지 말자고 뜻을 모았지만 아쉽게도 시간은 경상 편이다. 목구멍이 포도청이라고 당장 끼니를 잇기 힘든 형편에 이르면 어민들은 하나둘씩 고개를 숙이고 경상 행수를 찾아갈 것이다. 그 전에 대책을 세워야 한다. 약전이 지필묵을 끌어당겼다.

"막 돌아온 너에게 이런 말을 해서 안됐다만 지금 섬의 상황이 몹시 안 좋으니 어쩔 수가 없다. 급히 한양을 다녀오너라."

약전이 창대에게 한양에 다녀올 것을 이르고는 이청에게 고개를 돌렸다.

"그리고 네게도 서신을 써 줄 테니, 즉시 강진으로 돌아가거라."

약전은 서둘러 서신을 써 내려갔다. 한양의 지인을 통해서 우선 도성의 사정을 소상히 파악하기로 한 것이다. 또 몇 가지 당부를 할 것도 있었다. 그동안 일부러 한양 소식에 귀를 막고 지내고 있었다. 그리움도, 지긋지긋한 권세 다툼 소식도 다 피하고 싶었기 때문이다. 그렇지만 약전이 정쟁을 피하려 해도 정쟁이 약전을 피해가지 않는 것 같았다. 약전은 물러서지 않기로 했다.

아무리 돈 많은 사상들이 제 세상 만났다고 활개치고 있다고 해도 관이 뒤에서 봐주지 않는다면 파시를 송두리째 장악할 엄두를 내지 못했을 것이다. 차현장 상단은 분명히 조정의 고관에게 선을 대고 있을 것이다. 그 선이 누굴까. 약전은 그것부터 파악하기로 했다.

쓰기를 마친 약전은 두 통의 서신을 봉한 후에 각각 창대와 이청에게 건넸다. 그리고 몸을 일으켰다. 울화가 치밀어서 방에 가만히 있을 수 없었다. 창대가 황급히 따라 일어섰다. 약전이 마당에 나서자 저녁을 준비하고 있던 승선네와 창대의 처 전옥패가 주방에서 얼른 뛰어나왔다. 전옥패는 수시로 이곳을 드나들면서 승선네를 도와서 약전의 뒷바라지를 하고 있었다. 혼례를 치러 아녀자가 되었음에도 고운 자태와 흰 살결은 여전했다. 창대와 전옥패는 약전을 친부모처럼 생각하고 있었다.

"창대가 한양을 다녀와야 할 것 같다. 창대가 없는 동안에는 승선네하고 자네가 마을에서 벌어지고 있는 일들을 내게 소상히 전하도록 하거라."

전옥패가 알았다는 듯 고개를 숙인 채 한 걸음 뒤로 물러섰다.

"그리고 너는 당분간 흑산도와 강진을 부지런히 오가면서 서신을 전하도록 하거라. 이곳 사정을 약용 아우에게 소상히 고하고 지시를 내리거든 지체하지 말고 이리로 달려오너라."

"잘 알겠습니다. 이래봬도 다리 하나는 튼튼한 놈입니다."

이청이 씩씩하게 대답했다.

예리에서 온 장씨와 진리에서 온 박씨도 답답하기는 매한가지인 지라 연신 한숨만 내쉬었다. 사리의 신씨도 마찬가지다. 아무리 궁 리를 해 봐도 뾰족한 수가 떠오르질 않았다. 하루하루 날짜는 가는 데 상단 행수는 아쉬울 것 없다는 듯 여각에서 꼼짝도 않고 있었다. 언제까지 이러고 있을 수는 없다. 조기를 아무리 쌓아 놓은들 돈은 나오지 않는다. 목마른 자가 샘을 판다고 세 사람의 마을 대표들은 일단 경상 상단 행수를 만나 보기로 하고 여각으로 향했다.

기별을 넣고도 한참이 지나자 행수가 차인을 대동하고 나타났는 데 이전보다 한결 거드름을 피웠다.

"사리와 진리, 그리고 예리 어민들을 대표해서 왔소."

일행 중 연장자인 신씨가 나서며 입을 열었다.

"그래 조기를 넘기기로 했소?"

임치상이 가격을 흥정할 생각일랑 말라는 투로 잘라 말했다.

"당신도 장사니 잘 알 것 아니오. 그래 동당 백 냥이라는 게 말이 된다고 생각하시오?"

성격이 괄괄한 박씨가 언성을 높이며 말했다.

"이 양반 왜 소리는 지르고 그래…… 우리는 강제로 팔아라 말아 라 하는 육의전 상인들이 아니오. 흥정이 맞아야 거래를 하는 사상 이오. 그러니 팔고 싶으면 팔고, 싫으면 그만 두시오."

임치상이 눈알을 부라렸다. 어물전에서 잔뼈가 굵은 임치상이다. 순진한 섬 어민들을 상대하는 것은 일도 아니다. 단주로부터는 동 당 백이십 냥이면 구매하라는 내락을 받았지만 막상 현지에 와 보 니 백 냥이면 충분히 사들일 수 있을 것 같아 임치상은 지금 속으로 쾌재를 부르고 있었다. 차현장 단주에게 신임을 얻을 수 있는 좋은 기회를 잡은 것이다.

"물건에는 다 시세라는 게 있는 법이오. 이백 냥에 거래되던 것을 달랑 백 냥에 넘기라니. 못 팔면 못 팔았지 그 값에 넘길 수는 없소. 그렇게 터무니없는 값을 부르면 당신도 빈손으로 돌아갈 것이오."

신씨의 목소리가 분노로 심하게 떨렸다. 해도 너무하는 것 아닌가. 힘들여 잡았고 애써 다듬은 조기다. 동당 백 냥이라면 출어비도 건지지 못한다.

"좋으실 대로 하시오. 가만 보니 이 사람들이 마치 우리를 도둑놈 취급하고 있는 데 우리는 뭐 거저먹으려고 그러는 줄 아시오?"

임치상이 유유자적 말을 이었다.

"우리끼리 솔직히 얘기해 봅시다. 파시에서 동당 이백 냥에 팔린 조기들은 거간꾼과 향상, 중도아들의 손을 차례로 거치며 한양 어물전에 깔리는데 그리되면 동당 오백 냥은 받아야 수지가 맞소. 그렇게 한양까지 올라온 조기는 마리당 오십 전이라는 귀하신 몸이 되어서 돈 많은 양반님네들 밥상에 오르고 있소."

임치상이 갑자기 조기가 거래되는 과정을 입에 담자 세 사람은 어안이 벙벙했다.

"당신들이 이백 냥에 넘긴 조기들이 왜 한양 어물전에서는 오백 냥에 팔리느냐. 그것은 그만큼 중간에 들어가는 돈이 많기 때문이오. 운송료에 보관료, 거기에 중도아들의 이문까지 감안하면 오백 냥도 많은 돈이 아니지. 내 말은 당신들이 잡은 조기라고 시세를 당신들 마음대로 정하는 게 아니란 말이오!"

임치상이 언성을 높였다. 이쯤에서 저들의 기를 한번 꺾어 놓을 필요가 있었다.

"말 한번 잘 했소. 당신들이 오백 냥은 받아야 장사가 유지된다면 우리는 이백 냥은 받아야 먹고살 수 있소."

장씨가 핏대를 올렸다. 제 사정만 사정이고 남의 사정은 사정이 아니란 말인가.

"그 양반 성질하고는. 당신들은 우리 상단이 조기 값을 후려친다고 생각하는 모양인데 사정을 알고 보면 그런 생각이 싹 들어갈 것이오. 사실 이번 일은 우리 단주 어르신께서 명줄을 걸고 조기를 잡는 섬사람들을 위해서 선심을 쓰신 것이오."

흥정을 하려면 어르고 빰치기를 반복해야 한다. 임치상은 슬쩍 풀어 주기로 했다.

"그게 무슨 소리요? 지금 조기 값을 형편없이 후려치려 하면서 섬 어민들을 위한다니?"

"끝까지 들어 보시오. 현지에서 동당 이백 냥에 거래되는 조기가 도성에 이르면 동당 오백 냥에 이르는 것은 방금 얘기한 대로 향상과 중도아들이 중간에서 적지 않은 이문을 챙기기 때문이오. 단주께서는 이들을 제치고서 산지에서 직접 매입해서 시장에서 팔기로 하셨소. 그러기 위해서 우리 상단에서는 이번에 엄청난 돈을 차입했소. 그런데 돈에는 이자가 따르는 법. 이자를 무는 동안은 우리도 어느 정도 무리를 할 수밖에 없소. 그렇지만 우리 상단에서 차입금을 다 갚게 되면 그때는 사정이 달라질 것이오. 당신들에게는 예전에 파시에서 향상들에게 넘기던 가격보다 후한 값을 쳐줄 것이오. 또 도성의 가난한 백성들은 제사상에서도 구경하지 못하던 흑산도 조기 맛을 보게 될 것이오."

임치상이 세 사람을 상대로 청산유수로 말을 내뱉었다. 물론 순박한 섬사람들을 상대로 제 편할 대로 갖다 붙인 얘기지만 그렇다고 아주 없는 말을 꾸며낸 것도 아니다. 중간 상인을 건너뛰면 그만큼 사는 사람이나 파는 사람에게 이익이 돌아가는 것은 사실이고 이 일을 도모하기 위해서 차현장 상단에서 거금을 차입한 것도 사실이다. 그리고 이자가 만만치 않은 것도 거짓이 아니다. 서해의 조운선들을 독점해 버리고 나주와 영광 어상들의 손발을 묶어 버리기 위해서 차현장 상단은 지금 엄청난 액수의 차입금을 끌어다 쓰고 있는 중이다.

"무슨 말을 하는지 대강 알겠소만 지금 우리는 사정이 몹시 절박하오. 당장 먹고살 길이 막막하다는 것은 당신도 알 것이오. 백 냥에 넘겨서는 출어비도 건지지 못하오. 그러니 값을 좀 더 쳐주시오."

신씨가 한결 풀이 죽은 목소리로 말했다. 흥정을 하러 와서 사정을 하고 있었다.

"허! 참 이 양반들! 사정을 그리 얘기했거늘……. 우리 상단에서 한 달에 지급하는 이잣돈이 얼마인지 안다면 그런 소리 안 할 것이오."

임치상이 혀를 끌끌 차더니 제법 생각해 주는 투로 말을 바꾸었다.

"좋소이다. 당신들 사정이 그리 딱하다니 내 어찌 모른 체할 수 있겠소. 매입금은 내 마음대로 낮출 수 있는 게 아니니 어쩔 수 없지만 다만 대금은 맞돈으로 드리겠소."

임치상이 큰 선심이라도 쓰는 듯 어깨를 떡 펼치며 말했다.

"맞돈이라고……?"

세 사람이 서로를 쳐다봤다.

"그렇소. 나주 향상들에게 넘겨봐야 기껏 두 파수짜리 어음으로 셈을 치를 텐데 그럼 조기를 넘기고서도 한 달은 지나야 돈 구경을 할 수 있는 것 아니오. 아니면 어음을 할인해서 쓰던가. 하지만 우리 상단은 그 자리에서 상평통보로 조기 값을 결제하겠소."

어상들이 맞돈으로 대금을 지불하는 경우는 거의 없다. 행수 말대로 빨라야 한 달, 어떤 경우는 두 달짜리 어음으로 결제를 하는 것이 상례다. 맞돈으로 대금을 지급하겠다는 것은 분명 귀가 혹하는 조건이지만 그래도 동당 백 냥은 너무 헐값이다.

"맞돈이라. 과연 대상단이로군요. 하지만 동당 백 냥은 너무 박하니 조금만 더 생각해 주시오."

신씨가 애원하듯 말했다.

"허! 그만하면 사정을 알아들었을 줄 알았는데. 우리 상단에서 하루에 지불하는 이자가 얼마나 되는지 알면 그런 소리하지 않을 것이오. 우리도 죽을 지경이오. 정히 못 팔겠다고 하면 할 수 없지. 강경이나 연평도로 가는 수밖에. 조기는 흑산도에만 있는 게 아니오."

임치상이 다시 눈을 부릅뜨자 신씨와 박씨, 장씨는 가슴이 철렁했다. 순박한 섬 어민들이 닳고 단 경상의 행수를 상대하는 것은 애초부터 무리였다. 경상에서 그대로 철수를 해 버리면 흑산도는 일 년 내내 돈의 씨가 마를 판이다.

"마을 사람들과 상의하겠소."

세 사람은 더 이상 값을 올려 받기는 힘들게 되었음을 느끼며 자리에서 일어섰다.

"좋으실 대로. 하지만 마냥 기다리지는 않을 것이오."

임치상은 어깨를 떨군 채 돌아서는 세 사람을 보며 회심의 미소를 지었다. 일은 순조롭게 진행되고 있었다. 백 냥으로 거래를 성사시키면 단주에게 크게 칭찬을 받을 것이며 내년쯤이면 전주 자리도 바라볼 수 있을 것이다. 어깨를 떨어뜨리고 돌아가는 세 사람을 보며 임치상은 한껏 강자의 여유를 만끽했다. 그렇지만 마냥 세월아 네월아 할 처지는 아니다. 차입금이 워낙 많다 보니 이자 부담이 엄청났다. 질질 끌다가는 칭찬은커녕 단주로부터 불호령이 떨어질 것이다.

신씨와 장씨는 물론 성격이 괄괄한 박씨도 입을 굳게 다문 채 걸음을 재촉했다. 사정을 하면 어떻게 동당 백오십 냥은 받을 수 있지 않을까 해서 찾아갔던 길이다. 하지만 돌아가는 꼴이 아무리 버텨 봤자 백 냥 이상을 받기는 힘들 것 같았다. 마을 사람들이 목을 빼고 기다리고 있을 텐데 그들에게 어떻게 얘기를 해야 하나. 신씨는 한숨이 나왔다.

"그래도 대상단이라 다르군요. 맞돈으로 결제하겠다 큰소리치는 걸 보니."

장씨가 혼잣말을 중얼거리며 두 사람의 눈치를 살폈다. 지금 마을에는 앓아누운 사람, 배 곯아 얼굴에 허연 버짐이 돋은 아이 들이 없는 집이 없다. 그런 마당에 맞돈 결제는 귀가 번쩍 뜨이는 소리였다.

"그래도 동당 백 냥은 너무 헐값이야……."

신씨 역시 혼잣말을 하듯 중얼거렸다. 그 돈으로 당장의 배고픔은 면하겠지만 그 다음에 출어비는 어떻게 하나. 경상에게 손을 내밀게 될 것이고 귀신보다 무섭다는 장리쌀을 얻어 쓰는 것과 마찬가지 결과를 부를 것이다. 결국 흑산도 어민들은 평생 바다에서 고기를 잡아다 저들에게 바쳐야 하는 노비나 진배없는 신세가 될 것이다. 그렇게 바다에 매어 살다가 어느 날 파도에 휩쓸려 물고기 밥이 될 것이다. 생각만 해도 몸서리 쳐졌다. 절대로 그런 일이 생겨서는 안 된다. 신씨는 고개를 세차게 내저었다.

"영안부원군(永安府院君) 덕에 다시 한양 땅을 밟게 되었소."

김희순(金羲淳)이 김조순(金祖純)에게 고개를 숙이며 사의를 표했다. 여덟 살 손위임에도 김희순이 집주인 김조순에게 상석을 사양한 것은 김조순은 금상(今上 순조)의 장인으로 영돈녕부사(領敦寧府使)며 영안부원군이기 때문이다.

"어제 이(履) 자 도(度) 자 어른을 뵈었소. 영안부원군께서 힘 써주신 덕에 유배에서 풀렸고 또 성균관 대사성에 제수되는 광영을 입었다며 일간 영안부원군에게 인사를 오겠다고 하셨소. 우리 가문의 흥망이 영안부원군에게 달려 있다는 말씀과 함께."

김희순이 거듭 치하의 말을 건넸다.

"그 무슨 과찬의 말씀을. 여러 어르신들께서 건재해 계신데 제가 어찌 감히……. 참으로 듣기 민망합니다."

은인자중의 세월을 보내서일까 김조손의 언행에 신중함이 배어 있었다. 그동안 행여 외척이 나선다는 말을 들을까봐 몸가짐에 각별히 신경을 썼던 터였다. 정조의 급사로 정순왕대비가 수렴청정을 하게 되면서 벽파가 득세를 했다. 시파는 몰락했다. 김조순은 그래도 중전의 친정 아비인 덕에 쫓겨나지는 않았지만 늘 감시를 받고 있었다.

그렇지만 고난의 세월은 오래가지 않았다. 주상이 친정을 선포하면서 시파는 숨을 돌리게 된 것이다. 벽파의 기세가 한풀 꺾였다고 하지만 그래도 여전히 조정의 실권은 벽파가 틀어쥐고 있었다. 그래서 김조순은 은밀히 세를 규합하기로 하고 얼마 전에 영남안찰사를 마치고 한양으로 돌아온 같은 안동 김문의 김희순을 집으로 부른 것이다.

"형님께 이렇게 와 주십사 한 것은 긴히 의논을 할 게 있어서 입니다."

"아둔한 몸이지만 성심껏 보필하겠으니 말씀을 해 보시오. 모든 것이 영안부원군에게 달려 있다는 아저씨의 말씀을 새기고 있소이다."

김희순은 거듭 고개를 조아렸다.

"벽파에서 유화책을 쓴다며 이러저런 자리를 내주었지만 전부 겉만 그럴듯할 뿐 속 빈 강정에 불과한 자리들입니다. 이 자 도 자 어른이 성균관 대사성에 제수되신 것도 따지고 보면 별로 기뻐할 일도 아닙니다."

성균관 대사성은 홍문관 대제학과 더불어 유학자에게는 최고의 영예직이다. 그런데 김조순은 간단히 속 빈 강정이라고 하고 있었다. 김희순은 숙부뻘인 김이도가 입이 함박 만해져서 좋아하던 모습을 떠올리며 김조순의 다음 말을 기다렸다.

"세월이 흐르면서 세상이 변했습니다. 홍문관 대제학이니 성균관 대사성이니 하는 자리는 이제는 빛 좋은 개살구에 불과합니다. 허울만 좋을 뿐 실속이 없다는 얘기지요. 벽파에서 선뜻 내준 것도 다 그런 이유에서입니다."

"세월이 흐르고 세상이 변했다는 것은 나도 알고 있소. 하지만 오랫동안 지방을 전전하다 보니 영안부원군이 무슨 말을 하려는지 선뜻 이해하지 못하겠소. 자세히 얘기해 주시겠소?"

김희순이 자세를 가다듬으며 물었다.

"예전에는 권세를 잡으면 재물이 저절로 따라왔지만 이제는 그렇지 않습니다. 권세를 잡기 위해서는 먼저 돈줄을 꿰차고 있어야 하는 세상이 되었습니다. 재물만 있으면 권세가 부럽지 않고, 권세를 잡기 위해서는 재물이 필요한 세상이 되었다는 말이지요. 이제는 조세를 관장하는 호조나 상인들을 관할하는 평시서, 내수(內需)와 조달을 담당하는 선혜청(宣惠廳堂上)이 조정의 요직입니다. 홍문관 대제학이나 성균관 대사성은 허울만 좋은 자리에 불과합니다."

"영안부원군께서 무슨 말씀을 하시는지 알겠소. 짐작으로는 일청 (一靑)을 마음에 두고 있는 것 같소만."

김희순이 자신의 짐작을 피력했다. 일청 김달순은 같은 안동 김 문이면서도 벽파와 손이 닿아 지금 이조판서 겸 평시서 제조로 권세를 한껏 누리고 있었다.

"그렇습니다. 역시 형님께 의논드리기를 잘했군요. 정확하게 보셨습니다."

김조순이 고개를 끄덕였다. 이런 식으로 벽파가 먹다 던져 준 떡에 만족하면서 지내면 정권을 잡을 수 없을 것이다. 김조순은 벽파를 공격하기로 하고 평시서 제조를 맡고 있는 김달순을 첫 번째 목표로 삼았다.

"털어서 먼지 나지 않는 사람이 어디 있겠소."

김희순이 일리 있는 생각이라는 듯 고개를 끄덕이며 김조순의 생각에 동의했다. 평시서 제조는 사상들을 관장하는 자리다. 당연히 털어서 먼지 날 구석이 많을 것이다.

김달순이라……. 김희순은 묘한 감회에 휩싸였다. 안동 김씨이면서도 경주 김씨와 어울리며 벽파의 거두로 행세하고 있는 김달순과는 십 촌 형제며 어려서부터 동문수학을 한 사이다.

"영안부원군의 깊은 뜻을 잘 알겠소. 그럼 내가 해야 할 일이 무엇이오?"

김희순이 결연한 어조로 물었다. 정쟁에는 부자(父子)도 없다고 했다. 김희순은 일전을 결심했다.

"주위에서 지켜보는 눈들이 많다 보니 직접 나서기가 쉽지 않습니다. 그러니 형님이 앞장서서 뜻을 같이할 사람을 규합하고 일청을 감시하십시오."

"알겠소. 그런데 사람을 규합한다면 어떤 자들을⋯⋯?"

"우선 호조나 형조의 정랑이나 좌랑들 중에서 쓸 만한 자들이 있는지를 살펴봐 주십시오."

"그렇게 하리다."

김희순이 선선히 대답했다. 고관대작들보다는 당하관들을 끌어들이라는 계책도 영안부원군다웠다. 일의 성질상 괜히 하는 일 없이 거드름이나 피는 고관보다는 비록 품계는 낮을지라도 실무를 관장하는 자를 내 편으로 끌어들이는 게 결정적인 순간에 힘이 될 것이다.

"부탁합니다. 가문의 흥망이 형님에게 달려 있습니다."

김조순이 김희순의 손을 꼭 잡았다.

"영안부원군의 깊은 뜻을 잘 헤아리고 있소. 미력하나마 힘을 다하겠소."

김희순이 비장한 어조로 입을 열었다. 이제부터의 싸움은 과거에 유교 경전 해석을 놓고 이게 옳다 저게 옳다 하며 언쟁을 벌이던 것과는 판이하게 다른 형태가 될 것이다. 변화의 시기에는 능동적으로 대처하는 쪽에 승산이 있다. 벽파냐 시파냐, 멀리 떨어진 한양에서도 조기 파시 매점매석으로 잔뜩 먹구름이 낀 흑산도와 같은 종류의 먹구름이 밀려오고 있었다.

평시서 영(令) 강신홍(康申鴻)은 심각한 표정을 지었다. 흑산도에서 이런 일이 벌어지고 있을 줄이야.

"손암(巽庵)이 원도로 유배되었다는 말을 듣고 늘 마음 아파하고 있었다. 그래 몸은 어떠시냐?"

강신홍은 서신을 내려놓으며 창대에게 약전의 안부를 물었다.

"좁은 섬에 갇혀 지내시다 보니 많이 갑갑해하십니다만 특별히 불편하신 데는 없습니다. 선비님께서는 지금 어보를 만드는 일에 마음을 붙이고 계십니다."

창대는 밤길을 재촉해서 한양에 당도했다. 그리고 수소문 끝에 평시서 영으로 있는 강신홍의 집을 찾았다. 강신홍은 약전과 함께 남인 계열로 분류되는 사람이지만 천주학에는 발을 들여놓지 않았기에 신유년의 박해에서 무사할 수 있었다. 평시서 영은 종오품직에 불과하지만 평시서의 실무를 관장하는 자리여서 시전상인과 사상도고들에게는 염라대왕 같은 존재다. 그래서 약전은 강신홍과 손을 잡기로 하고 창대를 급히 한양으로 보낸 것이다.

"어보라니? 물고기 족보를 말함이냐? 과연 손암이로구나. 실록이나 지리지 등에 간간이 어류에 관한 기록이 등재되어 있지만 본격적으로 다룬 책은 없었는데 그렇다면 이제 우리도 제대로 된 어보를 가지게 되겠구나."

강신홍이 감탄을 발했다. 그렇지만 곧 다시 표정이 굳어졌다. 차현장 상단은 잘 안다. 평시서 제조를 겸하고 있는 이조판서 김달순 대감이 뒤를 봐주고 있다는 소문이 도는 신흥 경상으로 재력이 막강하다고 했다. 그런데 그자가 흑산도 조기 파시의 물종도고(物種都

168

庫)를 꾀하고 있단 말인가. 매점매석에 해당하는 물종도고는 평시서에서 엄격히 금하는 행위다. 조기의 물종도고를 막지 못하면 약전의 말대로 저들은 항차 미곡도 독점하려 할 것이다. 강신홍은 분노가 치밀었다. 뒤통수를 맞은 기분이었다.

"지금 현지 정황은 어떠하냐?"

"상단에서 행수가 내려와서 어민들과 흥정을 하고 있는데 헐값에 사들이려 하고 있습니다."

"헐값이라면?"

"시세에 반도 안 되는 값을 제시하고 있습니다."

"엄청난 염가늑매(廉價勒買)로군. 그래서?"

"어민들은 펄쩍 뛰고 있지만 그렇다고 뾰족한 수도 없는지라 모두들 죽을상을 하고 있습니다. 선비님께서는 절대로 저들의 술책에 넘어가지 말라고 하셨지만 워낙 궁색한 사람들이라 시간이 흐르면 반값에라도 넘기겠다는 사람이 나올지 모릅니다."

"어찌 그렇지 않겠느냐. 하지만 한 번 저들의 농간에 놀아나게 되면 평생 노비 신세가 될 것이다."

강신홍은 차현장이 괘씸했다. 평시서의 실무자는 어디까지나 평시서 영인 자신이다. 제조는 명목상의 책임자일 뿐이다. 제조를 믿고 제멋대로 구는 모양인데 그렇다면 평시서 실무는 영이 관장한다는 사실을 똑똑히 보여 줄 필요가 있다. 강신홍은 불편한 심기를 누르며 다시 서신을 집어 들었다.

약전의 서신은 흑산도의 정황에 이어서 몇 가지를 당부를 담고 있었다. 차현장 상단의 물종도고를 면밀히 조사해서 도고금령을 발할 것과 지금 조정의 근황을 소상히 알려줄 것 외에 부상단(負商團)과 연계할 생각임을 전하고 있었다. 물종도고가 확인되면 도고금령을 내려 독점금지를 명령할 수 있다. 그런데 부상단이라면……. 등짐장수들과 손을 잡고 차현장 상단을 협공하겠단 말이다. 강신흥은 과연 손암이라는 감탄이 떠올랐다.

"잘 알겠다. 답신을 써 줄 테니 손암에게 전하거라. 그리고 조선 팔도 부상단의 최고 어른인 팔도임방도존위(八道任房都尊位) 앞으로 따로 서신을 써 줄 테니 한양 도가(都家)를 찾아가 보도록 하거라."

강신흥은 지필묵을 끌어당겼다.

―――◈◇◈―――

수행 행수 양영목이 전주들이 모두 모였음을 고했다. 차현장은 천천히 몸을 일으켰다. 어제 같은 경상인 김광협 상단과 심상보 상단의 단주들을 만나서 도움을 청했다. 그들은 쾌히 돕겠다고 했고 거금을 선뜻 빌려 주었다. 경상들은 평소에는 치열하게 경쟁하다가도 이해관계를 같이하는 일이 생기면 끈끈하게 결속하고 있었다. 차현장은 만일을 대비해서 송상과 만상에게도 도움을 청할 수 있게끔 미리 통기를 해 놓았다. 그만하면 단단히 채비를 한 셈인데도 차현장은 긴장을 풀지 않았다. 일이 틀어지려면 엉뚱한 곳에서 물이 새는 법이다. 그러니 한시도 한눈을 팔면 안 될 것이다.

전국의 사상도고들이 이번 차현장 상단의 흑산도 어물 파시 물종도고를 예의 주시하고 있다. 그들 모두 송상에서 제주도 산 말꼬리를 매점매석해서 엄청난 이문을 남겼던 일을 똑똑히 기억하고 있었다. 어물은 갓과는 비교되지 않는 중요한 물목이다. 이번 흑산도 물종도고가 성사되면 일개 상단에서 조선의 어물 시장을 좌지우지하게 될 것이다. 그리 되면 정승판서가 부럽지 않을 것이다.

'꼭 성사시킬 것이다.'

차현장은 거듭 다짐을 하며 사랑채로 향했다. 예상보다 돈이 많이 들어가고 있지만 실패하는 일은 절대로 없을 것이다.

차현장이 사랑채로 들어서자 도열해 있던 전주와 행수들이 일제히 단주에게 예를 표했다. 차현장은 엄한 표정으로 일동을 둘러보고 자리를 잡았다.

"임치상 행수에게서 전갈이 올라왔습니다."

수행 행수 양영목이 흑산도에서 올라온 전갈을 읽어 내려갔다. 모두들 숨을 죽이고 귀를 기울였다. 물경 이십만 냥을 쏟아 부은 장사다. 그리고 앞으로 얼마가 더 들어갈지도 모른다. 가히 상단의 운명이 걸린 거래라고 할 수 있다. 임치상은 전갈을 통해서 법성포와 사진포에서는 그런대로 일이 잘 진행되고 있지만 흑산도에서는 조금 차질을 빚고 있다고 전했다.

차현장이 짜증스러운 표정을 지었다. 왜 아직까지 매입을 끝내지 못했단 말인가. 하루 이자가 얼마인데. 단주가 짜증을 내자 전주와 행수들은 불안해했다.

"뭘 하고 있기에 여태 마무리를 짓지 못하고 있단 말이냐? 어민들이 반발하리란 것은 당연히 예상했을 일 아니냐?"

차현장이 언성을 높였다.

"생각보다 강하게 나오는 모양입니다. 정 버티면 매입가를 조금 올려 줄 생각인데 무슨 까닭인지 어촌 대표들이 한 번 다녀간 후로 발길을 끊었다고 합니다."

양영목은 제 잘못이라도 되는 양 차현장의 눈치를 살폈다.

"뜻밖이군. 지금 섬에 돈은 씨가 말랐을 텐데 뭘 믿고 버티는 거지?"

차현장이 고개를 갸웃했다. 반발은 예상했지만 이렇게 세게 저항할 줄은 몰랐다.

"빨리 끝내라고 해! 이자가 하루가 다르게 불어나고 있다! 배들을 몽땅 세를 내는 바람에 엄청난 돈이 들어갔으니까. 마냥 흑산도에서 실랑이를 하고 있을 틈이 없단 말이다. 빨리 끝내고 위도, 연평도로 옮기도록 해!"

차현장이 정색하며 말했다.

"예상 밖으로 섬사람들 고집이 셉니다."

"어민들을 너무 벼랑 끝으로 내모는 게 아닌가!"

양영목이 끼어들었다. 아마도 임치상이 단주의 눈에 들 요량으로 무리를 하고 있는 것 같았다. 하지만 지금은 그럴 때가 아니다.

"수행 행수가 현지로 내려가서 일을 마무리 짓도록 해! 무조건 싼 값에 사들일 생각만 하지 말고 조금 올려 주더라도 빨리 매입을 끝내도록 해."

차현장이 양영목에게 직접 흑산도로 내려갈 것을 지시했다. 벌써 이십만 냥을 퍼부었는데도 모자라서 김광협 상단과 심상보 상단으로부터 다시 이십만 냥을 끌어 쓰는 형편이다. 앞으로 위도와 연평도 파시까지 장악하려면 그것 가지고도 모자랄 것이다. 빨리 자금을 회수해서 돌려 막아야지 마냥 끌어 쓸 수는 없는 일이다. 차입금이 자꾸 늘어나면서 여기저기서 걱정하는 소리가 들렸다. 위험부담이 너무 큰 건 사실이다.

차현장은 항상 남보다 앞서 움직였고 기회를 잡으면 과감하게 달려들었기에 한양 제일의 부호로 자수성가할 수 있었다. 위험을 각오하지 않고 큰 이익을 기대할 수 없다. 차현장은 결과로 말해 주리라 마음먹고 반대 의견에 일일이 대응하지 않기로 했다.

172

어쨌거나 상단의 명운이 걸린 거래다. 당장은 전주들이 자기 말을 따르고 있지만 혹시라도 일이 잘못되면 문책하려 들 것이다. 돈을 빌려 준 상단들도 마찬가지다. 조금이라도 삐걱거리는 기미가 보이면 득달같이 달려들어서 돈을 회수하려 들 것이다. 그게 이 바닥 생리라는 것을 차현장은 잘 알고 있다. 실패는 곧 죽음이다.

"경기(京畿) 어상들에게는 잘 일러 놓았겠지?"

차현장이 매서운 눈초리로 담당 행수를 지목했다.

"물론입니다. 두모포와 노량진, 그리고 서강과 뚝섬의 어물상들에게 이미 통기해 놓았습니다. 그리고 도성의 이현과 칠패는 물론 광주의 사평장(沙坪場)과 교하의 공릉장(恭陵場)에도 전부 손을 써 놨습니다."

시장을 맡고 있는 행수가 긴장해서 대답했다. 이미 한양의 주요 시장들이 차현장 상단의 세력 아래에 들어가 있었다. 차현장 상단의 지시를 거부했다가는 장사를 할 수 없기에 모두들 군소리 없이 잘 따르고 있었다.

전주 회합은 차현장의 일장 훈시로 끝을 맺었고 행수와 전주들은 서둘러 사랑채를 빠져나갔다. 흑산도에서 잠시 차질을 빚고 있지만 나머지 일들은 순조롭게 풀리고 있다. 흑산도 파시도 양영목 행수를 보내기로 했으니 곧 해결될 것이다. 회합을 끝낸 차현장은 평온을 되찾았다.

그렇지만 그 평온은 오래가지 못했다. 불길한 예감이 밀려온 것이다.

'흑산도라……, 그 섬에 내가 알지 못하고 있는 무슨 일이 있는 걸까……?'

차현장의 눈에서 빛이 발했다. 동물적 감각이 뭔가 이상을 감지

한 것이다.

———◆———

"홍의춘이라고 합니다. 부상단 삼남도접장(三南都接長)을 맡고 있습니다. 팔도임방도존위께서 도와드리라고 해서 이렇게 달려왔습니다."

창대를 따라온 중년의 남자가 약전에게 넙죽 절을 올렸다. 나주목에 주재하면서 삼남의 부상들을 지휘하는 자인데 창대를 따라서 흑산도로 들어온 것이다. 약전의 짐작대로 부상단에서 팔을 걷어붙이고 나섰다. 등짐장수인 부상들은 소금이나 목기(木器), 미곡, 옷감은 물론 생선도 취급하기에 차현장 상단의 조기 파시 매점매석은 남의 일이 아니다. 노리개나 금 따위의 귀중품을 취급하는 보따리장수들인 보상(褓商)들과 또 입장이 다르다. 그래서 부상단의 팔도임방도존위는 즉각 삼남도접장에게 영을 내려 흑산도와 공조를 취하도록 한 것이다.

"그대가 삼남도접장인가? 그대의 전임자였던 김곽산(金郭山)은 선대왕 연간에 화성(華城)을 축조할 때 지대한 공을 세웠다."

약전은 미소를 지으며 홍의춘에게 앉을 것을 일렀다. 그러고 보니 부상단의 삼남도접장과의 인연은 처음이 아니었다. 전임 삼남도접장이었던 김곽산은 약용 아우가 화성을 축조할 때 부상들을 인솔해서 큰 도움을 주었던 적이 있었다.

"그 일은 팔도임방도존위께 들어 잘 알고 있습니다."

홍의춘이 붙임성 있는 얼굴로 대답했다. 방에는 약전을 중심으로

174

창대와 홍의춘, 그리고 사리 어민들을 대표하는 신씨가 자리를 잡고 둘러앉았다. 신씨는 요즘 사리 어민들을 달래느라 죽을 맛이다.

"팔도임방도존위께서는 선비님께서 무슨 지시를 내리시든 무조건 복종하라고 하명하셨습니다. 무엇이든지 맡겨 주십시오. 목숨을 걸고 완수하겠습니다."

홍의춘이 비장한 얼굴로 말했다.

"일이 급하게 돌아가고 있다. 차현장 상단에서는 여기 흑산도 어민들은 물론 그대들의 목에도 칼을 들이대려 하고 있다."

"잘 알고 있습니다. 어물은 대대로 우리 부상들의 밥줄입니다. 절대로 그냥 당하지 않겠습니다."

"부상단에서 이리 적극적으로 나서주니 마음이 한결 든든하구나. 그런데 그대들은 봉수(烽燧) 못지않게 빠른 연통 수단을 가지고 있다 하던데 그게 사실이냐?"

"그렇습니다. 팔도 구석구석에 부상단원들이 쫙 깔려 있습니다. 어느 곳에서도 하루 밤낮이면 한양까지 통기를 할 수 있습니다."

홍의춘이 자신 있게 말했다. 소문대로 부상단은 봉수를 능가하는 연락망을 가지고 있었다. 그렇다면 한양의 강신홍이나 강진의 약용 아우와 연락을 주고받는 데 큰 도움이 될 것이다.

약전은 강신홍의 서신을 통해서 한양의 사정을 소상하게 파악하고 있었다. 이럴 때 강신홍이 평시서 영으로 있는 것은 정말 천만다행이었다. 그와 손을 잡으면 마땅한 대책을 찾을 수 있을 것이다. 강신홍은 서신에서 차현장 상단은 이조판서 김달순 대감과 결탁이 되어 있음을 밝혔다. 우려했던 대로 이번 일은 권세와 재물의 결탁이었다.

'김달순 대감이라……'

약전의 표정이 어두워졌다. 이조판서 김달순 대감은 평시서 제조를 겸하고 있다. 차현장 상단의 막강한 재력을 상대하기도 버겁거늘 그 뒤에 조정의 실세가 자리를 잡고 있었다.

그렇지만 강신홍의 서신에는 새로운 소식도 있었다. 유배에서 돌아온 시파 대신들의 움직임이 심상치 않다는 것이다.

'시파가 움직이고 있다……'

약전은 뭔가 실마리를 잡은 기분이었다. 같은 노론이면서도 벽파와 시파는 날카롭게 대립하고 있다. 적의 적은 동지라고 하는데 그렇다면 시파는 사안에 따라 약전과 한편이 될 수도 있을 것이다.

"그래 마을 사람들은 요사이 어떻게 지내고 있느냐?"

약전은 그 문제는 잠시 묻어 두기로 하고 신씨에게 사리 어민들의 정황을 물었다.

"하루하루가 죽을 맛입니다. 언제까지 이렇게 지내야 하냐며 따지고 드는데 뭐라고 해야 할지 난감할 따름입니다. 어제 예리하고 진리 사람들을 만나 봤습니다만 그쪽도 사정이 매한가지입니다. 일단은 할 수 있는 데까지 버텨 보자며 헤어졌습니다만 앞으로 어떻게 설득해야 할지 자신이 없습니다."

신씨가 하소연을 했다. 어찌 그렇지 않겠는가. 당장 입에 풀칠하기도 힘든 어민들이다. 법성포와 사진포 어민들은 끝내 경상에게 조기를 넘겼다는 소식이 전해지면서 일이 더 어려워지고 있었다. 힘든 상황이지만 여기서 무릎을 꿇으면 경상의 노예로 전락하고 말 것이다. 한 번 장리쌀을 썼다가는 죽을 때까지 헤어나지 못한다는 사실을 약전은 익히 알고 있었다.

"이러다 경상이 그냥 떠나 버리면 어떻게 할 거냐며 대드는 어민도 있습니다."

신씨가 약전의 눈치를 살피며 말을 이었다. 조기 대금을 맞돈으로 지급하겠다는 말이 퍼진 데다 법성포 소식이 전해진 마당이다.

"어려움이 많겠지만 그래도 조금만 더 버텨 주십시오. 부상단에서 우리와 힘을 합치기로 했고 한양에도 우리를 도와주는 분들이 계십니다. 곧 좋은 수가 생길 것입니다."

창대가 생각에 잠겨 있는 약전을 대신해서 신씨에게 당부의 말을 전했다. 방 안에 침묵이 흘렀다.

김달순 대감이 평시서 제조를 겸하고 있다는 사실은 충격이었다. 그렇다면 강신홍의 운신에 큰 장애가 될 것이다. 강신홍으로 하여금 차현장 상단의 매점매석을 밝혀서 독점 금지를 발동케 할 생각이었는데 김달순 대감이 가로막고 나설 수도 있는 상황이다.

그렇다면 이쪽에서도 대책을 강구해야 한다. 강신홍은 차현장 상단이 직영하고 있는 걸로 알려진 이현과 칠패 등 한양의 어물전은 채무 관계로 얽혀 있는 것일 뿐 주인은 따로 있다고 했다. 그렇다면 그 틈을 파고들 수는 없을까. 잘하면 틈이 보일 것도 같았다.

"부상단에서 움직여 주어야겠다."

약전은 일단 부상단을 동원하기로 했다. 해 보는 데까지 해 보면서 시간을 벌어야 한다.

"지시만 내려 주십시오. 무슨 일이든 다 하겠습니다."

홍의춘이 씩씩하게 대답했다.

———◆◇◆———

"참으로 노고가 많으셨습니다. 나설 처지가 못 되다 보니 힘든 일은 다 형님에게 미루고 있습니다."

"노고는 무슨. 영안부원군에게 도움이 되었다면 나야 더 바랄 것이 없소이다."

김조순의 공치사에 김희순은 희색이 만면했다. 그동안 은밀히 세를 규합했던 김희순은 그 결과를 알리기 위해 김조순을 찾아온 것이다. 사람 마음처럼 간사한 것이 없다고 주상이 친정을 선포하자 시파 인물이 임금의 장인이 되는 것을 막아섰던 인사들이 슬그머니 김조순에게 접근하고 있었다. 김조순은 반격의 기회가 왔다고 판단했다.

그렇지만 위기가 기회 듯이 기회 또한 위기를 내포하고 있다. 자칫 벽파에게 꼬투리가 잡혀서 중전의 친정 아비가 죄인이라도 되는 날에는 중전의 처지도 많이 어려워질 것이다. 그러니 신중하게, 그리고 아주 은밀하게 움직여야 한다.

"좌랑과 정랑 중에서 우리와 뜻을 같이할 자들을 끌어들이는 게 중요할 것 같습니다."

김조순은 김희순에게 각 아문에서 실무를 관청하고 있는 정랑이나 좌랑을 은밀히 포섭할 것을 일렀다. 그러는 것이 소리 소문 없이 세를 늘려가는 첩경이다. 또 결정적인 순간에는 실무를 관장할 수 있는 자리가 더 힘이 될 수도 있다.

"그렇지 않아도 그리 하려던 참이었소."

김희순이 고개를 끄덕였다.

"그래, 뭣 좀 알아낸 것이 있습니까?"

김조순은 김희순에게 김달순의 뒤를 캐 볼 것을 당부했었다. 김조순은 제일 먼저 제거할 인물로 김달순을 꼽고 있었다. 돈줄을 쥐고 흔드는 요직을 꿰차고 있는 데다 안동 김씨여서 경주 김씨들의 반발도 크지 않을 거라 판단한 것이다.

"당장은……. 하지만 믿을 만한 자들을 시켜서 뒤를 캐고 있소."

"조심해야 할 겁니다. 호락호락한 인물이 아니니까요."

김달순은 그간 여러 차례 쫓겨났음에도 그때마다 오뚝이처럼 다시 일어선 사람이다. 어설픈 공격은 반격의 빌미만 제공할 뿐이다.

"그런데 이조는 참판과 참의는 물론 정랑, 좌랑도 모조리 김달순의 심복들이어서 비리를 캐기가 쉽지 않소."

김희순이 어려움을 호소했다. 김달순의 비리를 캐내려면 이조의 속관(屬官)들에게 접근해야 하는데 김달순은 그 사이에 전부 자신의 심복들로 채워 놓은 것이다.

"그렇겠지요. 그럼 평시서 쪽은 어떻습니까?"

"아직 그쪽은 알아보지 않았소. 영안부원군의 당부도 있고 해서 조심해서 움직이고 있는 중이오. 그런데 솔직히 소득이 있을까 의문이오. 평시서야 장사꾼들을 불러 놓고서 이건 팔아라 저건 팔지 말아라 하는 곳 아니오. 그리고 제조는 명목상의 자리로 실무에는 별로 간여를 하지 않는데 그쪽을 뒤져 봐야 무슨 소득이 있겠소?"

"그렇지 않습니다. 세상이 달라졌습니다. 돈을 벌려면 권력과 결탁해야 하고 권력을 유지하려면 돈이 필요한 세상입니다. 캐면 뭔가 나올 것입니다."

"허! 어쩌다 당상관이 시정 장사꾼과 마주 앉는 세상이 되었단 말인가. 아무튼 알겠소. 그럼 그쪽을 유의해서 살펴보도록 하겠소."

"은밀하게 움직여야 합니다. 형님께서 더 잘 아시겠지만 일청은 빈틈이 없는 사람입니다."

"물론이오. 그와는 어릴 적에 함께 자라서 친형제나 다름이 없는 사이였소. 지금은 서로의 등을 노리는 사이가 되어 버렸지만."

김희순이 눈을 번뜩이며 대답했다. 은밀히 뒤를 캘 것을 당부하
는 김조순과 결의를 다지는 김희순. 물론 두 사람은 아직은 흑산도
에서 무슨 일이 벌어지고 있는지 까마득하게 모르고 있었다.

━━━◇◇◇◇◇◇━━━

"그게 무슨 소리야? 확실하게 알아본 거냐?"

차현장이 고개를 번쩍 치켜들었다. 이게 무슨 뚱딴지 같은 소리
란 말인가. 이현과 칠패 시장에 흑산도에서 올라온 조기들이 풀리
고 있다니.

"소인도 깜짝 놀라서 재차 확인해 봤습니다. 그랬더니 부상들이
푼 조기라고 합니다.

어물전 전주가 기어들어가는 목소리로 대답했다.

"부상들이? 그럼 조기를 등에 지고서 흑산도에서 한양까지 날랐
단 말이냐?"

"그렇습니다. 흑산도 어민들이 뭍까지 실어다 주면 부상들이 등
에 지고 운반했다고 합니다. 부상 조직은 조선 팔도에 거미줄처럼
깔려있어서 아무리 벽지라고 해도 수일 내에 한양에 짐을 올려 보
낼 수 있습니다."

차현장도 물론 부상들은 하루에 천리를 걷는 튼튼한 다리를 지
녔으며 팔도 곳곳에 분소가 있어서 상품을 중계하고 있다는 사실을
잘 알고 있다. 상단에서 조기를 독점하면 부상들도 큰 피해를 입게
될 것이다.

'그래서 둘이 손을 잡았단 말인가……?'

차현장은 고개를 갸우뚱했다. 사는 바닥이 다른 사람들이 어떻게 그렇게 금세 손을 잡았을까. 아무래도 뭔가 있을 것이다.

"그래 물량은?"

"물량은 얼마 안 됩니다. 열 동 정도에 불과해서 시장에 영향을 줄 정도는 못됩니다."

어물전 행수가 얼른 대답했다. 하긴 등에 지고 온 물량이 많으면 얼마나 많겠는가. 그냥 넘어가도 괜찮을 일이지만 차현장은 경계를 늦추지 않았다. 단단한 둑도 작은 균열로부터 붕괴가 시작된다. 아무튼 이것으로 흑산도 어민들이 순순히 고개를 숙이고 들어오지 않겠다는 뜻이 명백해졌다.

지렁이도 밟으면 꿈틀거리고 참새도 죽을 때는 쩩 소리를 낸다고 하는데 그럼 한번 해 보잔 말이지……. 일의 전후를 파악한 차현장의 입가에 섬뜩한 냉소가 흘렀다.

"근자에 들어 평시서 아전들이 시장을 자주 들락거리며 조기 값의 변동을 살피고 있다고 합니다."

현지로 내려간 양영목 행수에게 내릴 지시를 정리하고 있는데 시장을 맡고 있는 행수가 뜻밖의 얘기를 꺼냈다.

"평시서에서……?"

아직은 평시서에서 개입할 단계가 아니다. 그렇다면 뭔가 낌새를 채고 미리 움직이고 있다는 말인데……. 느닷없는 부상단의 개입과 평시서의 때 이른 내사. 분명 뭔가 있었다. 차현장은 비로소 일이 심상치 않게 돌아가고 있음을 간파했다.

평시서에서 내사를 시작했다면 아마도 실무를 관장하는 영이나 주부(主簿)가 주도했을 것이다. 그렇다면 이쯤에서 일을 덮게끔 손을 써둘 필요가 있다.

"이판 대감을 뵈러갈 것이다. 이천 냥을 준비하거라."

차현장은 그렇게 지시를 내리고 몸을 일으켰다.

<hr/>

"내 일찍이 부상단의 연락망이 봉수나 역참을 능가한다는 얘기는 들었지만 이리 빠를 줄은 몰랐다. 나흘 만에 한양에 당도하다니. 놀라울 따름이다."

약전은 감탄을 하며 홍의춘을 치하했다. 법성포로 실어 나른 조기들이 나흘 만에 한양 시장에 풀리기 시작했다는 소식이 흑산도에 전해진 것이다. 비록 양은 얼마 되지 않지만 차현장 상단에게 적지 않은 충격을 주었을 것이다. 엉뚱한 곳에서 뒤통수를 맞은 꼴이 되었다.

"마침 보름이어서 일이 수월했습니다. 환한 달빛 아래 가는 길은 대낮에 길을 가는 것보다도 더 편하니까요."

홍의춘이 약전의 칭찬에 고무되어 슬쩍 부상단의 자랑을 늘어놓았다. 하지만 마냥 기뻐하고 있을 수만은 없다. 차현장 상단에서 곧 반격에 나설 것이다. 등에 지고 나르는 데는 한계가 있다. 이번 일은 임시방편에 불과했다.

"그래 상단에서 새로 보낸 자들은 지금 어찌하고 있느냐?"

"겉으로는 여전히 배짱을 퉁기고 있지만 하루하루 날이 갈수록 초조해하고 있습니다. 이자가 계속 늘어나고 있을 테니까요. 그렇지만 마을 사람들도 더 이상 버티기 힘든 실정입니다."

신씨가 울상을 지었다. 가진 자와 없는 자의 싸움이다. 뻔한 결과를 두고 고집을 부린다고 해도 할 말이 없었다. 부상단에서 조기를 사들이고 있지만 양이 얼마 되지 않는 데다 대금도 두 달 후에 지급하는 조건이다. 그것으로 어민들을 달래는 데는 한계가 있다.

"한양에서 새로 내려온 행수는 녹록지 않은 자 같습니다. 여차하면 무슨 일을 꾸미려 들 것 같습니다."

창대가 끼어들었다.

"대상단의 행수쯤 되는 자니 만만치 않을 것이다. 이럴수록 뭉쳐야 한다. 힘들겠지만 조금만 더 참으라고 하거라. 어떻게 해서든 파시를 지켜야 한다."

약전이 다시 한 번 창대와 신씨에게 당부했다. 부상을 통해 일단 시간을 번 후에 평시서를 움직여서 차현장의 뒤통수를 치는 것이 약전의 계획이다. 그런데 부상단이나 평시서나 기대했던 것만큼 원활하게 움직이지 못하고 있었다. 과연 이길 수 있을까. 약전은 고개를 세게 흔들어 밀려오는 두려움을 떨쳐냈다.

"팔도임방도존위께서 가지고 있는 돈 전부를 끌어 모아서 조기를 사들이라고 지시하셨습니다. 앞으로는 매입량을 조금씩 늘리도록 하겠습니다."

홍의춘이 죄라도 지은 양 공연히 미안해했다.

———◦◆◦———

땅거미가 내려앉았다. 차현장은 자리에서 일어섰다. 밖으로 나서자 대기하고 있던 차인이 얼른 달려왔다.

"이천 냥을 실었습니다."

나귀 등에 실린 전대가 제법 묵직해 보였다. 차현장은 거드름을 피며 앞장섰다. 정신없이 지내다 보니 계절이 바뀌는 것도 모르고 있었다. 세검정 너머에서 불어오는 바람이 어느새 봄이 왔음을 말해 주고 있었다.

미리 통기를 해 놓았기에 김달순 대감의 솟을대문 앞에 이르자 하인들이 얼른 문을 열어 주었다. 낮에는 대감을 뵙기 위해 기다리는 사람들로 그리 붐비던 행랑이건만 밤이 되니 절간마냥 조용했다. 조정 대관의 사저를 밤에 방문하는 것은 극히 드문 일이다. 웬만한 사람 같으면 언감생심 꿈도 꾸지 못한다. 차현장은 겸인의 안내를 받으며 사랑채로 향했다.

"대감마님."

"들여보내거라."

겸인이 고하자 김달순이 들어올 것을 일렀다. 차현장은 가볍게 기침을 하고는 사랑채로 들어섰다.

"그간 강녕하셨습니까. 대감마님."

차현장이 조심스럽게 예를 올렸다. 이렇게 밤에 찾아오는 것은 김달순에게도 부담스러운 일일 것이다. 다행히 김달순은 화를 내지 않았다. 이천 냥이 힘을 발휘한 것이다.

"상단이 번창하고 있다는 소식은 들었다. 근기(近畿)의 시장에도 직접 손을 대고 있다며."

김달순은 위세를 한껏 부리면서 이조판서 겸 평시서 제조로서 상인들의 동태를 나름대로 파악하고 있음을 내비쳤다.

"이현과 칠패, 그리고 공릉장에 점포를 새로 냈습니다. 다 대감께서 돌봐 주신 덕입니다."

차현장이 공손히 대답했다.

"그래 요즘은 어찌 지내고 있느냐?"

김달순은 짐짓 거드름을 피며 물었다. 상대는 장사꾼이다. 괜히 돈 꾸러미를 싸들고 찾아오지는 않는다. 당연히 그 이상의 대가를 바랄 것이다. 그러니 섣불리 응대했다가는 저들에게 코가 꿰일 수도 있다. 적당히 거리를 두면서 고삐를 잡아끌어야 한다. 재물을 지니고 있다고 하지만 어차피 장사꾼이다. 관의 입김에서 자유로울 수 없는 자들이다.

"새로 어물 장사에 손을 대려 하고 있습니다."

차현장이 차분하게 대답했다. 어물? 경상에서 어물을? 의외였지만 김달순은 내색은 하지 않았다.

"현지에서 직접 어물을 사들여서 나르고 보관하고 또 파는 일까지 모두를 상단에서 일괄해서 다루려고 합니다. 그리되면 중간에서 이문을 붙여 먹는 자들이 빠지면서 어민들이나 도성민들이나 모두 혜택을 보게 될 것입니다."

"그렇다면 위민책이라고 할 수 있겠구나. 하지만 일을 크게 벌이려면 한두 푼 가지고 되지 않을 텐데, 아무리 너희 상단에 재물이 제법 넉넉하다고 하지만 그래도 일개 상단에서 그 일을 해낼 수 있겠느냐?"

김달순이 날카로운 눈매로 차현장을 노려보았다. 이천 냥은 적은 돈이 아니다. 그런데 불과 보름 사이에 또 이천 냥을 가지고 왔다. 그것도 이 밤에 서둘러서. 그렇다면 무슨 일을 꾸미려다 틀어지는 바람에 급히 청탁을 하러 온 모양인데 뭔지는 몰라도 어물전과 관련이 있는 일일 것이다.

아마도 평시서 속관들과 관련된 일일 것이다. 잘하면 평시서를 직접 장악할 기회를 잡을 수 있을 것이다. 김달순은 진작부터 평시서의 중요성을 간파하고 있었던지 가벼운 흥분을 느꼈다.

"그렇습니다. 어마어마한 돈이 들어가는 일입니다. 가지고 있는 돈 전부를 쏟아 붙고도 모자라서 다른 상단으로부터도 많이 끌어 썼습니다. 그러다 보니 매일 지불해야 하는 이자가 한두 푼이 아닙니다."

차현장이 죽는 시늉을 했다. 배와 창고를 독점하려면 어마어마한 돈이 들어갈 것이다. 김달순이 고개를 끄덕이며 다음 말을 재촉했다.

"그래서 빌린 돈을 갚을 때까지 어물 값을 조금 올리려고 합니다. 그 일과 관련해서 혹시 평시서에서 오해하는 일이 생길까봐 이렇게 대감마님을 찾아뵌 것입니다."

"그야 평시서의 소임이 그러하니……."

김달순은 짐짓 거드름을 피며 제법 아는 시늉을 했다. 장사꾼이 사대부와 대좌하는 걸 언감생심 꿈도 꾸지 못하던 시절이 불과 얼마 전인데 세상 많이 변한 것이다.

"그야 물론 그렇습니다. 그렇지만 평시서 속관들이 공명심을 내세워 실정을 무시한 채 도고금령을 내리면 모처럼의 위민책이 뜻을 펼치지 못할 것입니다."

"금령이라니!"

갑자기 김달순이 버럭 소리를 질렀다.

"제조도 모르는 도고금령이 어디에 있단 말이냐!"

김달순은 엄한 얼굴로 자기가 평시서의 우두머리임을 차현장에게 상기시켰다. 그렇지만 노회한 차현장은 무슨 속셈으로 김달순이 언성을 높이는지를 잘 알고 있었다.

"아마도 평시서 속관들이 대감마님께서 평시서 제조를 맡으신 지 얼마 되지 않았기에 아직 업무를 제대로 파악하지 못하신 것으로 지레짐작하고 웃전을 소홀히 여긴 모양입니다."

이럴 때는 비위를 맞추는 척하면서 슬며시 속을 뒤집어 놓는 게 효과적이다. 당신이 평시서의 우두머리라면 거드름만 피지 말고 앞으로는 실무도 챙겨야 할 것이란 뜻이 내포되어 있었다. 이천 냥은 괜히 바치는 돈이 아니다. 지금 평시서에서 실무를 관장하고 있는 자들은 대부분 채제공 대감이 심어 놓았던 남인들로 선대왕 연간에 통공책을 주도했던 자들이다. 평시서 실무는 여전히 그들이 관장하고 있는데 제조를 따돌리고 제멋대로 행동하고 있었다.

'이런 괘씸한 것들.'

김달순의 얼굴이 벌게졌다. 불쾌한 심사는 차현장의 계산대로 평시서 속관들에게 옮겨간 것이다.

"내가 상세한 것을 알아볼 테니 그만 물러가거라."

김달순은 노기를 누르며 차현장을 돌려보냈다.

"대감마님만 믿겠습니다."

찾아온 목적을 충분히 달성한 차현장은 얼른 절을 하고서 사랑채를 물러났다. 평시서 문제는 해결했지만 아직 마음을 놓을 수는 없다. 매일매일 지급해야 하는 이자가 녹록지 않다. 빨리 일을 끝마치지 못하면 죽 쑤어 개 주는 꼴이 될 것이다.

'대체 왜 이리 꾸물대고 있는 거야! 그까짓 외딴섬에 무슨 문제가 있다고.'

차현장은 짜증이 났다. 하지만 양영목 행수가 내려갔으니 곧 마무리될 것이다. 차현장은 마음을 편히 가지기로 했다. 통공책을 주도하며 사상들을 몰아붙이던 정약전, 정약용 형제는 멀리 유배되었다. 그들을 따르던 무리들이 여태 평시서에 남아서 딴죽을 거는 모양인데 머지않아 그들도 모조리 쫓겨날 것이다. 그럼 더 거칠게 없을 것이다.

"……?"

차현장이 걸음을 멈추었다. 퍼뜩 불길한 예감이 떠오른 것이다. 가만있자 정약전, 정약용 형제가 그때 어디로 유배되었더라. 아우 정약용은 강진이고 형 정약전은 흑산도로 기억이 되었다.

'그렇구나! 그자가 흑산도에 있었구나.'

차현장은 비로소 정체 모를 불안감의 실체가 무엇인지를 파악하게 되었다. 일이 괜히 꼬였던 게 아니었다.

"흑산도로 가겠다. 급히 채비하라."

"예?"

느닷없이 흑산도로 가겠다는 말에 수행하던 차인은 뭘 잘못 들은 게 아닌가 해서 멍한 표정으로 차현장을 쳐다봤다.

"그동안 부상들이 나른 조기들이 꽤 됩니다. 지금쯤 한양의 칠패와 이현 시장에서 흑산도 조기들이 불티나게 팔리고 있을 겁니다."

창대가 가라앉은 좌중의 분위기를 띄워 볼 요량으로 말문을 열었지만 신씨는 물론 예리의 장씨와 진리의 박씨 모두 표정이 어두웠다. 홍의춘은 풀이 죽어서 한쪽 구석에서 고개를 숙이고 있었다. 부상들이 죽을힘을 다해 조기를 날랐지만 물량은 얼마 되지 않았다. 더구나 대금도 아직 지급되지 않아서 어민들은 불만이 가득했다. 섬에 궁기가 낀 지 오래다. 보름째 손만 빨고 있는 어민들에게 마냥 참고 지내라고 할 수도 없는 형편이다.

188

"물론 부상들이 우리를 도와주는 건 잘 알고 있습니다만 솔직히 앞으로 어찌해야 할지 막막할 따름입니다."

신씨가 초췌한 얼굴로 입을 열었다. 시간이 흐르면서 등을 돌리는 어민들이 늘어나고 있었다.

"사정은 우리도 마찬가지요. 더 이상 마을 사람들을 달랠 재주가 없소이다. 멀건 뜨물을 구경한 지도 오래되었소. 어떻게 대금을 좀 당겨줄 수 없겠소? 얼마가 되건 돈이 돌아야 살 것 아니오."

예리 장씨가 언성을 높이자 홍의춘의 얼굴이 벌겋게 달아올랐다. 부상은 몸뚱이 하나를 밑천으로 장사를 하는 사람이다. 조기를 팔아서 돈을 마련해야 하는데 그 돈이 흑산도까지 오려면 짧게 잡아서 한 달은 걸릴 것이다. 형편이 그러니 맞돈을 주겠다는 차현장 상단의 제안에 어민들의 귀가 솔깃한 것은 당연했다.

"그야 우리도 당장 대금을 드리고 싶지만 형편이 그렇지 못하오. 팔도임방도존위께서도 흑산도민의 일을 최우선으로 취급하라고 엄명하셨소. 조금만 기다려 주시오. 팔리는 대로 밤길을 마다하지 않고 돈을 들고 달려올 것이오."

홍의춘이 통사정을 했다. 돈이 이렇게 돌지 않는 데는 차현장 상단에서 온갖 수단을 동원해서 부상단의 돈줄을 옥죄고 있기 때문이기도 하다.

"우리라고 부상단의 사정을 어찌 모르겠소. 돈도 돈이지만 부상들의 다리가 철각이 아닐 텐데 언제까지 등에 지고 나를 수는 없지 않소? 물량도 한계가 있을 것이고."

박씨가 입을 열었다. 일리가 있는 지적이다. 부상단을 통해서 조기를 한양으로 올려 보내는 것은 임시방편에 불과하다.

약전은 잠자코 저들의 대화를 듣고만 있었다. 어민들의 절박한 사정이야 더 듣지 않아도 잘 안다. 그렇지만 지금쯤 차현장 상단도 어렵기는 마찬가지일 것이다. 평시서가 움직이기 시작했으며 금리 압박도 상당할 것이다. 결국 누가 더 끝까지 참고 버티느냐의 싸움인 셈인데 퀭한 눈으로 쳐다보는 아이들, 당장 쓰러질 것같이 비실비실 대며 간신히 걸음을 옮기는 어민들이 떠오르자 약전은 가슴이 찢어 질 듯 아팠다. 혹시 차현장 상단에서 몇 푼 더 쥐어 주겠다고 하면 어 떻게 해야 하나. 동당 백이십 냥 정도면 그냥 팔라고 할까.

그러나 약전은 마음을 모질게 먹기로 했다. 이제 와서 맥없이 무 너질 수는 없다. 어차피 빼든 칼이다. 그렇다면 결판을 봐야 한다. 궁 하면 통한다고 반드시 수가 있을 것이다. 약전은 일단 한양의 강신 홍에게 기대를 걸어 보기로 했다. 면밀히 살피면 차현장 상단이 나 라에서 금하고 있는 일을 벌이고 있다는 사실을 반드시 밝혀낼 것 이다.

금령 禁令

단주가 직접 흑산도까지 내려올 줄은 몰랐기에 양영목과 임치상
두 행수는 깜짝 놀라며 허둥지둥 달려나왔다.

"어찌된 일이냐? 왜 여태까지 매입을 못 하고 있는 게야?"

차현장이 자리를 잡기가 무섭게 호통을 쳤다. 예정대로라면 흑산
도에서는 벌써 철수를 해서 지금쯤 위도 파시의 조기들을 쓸어 담
고 있어야 한다.

"면목이 없습니다. 어민들이 워낙 똘똘 뭉쳐서 맞서는지라…….
이렇게까지 대차게 나올 줄을 몰랐습니다."

임치상 행수가 더듬거리며 대답했다.

"그래서 은밀히 알아봤더니 한양에서 유배 온 자가 뒤에서 어민
들을 선동하고 있었습니다."

양영목 행수가 그간에 알아낸 일들을 보고했다.

"알고 있다. 신유년 옥사 때 연루되어 이리로 유배를 온 전 병조좌
랑으로 본시부터 사상들을 억누르려 했던 자다."

"예? 그럼 단주님께서는 벌써 알고 계셨습니까? 바로 그자가 어

민들을 선동하고 부상들을 끌어들여서 우리를 골탕 먹이고 있습니다."

역시 단주로구나. 어떻게 천리 밖에서 이곳 사정을 훤히 꿰뚫어 보고 있단 말인가. 두 행수의 눈에 감탄의 빛이 떠올랐다.

"그뿐만이 아니다. 평시서 속관들을 부추겨서 지금 우리 상단 뒷조사를 하고 있다."

악연이 서해 외딴섬까지 이어지고 있단 말인가. 차현장은 이를 악물었다.

"그러다 평시서에서 행여 도고금령이라도 내리면 큰일 아닙니까?"

평시서라는 말에 두 행수는 겁을 먹었다. 사태는 오히려 한양에서 더 심각하게 돌아가고 있었다.

"그런 일은 없게끔 손을 써 놓았다. 어쨌거나 빨리 이쪽 일을 마무리 지어야 한다."

흑산도로 내려오는 길에 서강나루에 하릴없이 묶여 있던 배들을 보고 차현장은 분노가 치밀었다. 임선대금이 매일매일 공으로 빠져 나가고 있었다. 조기 값은 천정부지로 치솟고 있지만 팔 물건이 없으니 허사다. 헛돈이 들어가고 있는 판에 독점 혐의까지 쓰고 있는 판이다.

"그자가 뒤에서 선동을 하는 바람에 일에 조금 차질을 빚었습니다만 곧 마무리 짓도록 하겠습니다. 지금 어민들은 몰릴 대로 몰렸습니다. 조금만 더 밀어붙이면 두 손을 들 겁니다. 예리나 진리 쪽도 사정은 마찬가지입니다."

양영목 행수가 차현장의 눈치를 살피며 경과를 설명했다. 하지만 차현장은 별로 귀를 기울이지 않았다. 현장 보고나 듣자고 여기까지 내려온 게 아니다.

"그자를 만나러 온 길이다. 앞장 서거라."

차현장은 몸을 일으켰다. 정약전을 만나 담판을 짓기로 한 것이다. 정약전이 흑산도에서 어민들을 선동하고 있다는 소문이 이번 일에 소극적이던 전주들이나 돈을 빌려 준 상단의 귀에 들어가면 일이 복잡하게 꼬일 수 있다. 차현장은 그 전에 마무리 짓기로 한 것이다.

마을이 썰렁했다. 마치 폐촌 같았다. 한양에서 내려온 단주임을 알아본 어민들은 적개심과 두려움이 뒤섞인 시선으로 차현장을 노려보았다. 차현장은 목덜미가 서늘해지는 것을 느끼며 양영목의 뒤를 따랐다.

승선네에 당도한 차현장은 심호흡을 한 후에 토담집에 들어섰다. 그리고 큰소리로 외쳤다.

"차현장이라고 합니다. 한양에서 상단을 이끌고 있습니다."

마치 기다리고 있었다는 듯 스르륵 문이 열리며 약전이 얼굴을 내밀었다. 그리고 차현장에게 지긋한 눈길을 주었다. 날카로운 눈매에 강인한 인상을 하고 있는 남자가 서 있었다. 비록 중갓을 썼지만 어느 양반 못지않게 당당한 자태와 용모였다.

"먼 길을 왔군. 누추하지만 안으로 들어오시게."

약전은 차현장에게 방안으로 들어올 것을 일렀다. 지금쯤 이리로 오리라 예상하고 있던 터였다. 차현장이 들어오면서 몸을 일으킨 창대와 홍의춘은 차현장을 수행해 온 두 행수와 날카로운 시선을 교환하며 뜰로 내려섰다.

"단주 이야기는 익히 들었네. 우리는 어쩌면 오래전부터 인연을 맺었던 사이 같은데 이런 외딴섬에서 대면하게 될 줄은 몰랐네."

약전은 차현장을 예로써 맞았다. 상민 신분이고 나이도 아래지만 어쨌거나 한양 제일의 상단을 이끌고 있는 자고 먼 길을 온 손님이다.

"소인도 진작부터 좌랑 어른을 흠모하고 있었습니다. 소인 역시 좌랑 어른을 이런 곳에서 뵙게 될 줄은 몰랐습니다."

차현장도 빈틈없이 예의를 갖추었다. 조정의 고관들을 무시로 만나면서 웬만한 벼슬아치들은 우습게 보는 차현장이지만 왠지 약전에게서는 범접하기 힘든 기품을 느꼈던 것이다.

"큰 상단을 이끌려면 공사가 다망할 텐데 멀리 흑산도까지 행차를 한 것은 필시 파시와 관련이 있을 터, 그럼 단주의 생각부터 들어보겠네."

약전이 거두절미하고 본론을 끄집어냈다. 사상들의 폐해를 설파한 이래 상단의 단주들과는 적대적인 입장의 약전이지만 대면하고 있는 차현장에게서 개인적인 감정은 느껴지지 않았다.

"좌랑께서 사상들을 오해하고 계시는 것 아니신지요. 우리 사상들은 백성들이 배불리 먹고 편히 지낼 수 있게끔 나름대로 애를 쓰고 있습니다."

차현장이 차분하면서도 분명한 어조로 자신의 입장을 밝혔다.

"어째서 그런 말을 하시는지 들어보기로 하세."

약전은 국태민안과 경국제세(經國濟世)를 입에 담는 차현장을 보며 강신홍의 지적이 틀리지 않음을 직감했다.

"육의전 상인들을 대신해서 사상들이 상거래를 주도하면서 거래가 늘어나고 물산이 풍부해진 것은 좌랑께서도 부인하지 못하실 겁니다."

맞는 말이다. 약전이 고개를 끄덕였다.

"그리고 영세한 소상들을 대신해서 우리 대상들이 시장을 장악하면서 조정의 세입이 늘어난 것도 어김없는 사실입니다."

그것도 맞는 말이다. 독점에 안주하던 시전상인들을 대신해서 사상들이 치열하게 경쟁을 벌이면서 시장은 활기를 띠게 되었고 거래가 활발해지면서 호조 세입도 크게 늘어났다. 약전도 그러한 사실을 잘 알기에 통공책을 주도했던 것이다.

"내 어찌 사상의 공을 모르겠는가. 하지만 사상의 폐단도 가볍게 볼 수 없네."

"구체적으로 무엇을 말씀하시는 것인지요."

차현장이 따지듯 물었다.

"사람의 욕심은 끝이 없고 재물은 한곳으로 쏠리게 마련이네. 가만히 두면 가진 자와 없는 자의 격차가 점점 벌어져 결국은 민란을 불어오게 되네. 그런 일이 생기지 않게끔 미리 대책을 강구하는 것이 조정신료의 소임일 것이네."

약전이 정색을 하고 사상의 폐해를 설파했다.

"실학에 정통하시다는 좌랑께서 그런 말씀을 하시다니 뜻밖입니다."

차현장도 정색을 하고 약전을 상대했다.

"소생, 비록 배운 것 없는 장사꾼이지만 양이(洋夷)들은 나라에서 상업을 적극 권장하고 있다고 들었습니다. 양이들은 청과 일본에 진출해서 활발하게 장사를 벌이고 있습니다. 그들은 머지않아 조선도 넘볼 것입니다. 언제까지 울타리 속에서 안주할 수 있을 거라 생각하십니까."

거기까지 생각하고 있단 말인가. 차현장은 고루한 조정 고관들보다 앞날을 내다보는 안목이 윗길이었다. 약전은 자리를 고쳐 앉왔다.

"과연 넓은 식견에 뛰어난 혜안을 겸비한 인물이로군. 양이들이 상업을 장려해서 부국강병을 이루었다는 것은 나도 잘 알고 있네. 하지만 그들도 안으로는 적지 않은 사정을 안고 있을 것이네. 양이들이 밀려오더라도 안분지족(安分知足)을 충실히 하며 서로를 배려하는 나라가 되면 얼마든지 그들을 상대할 수 있을 것일세."

"손가락 빨고 살면서 안분지족이 무슨 의미가 있고 저 먹고살기 바쁜데 누가 누굴 배려한단 말입니까. 곳간에서 인심이 난다고 했습니다. 안분지족이고 배려는 먹고살만할 때 하는 말입니다. 잘 먹고 잘 살려면 장인(匠人)들이 열심히 물산을 생산하고 사상들이 부지런히 재화를 유통시켜야 합니다. 양이의 예에서 보았듯이 부국강병을 이루려면 장사를 장려해야 합니다. 장사꾼의 발에 족쇄를 채우는 것은 빈대 잡자고 초가삼간을 태우는 우를 범하는 것과 다름이 없습니다."

차현장은 거침이 없었다. 상인이 이문을 좇는 것은 유자(儒者)가 공맹을 따르는 것과 뭐가 다르단 말인가. 빈부의 차이는 바람직하지 않지만 그래도 모조리 못사는 나라보다는 나을 것이다.

"도고다전(都庫多錢)은 나라에서 금하고 있네."

약전은 침착하게 반격했다. 재물을 내세워 영세한 장사꾼, 쪼들리는 농어민들을 벼랑 끝으로 내모는 것은 결코 공정한 상행위가 아니다.

"물론 잘 알고 있습니다. 하지만 평시서에서 도고금령을 발하는 일은 없을 겁니다."

약전은 차현장의 입가를 스치고 지나가는 냉소를 보며 가슴이 철렁했다. 그럼 이자가 벌써 평시서에도 손을 썼단 말인가. 사실이라면 제조 김달순 대감과 손을 잡았을 것이다. 그예 권세와 재물이 결탁했단 말인가. 약전이 가슴이 납덩이를 얹은 기분이었다.

"꽃은 열흘을 붉을 수 없고 권세는 십 년을 가지 못한다는 사실을 충고하고 싶네. 권력은 뜬구름 같은 것이어서 나중에 큰 화를 입게 될 것이네."

약전은 정색을 하고 차현장에게 충고의 말을 건넸다. 재능과 안목이 아까웠던 것이다.

아무튼 일이 크게 번지게 되었다. 아무리 남인 동료들이 평시서 실무를 관장하고 있다고 해도 제조는 엄연히 따로 있다.

도대체 어디까지 손을 썼을까. 약전이 차현장의 눈치를 살피는데 그만 일어설 줄 알았던 차현장이 잠시 생각하더니 태도를 바꾸며 거래를 계속할 뜻을 비쳤다.

"소인의 신념에는 변함이 없습니다만 소인도 평시서까지 개입하는 건 원치 않습니다. 사리 조기들을 동당 백이십 냥에 사들이겠습니다. 물론 그 자리에서 대금을 내드리지요."

동당 백이십 냥이라. 지금 형편이라면 어민들은 앞 다투어 조기를 싸들고 달려올 것이다. 약전은 갈등을 느꼈다. 지금 어민들에게 중요한 것은 대의명분이 아니다. 당장 끼니를 이을 쌀 한줌이다.

"하면 다른 곳의 파시는?"

약전은 경계를 늦추지 않았다.

"차입한 돈이 한두 푼이 아닙니다."

차현장이 동당 백이십 냥은 사리에 한정됨을 분명히 했다. 역시 담합을 깨려는 이간책이었다. 약전은 짧은 순간이나마 흔들렸던 마음을 다시 다잡았다.

"다 같은 흑산도 조기인데 어찌 다른 값에 거래를 할 수 있겠는가."

약전은 완강하게 고개를 가로저었다. 이제 싸움은 피할 수 없게 되었다.

"그렇습니까? 그렇다면 할 수 없군요. 아무튼 이렇게 만나 뵙게 되어서 영광입니다."

차현장은 미련 없이 일어섰다. 차현장이 방을 나서자 밖에서 기다리고 있던 창대와 홍의춘은 얼른 방으로 뛰어 들어갔고 임치상과 양영목은 재빨리 차현장에게 달려갔다.

창대는 약전의 어두운 얼굴을 보니 마음이 무거웠다. 무슨 얘기가 오고 갔는지 몰라도 좋지 않은 일인 모양이다.

"이간책을 쓸 모양이다. 한양과 제주도에 급히 서신을 전해야겠는데 할 수 있겠느냐?"

잠시 생각하던 약전이 대책을 마련했는지 홍의춘에게 고개를 돌렸다.

"물론입니다. 부상단은 제주도 구석구석까지 발길을 누비고 있습니다."

홍의춘이 씩씩하게 대답했다.

"잘됐구나. 일이 급하게 되었다. 서두르거라."

약전은 황급히 붓을 집어 들었다.

———⬥———

여각에 이르도록 차현장이 입을 굳게 다물고 있자 양영목과 임치상은 불안해졌다. 대체 무슨 말이 오갔기에 단주가 이토록 심각

할까.

"예리하고 진리 중에서 어느 쪽이 좋을 것 같으냐?"

방에 들어서기가 무섭게 차현장은 일을 밀어붙였다.

"예리 쪽이 좋을 것 같습니다. 동리도 크고 어민들을 이끌고 있는 장씨라는 자가 얘기가 통할 것 같습니다."

눈치 빠른 양영목이 무슨 뜻인지 금세 알아들었다.

"그렇다면 동당 백이십 냥에 팔라고 해."

차현장은 주저하는 법이 없다. 시간이 곧 돈이다. 빨리 흑산도에서 일을 마치고 연평도로 가야 한다. 약전과의 일전은 불가피해졌다.

"여차하면 동당 백오십 냥까지 주겠다고 해. 아무튼 빨리 끝내란 말이야."

차현장의 얼굴이 무섭게 일그러졌다. 싸움에 임한 마당에 패배는 없다.

"한양으로 올라가겠다. 양 행수는 나를 따르고 임 행수는 남아서 빨리 일을 마무리 짓도록 해라. 지금 우리 상단을 지켜보고 있는 눈들이 많다는 사실을 잊어서는 안 될 것이야."

어물 다음은 미곡이다. 꾸물댈 틈이 없다. 만만치 않은 약전에게서 짧은 순간 불안을 느꼈던 차현장은 어느새 본래의 모습으로 돌아와 있었다.

"염려 마십시오. 동당 백오십 냥이라면 어민들은 얼씨구나 하고 달려올 겁니다."

"임 행수는 단주님의 뜻을 제대로 헤아리지 못했군. 예리만 그렇게 값을 쳐주란 말씀이오. 이간책을 쓰라는 말이지."

양영목 행수가 핀잔을 주자 임치상이 머쓱해서 고개를 숙였다.

차현장은 쯧쯧 혀를 찼지만 그렇다고 임치상을 따로 질책하지는 않았다. 그래도 셈이 명확하고 시키는 건 빈틈없이 잘하니 나머지 일은 맡겨도 될 것이다.

"뜻밖의 복병을 만났지만 전화위복일 수도 있다. 사상을 반대하는 남인들을 한꺼번에 몰아낼 수도 있으니까."

절대 질 리 없다. 노름방에서 투전을 할 때도 밑천이 든든한 자가 이기게 마련이다. 아무리 사정이 절박하고 사연이 피눈물 나도 돈이란 놈은 절대로 없는 자 편을 들지 않는다. 돈은 피도 눈물도 없는 냉혈한이다. 차현장은 그런 사실을 너무도 잘 알고 있었다. 가진 자와 없는 자의 싸움이다. 그러니 절대로 질 리 없다. 차현장은 그렇게 믿으며 불쑥불쑥 찾아오는 불안감을 떨쳐 버렸다.

차현장은 곧 행동에 들어갈 것이다. 인정사정없이 몰아붙일 텐데 막아낼 수 있을까. 이간책을 막으려면 흑산도 어민들이 하나로 뭉쳐야 하는데 그게 쉬운 일이 아니다. 본시 단합은 깨지기 쉽다. 조금이라도 이해득실이 갈리면 한순간에 무너진다. 그래서 급히 마을 대표자를 불러 모은 것인데 허겁지겁 달려온 진리의 박씨와는 달리 예리의 장씨는 끝내 모습을 보이지 않았다. 예감이 불길했다.

"경상들이 예리에서 조기를 사들이고 있다고 합니다. 지금 예리 사람들은 앞 다투어 경상에게 달려가고 있다고 합니다."

늦게 당도한 신씨가 겁먹은 얼굴로 말했다. 끝내 우려했던 일이 발생한 것이다. 약전은 눈을 감았다. 차현장에게 선수를 빼앗긴 것

200

이다.

"의리 없는 사람들이로군. 도대체 얼마나 쳐준다고 했기에 그 소동인가?"

박씨가 허둥대며 물었다. 지금쯤 진리도 난리가 났을 것이다.

"동당 백오십 냥씩 쳐주기로 했다고 합니다. 물론 맞돈으로."

신씨가 흥분을 감추지 못했다. 백오십 냥이란 말에 모여 있는 사람들의 눈이 휘둥그레졌다. 동당 백오십 냥이면 누구라도 팔려고 할 것이다.

"백오십 냥이라니. 세게 나오는군요. 버티기 힘들 것 같습니다."

홍의춘이 고개를 절레절레 저었다.

"동당 백오십 냥이라면 더 이상 마을 사람들을 설득하기 힘듭니다."

박씨가 약전의 눈치를 살피며 말했다.

"그게 아니야. 동당 백오십 냥 수매는 예리에만 해당하는 가격이고 진리와 사리는 그대로 백 냥밖에 쳐주지 않을 거라고 하네."

"그게 무슨 소리야!"

신씨의 말에 박씨가 버럭 소리를 질렀다.

"그럼 여태 예리 좋은 일 시켜주느라 이 고생을 했단 말이오! 우리 진리 어민들은 어떻게 할 건지 말씀 좀 해 보시오!"

박씨가 입에 거품을 물고 약전을 쏘아보았다. 그예 차현장의 이간책에 말려든 것이다.

"표정을 보아하니 선비님은 미리 알고 있었던 것 같은데 그럼 우리 진리 사람들은 다 죽어도 상관이 없단 말이오!"

이미 이성을 잃은 박씨는 말리는 창대와 신씨를 뿌리치며 사정없이 약전에게 대들었다.

"마을 사람들이 이리로 몰려오고 있습니다. 쇤네가 말려보려 했지만……."

승선네가 겁먹은 얼굴로 소리쳤다.

"허! 그 사람들 조금만 기다려 달라고 그렇게 얘기했거늘."

신씨가 난처한 표정을 지었다. 이미 예리 소식이 퍼진 마당이다. 마을 사람들이 흥분하는 건 당연했다.

밖에서 왁자지껄한 소리가 들렸다. 마을 사람들이 몰려온 모양이다.

"잠시 몸을 피하는 게 좋겠습니다. 흥분한 사람들에게 무슨 봉변을 당할지 모릅니다."

창대가 약전에게 피할 것을 권했다.

"아니다. 나를 찾아온 사람들인데 그래서야 쓰겠느냐."

약전이 문을 열고 마당으로 나서자 모여 있던 사리 어민들은 언성을 높이며 대들었다.

"선비님, 이제 어떻게 하시겠소? 선비님이 하라는 대로 했다가 우리 마을 사람들만 굶어 죽게 생겼소."

마을 사람의 눈에 핏발이 서 있었다. 오로지 약전의 말 하나를 믿고 힘든 것 참고 여기까지 온 마당이다. 그런데 이 꼴을 당하게 될 줄이야. 벌써부터 예리에서 동당 오십 냥씩 더 얹어 준 만큼 사리와 진리에서 후려칠 것이란 소문이 돌고 있었다. 차현장 상단은 조기는 흑산도에만 있는 게 아니라는 듯 팔기 싫으면 그만 두라고 배짱을 퉁기고 있었다. 창대는 혹시라도 불미스런 일이 생길까봐 걱정이 되었다. 여차하면 달려가서 앞을 가로막을 셈으로 약전의 뒤에 바짝 붙어 섰다.

"여러분의 심정을 내가 어찌 모르겠느냐. 경상에서는 지금 이간책을 쓰고 있는데 여기서 굴복하면 여태껏 싸워 온 것이 모두 허사로 돌아간다."

"자꾸만 도고다전이니 염가늑매니 하시던데 우린 그런 어려운 말을 모르오. 집에 앓아누운 아비가 있고 굶어서 누렇게 찐 새끼들이 있소. 조기를 팔지 못하면 우리 모두 죽고 말 것이오."

키가 훤칠한 중년 사내가 앞으로 나서며 악을 써 댔다. 아마도 차현장 상단에서 사리에 먼저 동당 백오십 냥을 제의했는데 약전이 나서서 거부하는 바람에 무산됐다는 소문을 퍼뜨렸을지도 모른다.

"이제 우리 다 죽게 생겼소. 부상단에 넘겨봤자 기껏해야 두세 동이오. 그나마 돈은 아직 구경도 못 하고 있소. 선비님이 참으라고 해서 뱃가죽이 등짝에 붙는 것을 참고 지냈소. 그런데 이게 뭐요? 예리 사람들만 좋은 일 시켜 주지 않았소."

이번에는 아낙네가 앞으로 나서며 발악했다.

"제발 진정들 하시오! 선비님께서 그동안 우리 마을을 위해서 얼마나 노심초사를 하셨는지 여러분도 잘 알 것 아닙니까. 그러니 선비님을 믿고 조금만 더 기다려 봅시다."

창대가 얼른 앞을 가로막고 나섰다. 그러자 마을 사람들은 차마 약전에게는 해 대지 못하던 악담을 창대에게 대신 퍼부어 댔다.

"이 자식아! 너는 사리 사람이 아니라서 선비님 편들고 나서는 게냐?"

"저 자식이 여기를 들락날락 거리며 뭘 얻어먹었기에 저 따위 소리를 해! 쳐 죽일 놈 같으니라고!"

"제발 이러지들 말게. 좀 조용히 하란 말이야. 선비님께서 하실 말씀이 있다고 하지 않나."

신씨가 마을 사람들을 붙들고 통사정을 했다. 그렇지만 흥분할 대로 흥분한 마을 사람들은 쉽사리 진정되지 않았다. 마을 사람들이 쌍심지를 치켜들고서 약전을 에워쌌다. 신씨는 그 기세에 눌려서 물러났다. 창대와 홍의춘이 황급히 약전의 앞을 가로막고 섰지만 역부족이었다.

위기였다. 행여 옷이라도 찢겼다가는 큰일이다. 의관파열은 사대부에게 씻을 수 없는 치욕이다. 그리고 어쨌든 죄인의 신분이다. 나주목에 장계라도 올라가면 약전의 처지가 더욱 곤란해질 것이다. 여차하면 차현장은 거기까지도 손을 쓸 것이다.

"일이 이 지경에 된 데 대해 책임을 통감하고 있다. 하지만 아직 끝난 것은 아니다. 닷새만 더 참아 달라. 반드시 해결책을 모색할 것이다."

약전은 흥분해서 다가오는 마을 사람들에게 닷새 말미를 줄 것을 호소했다.

강신홍은 평시서 아전들이 그간 이현과 칠패, 송파 등지의 시장을 돌며 조사해 온 조기 시세표를 면밀히 들여다보았다. 조기 값이 하루가 다르게 오르더니 급기야는 웬만한 양반들도 살 엄두를 내지 못할 만큼 값이 천정부지로 치솟고 있었다. 차현장 상단에서 운송선들을 움켜쥐고서 반입을 막고 있기 때문이다. 이것만으로도 도고금령을 발할 수 있을 것이다.

"수고했네."

강신홍은 조사를 담당했던 주부를 격려했다.

"저……, 앞으로 어찌하실 작정입니까?"

주부가 조심스럽게 물었다.

"어찌하다니? 당연히 금령을 발령해서 한성부에 넘겨야지."

독점 여부를 확정해서 금령을 발령하는 것은 평시서에서 하지만 단속 실무는 한성부 소관이다.

"혹시 제조께서 재가를 하지 않으면 어떻게 합니까?"

주부는 여전히 조심스러웠다.

"제조께서 재가를 않다니? 이렇듯 물증이 뚜렷하거늘 제조께서 재가를 하지 않을 이유가 없지 않은가?"

정승판서가 겸하는 제조는 평시서 실무에는 별반 간여를 하지 않는다. 현 제조인 김달순 대감도 예외는 아니어서 그동안 평시서 실무에 별 간여를 하지 않고 있었다.

"차현장이 제조에게 줄을 대고 있다는 소문이 파다합니다."

"하면 이 일과 관련해서 차현장 상단에서 제조에게 재물이라도 바쳤다는 말이냐?"

"쉿! 소리를 낮추십시오."

강신홍이 깜짝 놀라자 주부가 재빨리 손가락을 입술에 댔다. 평시서 속관 중에는 제조 김달순 대감의 집을 기웃거리는 자들도 여럿 있다.

어쨌거나 평시서의 우두머리는 제조 김달순 대감이다. 그가 막아서면 금령을 발하기 어렵다. 강신홍은 비로소 약전이 흑산도에서 얼마나 힘든 싸움을 벌이고 있는지를 통감하게 되었다. 그리고 부상들의 위력을 새삼 절감했다. 그들은 이제 정승판서도 움직이는 존재가 되었다. 그럼 어떻게 한다? 제조가 가로막으면 금령은 물 건너갈 것이다. 강신홍은 지금 일각이 여삼추가 되어 소식을 기다리고 있을 약전을 떠올리며 애간장이 타들어 갔다.

"한성부에서 직접 조사해서 단속하라고 하면 어떨까?"

정식 절차는 아니지만 그런 경우가 없었던 것은 아니다. 제조 중에는 평시서 일을 천히 여겨 발길을 끊은 사람도 있었는데 그럴 때는 평시서 영이 재량으로 한성부에 단속을 의뢰했었다.

"전례가 없는 것은 아니지만 분명 편법입니다. 꼬투리를 잡힐 위험이 있습니다."

평시서에서 잔뼈가 굵은 주부는 강신홍에게 신중하게 행동할 것을 권했다. 맞는 말이다. 벽파는 지금 평시서의 남인들을 몰아낼 궁리를 하고 있는 판이다. 잘못했다가는 제 손으로 무덤을 파는 꼴이 될 것이다. 그럼 어떻게 해야 하나. 도무지 대책이 떠오르지 않았다.

강신홍은 금령 발령은 일단 집어넣기로 했다. 흑산도에서 목을 빼고 기다리고 있을 약전을 생각하니 마음이 아팠지만 이럴수록 냉정하게 행동해야 한다.

―――◆◇◆―――

참으로 긴 하루였다. 흥분해서 길길이 날뛰던 어민들을 돌려보낸 것은 약전의 설득도 설득이지만 그들이 본시부터 순박한 사람들이기 때문일 것이다. 하도 속이 상해서 이리로 몰려왔지만 그 이상 어쩌지 못하고 어깨를 늘어뜨린 채 발길을 돌리던 그들을 보며 약전은 가슴이 메어지는 것 같았다.

아무튼 그렇게 해서 약전은 닷새를 벌었다. 그런데 왜 한성에서 아무 소식도 전해지지 않는 걸까. 짐작대로 김달순 대감이 뒤에서 손을 쓰고 있기 때문일까. 사실이라면 강신홍도 별 수 없을 것이다.

'김달순과의 악연이 아직 끝이 나지 않았단 말인가…….'

참으로 모진 악연이 이어지고 있었다. 벽파의 실세로 지금 조정을 호령하고 있는 김달순은 바로 자신과 약용 아우를 몰아내는 데 앞장섰던 인물이다. 그런데 여기 서해 외딴섬 흑산도에서 다시 마주치게 된 것이다.

모든 게 불리하지만 약전은 끝까지 싸워 보기로 했다. 어제 약전은 비장한 각오로 서신을 홍의춘에게 넘겼다. 화급을 다투는 일이다. 빨리 한양에 당도해야 한다. 글을 써 내려가는 동안 손끝이 덜덜 떨렸다. 자칫하면 멸문지화를 불러올지도 모르는 내용을 담고 있었다. 솔직히 겁이 났지만 그래도 궁지로 내몰린 흑산도 어민들을 모른 체 할 수는 없었다. 그리고 여기서 밀리면 미곡도 저들 사상의 손에 놀아나게 될 것이다.

서신이 빨리 한양에 도착해야 할 텐데……. 약전은 그 생각을 하면서 뜰로 나섰다. 밤하늘의 별들이 찬바람 속에서 환하게 빛을 발하고 있었다. 서늘한 기운이 엄습해 왔지만 정신이 맑아서 좋았다. 폭풍전야를 예고하는 것일까 사방이 너무도 고요했다. 약전은 가슴을 활짝 펴고서 차고 맑은 공기를 힘껏 들이마셨다. 폐부까지 상쾌해지는 기분이었다.

"여태 주무시지 않고 계셨습니까."

쪽방 문이 열리면서 홍의춘이 고개를 내밀었다. 그도 잠을 이루지 못하고 있었던 모양이다.

"면목이 없습니다. 저희 부상단이 워낙 가진 돈이 없어서……."

홍의춘이 자꾸만 미안해했다. 부상들은 튼튼한 두 다리를 밑천 삼아서 장사를 하는 사람들이지 돈을 가지고 장사를 하는 사람들이 아니기에 애초부터 경상을 상대로 싸워서 이긴다는 생각은 없었다. 다만 시간을 벌어 준 것으로 족했다.

"그리 미안해하지 않아도 된다. 자네들이 팔을 걷어붙이고 나서는 바람에 그래도 이만큼 시간을 벌었다. 서신은 말끔히 처리했느냐?"

"물론입니다. 곧 한양에 당도할 것입니다. 모든 일에 우선해서 서신을 전하라고 신신당부를 해 두었습니다."

홍의춘이 그 일은 염려 말라는 듯 자신 있게 말했다.

"마을 사람들이 다시 몰려올까봐 걱정입니다. 소인네야 늘 험한 꼴을 당하며 살고 있습니다만 선비님께서 곤욕을 치르실까 마음이 편치 못합니다."

홍의춘이 약전 걱정을 했다. 부모는 앓아눕고 애는 배곯는 마당에 눈이 뒤집히지 않을 사람은 없다. 간신히 설득해서 돌려보냈지만 또 몰려온다면 그때는 어떻게 해야 할지 솔직히 약전도 난감했다.

"너무 염려하지 말게. 곧 좋은 소식이 당도할 것이니."

한양에서 일이 잘 풀려야 할 텐데. 멀리 외딴섬에 떨어져서 지켜보고 있노라니 애간장이 타들어 갔다.

"주안상을 봐 올릴까요?"

문이 열리면서 승선네가 얼굴을 내밀었다.

"그러거라."

약전은 취하고 싶었다. 숨이 막힐 것 같은 긴장감에서 잠시나마 벗어나고 싶었다. 주방을 들락거리던 승선네가 부리나케 밖으로 달려나갔다. 아마 술이 떨어진 모양이다.

"한양 상단도 피해가 심할 겁니다. 빌린 돈이 상당하다고 들었습니다."

"이자 부담이 적지 않겠지. 하지만 어민들의 고통과 비교하겠느냐."

약전이 한숨을 내쉬었다.

"선비님!"

창대가 헐레벌떡 달려왔다. 승선네가 창대에게 달려갔던 모양으로 전옥패가 주안상을 마련해서 창대의 뒤를 따르고 있었다. 전옥패는 주안상을 내려놓고서 살그머니 물러갔다.

"승선네가 괜한 짓을 했구나. 없으면 그만인 것을."

약전은 자기를 위해 헌신하는 창대와 옥패, 그리고 승선댁에게 그저 고마울 따름이었다. 술이 몇 순배 돌자 한결 마음이 편해졌다. 홍의춘은 양반과 술을 대작하는 게 어색한지 처음에는 머뭇거렸지만 곧 자연스럽게 어울렸다.

"마을은 지금 어떠하냐?"

"신씨 아저씨 혼자서 이리 뛰고 저리 뛰며 쩔쩔매고 있는 중입니다. 예리 일이 터지고부터는 사람들이 말을 잘 듣지 않습니다."

창대가 한숨을 내쉬었다. 사정은 진리도 매한가지일 것이다. 이간 책에 속수무책으로 당하고 있었다.

"부상단에서 어떻게 좀 현금을 돌릴 수는 없을까요? 당장 몇 푼만이라도 돈이 돌면 사람들을 달래기 한결 쉬울 텐데."

창대의 하소연에 홍의춘은 얼굴이 벌개져서 고개를 떨구었다.

"부상단에게 더 기댈 생각을 말거라. 그간의 노고만도 큰 신세를 진 판이다. 어쨌든 머지않아 결판이 날 것이다. 내가 방안을 강구해 놓을 것이 있으니 기다려 보거라."

술기운 때문일까. 약전은 더 이상 떨리지 않았다. 김달순은 차현 장에게는 양날의 칼이다. 든든한 울타리인 동시에 파국의 단초도 될 수 있다. 약전은 그리 판단하고 급히 강신홍에게 하회책을 올려

보낸 것이다.

　일각일각 긴장의 시간이 흘러가고 있었다. 제발 어민들이 난동을 부리기 전에 좋은 소식이 당도해야 할 텐데. 약전은 선대왕과 채제공 대감의 혼백이 도와주시리라 믿으며 밀려오는 초조감을 떨쳐 냈다.

　차현장이 들어서자 좌우로 자리를 잡고 있던 행수와 전주들은 일제히 긴장의 빛을 띠었다. 단주가 직접 흑산도를 다녀오면서 꼬였던 일이 풀리기 시작했지만 시급히 해결해야 할 일이 산더미였다. 행수들은 행여 불호령이라도 떨어질까 봐 전전긍긍하고 있었고 전주들은 또 돈을 끌어 쓰겠다고 할까봐 좌불안석이었다.

　차현장은 고양이 앞에 쥐 꼴로 앉아 있는 행수들을 일견하며 불편한 심기를 감추지 않았다. 언제까지 단주가 일일이 나서야 한단 말인가.

　차현장은 전주 쪽으로 시선을 돌리자 전주들은 일제히 고개를 숙이며 차현장과 눈길을 마주치지 않으려 했다.

　'상단의 전주란 자들이 저렇게 배포가 작아서야…….'

　차현장은 속으로 혀를 찼다. 차현장은 당장의 이문에만 눈이 벌게서 달려드는 전주들이 한심했다.

　아무래도 돈을 더 끌어 써야 할 것 같은데 전주들이 선뜻 돈줄을 풀려 하지 않고 있었다. 그렇게 거금을 쏟아 부었는데 또 차입을 하자고 하면 대놓고 반대하는 전주도 있을 것이다. 상단의 단주는 차현장이지만 전주들 중에는 차현장 이상으로 상단에 돈을 댄 사람도 있다. 전주들이 들고일어나면 단주도 마음대로 일을 처리할 수 없다.

"잠시 차질을 빚었지만 내가 직접 흑산도에서 마무리를 했으니 이제 문제될 것이 없소."

차현장이 불안한 눈초리로 지켜보고 있는 전주들에게 흑산도를 다녀온 일을 간략하게 전했다.

"계속해서 몰아붙이려면 돈이 더 필요한데 김광협 상단에서 차용하려 하오."

그 말을 마치고 차현장은 양영목 행수에게 시선을 돌렸다.

"그래 김광협 상단에서 얼마나 돌려줄 수 있다고 하더냐?"

"그게……, 십만 냥 정도를 빌릴 생각으로 얘기를 꺼냈습니다만 자기네들도 지금 돈이 돌지 않는다고 하면서 난색을 표하고 있습니다."

양영목 행수가 기어들어가는 목소리로 대답했다.

"그래서 얼마나 빌려줄 수 있다는 거야?"

차현장이 다그쳤다. 사실 김광협 상단에게도 십만 냥은 무리일 것이다. 차현장은 속으로 오만 냥만 빌리면 그런대로 괜찮을 것이라고 생각하고 있었다.

"긁어 모아봐야 만 냥 정도라고 합니다. 그래서 심상보 상단 쪽으로 알아볼까 합니다."

양영목 행수가 자라목이 되어 보고했다. 차현장의 얼굴이 일그러졌다. 겨우 만 냥이라니, 그것은 여차하면 동업을 끊겠다는 의미다. 김광협 상단이 몸을 사리면 심상보 상단도 돈줄을 풀지 않을 것이다.

"한심하군. 경상들이 언제부터 이렇게 겁쟁이들이 되었나. 좋아,

그렇다면 송상과도 손을 잡겠다."

차현장이 단호하게 말했다. 송상들을 끌어들이는 게 마음에 걸렸지만 어쩔 수 없는 상황이다.

"알겠습니다. 송상을 찾아가 보겠습니다."

양영목 행수가 대답했는데 어쩐지 목소리에 힘이 없었다. 혹시 개성상인들이 거절을 하면 어떻게 하나 걱정이 되었던 것이다. 전주들의 표정은 여전히 어두웠다.

'한심하군……'

차현장은 그런 전주들을 보며 혀를 찼다. 차현장은 맨주먹으로 자수성가를 이룬 사람이지만 대다수 전주들은 선대로부터 물려받은 재물을 밑천으로 상단의 전주 자리를 꿰차고 있는 자들이다.

"조기가 올라오는 대로 동당 육백 냥에 넘기도록 해라."

일이 무사히 마무리되면 막대한 재물을 손에 쥐게 될 것이다. 산고를 겪은 만큼 그 과실은 더욱 달 것이다. 차현장은 전의를 불태웠다.

"그래도 괜찮겠습니까? 그렇지 않아도 평시서에서 시장 여기저기를 들쑤시고 돌아다니고 있습니다."

시장을 맡고 있는 행수가 겁먹은 얼굴로 물었다.

"걱정할 것 없다. 다 손을 써 놓았으니."

차현장은 자신 있게 말했다. 지금은 예리 파시에 한해서 백오십 냥에 수매하고 있지만 곧 백 냥으로 매입가를 떨어뜨릴 생각이다. 동당 백 냥에 수매해서 육백 냥에 넘기면 그동안의 결손은 어렵지 않게 메울 수 있다.

'길어야 사흘을 버티지 못할 것이다.'

평시서 건이라면 빈틈없이 채비를 해 두었고 흑산도 일은 현지에서 확실하게 마무리를 지었다. 위기는 호기라고 하지 않던가. 차현장은 불만을 감추지 않고 있는 전주들을 훑어보며 이 기회에 대대적으로 물갈이를 해야겠다고 생각했다. 아직까지는 단주의 권세에 대항을 못하고 있지만 일이 틀어지면 저들은 대놓고 반발할 것이다. 그 전에 선수를 쳐야한다.

전전긍긍하던 강신홍은 얼른 약전의 서신을 펼쳐 들었다. 아무리 궁리를 해도 김달순이라는 벽을 넘을 방도가 떠오르지 않던 차에 부상이 약전의 서신을 가지고 달려온 것이다.

뜻밖에 정약전은 즉시 도고금령안을 평시서 제조에게 올릴 것을 권하고 있었다. 제조 김달순 대감이 차현장의 뒤를 봐주고 있고 김달순 대감은 지금 조정을 좌지우지하고 있는 벽파의 실세라는 사실을 약전이 모를 리 없다. 그런데 왜……. 강신홍은 선뜻 이해가 되지 않았다.

강신홍은 의아해 하면서 계속해서 서신을 읽어 내려갔다. 서신은 말미에 이르러 영안부원군 김조순을 찾아가 볼 것을 권하고 있었다. 느닷없이 영안부원군이라니……, 이건 또 무슨 소린가.

'그렇구나!'

잠시 생각에 잠겼던 강신홍은 비로소 정약전의 의도를 눈치챘다. 병서에 이르기를 적의 적은 내 편이라고 했다. 그렇다면 지금 차츰 세를 키우고 있는 시파의 힘을 빌려서 벽파를 치라는 뜻이다. 강신홍은 숨이 멎을 것만 같았다. 그것은 김달순이라는 벽을 무너뜨려서 차현장을 그 아래로 깔리게 만드는 계책이었다.

'과연 손암이로군. 멀리 떨어져 있으면서도 이런 계책을 생각해 내다니.'

강신홍은 탄복을 했다. 어쩌면 강진에 유배 중인 동생 정약용과 도 협의했을 것이다. 넘는 것도, 돌아가는 것도 마땅치 않으면 벽을 무너뜨리는 수가 있단 걸 왜 몰랐단 말인가. 김달순이라는 벽이 무 너지면 차현장은 자연스럽게 그 밑에 깔리게 될 것이다. 영안부원 군 김조순은 충분히 김달순을 견제할 수 있는 인물이다. 주상이 친 정을 선포하면서 자연스럽게 임금의 장인인 그에게 힘이 실리고 있 었다.

흥분이 가라앉자 두려움이 밀려왔다. 이제부터는 차현장이 아니 고 김달순 대감을 상대해야 한다. 그리고 영안부원군이 선뜻 나서줄 까도 걱정이었다. 정약전이 나름대로 치밀한 계산 끝에 계책을 세웠 겠지만 시파는 어디까지나 그들의 이익을 위해서 움직일 것이다.

강신홍은 눈을 감았다. 재물과 권세가 유착하는 걸 막아야 한다 는 데는 전적으로 약전과 생각을 같이하고 있다. 하지만 약전의 대 책은 너무 큰 위험을 내포하고 있었다.

과연 밀어붙일 수 있을까. 갈등이 일었지만 오래가지는 않았다. 유배 중인 약전, 약용 형제가 멸문을 각오하고 나선 마당에 평시서 의 실무자가 겁을 먹고 꼬리를 내릴 수는 없는 일이다.

구체적으로 일을 추진하는 것은 내 몫인데 어디서부터 풀어가야 하나. 요사이 김희순이 은밀히 사람들을 만나고 다닌다는 소문이 들리는데 아마도 영안부원군이 뒤에 있을 것이다. 강신홍은 일단 김희순부터 만나 보기로 했다.

김희순을 통해서 영안부원군에게 접근하기까지는 제법 시간이 걸릴 텐데 그때까지 흑산도에서 잘 버텨줄까. 강신홍은 약전이 틀림없이 잘 해낼 것이라 믿으며 답신을 써 내려갔다.

날이 밝았다. 약전은 창문을 통해 들어오는 환한 햇살을 받으며 자리에서 일어섰다. 마을 사람들과 약조를 한 날이 마침내 돌아왔다.

"선비님, 일어나셨습니까?"

언제 왔는지 창대가 밖에서 기다리고 있었다. 약전은 얼른 의관을 정제하고 밖으로 나섰다. 창대 옆에 홍의춘과 승선네가 서 있는데 얼굴이 푸석푸석한 것이 밤새 한잠도 못잔 모양이다. 혹시라도 좋은 소식이 없을까 목이 빠져라 바다를 바라봤건만 뭍에서는 아무런 소식도 없었다.

"선비님, 일단 몸을 피신하시는 것이 어떻겠습니까?"

창대가 바깥을 힐끔힐끔 쳐다보며 피신을 권했다. 마을 사람들은 지금 제정신이 아니다. 더 이상 그들을 말릴 재주가 없다.

"소인의 생각도 같습니다. 일단 몸을 피하시는 것이 좋을 것 같습니다."

홍의춘도 거들었다. 차현장 상단에서는 사리하고 진리 어민들은 상대도 하지 않았다. 어쩌면 동당 백 냥도 주지 않을 것이란 소문이 떠돌면서 지금 마을은 폭발하기 일보직전이다.

"그리 걱정할 것 없다."

약전이 담담한 얼굴로 걱정하고 있는 창대와 홍의춘, 승선네를 오히려 위로하고 나섰다.

"아무리 차현장 상단이 돈이 많고 또 한양의 고관을 등에 업고 있다고 해도 이 나라는 엄연히 법이 있다. 평시서에서 조사를 마무리 짓는 대로 금령을 발동할 것이니 기다려 보자."

"물론 저희들이야 선비님을 믿습니다만 마을 사람들은 지금 눈에 뵈는 게 없을 겁니다. 저들이 몰려오기 전에 일단 몸을 피하시는 게 좋을 듯합니다."

창대가 사정을 했다.

"내 한 몸 화를 면하자고 몸을 피했다가는 마을 사람들은 더욱 절망하게 될 것이다. 한양에서 일을 추진하려면 시간이 필요할 것이다. 어떻게 해서든 시간을 벌어볼 생각이다. 어쩌면 우리를 도와줄 사람이 올지 모르니 손님 맞을 채비들을 하거라."

갑자기 누가 온단 말인가. 세 사람은 영문을 몰라서 서로를 쳐다봤다.

그때 사람들이 몰려오는 소리가 들렸다. 창대가 황급히 약전의 앞을 막아섰다. 그런데 문을 열고 들어온 사람들은 마을 사람들이 아니었다.

"······?"

누굴까. 처음 보는 사람들이었다. 창대는 의아한 얼굴로 낯선 사람들의 면모를 살폈다. 열댓 명 정도 되었는데 차림으로 봐서 장사꾼들인 것 같았다. 그런데 제법 나이가 들어 보이는 여인이 이들을 이끌고 있었다.

"좌랑 어른을 여기서 다시 뵙게 될 줄은 몰랐습니다. 고초가 크신 것으로 알고 있습니다."

여인이 앞으로 나서며 약전에게 인사를 올렸다.

"참으로 오랜만이오. 나 또한 김 단주를 여기서 이런 식으로 다시 만나게 될 줄 몰랐소."

약전이 얼굴에 웃음을 가득 담고서 여인을 맞았다. 단주라니. 그럼 저 노년의 여인이 상단의 주인이란 말인가. 창대는 어리둥절했다.

"서신을 받고서 급히 달려왔습니다만 행여 늦지 않았는지 모르겠습니다."

"아니오. 늦지 않았소. 갑인년(甲寅年 1794)의 선행을 제대로 보답하지도 못한 판에 다시 김 단주에게 도움을 청하게 되어 그저 미안할 뿐이오."

갑인년의 선행이라. 그제야 창대는 나이 지긋한 여단주가 누구인지 짐작이 갔다. 바로 제주도 제일의 부자 김만덕(金萬德)이었다. 기미년(己未年 1739) 생이니 약전보다도 열아홉 살이나 연상으로 이제 예순여섯의 고령일 텐데도 김만덕은 고고한 자태를 유지하고 있었다.

'이 여인이 김만덕이란 말이지.'

창대는 호기심을 억누르며 여인의 몸으로 태어나서 제주도 최고의 부자가 되었고 급기야는 중전마마를 배알하는 광영까지 누렸던 김만덕을 찬찬히 훑어보았다.

제주도 평민 집안의 딸로 태어난 김만덕은 일찍이 부모를 여의고 기생이 되었던 여인이다. 호구지책으로 기녀가 되기는 했지만 김만덕은 악착같이 돈을 모았다. 그래서 다시 양민이 되었고 여인의 몸으로 본격적으로 장사에 뛰어들어 녹용과 난초에 손을 대면서 엄청난 돈을 벌었고 급기야 제주도 제일의 갑부가 되었던 것이다.

어려서 어려움을 겪었기 때문일까. 김만덕은 어려운 사람들을 돕는 데 재물을 아끼지 않았다. 갑인년에 제주도가 태풍으로 큰 피해를 입었을 때 이재민 구휼에 앞장섰던 김만덕은 그 일로 상경하여 중전을 배알하는 크나큰 광영을 누렸다. 그리고 그때 채제공 대감이 그녀의 전기를 써 주었는데 그때의 인연으로 해서 김만덕은 약전, 약용 형제와 돈독한 친분을 쌓고 있었다.

"단주가 이렇게 달려와 주니 더없이 든든하오. 밖에서 이럴 것이 아니라 안으로 들어갑시다. 소개할 사람도 있고 상의할 일도 많으니."

약전이 앞장서서 방으로 들어갔다.

"창대라고 나를 도와주고 있는 젊은이요. 그리고 이쪽은 부상단의 삼남도접장으로 흑산도 어민들을 위해 많은 애를 쓰고 있소."

창대와 홍의춘이 차례로 김만덕에게 인사를 올렸다.

"좌랑 어른을 많이 도와드리고 있다고 들었소."

김만덕은 두 사람을 치하했다.

"차현장 상단에서 그런 짓을 하다니 같은 장사꾼으로서 정말 부끄럽기 짝이 없습니다. 백성이 없으면 장사도 없는 법, 매점매석으로 폭리를 취하겠다는 것은 상인으로서 수치지요."

서신을 통해서 흑산도의 사정을 소상히 알고 있는 김만덕이 분개하며 말했다.

"김 단주도 잘 알겠지만 일전에 송상에서 말꼬리를 매점매석하는 바람에 한양에 대갓 값이 폭등을 했던 적이 있었소. 그 일은 흐지부지 끝나고 말았지만 이번 일은 다를 것이오."

"물론입니다. 어물을 장악하면 그 다음에는 미곡에 손을 대려 할 것입니다. 그러니 어떻게 해서든 저들의 농간을 막아야 합니다."

김만덕은 사태의 심각함을 잘 파악하고 있었다.

"급히 오느라 별 준비를 못했습니다만 힘닿는 데까지 좌랑을 돕겠습니다."

"정말 고맙소. 천군만마를 얻은 기분이오."

약전은 뛸 듯이 기뻤다. 김만덕이 도와준다면 당분간은 버틸 수 있을 것이다. 하루가 급한 상황이다.

"지금 차현장 상단은 예리에서 조기를 동당 백오십 냥씩에 사들이고 있다고 들었습니다. 그래서 사리와 진리 어민들의 불만이 극에 달했다고 하는데 사리와 진리 쪽은 우리가 같은 값으로 사들이도록 하겠습니다."

김만덕의 말에 곁에서 듣고 있던 창대와 홍의춘의 입이 딱 벌어졌다.

"고맙소. 하면 물량은……?"

"급히 달려오느라 돈을 많이 마련하지는 못했습니다. 우선 백 동씩 수매하기로 하겠습니다."

그렇다면 사흘은 충분히 버틸 수 있다. 일각이 아쉬운 판에 사흘이면 큰 힘이 된다. 약전은 눈물이 나올 만큼 고마웠다. 이 고비만 넘기면 반드시 이길 것이다.

"지금쯤 마을에서 수매가 시작되었을 겁니다. 같이 가 보시지요."

김만덕이 몸을 일으켰다.

"정말 무어라 감사의 말을 해야 할지 모르겠소. 약용 아우가 김 단주라면 큰 힘이 될 것이라고 권하는 바람에 도움을 청했던 것인데 이렇게 만사를 제쳐놓고 달려올 줄은 몰랐소."

약전이 따라서 몸을 일으키며 진심으로 고마워했다.

"그리 고마워하실 것 없습니다. 소인은 어디까지나 장사입니다. 이익이 있을 것 같아서 달려온 것뿐이지요. 흑산도 조기를 동당 백오십 냥에 살 수 있다면 분명히 남는 장사니까요. 차현장 상단의 농간이 수포로 돌아가고 나면 다시 파시가 열릴 테고 그러면 동당 이백 냥으로 치솟을 테니 그때 나주 어상들에게 넘기면 물경 오십 냥이 남게 됩니다."

김만덕이 웃으며 말했다. 딱히 틀린 말은 아니지만 그동안의 금리를 감안해야 할 테니 약전은 그저 김만덕이 고마울 따름이었다. 가히 여장부라고 해야 할 김만덕의 배포에 감탄을 하며 뜰로 나섰다. 마을에서는 지금 조기 수매가 한창일 것이다. 약전은 기뻐할 마을 사람들이 빨리 보고 싶었다.

"마을로 가세."

싸움은 아직 끝난 게 아니지만 아무튼 사흘을 벌었다. 천금 같은 시간을 번 셈이다.

"네. 엉덩이가 들썩거리는 것을 참느라고 혼났습니다."

창대가 얼른 앞장섰다.

━━◈━━

"그게 무슨 소리야? 또 뭐가 문제란 말이냐?"

차현장이 버럭 소리를 지르자 행수들은 쥐구멍이라도 찾고 싶었다. 흑산도에서 급보가 올라온 것이다.

"그게……."

"빨리 말해라!"

양영목 행수가 우물쭈물하자 차현장이 눈을 부라렸다.

"갑자기 제주도에서 상단이 들이닥쳐서 사리와 진리에서 조기를 사들이고 있다고 합니다."

"제주 상단?"

이건 또 무슨 소린가. 제주 상단에서 흑산도 조기를 사들이고 있다니. 여태 그런 일이 없었다.

220

"김만덕 상단이라고 합니다."

김만덕이라…… 차현장은 이맛살을 찌푸렸다. 익히 아는 이름이었다. 제주도 제일의 대상으로 조선 팔도에서도 손꼽히는 여자 부호다. 그런데 그 여부호가 왜 갑자기 흑산도에…… 역시 정약전 그자의 짓일 것이다. 김만덕은 엄청난 재물을 지니고 있음에도 부귀영화와는 거리를 두고 살았고 틈만 나면 빈민 구휼에 앞장을 서는 여인이다. 차현장은 이를 갈았다. 뜻하지 않았던 훼방꾼이 나타나서 다 된 밥에 재를 뿌리는 꼴이다.

"임 행수의 서신에는 그저 한 사나흘 지나면 소진할 것 같다고 합니다만……."

양영목이 차현장의 눈치를 살피며 보고를 계속했다.

"그게 무슨 소리야! 당장 하루가 급한 판에 사흘이라니!"

차현장이 버럭 소리를 질렀다. 차현장은 근저 들어 부쩍 신경질을 내고 있었다. 상단의 명운이 걸린 일이다. 지금 상단을 쳐다보고 있는 눈들이 여럿 있다. 행여 차현장 상단이 흔들리는 기미를 보였다가는 김달순 대감은 사정없이 꼬리를 자를 것이고 다른 들개처럼 달려들어 시체를 뜯어먹으려 할 것이다.

"시장 쪽은 어떠냐?"

차현장은 흥분을 가라앉혔다. 이럴수록 냉정해야 한다.

"김이상 상단하고 서장목 상단에서 원금을 돌려달라는 기별을 보냈습니다. 자기들도 급히 쓸 데가 있다면서."

차입을 맡고 있는 행수가 죄인인 양 기어들어가는 소리로 보고했다. 차현장은 울화가 치밀었다. 벌써부터 발을 빼려 하는 자들이 있단 말인가. 그렇지 않은 곳은 필히 이자를 더 달라고 할 것이다.

평시서에서 조사를 할 것이란 소문만으로도 상단은 어려움을 겪고 있다. 손을 써 두었기에 금령이 발동되는 일은 없겠지만 빨리 결판을 내지 않으면 상황이 불리하게 돌아갈 것이다. 그러니 빨리 이 난관을 수습해야 한다. 차현장은 조선 제일의 대상이 되기 위한 마지막 관문이라 생각하며 마음을 독하게 먹었다. 아무튼 물건이 달리면 값이 오르게 마련이다. 아마도 동당 칠백 냥에서 팔백 냥까지 오를 것이다.

"이자를 육 푼으로 쳐줄 테니 십만 냥만 더 빌려 달라고 김광협 상단에 연통을 넣거라."

차현장이 돈을 더 빌리겠다고 하자 그때까지 입을 다물고 있던 전주들의 낯빛이 일제히 변했다. 차입금은 이미 위험 수준을 넘어서고 있었다.

"이판 대감을 찾아뵙겠다. 행차를 서두르거라."

차현장은 공공연히 반항을 드러내는 전주들을 무시하며 자리에서 일어섰다. 어떻게 해서든 일만 성사되면 나머지는 저절로 풀릴 것이다. 연후에 신상필벌을 엄히 해서 쫓아낼 자는 과감하게 내칠 것이다.

양영목이 재빨리 따라 나오며 차현장을 쳐다봤다. 차현장이 슬며시 손바닥을 펼쳤다. 오천 냥을 실으라는 뜻이다. 오천 냥이면 수중에 가지고 있는 돈 전부를 싣는 것이다. 어차피 마지막 도박이다. 차현장은 주저하지 않았다.

김달순의 저택에 이르자 차현장은 불만 가득한 얼굴로 쳐다보는 문객들을 뒤로 하고 사랑채로 들어섰다. 겸인은 선객들은 거들떠보지도 않고서 차현장부터 부른 것이다.

"다시 뵙습니다. 대감마님."

차현장은 넙죽 절을 올렸다. 김달순은 차현장을 물끄러미 쳐다보았다. 이렇게 갑자기 찾아온 것으로 봐서 뭔가 문제가 생긴 모양이었다. 김달순은 속으로 혀를 찼다. 세상에 공짜는 없다고 하지만, 그리고 돈이면 정승판서 부럽지 않은 세상이라고 하지만 그래도 명문 사대부가 이렇게 장사꾼에게 코를 꿰어서야 어디……. 하지만 오천 냥은 결코 적은 돈이 아니다.

"그래 오늘은 무슨 일로 들렀느냐?"

김달순이 자세를 고쳐 앉으며 물었다. 그런데 무슨 일이 있는지 차현장의 안색이 초췌했다.

"실은 흑산도에서 일을 신속히 마무리하지 못하는 바람에 조기들이 아직 한양 시장에 풀리지 못하고 있습니다. 그러다 보니 값이 자꾸 뛰어서……."

"그럼 아직도 그 일을 말끔하게 처리하지 못했단 말이냐? 값이 자꾸만 폭등을 해서 조정에 공론이 돌기 시작하면 아무리 내가 평시서 제조라고 해도 마냥 모른 체 할 수 없다. 일을 어떻게 하였기에……. 쯧쯧"

김달순이 차현장의 불찰을 꾸짖었다.

"어쨌거나 금령은 당분간 발령하지 않을 터이니 빨리 일을 마무리 짓도록 해라."

김달순이 한껏 거드름을 피우며 말했다.

"대감께서 그리 말씀해 주시니 더 바랄 게 없습니다."

차현장이 새삼 자세를 바로하며 재차 예를 올렸다.

"그런데 평시서 영이 도고금령안을 한성부로 넘길 것이란 말도 있습니다."

차현장은 차제에 평시서에서 사상을 견제하는 세력들을 싹 쓸어버려야겠다고 생각했다.

"그게 무슨 소리냐! 일개 영이 제조에게 알리지도 않고 멋대로 도고금령안을 한성부에 넘기다니!"

예상대로 김달순의 안색이 싹 변했다.

"평시서는 영이 실무를 관장하고 제조는 관여를 하지 않았던 전례에 따라서 일을 그리 처리한다고 들었습니다."

차현장은 슬슬 김달순의 화를 돋구었다.

"무슨 소리! 전에는 어땠는지 몰라도 제조를 무시하고 저희들 멋대로 일을 처리하게 내버려 두지 않겠다!"

차현장은 얼굴이 붉으락푸르락하는 김달순을 보며 쾌재를 불렀다.

"그래서 말이옵니다만 이 기회에 그자들을 평시서에서 내치는 게 어떻겠습니까? 그들은 채제공 대감이 심어 놓은 자들입니다. 그런 자들을 몰아내고 차제에 대감의 뜻을 제대로 받들 자들에게 자리를 맡기시는 게 좋을 듯합니다."

김달순도 그리 마음을 정하고 있었다. 그렇다면 물갈이를 할 수 있는 좋은 기회가 제 발로 찾아온 셈이다. 일개 상인과 조정 관헌을 상의하는 꼴이 되었지만 김달순은 내색을 하지 않기로 했다.

"평시서 영은 그동안 평시서 일을 전횡하더니 이제는 아예 제조도 무시하려 들고 있습니다. 어찌 가만히 두고 볼 수 있겠습니까."

차현장이 계속해서 김달순을 부추겼다.

"제조에게 상주하지도 않고 멋대로 일을 처리하는 것은 조정의 기강을 무너뜨리는 짓이다. 네 말이 사실이라면 용납할 수 없다."

김달순이 단호한 어투로 말했다. 이것으로 눈엣가시 같은 평시서 영 강신홍의 목을 날릴 수 있게 되었다. 차현장은 회심의 미소를 지었다. 이해가 일치하는 데다 오천 냥은 적은 돈이 아니다. 더 재촉하지 않아도 김달순이 알아서 처리할 것이다.

차현장은 내친 김에 흑산도에 정약전이 있다는 사실을 애기할까 말까 고심하다가 그냥 입을 다물기로 했다. 김달순과의 일이 잘 풀린 마당에 굳이 얘기를 꺼낼 필요를 못 느낀 것이다.

⊰◆⊱

"귀한 손님을 모시고 왔소이다. 일전에 얘기했던 평시서 영이오."

"강신홍이라고 합니다."

김희순을 따라 사랑으로 들어선 강신홍은 김조순에게 황급히 예를 올렸다. 문전박대를 당하면 어떻게 하나 걱정을 하며 찾았던 김희순은 반색을 하며 강신홍을 맞았고 즉시 영안부원군 김조순에게 데리고 간 것이다. 강신홍은 새삼 약전의 계책에 탄복하며 조심스레 자리를 잡았다.

"평시서 영이면 시전상인들을 단속하고 사상들을 감독하느라 노고가 많겠군. 형님으로부터 대강 얘기는 들었네. 그래 요사이 평시서에서는 무슨 일을 하고 있는가?"

김조순이 대뜸 본론을 끄집어냈다. 사실 내막은 김희순을 통해 상세히 알고 있었다.

"지금 경상단이 흑산도의 조기를 매점하려 하고 있습니다. 가만히 놔두면 조기 값이 천정부지로 폭등할 겁니다. 도고금령을 발해서 독점을 꾀하고 있는 상단을 엄히 다스려야 하는데 제조가 금령을 허락할 것 같지 않아 아무 손도 못 쓰고 있습니다."

강신홍은 약전의 충고대로 거두절미하고 김달순을 공격하고 나섰다. 벽파의 실세 김달순을 공격하는 일이다. 김조순은 절대로 호기를 놓치지 않을 것이다.

"평시서 제조가 사상과 결탁한 듯한데 그게 사실이라면 이는 그냥 넘어갈 일이 아니오."

김희순이 거들고 나섰다. 그동안 눈에 불을 켜고 벽파의 흠을 찾으려 했지만 허사였다. 벽파는 조정 구석구석에 자기 사람을 심어놓고 있어 어지간해서는 흠을 잡을 수 없었던 것이다. 그런데 생각지도 않게 평시서 쪽에서 기회를 잡게 된 것이다.

"사실이라면 그냥 넘어갈 일이 아니지만 평시서 제조가 사상으로부터 돈을 받았다는 확실한 증좌가 없지 않은가?"

흥분하고 있는 김희순과는 달리 김조순은 냉정을 잃지 않았다.

"그야 물론 은밀히 만났을 테고 꼬투리를 잡힐 일을 할 사람들이 아니어서 물증을 확보하지는 못했습니다. 그렇지만 그동안 조사한 바에 의하면 차현장 상단에서 일을 꾸미고 있는 것은 분명합니다."

강신홍의 목소리가 기어들어갔다. 평시서는 물가를 다스리는 곳이다. 불법 수뢰의 물증을 확보하려면 한성부에서 나서야 가능할 것이다.

"아무튼 지금 흑산도에서 벌어지고 있는 일들은 틀림없는 사실이렷다?"

김조순은 기대도, 실망도 않은 얼굴로 질문을 계속했다.

"차현장 상단에서 조기 운반선을 매점한 후로 시장에서 조기 값이 폭등하고 있는데 그에 관해서는 일자별로 세세히 기록한 것이 있습니다."

강신홍은 약전이 서신에서 지적한 내용을 떠올리며 침착하게 답변했다. 김조순은 눈을 감았다. 중대한 결정을 내려야 할 순간이다.

뜻밖의 호기를 잡았지만 서두르다 역공을 당하는 수가 있다. 그리 되면 시파는 풍비박산이 날 것이다.

김조순의 침묵이 길어지자 강신홍은 속이 타들어갔다. 여기서 김조순이 고개를 돌려 버리면 그 다음에는 속수무책이다. 김희순도 속이 타는지 연신 헛기침을 해 댔다.

"사상들의 전횡이 그러하다면 당연히 금령을 발해야 할 것인 바, 평시서를 책임지고 있는 제조가 금령을 제지하고 있다면 이는 위로는 주상을 받들고 아래로는 백성들을 보살펴야 할 사대부의 도리가 아닐 것이다."

한참 만에 김조순이 눈을 떴다. 그리고 낮지만 힘이 배어 있는 목소리로 결심한 바를 전했다. 벽파와의 전면전을 불사하겠다는 듯 말을 듣는 순간 강신홍의 입에서 "휴" 하고 한숨이 새어 나왔다. 이것으로 시파와의 연대는 빛을 보게 되었다.

도고금령안을 올리면 김달순은 기다렸다는 듯 물리칠 것이다. 그때를 기다려서 간관(諫官)과 유생(儒生) 들이 들고일어나서 김달순을 탄핵하는 상소를 올릴 것이다. 비록 재물을 받았다는 물증은 확보하지 못했지만 조기 값이 폭등하고 있음에도 금령 발령을 가로막고 선 것만으로도 충분히 파직의 사유가 될 것이다. 그동안에 김희순이 은밀히 끌어들인 간관들이 꽤 되어서 충분히 탄핵 상소를 올릴 수 있다.

"하면 소생은 평시서로 가서 장부를 점검하겠습니다."

강신홍이 절을 올리고서 물러갔다. 마침내 영안부원군을 한편으로 끌어들였고 시파를 움직인 것이다.

강신홍이 김조순의 저택을 나오자 기다리고 있던 서리가 얼른 달려왔다.

"어찌 되었습니까?"

"얘기가 잘 됐다. 장부는 빈틈없이 마련했겠지?"

"물론입니다. 차현장 상단에서 운반선을 묶어 둔 동안에 조기 시세가 얼마나 올랐는지가 시장별로 일목요연하게 정리되어 있습니다. 흑산도에서 올려 보낸 자료들과 일자별로 명확하게 들어맞기에 차현장 상단도 발뺌을 하지 못할 겁니다. 그런데 차현장 상단에서 꽤나 많은 돈을 차입했더군요."

"그랬겠지. 그리고 따로 알아보라고 했던 것은 어찌 되었느냐?"

"그것도 상세히 알아 놨습니다. 차현장이 단주지만 상단에 댄 돈은 밑천의 절반이 채 되지 않습니다. 단주 외에 제법 굵직한 전주들도 여러 명 있습니다."

"그렇겠지. 경상 중에서도 대규모 상단인데 아무리 재물을 모으는데 신통한 재주가 있다고 해도 혼자의 힘으로 그렇게 큰 상단을 꾸리지는 못했을 것이다. 그래 전주들 중에서 단주에게 반기를 들 만한 인물이 있더냐?"

"차현장 다음으로 많은 돈을 대고 있는 자가 단주 자리를 욕심내고 있다고 합니다. 연통을 해 놓았습니다만……."

"앞장 서거라. 시간이 없다."

강신홍이 주저하는 서리를 재촉했다. 저쪽에서 이간책을 쓰면 이쪽도 이간책으로 대항한다. 그 또한 약전이 알려준 계책이다.

강신홍이 향후 대책을 정리하고 있을 무렵에 김조순의 저택에 남은 두 사람은 이마를 맞대고 차후책을 논했다.

"평시서에서 장부를 보내오는 대로 상소를 올리도록 하겠소."

김희순이 한결 환해진 얼굴로 입을 열었다.

"그렇게 하십시오. 누가 소두(疏頭)로 적절한지도 알아봐 주십시오."

김조순이 고개를 끄덕이며 동의했다. 칼을 뽑아든 마당이다. 더 이상 잴 이유가 없다.

"이렇게 일청을 옭아매게 될 줄이야. 천하의 일청도 어쩌지 못할 것이오. 독직은 가벼운 죄가 아니니까."

"좋은 기회이기는 합니다만 몸통을 치기에는 부족할 것 같습니다."

김조순이 잠시 생각하더니 어두운 표정으로 대답했다.

"그게 무슨 소리요? 하면 영안부원군께서는 일청이 꼬리를 자르고 빠져나갈 거라 생각하시오?"

김희순이 따지듯 물었다.

"일청은 지고는 못 배기는 성품을 지녔소. 걸어온 싸움이라면 피할 사람이 아니라고 봅니다만."

김희순은 선대왕 연간에 김달순과 함께 경기 북부 암행어사로 활약했던 시절을 떠올렸다. 김달순이라면 누구보다도 자신이 제일 잘 안다고 자부하고 있었다.

"그야 일청에 대해서는 형님께서 더 잘 아시겠지만 이번에는 다를 겁니다."

그러나 김조순은 생각을 바꾸지 않았다.

"흑산도에서 벌어지고 있는 일이 아무래도 이상해서 따로 알아봤습니다."

한양 대상단과 외딴섬 어민들과 싸움이다. 그렇다면 쉽게 결판이 날 텐데 이렇게 일이 꼬이는 것은 필시 무슨 까닭이 있을 것이다. 그렇게 생각하고 김조순은 은밀히 따로 알아봤던 것이다.

"지금 흑산도에는 신유년 사옥 때 그곳으로 유배된 전 병조좌랑 정약전이 있습니다. 아마도 그자가 평시서 영과 밀통해서 일을 꾸미고 있는 듯합니다."

김조순의 입에서 정약전 세 자가 나오자 김희순의 얼굴이 싹 변했다.

"그자가 거기에 있다는 사실을 까맣게 잊고 있었소. 어쩐지 내로라하는 한양의 상단이 흑산도에서 쩔쩔매고 있는 것이 이상하더라니……. 하면 남인들도 이 일에 가담을 했단 말이 되는 것이오?"

김희순이 굳은 얼굴로 물었다. 일은 자신이 생각하고 있는 것보다 심각하게 진행되고 있었다.

"그렇다고 봐야겠지요. 정약전, 정약용 형제가 뒤에 있다면 평시서 속관들은 죽기를 각오하고 들고일어날 겁니다. 그들이 일치단결하면 아무리 일청이 벽파의 실세라고 해도 자리를 보존키 힘들 겁니다."

"적의 적은 동지라고 하더니……. 일이 묘하게 되었군. 어쩌면 좋겠소?"

김희순은 허탈했다. 벽파를 치자고 남인과 손을 잡은 꼴이 된 것이다.

"일에는 선후가 있고 경중이 있는 법이니 그대로 밀어붙이는 게 좋겠습니다."

원교근공(遠交近攻). 먼 적보다는 가까이 있는 적을 먼저 쳐야 한다. 남인은 시파가 정권을 잡은 연후에 견제를 해도 늦지 않을 것이다. 김달순도 그러한 사실을 모르지 않을 것이기에 꼬리를 자르고 정면대결을 피해갈 것이다.

"그렇다면 흑산도에 있는 자에게 이용을 당한 꼴이 아니오?"

김희순이 얼굴을 붉히며 물었지만 김조순은 눈을 감고 대답하지 않았다. 틀린 말이 아니지만 일단은 이것으로 만족해야 할 것 같았다.

━━━◆◇◆━━━

　지금 한양에서는 일이 어떻게 돌아가고 있을까. 약전은 애써 불안한 마음을 떨쳐 버리려 했지만 밀려오는 초조함을 완전히 잠재울 수는 없었다. 할 수 있는 것은 다했다. 이제는 오로지 겸허한 마음으로 결과를 기다릴 뿐이다. 물론 강신홍은 일러준 대로 잘했을 것이다. 결과가 나쁘다면 그 책임은 오로지 내게 있다. 약전은 그리 생각하고 있었다.

　"그만 안으로 드시지요."

　창대가 안타까운 얼굴로 망부석처럼 서서 바다를 바라보고 있는 약전에게 방으로 들 것을 권했다.

　"김만덕 상단은 어찌하고 있느냐?"

　"그게……, 조기 매입은 일단 오늘까지라고 합니다."

　창대가 풀이 죽어서 대답했지만 그것은 약전도 예상하고 있던 일이다. 김만덕 상단에서 흑산도 조기 전체를 다 사들일 수는 없는 일이다.

　"하면 차현장 상단에서 어민들에게 다시 으름장을 놓고 있겠구나."

　"곧 한양에서 좋은 소식이 당도할 거라 믿고 있습니다."

　창대는 그렇게 얼버무렸고 약전은 말없이 하늘을 올려다보았다. 어쨌거나 내일 아니면 모레는 결판이 날 것이다. 혹시 시파가 등을 돌리면 어떻게 하나. 그리고 김달순이 끝까지 차현장을 감싸고돌면 어떻게 하나. 그렇게 되면 강신홍은 고립무원에 놓일 것이고 길고 지루했던 싸움은 차현장의 승리로 돌아갈 것이다. 다시 불안감이 밀려왔다.

그리되면 차현장은 그것으로 끝내지 않을 것이다. 약전은 위리안치되어 일체 바깥 출입을 못 하게 되거나 다른 곳으로 이배(移配)될 것이다. 그리고 흑산도 어민들은 차현장 상단의 노비가 되어 평생 바다에서 고기를 잡다 죽게 될 것이다.

'절대로 그렇게 되지 않을 것이다!'

약전은 약해지려는 마음을 다지며 걸음을 돌렸다.

"주안상을 볼까요?"

기다리고 있던 전옥패가 황망한 표정으로 다가오며 물었다.

"그리하거라."

약전은 그리 이르고 성큼 방안으로 들어갔다. 희망 없는 서해의 절해고도로 유배되었지만 곧 푸근한 바다와 순박한 인심에 동화되어 새로운 삶에 만족하며 살아가고 있었다. 그런데 한양의 정쟁은 멀리 떨어진 이곳에서도 자신을 자유롭게 내버려 두지 않았다.

그렇지만 백성들을 위한 길이라면 마다하지 않을 것이다. 차현장이 알고 있는 김달순 대감과 자신이 알고 있는 김달순 대감. 약전은 자신이 김달순 대감의 실체를 더 가까운 곳에서 목격했다고 믿고 있었다. 그렇다면 마지막 순간에 김달순 대감이 어떤 선택을 할 것인지에 대해서 자신의 판단이 옳을 것이다. 그렇게 생각하며 약전은 파도처럼 밀려오는 불안감을 떨쳐 버렸다.

시장 돌아가는 걸 살피고 돌아온 길인데 상단 분위기가 이상했다.

"무슨 일이 있느냐?"

차현장이 자리를 잡자마자 양영목 수행 행수를 다그쳤다.

"그게 저……."

양영목 수행 행수가 차현장의 눈치를 살피며 말끝을 흐렸다.

"빨리 말하라!"

차현장이 짜증을 냈다.

"전주들이 긴급 모임을 갖기로 했습니다."

"그게 무슨 소리야!"

차현장이 언성을 높였다. 이것은 단주에게 공공연하게 반기를 드는 짓이다.

"김달호 전주가 앞장을 섰는데 몇몇 전주들과 직할 행수들이 김달호 전주를 지지하고 나섰다고 하는데 그중에는 유기전의 정후교 전주도 끼어 있다고 합니다."

"정후교가?"

차현장의 얼굴이 굳어졌다. 포목전 전주인 김달호는 차현장에 이어서 두 번째로 많은 밑천을 상단에 대고 있는 자로 평소에도 차현장과 대립했던 자니 상단이 시끄러운 때를 노려 단주 자리를 꿰차려 하는 건 이해가 가지만 유기전 전주 정후교도 가담을 한 사실은 충격이었다.

차현장은 열화가 치밀었다. 정후교는 차현장으로부터 은혜를 많이 입은 자다. 차현장이 감싸 주지 않았다면 쫓겨나도 벌써 쫓겨났을 자인데 그런 자가 이제 와서 내 등에 칼을 꽂겠다고 나서다니.

"내일 전체 회합을 열기로 했는데 전주와 직할 행수 열 명이 뜻을 함께 하기로 했다고 합니다."

양영목이 눈치를 보며 말을 이었다. 반기를 들기로 한 자들이 열 명이라면 아직은 제압할 수 있다. 전주 회합은 단주와 열일곱 명의 전주, 그리고 여섯 명의 직할 행수, 총 스물네 명이 참석한다. 열 명이라면 긴급 회합을 소집할 수는 있지만 단주를 바꾸기 위해서는 최소한 여섯 명을 더 끌어들여야 한다.

괘씸한 것들 같으니라고. 감히 내게 반기를 들다니. 일이 조금 삐거덕거리니까 그동안 숨을 죽이고 있던 김달호가 앞장서서 불만을 품고 있던 전주들을 선동한 것이다. 하지만 이럴수록 냉정하게 행동하고 침착하게 대응해야 할 것이다. 사실 차현장 자신도 그런 식으로 전임 단주를 몰아내고서 이 자리에 올라섰던 터였다. 그런데 이제 입장이 바뀌어서 방어를 해야 할 처지가 되었다.

김달호는 사태를 예의 주시하고 있다가 평시서가 움직이려 하자 기회라고 판단하고 반기를 들기로 한 모양인데 그게 오판이라는 사실을 깨닫는 데 오래 걸리지 않을 것이다. 도고금령은 절대로 발령되지 않을 것이다. 상단의 단주란 어차피 능력이 제일 뛰어난 자가 차지하기 마련이다. 뒤통수를 얻어맞은 꼴이지만 잘하면 이번 기회에 자리를 더욱 확실히 할 수도 있다. 반기를 제압하는 대로 김달호를 내쫓을 것이다.

"좋은 소식이 있습니다. 임치상 전주에게서 연락이 왔는데 김만덕 상단의 밑천이 떨어진 듯하다고 합니다."

오랜만에 듣는 희소식이다. 그렇게 되면 눈엣가시 같은 정약전도 끝장이다. 도고금령이 불발되고 김만덕 상단이 손을 들었다는 사실이 알려지면 눈치를 보고 있는 전주들이 일거에 자신을 지지할 것이다.

'좋아. 내일 결판을 내겠다.'

차현장의 눈에서 결전의 의지가 흘렀다. 회합을 마치는 대로 반기를 든 열 명의 전주들은 그에 합당한 대가를 치르게 될 것이다. 김달순 대감은 절대로 지고 사는 사람이 아니다. 평시서 속관들의 반기와 사간원 간관들의 상소는 도리어 그의 전의를 불태울 것이다.

'안팎을 다 쓸어버리겠다.'

이 기회에 걸핏하면 딴죽을 걸고 넘어가던 전주들과 공연히 트집 잡으려 들던 평시서 속관들을 한꺼번에 쓸어버릴 생각을 하니 불쾌했던 기분이 일시에 사라졌다.

김달순은 퇴청을 미룬 채 방에서 꼼짝을 않고 있었다. 이게 어떻게 된 일인가. 예상을 뒤엎고 평시서 영이 도고금령안을 올린 것이다. 제조가 반대할 줄 뻔히 알 텐데도 강행한 것은 무슨 까닭일까. 궁리를 거듭했건만 쉽게 답이 떠오르지 않았다. 관례를 내세워 직접 한성부에 통고하면 제조 직권으로 즉시 철회하고 기율문란을 이유로 평시서 속관들을 대대적으로 물갈이를 하려던 차였다. 그런데 일이 엉뚱한 방향으로 흐르고 있었다. 뭔가 정체를 알 수 없는 위험이 어둠 속에서 자신을 노리고 있다는 느낌을 떨쳐 버릴 수 없었다. 불허를 하면 일은 너무 쉽게 끝난다. 하지만 그걸 모르고 금령안을 올렸을 강신홍이 아니다.

"대감!"

평시서 서리가 급히 문을 열고 들어왔다.

"그래, 알아봤느냐?"

뭔가 이상해서 심복 속관에게 상세히 알아볼 것을 지시했던 것이다.

"도고금령안을 살펴봤더니 오래전부터 조사를 하고 있었는지 차현장 상단이 운반선을 독점한 내역과 작금 흑산도 파시에서 조기를 매점하고 있는 것, 그리고 한양 시장에서 조기 값이 폭등하고 있는 사실들이 일목요연하게 기재되어 있습니다."

김달순은 얼굴을 찌푸렸다. 상황이 그렇다면 제조라고 해도 무턱대고 불허할 수 없다. 그렇다고 해도 평시서의 일개 영이 제조를 상대로 전면전을 선포했을 때는 또 다른 뭔가가 있을 것이다. 강신홍은 계란으로 바위를 치는 어리석은 짓을 할 자는 아니다. 그게 뭘까. 김달순이 궁리를 하는데 눈치를 보고 있던 서리가 조심스럽게 입을 열었다.

"그런데…… 평시서 영이 얼마 전에 김희순 대감을 찾아갔다고 합니다."

강신홍이 김희순을……? 품계로 보나 당파로 보나 두 사람은 따로 만날 이유가 없는 사이다. 김희순은 젊은 시절에 함께 암행어사로 활약했던 십 촌 형제다.

'김희순이라……'

김달순의 입에서 "끙" 하는 신음이 새어 나왔다. 강신홍이 김희순을 찾아갔다면 그 뒤에 틀림없이 영안부원군 김조순이 있을 것이다. 경주 김문과 가깝게 지내면서 김희순과는 내왕을 끊고 있었지만 그래도 그가 뭘 하고 있는지는 늘 관심의 대상이었다.

김조순까지 가세를 했다면 시파의 덫이 만만치 않을 것이다. 금령안을 물리치면 기다렸다는 듯이 언관들이 벌떼처럼 들고일어날 것이다. 걸어온 싸움이라면 피할 이유가 없다. 김달순은 결전의 의지를 다졌다. 누가 뭐라고 해도 지금은 벽파 세상이다.

그러나 노기를 띠던 김달순은 곧 냉정을 되찾았다. 역공의 기회로 삼을까. 아니면 이번에는 한발 물러서는 게 좋을까. 김달순은 선뜻 판단이 서질 않았다. 이대로 뒤통수를 맞고 물러서는 것은 바람직하지 않지만 영안부원군도 나섰다는 것은 가볍게 넘길 일이 아니다. 조정의 실권은 벽파가 쥐고 있지만 그래도 주상과 정면충돌하는 것은 위험하다.

한갓 조기를 매점하는 일로 이렇게 곤경에 처하게 될 줄이야. 김달순은 짜증이 났다. 도대체 흑산도에 뭐가 있기에 차현장은 일을 이 지경으로 만들었단 말인가.

'흑산도라……. 가만있자. 신유년 옥사 때 그자가 어디로 유배를 갔더라…….'

김달순은 비로소 채제공 대감의 오른팔로 시전 개혁을 이끌던 정약전이 유배된 곳이 흑산도라는 사실을 깨달은 것이다.

'그렇구나. 그자가 그곳에 있구나!'

김달순의 입에서 신음이 새어 나왔다. 비로소 위험의 실체를 똑똑히 파악한 것이다. 자신도 모르는 사이에 협공을 당하고 있었던 것이다. 정약전이 끼어들었다면 틀림없이 그의 아우 정약용도 합세를 했을 것이다.

김달순은 등줄기가 오싹함을 느꼈다. 정약전, 정약용 형제가 움직였다면 남인 속관들은 목숨을 걸고 물고 늘어질 것이다. 거기에 영안부원군이 정면승부를 결하고 있다. 남인은 날개가 꺾였고 시파는 아직 뿌리를 내리지 못하고 있지만 그래도 둘이 손을 잡고 협공을 하면 간단히 물리치지 못할 것이다.

'함정이다!'

불리할 때는 몸을 피하는 것이 상책이다. 그것이 그동안 여러 차례 파직을 당했음에도 끈질기게 복직을 했던 비결이다. 김달순은 허둥대며 귀가를 서둘렀고 집에 다다랐을 때는 이미 어둠이 깔린 다음이었다.

"게 있느냐."

김달순은 들어서기가 무섭게 겸인을 불렀다. 아마도 그동안 차현장에게 받았던 돈이 만 냥 가량 될 것이다. 빨리 돌려주고서 꼬리를 잘라내야 한다.

"당장 만 냥을 차현장에게 돌려주고 오너라."

"이 밤에 말입니까?"

겸인이 깜짝 놀라며 되물었다.

"그래. 한시도 지체할 틈이 없다. 당장 떠나거라."

내일 등청하는 대로 도고금령안을 재결할 것이다. 김달순은 새삼 밤이 길게 느껴졌다.

※

차현장은 분노를 억누르며 자리에 앉았다. 전주와 행수들이 차례로 자리를 잡았다. 전주 열 사람의 제청으로 전체 전주 회합이 열린 것이다.

차현장은 반기를 들기로 한 열 명의 전주들의 면면을 살펴보았다. 개중에는 눈이 마주치는 것이 두려운지 고개를 돌리고 있는 자도 있고 밤새 잠을 제대로 자지 못했는지 눈에 핏발이 서 있는 자도 있었다. 그렇지만 이번 일을 주도한 김달호는 두 눈을 똑바로 부릅 뜨고 차현장을 노려보았고 정후교도 굳이 시선을 피하지 않았다.

'괘씸한 놈. 제 놈의 뒤를 그리 보살펴 주었거늘.'

정후교와 시선이 마주치는 순간 차현장은 분노가 극에 달했다. 사람의 마음처럼 치사한 것이 없다고 하지만 참으로 가증스러운 것이 인간의 마음이었다.

"회합을 열자고 한 이유가 무엇이냐?"

차현장이 기선을 잡아 볼 속셈으로 호통을 치고 나섰다. 보통 때 같으면 단주의 위세에 눌려서 고개도 제대로 들지 못할 전주들이지 만 오늘은 달랐다. 잠시 위축되었지만 곧 냉정을 되찾았다.

"이렇게 모이자고 한 것은 상단의 운영을 더 이상 단주의 독단에 만 맡길 수 없게 되었기 때문이오. 지금 상단은 엄청난 위기에 봉착 했소. 장사에게 돈은, 유자(儒者)에게는 글이고 무사에게는 칼이나 진배없소. 그런데 단주가 무리를 하는 바람에 상단의 밑천은 바닥 이 났고 상단의 명운은 바람 앞의 등불 신세가 되고 말았소. 차입금 이 물경 이십만 냥에 달했소. 매일매일 물어야 하는 이자가 상단의 하루 매상을 넘어서고 있소."

김달호가 나섰다. 그와 뜻을 함께하기로 한 전주들이 수긍을 하면 서 차현장을 응시했고 아직 태도를 결정하지 못한 전주들은 불안한 얼굴로 차현장과 김달호를 번갈아 쳐다보며 전전긍긍하고 있었다.

"나도 알고 있다. 흑산도에서 일이 잠시 꼬이는 바람에 그리된 것 일 뿐, 조기가 풀리는 대로 차입금은 갚아 나갈 것이니 그리 걱정하 지 않아도 된다."

공공연히 단주에게 반기를 들었건만 차현장은 조금도 흔들리지 않왔다. 이 자리에 오르기까지 산전수전 겪어 보지 않은 일이 없었다.

"그렇게 일이 더뎌서야 어느 세월에 차입금을 갚는단 말이오. 평시서에서 도고금령을 내릴 것이란 소문을 단주는 듣지 못했소? 도고금령이 발령되면 상단은 문을 닫게 될지도 모르는 형편이오."

신중한 편인 모시전 전주가 무거운 얼굴로 입을 열었다. 양영목 행수의 보고에 의하면 아직 태도를 정하지 않은 자였다. 아마 대다수의 전주들과 직할 행수들도 모시전 전주와 같은 생각일 것이다. 그의 말대로 도고금령이 발령되면 끝장이다. 그런데도 단주가 태평한 것을 보며 아직 태도를 결정하지 못한 사람들은 혼란을 느꼈다.

"도고금령은 걱정하지 마라. 절대로 발령되지 않을 것이다."

차현장이 자신만만하게 말했다.

"내가 잘 아는 평시서 아전을 통해서 확인해 보았소. 이미 제조에게 도고금령안을 올렸다고 했소."

예상 외로 차현장이 강하게 나오자 김달호가 허둥댔다. 오늘 회합에서 차현장을 몰아내지 못하면 그가 상단을 떠나야 한다. 그야말로 죽느냐 죽이느냐의 싸움이다. 전주들은 숨을 죽이고 상단의 양대 실력자들의 정면대결을 지켜보았다.

"제조가 도고금령안을 재가하는 일은 절대로 없을 것이니 염려할 것 없다."

차현장은 자신만만했다.

"도대체 단주가 뭘 믿고 그런 소리를 하는 것이오? 평시서 속관들은 오래전부터 저자거리를 뒤지며 이것저것을 조사하고 있소."

김달호도 물러서지 않았다.

"오래전부터 제조 영감에게 손을 써 놓았다. 그러니 절대로 도고금령이 발동되는 일은 없을 것이다. 그리고 임치상 행수의 보고에 의하면 제주도 김만덕 상단의 밑천이 다 떨어졌다고 한다. 흑산도 일이 마무리되는 대로 나머지 서해의 조기들도 전부 우리 상단이 독점할 것이다. 머지않아 한양의 어물전이 우리의 수중에 떨어지고 나아가서 미곡전도 우리가 장악하게 될 것이다."

차현장이 단숨에 말하고 좌중을 둘러봤다. 미곡전이라는 말은 예상대로 큰 효과를 발했다. 미곡전을 장악한다는 말은 곧 조선 팔도 제일의 상단이 된다는 의미다. 태도를 결정하지 않은 전주들은 동요하기 시작했고 김달호는 낭패한 기색을 감추지 못했다. 기선을 제압했다고 판단한 차현장은 계속 밀어붙였다.

"그간 손실이 한두 푼이 아니라는 사실은 나도 잘 알고 있다. 손실이 제법 되다 보니 여기저기서 이런저런 말들이 나오는 모양인데 장사란 앞을 멀리 내다보고 움직여야 하는 법이다. 당장 눈앞의 이익에 급급해서 허둥대다가는 소탐대실의 우를 범하게 될 것이다. 아무튼 이번에 일을 속히 마무리 짓고 미곡으로 진출할 것이다. 나는 우리 상단을 조선 팔도를 호령하는 상단으로 만들 것이다."

차현장의 열변에서 자신감이 묻어났다. 바로 이런 거칠 것 없는 자신감이야말로 차현장을 수자리를 서던 일개 군졸에서 한양 제일의 부호로 만든 원천이었다.

"미곡을 독점할 것이라니. 단주는 지금 제정신이 있는 게요? 당장 상단이 문을 닫게 된 마당에 미곡은 무슨 미곡. 평시서 제조에게 손을 써 놨다고 하지만 평시서 제조는 조정 고관이 의례적으로 겸하는 자리로 실무는 평시서 속관들이 좌지우지하는 걸 모르시오? 이미 도고금령안이 올라간 마당에 아직도 큰소리를 치다니 어이가 없소."

김달호가 밀리지 않으려고 안간힘을 썼다.

'어리석은 자 같으니라고. 저래서야 어디……'

차현장은 이미 세 겨루기가 끝났다고 생각했다. 그렇다면 이쯤에
서 뿌리를 완전히 뽑아버리는 게 좋을 것이다.

"오늘의 회합은 단주를 새로 뽑자고 모인 것 같은데 긴말할 것 없
이 선출에 들어가기로 하겠다!"

차현장이 선수를 치자 차현장을 몰아내기로 공모했던 전주들은
당황해서 얼굴이 흙빛이 되었다. 싸움은 이미 승부가 갈렸다.

"수행 행수는 무얼 하는 거냐! 빨리 선출 채비를 하지 않고서!"

차현장이 건곤일척의 기세로 양영목을 다그쳤다. 몰아칠 때는 사
정없이 몰아쳐야 한다. 차현장은 단주로 재추대되는 대로 내보낼
사람을 가차 없이 자르기로 했다.

"그리 서두르지 마시오. 평시서에 사람을 보냈으니 곧 하회를 알
게 될 것이오. 그때까지 기다리는 것이 좋겠소."

정후교가 당황해서 선출에 들어가려는 것을 제지했다. 이제 와서
돌아선들 받아줄 차현장이 아니다. 그렇다면 끝까지 싸우는 수밖에
없다. 김달호는 자신을 잃었는지 망연자실 고개를 숙이고 있었다.

양영목이 차현장을 쳐다보며 하회를 묻자 차현장이 고개를 끄덕
였다. 확실하게 일을 마무리 짓는 게 좋을 것이다.

선출이 잠시 연기되자 사전 모의에 가담하지 않았던 전주들은 얼
굴색을 싹 바꾸고서 앞으로 조기 값이 얼마까지 뛸 것이라는 둥 화
제를 바꾸며 차현장의 환심을 사려 했고 모의에 가담했던 전주들은
꿰다 놓은 보릿자루 신세가 되어 한쪽 구석에 몰려 있었다. 개중에
는 이제라도 돌아서면 다시 받아줄까 슬금슬금 차현장의 눈치를 살
피는 자도 있었다.

어색한 시간은 길게 가지 않았다. 평시서로 보냈던 통인이 헐레

벌떡 숨을 몰아쉬며 달려왔다.

"어찌 되었느냐?"

정후교가 지푸라기라도 잡는 심정으로 물었다.

"큰일 났습니다. 평시서에서 우리 상단에 도고금령을 내렸답니다. 곧 평시서와 한성부에서 서리들이 이리로 들이닥칠 거라고 합니다."

통인이 숨을 몰아쉬며 말했다. 이게 무슨 소린가. 도고금령이 발령되었다니. 모두들 깜짝 놀라서 차현장을 쳐다봤다.

"무어야! 그럴 리가! 잘못 안 것 아니냐?"

차현장이 자리에서 벌떡 일어서며 통인을 다그쳤다.

"틀림없이 그렇다고 들었습니다. 아침 일찍이 평시서 제조 영감이 도고금령안에 재가를 했다고 합니다."

김달순 대감이 제가를 했다니. 통인이 분명히 그리 말했건만 차현장은 여전히 믿을 수 없었다. 차현장이 아는 김달순은 절대로 그럴 사람이 아니었다.

무거운 분위기 속에서 침묵이 흘렀다. 전주와 행수들은 상단에 도고금령이 떨어졌다는 소리를 들었음에도 섣불리 나서질 않고 있었다. 아직 사태가 완전히 파악된 것은 아니었다.

"저……. 그리고 미처 말씀을 드리지 못했는데 간밤에 김달순 대감 댁에서 사람이 왔습니다. 나귀 등에 짐이 실려 있었는데 아마 돈인 것 같습니다. 따로 서신은 없었습니다. 짐은 일단 창고에 잘 보관해 두었습니다."

통인의 말이 끝나자 "쿵" 소리가 나면서 차현장이 그대로 주저앉았다. 이제 와서 꼬리를 자르고 자기만 빠져나가겠다는 말인가. 그렇다면 차현장은 끈 떨어진 갓이 되어 모든 죄를 혼자 뒤집어쓰게 될 것이다.

무엇이 간밤 사이에 김달순 대감의 마음을 바꿔 놓았을까. 그는 분명 시파와의 정면대결도 불사할 기세였다.

'역시 정약전, 정약용 형제가 문제였을까……'

차현장은 정신이 아득했다. 그리고 숨이 막혀 왔다. 갑자기 밤이 된 것일까. 앞이 깜깜해지면서 아무것도 보이지 않았다. 숱한 고비를 넘고 난관을 돌파했지만 이번은 달랐다. 절망, 그대로 절망이었다.

차현장은 간신히 몸을 일으켰다. 그리고 정신 나간 사람처럼 휘청휘청 걷다가 "쾅" 소리를 내며 다시 쓰러졌다.

"단주님!"

양영목이 황급히 차현장에게 달려갔다. 전주와 직할 행수들은 어쩔 줄을 몰라서 우왕좌왕했다.

"큰일이군. 곧 한성부 아전들이 들이닥쳐서 치부책을 내 놓으라고 할 테니 빨리 대책을 세워야겠군."

김달호가 앞으로 나서며 대책을 지시하자 전주들은 서둘러 움직였다.

━━━◆━━━

흑산도에 다시 파시가 열렸다. 뭍에서 어상들이 떼로 몰려왔고 어민들은 조기들을 들고 파시로 몰려들었다. 흑산도에서 제일 큰 행사가 벌어진 것이다.

약전은 천천히 파시를 거닐었다. 어민들이 분주히 뛰어다니며 조기를 실어 날랐고 여기저기서 흥정하는 소리가 들렸다. 약전은 그 활기찬 모습을 보며 안도의 숨을 내쉬었다. 참으로 길고도 힘든 사투였다. 그리고 마침내 흑산도 어민들의 목줄을 죄려하던 차현장 상단을 완전히 몰아냈다. 약전은 인사를 건네는 어민들에게 일일이 답례를 보내며 파시를 찬찬히 둘러봤다. 진리와 예리에서도 지금 파시가 크게 벌어지고 있을 것이다.

"파시가 늦게 열리게 되었는데 조기들은 괜찮겠느냐?"

약전이 따르고 있는 창대에게 물었다. 창대 역시 연신 인사를 받기에 바빴다.

"날 어물들이라면 벌써 다 썩어 버렸겠지만 조기는 염장 처리를 잘 했기 때문에 괜찮습니다."

그렇다면 다행이다. 곧 한양 시장에서도 조기 시세가 예전으로 돌아갈 것이다. 그리고 가난한 백성들의 제사상 위에도 오를 것이다.

차현장 상단은 산산이 분해되었다는 소식이 들려왔다. 차현장은 평시서의 고발에 의해서 한성부에 압송이 되었고 상단은 차입금을 갚지 못해서 풍비박산이 났다고 했다. 한때 한양 제일의 상단 소리를 듣던 차현장 상단은 그렇게 몰락했다. 권세를 업고 과욕을 부렸던 결과였다.

김달순 대감은 마지막 순간에 몸을 사리는 바람에 요행히 독직의 죄는 면했지만 비리가 드러난 이상 오래가지 못할 것이다. 머지않아 영안부원군 김조순을 축으로 하는 시파가 벽파를 대신해서 권세를 잡게 될 것이다. 권불십년이라고 그동안 권세를 누렸던 벽파가 몰락하는 것을 보며 약전은 새삼 권력의 무상함을 느꼈다.

여기저기서 흥정하는 소리로 파시는 시끄러웠다. 더러는 언성을 높이면서 다투기도 했다. 그렇지만 사람 사는 데는 역시 활기가 있

어야 한다. 약전은 분주하고 소란스러운 파시를 거닐며 모처럼 삶
의 활력을 만끽했다.

표류 漂流

　소만(小滿)이 지나면서 선유산의 풍경이 확연히 달라졌다. 섬마을로 불어오는 해풍은 여름이 되었음을 알려 주고 있었다.

　을축년(乙丑年 1805)이 되면서 유배 온 지 사 년째를 맞게 되었다. 그런대로 섬 생활에 익숙해졌지만 그래도 뭍에서 배가 들어왔다는 소리를 들을 때마다 약전은 혹시 한양에서 무슨 소식이 없는지 신경을 곤두세우고 있었다.

　그런데 해가 바뀌자마자 국상이 났다는 소식이 전해졌다. 대왕대비는 삼 년 전에 세상을 떠난 노론의 거두 심환지 대감과 더불어 신유년의 옥사를 주도했던 인물이다. 약전은 혹시 사면령이 내려지지 않을까 하는 기대를 해 봤지만 아무런 소식도 전해 오지 않았다. 기약 없는 기다림, 그것만큼 두려운 일은 없을 것이다.

　몸을 사리는 바람에 화를 모면한 김달순 대감은 이조판서에서 홍문관 대제학으로 자리를 옮겼다. 형식상으로는 승차한 것이지만 이미 끈 떨어진 갓으로 머지않아 조정에서 물러날 것이다.

　잠시 한양 생각을 해 봤던 약전은 다시 어보에 눈길을 주었다. 시름을 달래고 잡념을 물리치기 위해서는 일에 몰두하는 것이 제일이다. 어보의 초는 날이 가고 해가 갈수록 그 두께와 깊이를 더해 가고 있었다.

여어(鱺魚 농어).

큰 놈은 길이가 열 자 정도고, 몸이 둥글고 길다. 사, 오월에 나타났다가 동지가 지난 후에 자취를 감춘다. 바닷물과 민물이 만나는 곳에 낚시를 드리우면 많이 잡을 수 있다. 치어는 포농어 또는 깔다구라고도 부른다. 《정자통(正字通)》이나 《본초강목(本草綱目)》에 기재된 청국 농어와 우리나라 농어는 다른 점이 많다.

벽문어(碧紋魚 고등어).

길이는 두 자 정도인데 몸이 둥글고 비늘이 매우 잘며 등에 푸른 무늬가 있다. 맛은 달다. 국을 끓이거나 젓을 담글 수 있지만 회나 어포로는 먹지 못한다. 매우 빨리 헤엄치며 밝은 빛을 좋아한다. 맑은 물을 좋아해서 그물을 치기 어렵다. 근자에 들어 수가 많이 줄었다.

약전은 창대가 채취해 온 어류들을 살피고 문헌들을 일일이 확인해 가면서 빠뜨리지 않고 적어 내려갔다.

밖에서 기척이 들렸다. 창대가 온 모양이다. 약전은 책상을 한쪽으로 내켜놓고서 창대에게 들어오라고 일렀다. 그런데 창대 혼자가 아니었다. 웬 남자가 창대를 따라왔는데 주춤거리며 선뜻 들어오지 못했다. 어부인 듯한데 나이는 창대보다는 윗길로 보였다.

"순득이 형님이 마침 흑산도에 들렀기에 데리고 왔습니다. 왜 선비님께서 전에 이르시지 않았습니까. 혹시 기회가 닿거든 우이도(牛耳島)에 사는 문순득이를 한번 데리고 오라고……."

약전은 그제야 엉거주춤 서 있는 남자가 누군지 알게 되었다. 우이도는 흑산도에서 멀지 않은 곳에 있는 섬인데 그곳 사람인 문순

248

득은 삼 년 전에 바다에 나갔다가 큰 풍랑에 휩쓸려서 먼 바다로 떠밀려가고 말았다. 모두들 죽은 줄만 알고 있었는데 문순득은 요행히 목숨을 부지했고, 우여곡절 끝에 여러 나라를 전전하다 금년 초에 기적적으로 고향으로 돌아온 자다. 약전은 그의 기이한 행적과 먼 이역의 일들이 궁금해서 그와 호형호제한다는 창대에게 기회가 닿거든 한번 데리고 오라고 일렀던 적이 있었다.

"그렇구나. 내 꼭 너를 한번 만나 보고 싶었다. 올라오거라."

약전이 방으로 들어올 것을 이르자 문순득은 주춤주춤 방으로 올라섰다. 얼핏 봐서는 파란만장한 곡절을 겪었을 것 같지 않은 순박한 인상의 남자였다. 이 평범하게 생긴 사내가 멀리 유구(流寇 오키나와)와 여송(呂宋 필리핀)까지 표류를 했다가 청국을 거쳐서 고향으로 돌아온 자란 말인가. 약전은 호기심이 발동했다. 정유년(丁酉年 1777) 생이라니 창대보다는 여섯 살 연상이다.

"문순득(文淳得)이라고 합니다."

문순득이 넙죽 절했다.

"창대에게서 얘기를 들었다. 듣자하니 아주 먼 곳까지 표류를 했다가 천신만고 끝에 귀향했다고 하던데 그동안 겪었던 고초가 이만저만이 아니었겠구나. 창대로부터 들어서 알겠지만 나는 지금 어보를 만들고 있다. 그러던 차에 먼 유구와 여송까지 표류했다가 생환한 사람이 있다는 말을 듣고서 이역의 풍습과 말들을 모아서 기록으로 남기는 것도 의미가 있을 것 같아서 이렇게 너를 보자고 한 것이다."

생환 표류민을 만나는 것은 그리 흔한 일이 아니다. 증언을 듣고 자료를 모아서 표류기를 기술하면 어보 못지않게 소중한 기록이 될 것이다. 새로운 일거리를 찾은 약전은 한껏 기대에 부풀었다.

물론 이전에도 표류기가 없었던 것은 아니다. 성종 연간에 추쇄경차관(推刷敬差官)을 지냈던 최보(崔溥)는 제주도에서 돌아오는 길에 풍랑을 만나서 명의 절강성 영파부(寧波府)까지 표류했다가 압록강을 넘어서 한양으로 귀환했던 적이 있었는데 생환 과정에서 겪었던 여러 일들을 기록으로 정리해서《금남표해록(錦南漂海錄)》을 남겼다. 또 영조 연간에 일본으로 표류했던 이지항(李志恒)은《표주록(漂舟錄)》을, 같은 영조 연간에 유구로 표류했던 장한철(張漢喆)은《표해록(漂海錄)》을, 그리고 정조 연간에 청에 표류했던 이방익(李邦翼)은《표해가(漂海歌)》를 저술하여 바다 너머 멀리 있는 나라들의 사정을 간략하게나마 전한 바 있다. 하지만 여송까지 표류했다가 살아서 돌아온 사람은 문순득이 처음이다. 그러니 약전이 큰 흥미를 보이는 것은 당연했다.

"나를 도와줄 수 있겠느냐?"

"여부가 있겠습니까. 창대로부터 선비님의 존명을 익히 들었습니다. 선비님 하시는 일에 보탬이 된다면 소인에게는 더없는 영광입니다."

문순득이 시원스럽게 대답했다. 약전은 기분이 흡족했다. 창대에 이어서 문순득이라는 인물을 만난 행운을 또 누리게 되었다. 이 같은 행운은 절해고도로 유배를 왔기 때문에 누릴 수 있는 특권일 것이다. 여송은 조선에 알려진 것이 거의 없는 아주 먼 나라다. 그런데 그 먼 여송의 풍습과 그들의 말을 살필 수 있는 기회를 얻었다. 약전은 가벼운 흥분을 느꼈다.

"창대 아우로부터 얘기를 듣고서 단숨에 달려왔습니다. 그런데 지금 벌여 놓은 일이 있는데 그 일을 마무리 지으려면 아무래도 열흘은 걸릴 것 같습니다."

"순득이 형님은 우이도에서 어상(魚商)을 했는데 우이도와 흑산도, 법성포와 영광 등지를 오가며 주로 홍어를 취급했습니다. 그동안 몸을 추스르고 있었습니다만 이제 몸도 다 나았으니 다시 예전에 했던 일을 시작하려 하고 있습니다."

창대가 옆에서 거들었다. 표류기도 좋지만 남의 생업까지 막을 수는 없다. 그리고 서두를 일도 아니다. 약전이 그리하라며 고개를 끄덕이는데 문이 조심스레 열리면서 창대의 처 전옥패가 살짝 얼굴을 내밀었다.

"처가 주안상을 마련한 모양입니다."

창대가 얼른 일어서며 문을 열어 주었다. 언제 이런 것을 다 마련했단 말인가. 문순득의 눈이 휘둥그레졌다. 놀라기는 약전도 마찬가지였다. 소반이 아니고 교자상인데 섬마을에서는 좀처럼 구경하기 힘든 안주들이 즐비했다. 그러고 보니 한양을 떠난 후로 처음 대하는 교자상 같았다.

그런데 누굴까. 젊은 여인이 전옥패와 상을 마주 들고 들어섰는데 내외를 하느라 고개를 푹 숙이고 있었다.

"언제 이런 것을 다 장만했느냐. 애썼다. 오늘 네 처 덕분에 호식을 하게 되었구나."

약전이 치하의 말을 건네자 전옥패는 부끄러운 듯 고개를 꾸벅 숙이고는 총총히 물러갔다. 전옥패는 혼례를 올린 지 삼 년이 지났음에도 여전히 새색시같이 고운 자태를 지녔으며 틈틈이 토담집으로 올라와서 승선네를 도우며 약전의 뒷바라지를 하고 있었다. 전옥패가 뒷바라지를 하기 시작한 후로 지내기가 훨씬 나아진 것은 사실이다.

약전이 술잔을 비우자 창대가 고개를 돌리고 술잔을 기울였다.

그제야 머뭇거리던 문순득도 조심스레 술잔을 집어 들었다. 약전은 흐뭇했다. 절망 끝에 당도한 흑산도지만 좌절하지 않고 알차게 시간을 보내고 있었다. 이제 어보에 이어 먼 나라 표류기도 적어 내려갈 것이다. 흑산도에서의 삶에 적응하면서 약전은 한 가지 소망을 더 갖게 되었다. 여건이 마련되는 대로 서당을 열어서 학동들을 가르쳐 볼 생각이었다.

술이 몇 순배 돌자 자리가 한결 부드러워졌다. 처음에는 잔뜩 굳어 있었던 문순득도 어느새 창대처럼 편하게 약전을 대하고 있었다. 앞으로 계속해서 상대를 할 사람이다. 쓸데없는 격식 따위는 일찍 치워버리는 게 서로 편하다.

"그런데 누구냐? 못 보던 처자던데."

약전이 문득 생각이 났다는 듯이 아까 전옥패와 함께 상을 들고 들어왔던 여인에 대해 물었다.

"사리에서 조금 떨어진 곳에 사는 잠녀인데 처하고는 나이도 같고 해서 가깝게 지내고 있습니다. 새파랗게 젊은 나이에 과부가 된 불쌍한 여인입니다. 실은 그 여인 일로 해서 선비님께 드릴 말씀이 있습니다."

아마 문순득이 있는 자리에서는 꺼낼 말이 아닌 듯 창대가 말을 얼버무렸다. 보아하니 혼례를 치르자마자 남편을 바다에 빼앗긴 여인인 것 같았다. 그런데 따로 할 얘기가 있다니. 무슨 말인지 몰라도 내놓고 할 얘기는 아닌 듯했다. 아무튼 기분이 좋았다. 어보와 표류기라. 허송세월을 보내지 않으리라 던 맹세를 지킨 셈이다.

긴 여름 해가 기울고 밖이 어둑어둑해지면서 술자리가 파했다. 약전의 얼굴이 취기로 불콰해졌다. 평소에 비해서 상당히 많이 마신 셈이다.

252

"그럼 열흘 후에 뵙겠습니다."

문순득이 넙죽 절을 하고 물러갔다.

"마을 초입까지 바래다드리지요."

창대가 따라나설 뜻을 비쳤다. 아직은 몸을 완전히 추스르지 못 했을 텐데 술이 상당히 오른 문순득이 조금 걱정스러웠던 모양이다.

"뭐 그럴 필요야……."

문순득이 손을 내젓다가 생각난 것이 있다는 듯 창대를 쳐다봤다.

"그럼 마을 초입까지만 같이 가기로 하세. 실은 창대 아우에게 물어보고 싶은 것이 있었네."

문순득은 그리 말하고서 성큼성큼 앞장서서 걸어갔다. 뭘 물어보겠다는 것일까. 눈치로 봐서 한양 선비와 관련된 일은 아닌 것 같았다.

"선비님 자리를 봐 드리세요. 약주가 과하신 것 같은데."

전옥패가 창대에게 다가오다가 문순득이 아직 가지 않고 있자 흠칫 놀라며 걸음을 멈추었다.

"잘 얻어먹고 돌아갑니다. 제수씨."

무슨 말을 꺼내려던 문순득은 전옥패가 나타나자 함구를 했다. 무엇인지는 몰라도 그리 급한 일은 아닌 모양 같았다. 문순득은 궁금해 하는 창대를 남겨 두고 걸음을 재촉했다.

───◆◇◆───

약속대로 열흘 후에 문순득은 다시 약전을 찾아왔다. 물론 창대도 함께였는데 오늘은 창대와 문순득 외에 한 사람이 더 있었다.

"허회영(許會英)이라고 합니다. 진작부터 선비님을 찾아뵙고 싶었습니다만 이제야 인사를 올리게 되었습니다."

함께 들어온 사내가 넙죽 절했다. 그러고 보니 아주 낯선 얼굴은 아니었다. 나이는 창대 또래인데 마을에서 몇 번인가 본 적이 있었다.

"회영이는 옥녀봉 아래에서 사는데 소인과는 어릴 때부터 허물없이 지냈고 순득이 형님하고도 호형호제하는 사이입니다. 순득이 형님의 표류담을 듣고 싶다고 해서 이렇게 데리고 왔습니다."

성실해 보이는 인상의 청년이다. 마다할 이유가 없었다. 약전이 고개를 끄덕이자 허회영이 조심스레 자리를 잡았다.

"소생은 우이도의 어상으로 흑산도 일대를 돌아다니면서 어부들로부터 고기를 사들여서 법성포나 영광 등지에 내다 팔아서 몇 푼씩 남겨 먹었는데 주로 홍어를 다뤘습니다."

자리를 잡자 문순득이 입을 열었다. 홍어는 조기와 더불어서 흑산도를 대표하는 어종이다. 약전과 창대, 그리고 허회영은 문순득의 표류담에 귀를 기울였다. 유구와 여송이라. 참으로 먼 나라들이다. 이제부터 유구에서 여덟 달 보름, 여송에서 아홉 달, 그리고 청국에서 열네 달을 보내고 삼 년 이 개월 만에 기적적으로 살아서 돌아온 문순득의 신기한 표류담이 시작될 것이다.

"신유년(辛酉年 1801) 섣달에 소생을 포함해서 일행 여섯 명은 우이도를 떠나서 태사도로 출발했습니다. 홍어를 매입하기 위해서였지요."

문순득은 장탄식을 하며 함께 그때의 일을 회고했다. 얼굴에 감회가 서렸다.

일행은 문순득을 포함해서 문순득의 숙부인 문호겸(文好謙)과 마을 사람인 이백근(李白根), 박무청(朴無靑), 이중원(李中原), 그리고 심부름을 시킬 요량으로 태운 초동(樵童) 김옥문(金玉紋) 등 여섯 명이었다.

태사도에서 해를 넘긴 일행은 임술년(壬戌年 1802) 정월 십팔 일에 귀로에 올랐다. 그런데 흑산도에 거의 다 이르렀을 무렵에 갑자기 거센 바람이 불면서 일행을 태운 조각배는 정처 없이 표류하게 되었다. 조각배는 거대한 파도에 휩쓸려 사정없이 떠내려갔다. 시커먼 하늘 저 멀리로 진도와 제주도가 건너다 보였는데 그 후로는 도통 위치를 짐작할 수 없었다. 어디까지 가는 것일까. 거센 바람과 엄청난 파도에 뒤집히지 않는 것만도 다행이었다. 그렇게 표류하기를 열흘, 구사일생으로 목숨을 건진 여섯 사람은 마침내 뭍에 발을 디디게 되었다. 그야말로 하늘이 도왔다고 해야 할 것이다.

그들이 닿은 곳은 유구의 대도(大島). 간신히 살아난 여섯 사람은 이제부터 표류객의 신세가 돼 버렸다. 여섯 사람의 표류객은 유구 관헌의 감시를 받으며 양멱촌(羊覓村)과 우금촌(于禽村)을 거쳐 백촌(白村)으로 압송되었다. 그곳에 조선말을 할 줄 아는 사람이 있는 게 불행 중 다행이었다.

"말이 통하는 사람을 만나니 지옥에서 부처를 만난 기분이었습니다. 모처럼 밥도 배불리 먹고 상처도 치료를 받았지요. 간신히 걸인 신세를 면하는 사이에 봄이 다 지나고 여름이 되었습니다."

문순득은 소름이 끼치는지 몸을 부르르 떨었다. 아무튼 고향으로 돌아갈 수 있게 된 것이다. 관례에 따라서 유구 조정에서는 표류한 조선인들을 조선으로 돌려보내 주고 있었다.

"전에는 일본을 통해서 송환됐지만 근자 들어서는 청을 통해서 돌려보낸다고 했습니다. 어쨌든 돌아가기만 하면 되니까 어디를 거치든 문제될 것은 없었습니다. 우리들은 기대에 부풀어 지냈습니다. 기다린 끝에 초겨울이 되어서야 송환선에 탔는데 송환선에는 우리 일행 말고도 청국 표류인이 삼십 명 가량 더 있었습니다. 그 외에도 복건성으로 건너가는 유구인들도 꽤 있었지요.”

드디어 고향으로 돌아간다. 문순득은 하늘을 날 것만 같았다. 하지만 문순득의 고난은 아직 끝나지 않았다. 아직도 멀고 먼 여정이 기다리고 있었던 것이다. 복건성을 향해서 출항을 한 송환선은 다시 거센 표풍(飇風)을 만났고 또 표류한 끝에 여송까지 밀려가고 말았다.

다시 표류객 신세가 된 일행은 여기저기를 끌려 다닌 끝에 일로미(一老尾)라는 마을에 당도했다. 일로미에는 청국인들이 많이 살고 있었는데 여송의 왕도인 말리나(末利羅 마닐라)는 일로미에서 사흘 거리에 있다고 했다. 문순득 일행은 일로미에 머물며 해를 넘겼다. 그리고 계해년(癸亥年 1803)이 되면서 마침내 송환선에 오르게 되었다. 그렇지만 한꺼번에 배를 탄 게 아니었다.

“숙부님과 이백근, 박무청, 이중원이 먼저 배에 오르고 소생하고 옥문이는 남게 되었습니다.”

그리하여 문호겸과 이백근, 박무청, 그리고 이중원은 청을 거쳐서 갑자년(甲子年 1804) 삼월에 드디어 조선으로 돌아왔다. 여송에 남겨진 문순득보다 여덟 달 정도 먼저 집에 돌아온 것이다.

문순득은 여기까지 말하고서 잠시 숨을 골랐다. 처음에는 어색한 분위기 탓인지 말이 조금 두서가 없었지만 표류담이 이어지면서 이야기가 한결 조리 있어 졌다. 약전과 창대, 그리고 새로 자리를 함께 한 허회영은 흥미를 느끼며 문순득의 다음 이야기에 귀를 기울였다.

“금세 따라갈 수 있을 줄 알았는데 뭐가 잘못됐는지 송환은 중단이 되었고 여송 조정의 지원도 끊겼습니다."

자칫했다가는 굶어 죽을 판이었다. 굶어 죽지 않기 위해서 문순득은 먼 이역에서 부지런히 새끼를 꼬았고 김옥문은 열심히 나무를 하며 살아남기 위해 바동거렸다. 그렇게 힘들게 하루하루를 버티며 지냈는데 아마도 일찍이 여송으로 건너와서 자리를 잡은 청국인이 도와주지 않았으면 굶어 죽었을 것이다.

"남국의 여름은 참으로 더웠습니다. 이대로 타 죽는 게 아닐까 하는 생각이 들 정도로 견디기 힘들었지요. 그렇게 힘들게 참고 지낸 끝에 마침내 광동으로 가는 배를 얻어 탈 수 있게 되었습니다."

문순득이 한숨을 내쉬었다. 그리하여 문순득과 김옥문은 계해년 구월에 광동성 오문(澳門 마카오)에 발을 디디게 되었던 것이다.

"오문은 별천지였습니다. 별의별 사람들이 다 모여 있었습니다. 살이 검은 남양인들은 물론이고 살이 하얗고 머리털이 붉은 서양인들도 많이 있었는데 땅이 좁아서인지 옥상에 집을 짓고 살고 있었습니다. 청국인들에게 물어보니 불랑기(佛朗機 포르투갈)라는 나라 사람들이라고 했습니다."

그때 문이 살짝 열리며 전옥패가 고개를 내밀고 창대를 불렀다. 술상이 마련되었다는 신호다. 오늘은 이만하는 게 좋을 것 같았다. 문순득도 힘이 들 테고 시간도 제법 되었다. 앞으로도 날은 많다.

창대가 문을 열자 술상이 들어왔는데 꽤나 정성을 들인 상이었다. 그리고 그때와 마찬가지로 전옥패의 친구라는 여인이 전옥패와 함께 상을 들고 들어왔다. 다소곳이 고개를 숙이고 있었는데 짐짓 살펴보니 젊은 여인은 전옥패 못지않은 미모를 지니고 있었다. 저리 젊은 여인이 어쩌다 청상과부가 되었단 말인가. 섬마을 여인들의 피할 수 없는 운명일 것이다.

"네 처에게 너무 많은 신세를 지는구나."

"신세라니요. 그런 말씀 마십시오. 하해와 같은 선비님의 은혜를 어찌 보은을 해야 할지 그저 막막할 따름입니다."

창대가 황망히 고개를 조아렸다.

"별 말을 다 하는구나. 보은이라니. 내가 뭐 한 것이 있다고."

"저희 부부는 선비님께서 유배에서 풀려 한양으로 올라가시면 따라가서 끝까지 선비님을 모실 생각입니다."

창대는 진심이었다.

"그리 말해 주니 고맙기 한량이 없구나."

그렇지만 유배는 언제 풀릴 지 기약이 없었다. 약전은 창대의 마음만이라도 고맙게 받기로 했다. 마음이 가볍기 때문일까 술이 확 돌면서 기분이 느긋해졌다. 역시 술은 좋은 것이다. 막힌 데를 뚫어 주고 맺힌 곳을 풀어 주는 묘약이다. 시인 묵객들이 술을 제일의 벗으로 삼은 데는 다 그럴만한 이유가 있었다.

술이 몇 순배 돌면서 이런저런 이야기가 오가자 그때까지 조금 긴장해서 한쪽 구석에 자리를 잡고 있었던 허회영도 편안한 자세로 바꾸며 대화에 끼어들었다. 창대의 말대로 가진 것은 없지만 하루하루를 성실하게 살아가는 젊은이 같았다. 창대와 허회영 같은 성실한 민초들이야말로 진정한 나라의 근본일 것이다. 약전은 지금도 당쟁과 음해로 세월을 보내고 있을 조정 권세가들이 떠올라 침울해졌다. 참으로 답답한 일이다. 그래도 선대왕과 채제공 대감이 살아있을 때는 희망이 있었다. 개혁도 차근차근 추진되었다. 하지만 선대왕이 승하하시고 채제공 대감도 세상을 뜨면서 모든 것이 물거품이 되고 말았다.

"선비님……."

258

창대가 조심스레 약전을 불렀다. 퍼뜩 정신이 돌아온 약전은 손을 내저으며 걱정스럽게 자기를 쳐다보고 있는 사람들을 안심시켰다.

"잠시 한양 생각에 젖어 들었다. 별일 아니니 괘념치 말거라."

그 사이에 전옥패가 새로 만든 안줏거리를 들고 들어왔는데 문틈을 통해서 주방에서 부지런히 음식을 만들고 있는 여인의 모습이 보였다. 여인은 음식을 만들면서 틈틈이 구석에 쪼그리고 앉아 있는 어린 사내아이를 돌보고 있었다. 그렇다면 여인의 아들……? 청상과부라고만 들었는데 아이가 있었던 모양이다.

"그 처자가 또 와서 수고를 하고 있구나."

약전이 넌지시 젊은 여인을 화제에 올렸다.

"그렇지 않아도 선비님께 말씀을 드리려던 참이었습니다."

창대가 힐끗 주방에 눈길을 주고서는 기다렸다는 듯이 입을 열었다. 먼젓번은 문순득 눈치를 보며 주저하더니 이번에는 말을 꺼내기로 작심한 모양이다.

"저 처자는 성은 이씨인데 일전에 잠깐 말씀드렸습니다만 혼례를 치르자마자 남편을 바다에 빼앗겨 버린 가련한 여인입니다."

"하면 저 아이는?"

"유복자입니다. 뱃속에 아이가 있었지요."

흑산도에 청상과부가 하나둘이 아니지만 그래도 저리 젊고 고운 자태의 여인을 보며 약전은 새삼 연민의 정이 일었다.

"잠녀 일을 하면서 어린것과 둘이서 어렵게 살아가고 있습니다. 처하고는 가까운 사이라서 소인도 이씨 처자의 사정을 잘 압니다. 아이까지 딸린 젊은 처자가 혼자 살려니 어려운 점이 하나둘이 아닙니다. 게다가 용모도 반듯해서……."

더 말하지 않아도 약전은 창대가 무슨 말을 하려는지 잘 알았다.

"참으로 안됐구나. 그래 어디 의지할 만한 친척도 없느냐?"

"조실부모하고 따로 가까운 친척도 없다고 합니다."

"하면 시가 쪽으로는?"

"그쪽도 사정은 크게 다르지 않습니다. 시숙이 한 사람 있기는 한데 없느니만 못한 인간입니다."

여기까지 말하고 창대는 목소리를 낮추며 약전에게 무릎걸음으로 다가갔다.

"실은 저 처자 일로 해서 선비님께 부탁을 드릴 게 있습니다."

"내게 부탁할 것이 있다니? 그래 무엇이냐?"

뜻밖의 말이었다.

"선비님께서도 짐작하시겠지만 젊은 여인 혼자서 사는 게 여간 어려운 일이 아닙니다. 더구나 저 이씨 처자는 용모가 빼어나다 보니 자꾸만 주위에서 찝쩍거리는 자들이 있습니다."

충분히 이해가 가는 이야기다. 미모의 청상이라. 주위에 남자들이 꼬이는 것이 당연할 것이다. 약전은 잠자코 고개를 끄덕였다.

"실은 이씨 처자하고 서로 좋아지내는 남자가 있습니다. 애 딸린 과부가 외간 남자와 눈이 맞았다고 손가락질을 하는 사람도 있겠지만 사정을 뻔히 아는 소인의 생각은 다릅니다."

남편을 물귀신에게 빼앗긴 사람이 하나둘이 아닌 섬마을에서 청상과부가 재가를 하는 게 그리 큰 흠이 아니다. 그렇다면 서로 좋아지내는 남자도 있는 마당에 무엇이 그리 큰 문제라서 나를 찾아왔단 말인가. 약전은 자못 궁금했다.

"서로 좋아지내는 남자가 있다니 그럼 내게 중신이라도 서 달라는 말이냐?"

약전은 우스갯소리 삼아서 한 말인데 구석에 있는 허회영은 얼굴이 벌게지면서 얼른 고개를 숙였다. 그럼 이자가 바로……? 문순득 도 눈치를 챘는지 비실비실 웃고 있었다.

"회영이는 소인과는 서로 속내를 환히 알고 지내는 사이라서 감히 말씀을 드리겠습니다. 회영이는 괜히 이씨 처자에게 찝쩍거리는 자들과는 다릅니다. 회영이는 진심으로 저 처자를 사모하고 있습니다."

허회영은 보는 사람이 민망할 정도로 얼굴이 빨개졌다. 창대의 말대로 순진한 청년 같았다. 이씨 처자 또한 첫눈에 선한 인상이 느껴졌다. 외로운 사람들끼리, 어려운 사람들끼리 서로 합치겠다는데 무엇이 문제가 된단 말인가. 가진 것이 없으면 없는 대로 오순도순 서로 아껴가며 살면 그만일 것이다. 약전이 이해한다는 표정을 짓자 창대가 얼른 말을 이었다.

"회영이는 소인과 마찬가지로 어려서 부친을 여의고 노모와 함께 살고 있습니다. 노모께서는 늘 회영이를 빨리 장가보내야 하는데 하시며 노심초사를 하고 계시지요."

당연히 그럴 것이다. 보아하니 허회영은 외아들 같았다. 그렇다면 노모에게는 자식 장가들이는 것보다 더 급한 일이 없을 것이다.

"그런데 노모께서는 회영이와 이씨 처자의 혼인을 펄쩍 뛰며 반대하십니다. 아무리 없이 사는 사람이라고 해도 그렇지 총각이 뭐가 아쉬워서 애까지 딸린 과부에게 장가를 드느냐며……."

그것도 이해가 되었다. 섬마을에서 과부의 재가는 그리 흠이 되지 않지만 상대는 대부분 홀아비들이다. 그러니 엄연한 총각 아들이 애까지 딸린 과부와 혼례를 올리겠다는데 선뜻 허락할 모친은 없을 것이다. 약전은 비로소 창대와 허회영이 무엇을 부탁하려는지 짐작이 되었다. 허회영은 무슨 큰 죄라도 진 사람처럼 고개를 푹 숙이고 있었다.

"하면 나더러 회영이 모친을 만나서 설득해 달라는 말 아니냐?"

약전이 두 사람을 차례로 살피며 물었다.

"그렇습니다. 회영이나 이씨 처자는 정말 착한 사람들입니다. 절대로 남에게 해를 끼치지도 않고 손가락질 받는 일도 하지 않을 사람들입니다. 회영이 노모께서 극구 반대를 하시기에 소인도 처음에는 회영이에게 단념할 것을 권하기도 했지만 두 사람의 깊은 정을 안 다음부터는 어떻게 해서든 두 사람을 맺어 주기로 마음을 바꾸었습니다."

창대가 여기까지 말했을 때 문이 살그머니 열리면서 전옥패와 이씨 처자가 조심스레 안으로 들어섰다. 그리고 허회영 옆에 나란히 앉더니 마치 대죄(待罪)라도 하는 양 고개를 숙였다.

"부탁드리겠습니다, 선비님. 저희들이 아무리 나서 봐야 아무 소용이 없습니다. 하지만 선비님께서 나서서 회영이 모친을 설득해 주시면 회영이 모친께서도 마음을 고쳐 잡수실 겁니다."

창대와 전옥패의 간절한 당부와 허외영과 이씨 처자의 애절한 사연이 가슴으로 느껴졌다. 이유야 어떻든 연모하는 남녀가 함께 살 수 없다면 그것은 비극이다. 그렇지만 허회영 모친의 마음을 헤아려야 할 것이다. 그리고 첫인상만 보고서 사람을 선뜻 판단해 버리는 것도 경솔한 짓이다.

"처와 고심을 많이 했습니다. 섣불리 청을 드릴 일이 아니라는 것도 잘 압니다. 그래서 궁리 끝에 마침 순득이 형님 일을 핑계 삼아서 이씨 처자와 회영이를 부르기로 한 것입니다. 가까이서 두 사람을 살펴보시면서 사람 됨됨이가 소인의 말과 다르지 않다고 확신이 서시거든 저 두 사람을 꼭 좀 도와주십시오."

창대가 간곡하게 부탁을 했다. 목소리에 절실함이 배어 있었다. 약전은 술잔을 단숨에 비우고서 쾌히 청을 받아들였다.

"네 뜻을 잘 알겠다. 네 말대로 내가 두 사람을 지켜본 후에 마음이 정해지거든 나서도록 하겠다."

"고맙습니다."

허회영과 이씨 처자가 큰절을 올렸다. 창대와 옥패의 얼굴이 환해졌다. 문순득도 웃음을 지으며 허회영에게 격려의 말을 건넸다.

그 후로 문순득은 틈나는 대로 약전의 토담집을 찾았고 표류담은 계속되었다. 약전은 부지런히 문순득의 회고를 받아 적어 내려갔고 궁금한 것이 있으면 캐물으며 먼 나라의 신기한 이야기들을 하나도 빠뜨리지 않으려고 했다.

"유구인들은 음식을 먹을 때 우리와 마찬가지로 젓가락을 쓰지만 그게 조금 다릅니다. 젓가락으로 반찬을 집어서 손에 올려놓은 다음에 입으로 가져갑니다. 젓가락을 직접 입에 대는 것은 더러운 것으로 여기기 때문이지요."

약전은 어이가 없어서 피식 웃고 말았다. 창대와 허회영도 우스운지 고개를 숙이고 키득거렸다. 약전은 표류기를 적어 내려가면서도 틈틈이 눈길을 주방으로 돌렸다. 이씨 처자가 전옥패를 도와 상을 차리고 있을 텐데 창대의 당부를 받은 이후로 몸가짐 하나하나에 관심이 쏠렸던 것이다.

"여송인들은 부모나 웃어른을 만나면 손을 잡아끌어서 코에다 가져다 댑니다."

문순득의 입에서 신기한 이야기들이 계속 쏟아져 나왔다.

"그 참 괴이한 일이로구나. 아무리 예법이 나라마다 다르다고 하지만 어떻게 웃어른의 손을 함부로……. 우리 같았으면 경을 쳐도 크게 쳤을 텐데."

약전은 어처구니가 없었다. 아무리 이역의 풍속이 기이하다고 하지만 그것은 너무한 것 같았다.

"괴이한 것은 그뿐이 아닙니다. 일일이 꼽자면 수도 없이 많습니다."

"참으로 기이하고 재미있는 일들이로구나. 하나도 빠뜨리지 말고 생각나는 대로 전부 얘기를 하거라."

약전은 소중한 기록을 행여 하나라도 놓칠세라 분주히 붓을 움직였다. 그 진지한 모습에 조소를 금치 못하고 있던 창대와 허회영도 덩달아서 경건해졌다.

문순득의 표류담은 그렇게 틈틈이 계속되었다. 처음에는 두서없이 진행되었지만 차차 틀이 잡히면서 여정과 풍습, 그리고 각 나라의 말로 구분되었고 약전은 하나도 빠뜨리지 않고 차분하게 받아 적었다. 그리고 파할 무렵이면 어김없이 전옥패와 이씨 처자가 정성껏 차린 정갈한 술상이 들어왔다. 표류기가 하루하루 양을 더해 가는 것이 약전에게는 큰 기쁨이었다. 약용 아우도 지금 강진에서 저술에 전념하고 있을 것이다. 비록 죄인의 몸으로 먼 곳에 유배되었지만 형제는 결코 세월을 허비하지 않고 있었다.

그렇게 한 달이 흘렀다. 예상은 했지만 그동안 살펴본 바, 허회영과 이씨 처자는 짐작대로 착하고 성실한 사람들이었다. 약전은 허회영의 노모를 찾아보기로 마음을 굳혔다. 총각 아들이 애까지 딸린 과부와 혼인하겠다는데 반대하지 않을 모친이 어디 있겠느냐마는 약전이 직접 나서서 설득을 하면 허회영의 노모도 생각을 달리해 볼지도 모른다.

술술 넘어가서 술이라고 했다던가. 근자 들어 조금 과음을 하는 것 같았지만 마음만은 둘도 없이 편했다. 당쟁과 암투로 날을 지새우던 한양과 비교하면 지금은 신선과도 같은 삶을 살고 있는 셈이다.

━━━◆◇◆━━━

"유구에서는 사람을 '쪼'라고 하는데 특별히 여인을 지칭할 때는 '우나귀'라고도 합니다."

문순득은 제법 많은 유구말을 기억해 냈다. 국초에 신숙주(申叔舟)가 일본을 다녀오고서 저술한 《해동제국기(海東諸國紀)》에 유구가 일부 소개된 적이 있지만 유구는 조선에 알려진 것이 거의 없는 먼 나라였다. 그러니 문순득의 표류담은 참으로 소중한 자료가 될 것이다. 약전은 한마디 한마디를 소홀히 하지 않았다. 문순득은 유구말 외에도 여송말도 상당히 기억하고 있었는데 발음이 하도 독특해서 받아 적기가 어려웠다.

"작은 것을 '아다'라고 하고 큰 것을 '가란디'라고 하지요."

문순득은 한양에서도 명망을 떨치던 선비가 자신의 말에 관심을 기울이자 신이 나는지 입에 침을 튀며 얘기에 열중했다.

"무슨 말이 그리 따라 하기 힘이 듭니까."

옆에 있던 창대가 혀를 내둘렀다. 오늘은 창대와 문순득뿐이다.

허회영과 이씨 처자는 일이 있어 약전의 토담집을 찾지 않았다. 두 사람은 요즈음 다른 일로 몹시 바쁘게 지내고 있었다.

일전에 약전은 허회영의 노모를 찾아갔고 마침내 혼인을 허락받아 냈다. 회영의 노모는 예상대로 펄쩍 뛰며 반대했지만 약전의 끈질긴 설득 끝에 마침내 마음을 돌렸던 것이다. 허회영과 이씨 처자는 약전에게 큰절을 올리며 백배사의를 표했다. 그리고 잘 살 것을 맹세했다. 지금 두 사람은 앞으로의 일로 몹시 바쁜 나날을 보내고 있었다.

"발음하기도 힘든 말을 적어 넣으려니 참으로 난감하구나."

그러면서 약전은 오늘은 이만하자는 듯 붓을 내려놓았다. 창대가 헛기침을 하자 문이 스르르 열리더니 전옥패가 조심스레 상을 들고 들어왔다. 창대가 얼른 일어서서 상을 받아 주었다.

"그래 회영이는 언제 혼례를 치르기로 했느냐?"

"다음 달 보름입니다. 다음 달 초는 되어야 돈이 조금 들어온다고 합니다. 아무리 없는 사람들이라고 하지만 덜렁 냉수 한 그릇 떠놓고 혼례를 치를 수는 없지 않겠습니까."

"그렇겠지. 아무튼 잘 되었어. 둘 다 심성이 곧은 사람들이니 잘 살 게다."

"그렇습니다. 회영이나 이씨 처자나 절대로 남에게 손가락질을 받을 사람이 아닙니다. 죽마고우인지라 소인은 누구보다도 회영이를 잘 알고 있습니다."

창대가 환한 얼굴로 장담을 하고 나섰다.

"죽마고우라고 하니까 생각이 나네. 그렇지 않아도 내 진작부터 창대 아우에게 물어보고 싶은 것이 있었네."

문순득이 마침 생각났다는 표정으로 창대를 쳐다봤다.

"그래요? 무슨 얘기인데 그러십니까?"

"고상운이라고 있지 않은가? 자네와 회영이 하고는 어릴 때부터 친형제처럼 지낸 걸로 알고 있는데."

문순득의 입에서 고상운(高相雲)이라는 이름이 나오자 창대가 흠칫 놀랐다.

"물론이지요. 상운이를 왜 모르겠습니까. 회영이와 상운이 다 죽마고우들입니다. 하지만 상운이는 풍랑을 만나서 불귀의 객이 된 지 오래되었습니다. 그게 벌써 칠 년 전의 일이지요. 그런데 왜 갑자기 상운이 얘기를 하시는 겁니까?"

창대가 긴장해서 물었다. 문순득 말대로 허회영과 고상운 모두 죽마고우들이다. 그런데 왜 문순득은 갑자기 기미년(己未年 1779)에 고기잡이를 나갔다가 큰 바람을 만나 불귀의 객이 된 고상운 얘기를 꺼내는 걸까.

"그게 말일세……. 실은 내가 상운이를 만났었네."

문순득이 목소리를 죽이더니 조심스럽게 입을 열었다.

"예?"

창대가 화들짝 놀라며 문순득을 쳐다봤다. 갑자기 이 무슨 소리란 말인가. 오래전에 죽은 사람을 만났다니. 약전도 그게 무슨 소리냐는 듯 문순득의 다음 말에 귀를 기울였다.

"칠 년 전에 죽은 사람을 봤다고 하니 그리 놀라는 것도 무리가 아닐 테지. 하지만 청국 오문(澳門 마카오)에서 내 분명히 상운이와 만났었네."

문순득은 아직도 믿어지지 않는다는 듯 고개를 절레절레 흔들며 말을 이었다.

문순득은 계해년 구월에 오문에 도착했다. 남양을 전전하던 끝에 비로소 청국 땅에 발을 디딘 것이다. 오문은 붉은 머리의 서양인들이 득실대는 별천지였다. 청 관헌에 인도된 문순득과 김옥문은 여객사(旅客舍)로 이송되었다. 여객사는 해상들을 상대하는 객사인데 그런대로 먹고 지낼만 했다. 여기서 기다리고 있다가 호출이 되면 광동부(廣東府)에 출두해서 심사를 받게 된다.

청국에 발을 디디고서야 문순득은 비로소 살아서 고향으로 돌아갈 수 있다는 확신이 들었다. 심사를 거쳐서 북경으로 이송되면 책문(柵門)을 통해서 조선 땅 의주에 들어서고 한양을 거쳐서 꿈에도 그리던 고향 집으로 돌아갈 수 있다. 생각만 해도 벌써부터 가슴이 뛰었다. 문순득은 긴장이 풀리면서 배정받은 여객사 방에 털썩 주저앉았다.

그대로 잠이 들었던 것일까. 문순득이 다시 눈을 떴을 때는 밖이 이미 어두워져 있었다. 그 사이에 여객사에 사람들이 많이 들었는지 주위가 소란스러웠다. 마냥 누워있기 뭣해서 문순득은 몸을 일으키고서 아래층으로 내려갔다. 아래층은 주루를 겸하고 있는데 기이한 복색의 객들이 자리를 메우고 있었다. 청국인들은 물론 서양인들도 상당수 있었고 처음 보는 특이한 복색의 남양 해상들도 상당수 자리하고 있었다.

문순득이 자리를 잡고 앉자 여객사의 사동이 경계하는 빛을 띠며 다가왔다. 표류객 신세에 수중에 돈이 있을 리 없을 것 같았기 때문이다. 하지만 여기 머무르는 동안 관헌에서 숙식은 마련해 주기로 했으니 통사정하면 술 한 잔 정도는 얻어 마실 수도 있을 것 같아서 문순득은 사동을 불렀던 것이다.

"해문위(海門衛)에서 숙식을 봐주고 있는 조선 표류객이요. 술을 한 잔 마실 수 있겠소?"

문순득이 손짓을 섞어가며 술 한 잔 마시고 싶다는 뜻을 전하자 사동이 곤란한 표정을 짓더니 돌아섰다. 잠시 후에 다시 나타난 사동은 표정을 엄하게 하고 고개를 흔들었다. 여객사 주인이 불허한 모양이었다. 야박하다는 생각이 들었지만 따지고 들 처지가 못 됐다. 문순득은 입맛을 다시며 남들 술 마시는 것을 쳐다보았다. 그런데 사동이 당장 일어설 것을 요구했다.

"너무하는군! 어쨌든 나는 이 여객사의 객이야!"

문순득이 분을 참지 못하고 버럭 소리를 질렀다. 그러자 주위의 사람들이 일제히 돌아봤다. 사동은 얼굴이 벌개져서 문순득을 노려보더니 휑하니 돌아섰다. 아마도 주인을 데리고 올 모양이다. 문순득은 순간 후회가 됐다. 지금 자신은 소란을 피울 처지가 아니었다.

예상대로 객사 주인이 노기충천해서 다가왔다. 문순득은 이 층으로 올라갈 셈으로 자리에서 일어서려는데 객사 주인이 앞을 가로막았다.

"너, 당장 여기서 나가! 해문위에서 당부를 하기에 할 수 없이 방을 내주었더니 돈도 한 푼 없는 주제에 말썽을 피워?"

문순득은 사과를 했지만 주인은 막무가내였다. 애초부터 불청객이었다. 좋은 기회라고 생각하고 내쫓을 생각이었다. 난감했다. 주인 말대로 얌전하게 방에 틀어박혀 있어야 했는데 고향으로 돌아간다는 기쁨에 그만 객기를 부린 게 일이 이렇게 돼 버렸다. 여기서 쫓겨나면 고향으로 돌아갈 수 없을지도 모른다는 생각이 들자 문순득은 덜컥 겁이 났다.

"주인장, 너무 하는군. 아무리 표류객이라고 해도 그렇지 그렇게 매정하게 내쫓아서야 되겠소? 그 사람에게 술을 주구려. 내가 값을 치를 테니."

문순득이 사색이 되어 있는데 뒤에서 주인을 부르는 소리가 들렸다. 돌아보니 해상인 듯한 자가 동정심 가득한 눈으로 문순득을 쳐다보고는 탁자 위에 은화를 내던졌다. 돈을 내고 술을 마시겠다는데야 주인이 마다할 이유가 없다. 주인은 휑하니 사라졌고 조금 있다가 사동이 술을 가져왔다. 문순득이 다가가서 사의를 표하자 해상이 앉을 것을 권했다.

"앉으시오. 낯선 땅에서 고생이 많겠소."

말은 통하지 않았지만 그런 의미인 것 같았다. 바다를 오가는 해상에게는 표류객의 신세가 남의 일 같지 않을 것이다. 문순득은 엉거주춤 자리에 앉았다.

"말이 통하지 않으니 필담을 해야겠군."

해상인은 손가락으로 안남(安南 베트남)이라고 쓰더니 이어서 완승영(玩昇泳)이라고 썼다. 안남이라면 복건성 남쪽에 있는 나라다. 그렇다면 해상은 안남인으로 이름이 완승영인 모양이었다. 문순득이 알겠다는 듯 고개를 끄덕이고는 조선이라고 써 보였다. 다행히 문순득은 글을 조금 알고 있었다.

"허! 조선 사람이었군. 가만있자 조선 사람이라면……, 이봐!"

완승영이 소리치자 수하가 얼른 다가왔다.

"선단 서기를 이리로 오라고 해."

수하가 꾸벅 절을 하고 물러갔다. 완승영은 아마도 해상단의 행수인 것 같았다. 완승영은 계속해서 글자를 써 보였다. 자기들은 오문을 거쳐서 양주(揚州)까지 갈 것이라고 했다. 문순득이 유구와 여송을 차례로 써 보이자 완승영은 눈을 휘둥그레 뜨며 놀라움을 표했다.

아까 그 수하가 다시 왔는데 웬 남자를 대동하고 있었다. 두 사람이 완승영에게 절을 하자 완승영이 고개를 끄덕이더니 수하를 따라서 온 남자에게 문순득을 가리키며 '조선'이라고 하더니 자리에서 일어섰다. 따라온 자는 아마도 조선인인 듯했다.

"조선 사람입니까? 어쩌다 오문까지 왔습니까?"

조선인은 완승영이 자리를 뜨자 반가운 얼굴로 문순득에게 말을 걸며 마주 앉았다. 문순득도 너무 반가웠다. 여기서 조선인을 만나게 될 줄이야.

그런데 어디서 많이 본 얼굴이었다. 조선인도 문순득을 알아봤는지 갑자기 눈이 휘둥그레졌다.

"아니……! 순득이 형님 아니십니까?"

조선인이 깜짝 놀라며 문순득의 손을 덥석 잡았다. 문순득은 귀를 의심했다. 여기서 조선인을 만난 것만도 놀라운 일인데 아는 사람이라니. 정신을 수습하고 찬찬히 살펴본 문순득은 그제야 그가 누군지 기억해 냈다.

"자네는 고상운이 아닌가?"

그는 몇 해 전에 풍랑에 휩쓸려 사라져 버렸던 흑산도 어부 고상운이었다. 그리고 어상 일을 하면서 호형호제하던 사이였다. 이게 정녕 꿈은 아닐까. 설마 고상운을 여기서 만나게 될 줄이야. 문순득은 너무도 반가웠다.

"조선인 표류객이 있다고 하기에 달려왔습니다만 순득이 형님일 줄이야. 그럼 오문까지 표류를 하신 겁니까?"

"아닐세. 유구를 거쳐서 여송까지 표류를 했다가 지금 오문을 거쳐서 조선으로 돌아가는 중일세. 그런데 죽은 줄 알았던 자네가 이렇게 살아 있을 줄이야. 흑산도에서는 이미 자네의 무혼제(撫魂祭) 까지 지냈다고 들었네만."

"그게 벌써 여러 해 전의 일이니 고향에서는 모두 내가 죽은 줄 알고 있겠지요."

고상운의 얼굴에 말할 수 없는 감회가 서렸다.

"그런데 어떻게 해서 안남인 해상단에 끼게 되었나? 그리고 지금 어디서 살고 있는가?"

"얘기를 하자면 깁니다."

문순득이 단숨에 술잔을 비웠다. 얼굴에 만 가지 감회가 교차하고 지나갔다.

"엄청난 풍랑이었습니다. 산더미만 한 파도가 사정없이 몰아쳤지요. 배는 며칠을 표류하다가 양자강 하구의 흑수양(黑水洋)에까지 떠밀려 왔습니다. 다른 사람들은 다 파도에 휩쓸려가 버렸고 저만 혼자 남았습니다. 그 사이에 바람은 잦아들었지만 이미 기진을 한 상태였고 갈증으로 목이 타는 듯 했습니다. 그래서 이제 죽는구나 생각하고 누워 있는데 아직은 죽을 운이 아니었던지 마침 부근을 지나가던 안남 상선에 구조되었습니다."

고상운은 긴 한숨을 내쉬었다.

"그리 된 것이로군. 참으로 하늘이 도우셨네. 그렇게 큰 파도를 만나고서도 목숨을 부지할 수 있었으니 어찌 하늘의 보살핌이 아니라고 하겠는가. 그래서 안남 해상단을 따라다니고 있나?"

"그렇습니다. 완 대인은 안남국 동경만(東京灣 통킹만)에 있는 해방(海防 하이퐁)이란 항구에 근거지를 두고 있는 큰 해상입니다. 주로 안남과 광동, 양주를 오가며 장사를 하고 있지요."

272

"그런가? 나도 구사일생으로 목숨을 건져 여기까지 왔네만 자네도 참 기구한 운명을 지녔군. 광동부의 심사를 거치는 대로 조선으로 돌아가게 될 텐데 웬만하면 자네도 함께 광동부에 출두해서 조선의 표류객임을 신고하는 게 어떻겠나? 사실이 확인되면 청 관헌에서 조선으로 돌아갈 수 있도록 도와줄 걸세."

　문순득은 고상운에게 함께 조선으로 돌아갈 것을 권했다. 그런데 반색을 할 줄 알았는데 고상운은 왠지 난감한 표정을 지었다.

　"형님의 뜻은 잘 알겠습니다만 지금 제 처지가 그리 간단치가 않습니다. 형님과 함께 행동하기는 어려울 것 같습니다."

　"그게 무슨 소린가? 혹시 안남 해상단에 얽매인 신세라도……?"

　문순득은 혹시 고상운이 해상단에서 노비 신세로 지내는 것은 아닌가 해서 물었다.

　"그런 것은 아닙니다. 저는 완 대인에게 신임을 받고 있는 상단 서기입니다. 상단의 금전 출납을 책임지고 있지요."

　하긴 말투나 복색으로 봐서 고상운은 고생을 하고 있는 사람 같지는 않았다. 아까 완 대인이 고상운을 대하는 것을 봐도 그랬다. 상단의 금전 출납을 맡고 있다면 대단한 신임을 얻었을 것이다.

　"그럼……?"

　문순득이 의아해서 쳐다보자 고상운은 잠시 생각하더니 무겁게 입을 열었다.

　"물론 언젠가는 고향으로 돌아갈 것입니다만 당장은 떠날 형편이 못됩니다."

　무슨 사정이 있는지는 몰라도 고상운의 표정이 사뭇 비감했다.

　"처를 만나거든 제가 살아 있음을 꼭 전해 주십시오."

　격한 감정을 추스르기라도 하듯 잠시 고개를 숙이고 있던 고상운이 돌연 처를 입에 담았다. 그의 얼굴에 아련한 그리움이 스치고 지나갔다. 그러고 보니 고상운이 표류를 하기 얼마 전에 장가를 들었던 사실이 떠올랐다.

"사정이 있어서 지금은 돌아가지 못하지만 정리가 되는대로 꼭 돌아갈 것이라고."

고상운의 눈에서 굵은 눈물이 떨어져 내렸다. 문순득은 덩달아 가슴이 찢어질 것 같았다. 신혼의 단꿈이 깨기도 전에 새색시를 혼자 남겨두고 먼 이역으로 표류를 했으니 그 찢어질 듯한 심정을 어찌 이해하지 못하겠는가.

"자네가 혼례를 치르던 때가 생각나는군. 알겠네. 내 흑산도로 돌아가서 꼭 자네 처에게 자네가 살아 있음을, 그리고 돌아올 것임을 전해 주겠네."

◇◆◇

문순득은 여기까지 말을 하고 숨을 길게 내쉬었다.

"그것 정말로 기이한 일이로구나. 그 머나먼 이역에서 동향인을 만나게 되었다니."

약전의 얼굴에 경탄의 빛이 떠올랐다.

"그러게 말입니다. 그래서 말인데 창대 자네가 상운이 처의 소식을 알고 있나? 이씨 성에 국영(國英)이라는 이름을 쓰고 있다고 들었네만."

그런데 무슨 일일까. 창대의 얼굴이 백지장처럼 창백해져 있었다.

"이봐! 창대, 자네 왜 그러나……?"

문순득이 당장이라도 졸도할 것 같은 창대를 보고 깜짝 놀랐다. 영문을 모르기는 약전도 마찬가지였다. 왜 갑자기 저러는 걸까. 방금 전까지만 해도 멀쩡하던 창대였다.

"들어오시오. 당신도 알아야 할 일이 있소."

넋이 나간 듯 천장을 쳐다보고 있던 창대는 술이 떨어졌는지 알아보려고 슬며시 문을 열고 안을 살피려던 전옥패에게 들어오라고 했다. 아무래도 심상치 않은 일이 있는 모양이었다. 약전은 정색을 하고 창대의 말에 귀를 기울였다.

"순득이 형님이 상운이 처를 기억하지 못하는 모양이로군요. 상운이 처가 바로 회영이랑 혼인하기로 한 이씨 처자입니다."

창대가 장탄식과 함께 입을 열었다.

"뭐야!"

약전과 문순득이 깜짝 놀랐다.

"그럴 수가……. 어떻게 이런 일이. 간신히 혼례를 하게 된 마당에 이씨 처자의 남편이 살아 있다니. 허! 이거 참."

약전은 벌린 입을 다물지 못했다. 그제야 사태를 파악한 전옥패도 얼굴색이 싹 변했다. 이국영의 남편이 살아 있다니. 정녕 날벼락과도 같은 말이었다.

"진작 불귀의 객이 된 줄로만 알았던 상운이가 살아 있다니. 정말로 상운이를 본 겁니까?"

창대가 새삼 확인이라도 하려는 듯 물었다.

"틀림없는 상운이었네. 그런데 회영이가 혼례를 치르기로 한 처자가 바로 상운이 처란 말인가? 어떻게 이런 일이."

문순득은 죄라도 지은 양 미안해했다. 그가 잘못한 것은 없지만 일이 묘하게 된 것은 사실이다. 진작 물귀신이 된 줄로만 알고 무혼제까지 지낸 사람이 살아 있다니. 그런데 처는 재가를 하려 하고 있다.

"어떻게 하면 좋겠습니까, 선비님?"

잠시 침묵이 흐른 후에 창대가 약전에게 물었다. 하지만 약전도 난감할 따름이었다. 어떻게 해야 하나. 남편이 멀쩡하게 살아 있는 판에, 아이의 생부가 버젓이 생존해 있는 판에 다른 남자에게 시집을 가는 것을 그대로 보고 있어야 하나. 아니면 이제라도 말려야 하나. 판단이 서질 않았다. 하지만 두 사람의 혼례에 중신을 선 마당에 이제 와서 모른 체할 수도 없었다.

안남이 어딘가. 가을에 제비들이 따뜻한 곳을 찾아 떠난다는 절강, 복건에서도 한참 더 가야 하는 까마득히 먼 나라다. 고상운은 문순득에게 꼭 돌아갈 것이라고 말했다지만 그게 말만큼 쉽지는 않을 것이다. 그러니 죽은 사람이라고 치부해도 별 탈은 없을 것이다. 약전은 혼란을 수습하고 마음을 정했다.

"고상운이 살아 있고 또 순득이를 만났다니 참으로 기적 같은 일이로구나. 고상운이 고향으로 돌아가겠다고 했다지만 안남은 아주 먼 땅이다. 그리 쉽게 돌아올 수 없을 것이다."

약전은 천천히 입을 열었고 문순득과 창대, 그리고 전옥패는 숨을 죽이고 약전의 말에 귀를 기울였다.

"고상운의 일은 여기 있는 네 사람의 가슴 속에 묻어 두고 허회영과 이씨 처자에게는 함구하는 것이 좋겠다."

약전은 뜻을 굳혔다.

"소인도 그리 생각합니다."

창대가 즉시 찬동하고 나섰다.

"소인도 마찬가지입니다. 소인의 짐작으로는 상운이는 안남에 따로 살림을 차린 듯합니다."

문순득도 동의를 표했다. 말은 하지 않았지만 전옥패도 같은 생각일 것이다. 이렇게 되어서 네 사람은 그들만의 비밀을 갖게 되었다.

"그렇게 광동부에서 해를 넘기고 갑자년(甲子年 1804)이 되어서 남웅부(南雄府) 보창현(保昌縣)과 남경(南京)을 거쳐서 오월에 황성(皇城)에 이르게 되었습니다. 그리고 동짓달에 마침내 압록강을 건넜습니다. 천지신명께서 돌보시어 무사히 고향으로 돌아오게 된 것이지요."

문순득이 긴 한숨을 토해냈다. 이렇게 되어서 문순득은 삼 년 하고도 두 달에 걸친 긴 여정을 끝내고 마침내 금년 일월 십팔 일에 집에 돌아온 것이다. 그리고 문순득의 표류담도 여기서 끝을 맺게 되었다. 그 사이에 세월도 흘러서 아침저녁으로 선선한 바람이 부는 가을의 초입이 되었다.

"이렇게 모두 얘기를 하고 나니 정말로 집에 돌아온 기분입니다."
문순득은 후련한 표정을 지었다.
"그동안 수고가 많았다. 향후 아주 소중한 기록이 될 것이다."
약전은 두툼하게 쌓인 표류기 초를 보며 흐뭇해했다.
"혹시 필요한 것이 있으면 또 부를지도 모르겠다."
"물론입니다. 선비님께서 부르시면 언제라도 달려오겠습니다."

문순득이 시원스레 대답했다. 대기하고 있던 전옥패와 이국영이 음식상을 들고 들어왔다. 마지막이라서 그런지 오늘따라 더 푸짐한 것 같았다. 이국영은 아침부터 달려와서 전옥패를 돕고 있었다.

　"그래 준비는 잘 돼가고 있느냐?"

　약전이 느긋한 마음으로 허회영에게 물었다. 두 사람의 혼사는 한차례 미루어졌다. 들어오기로 되어있던 돈이 미뤄지면서 덩달아 혼사도 미뤄졌던 것이다.

　"저 사람은 따로 식을 올릴 필요가 뭐 있냐며 한사코 반대를 하고 있습니다만 아무리 없이 사는 사람들이라고 해도 그렇지 백년가약을 맺으면서 그럴 수는 없지 않습니까. 그래서 마을 어르신들을 모시고 조촐하게나마 잔치를 벌이려 합니다. 선비님께서도 꼭 들러주십시오."

　허회영이 조금 들뜬 표정으로 말했다. 그런 허회영을 보며 약전과 창대, 문순득과 전옥패 네 사람은 죄를 진 기분이 들었다. 두 사람의 행복을 위한 길이라고 하지만 당사자들 앞에서 시치미를 뚝 떼고 있으려니 괴로웠던 것이다.

　"물론이다. 중신아비가 된 마당에 어찌 빠지겠느냐."

　약전이 흔쾌히 수락했다. 허회영과 고상운, 그리고 이국영 세 사람의 인연에 대해서는 창대를 통해 상세하게 들었던 터였다. 허회영은 이국영을 연모했지만 이국영이 고상운과 연을 맺으면서 오로지 바다에 매달리며 쓰라린 심정을 달랬다. 노모가 그렇게 안달하는 데도 여태까지 혼자 산 것도 이국영에 대한 연모의 정을 버리지 못했기 때문이다. 그렇게 칠 년의 세월이 흘렀고 이국영은 마침내 허회영의 뜻을 받아들이기로 한 것이다. 칠 년은 짧은 세월이 아니다. 함께 변을 당했던 사람들은 이미 제사를 지내고 있었다.

'절개가 곧은 여인이야. 반가의 규수도 저리 지조가 높지 못할 것이다.'

약전은 주방을 들락거리는 이국영을 쳐다보면서 감탄을 금치 못했다. 처음에는 이국영이 허회영의 청을 완강하게 거절했다고 했다. 비록 무혼제까지 지냈지만 남편의 시신을 두 눈으로 직접 확인하기 전에는 절대로 포기하지 않겠다는 것이었다. 그렇지만 일곱 성상이 바뀌어도 허회영의 마음도 변하지 않았고 미모의 청상과부가 혼자 산다는 게 그렇게 쉬운 일도 아니었다. 당연히 온갖 유혹과 어려움이 따랐다. 허회영은 참으로 어렵게 이국영의 마음을 돌렸고 모친의 허락을 받았던 것이다.

그런데 고상운이 살아 있다는 것을 알면 허회영은 어떻게 나올까. 무심코 허회영과 눈이 마주친 약전은 몹쓸 짓이라도 하다 들킨 사람마냥 얼른 외면을 했다.

"요사이 무슨 고기가 많이 잡히더냐?"

약전은 어색한 분위기를 바꾸기 위해서 화제를 돌렸다.

"요즈음은 특별히 어종을 가리지 않고서 골고루 잡히고 있습니다."

약전의 흉중을 알 리 없는 허회영이 태연하게 대답했다.

"부지런히 건저 올리게. 내가 다시 어상을 시작했으니 좋은 값에 사 주겠네."

문순득이 천연덕스럽게 대화에 끼어들었다.

"고맙습니다. 그렇지 않아도 그 일로 순득이 형님께 부탁을 하려던 참이었습니다."

"그래도 대사를 치룰 때까지는 좀 쉬는 게 어떤가? 회영이 자네 요즘 너무 무리를 하는 것 같아."

창대가 걱정스런 얼굴로 허회영을 쳐다봤다.

"바다에 자주 나가고 있지만 그렇다고 몸을 상할 정도는 아니네. 늦게 시작했으니 그만큼 열심히 일해야 하지 않겠나."

허회영이 씩씩하게 대답했다. 몸은 고되지만 하늘을 날 것 같은 나날이었다.

"창대 말도 맞고 회영이 말도 맞다. 무슨 일이건 성실하게 매달리다 보면 반드시 보답이 있을 것이다."

"감사합니다. 선비님. 하해와 같은 은혜를 어떻게 보답해야 할지 막막합니다. 우선은 열심히 사는 것으로 보은의 길을 삼겠습니다."

허회영이 새삼 약전에게 꾸벅 절을 했다. 약전이 발을 벗고 나서지 않았다면 모친의 마음을 돌리기 어려웠을 것이다.

━━━◆◇◆━━━

이국영은 양필이가 잠든 것을 확인하고서 살그머니 옷장을 열었다. 이제 그만 떠나보낼 때가 된 것이다. 당연히 해야 할 일이지만 막상 칠 년 동안 소중하게 간직했던 남편의 옷가지들을 정리하려니 눈물이 앞을 가렸다. 마을 어른들의 권유를 뿌리칠 수 없어서 무혼제까지 지냈지만 이국영은 남편이 살아서 돌아올지 모른다는 희망을 버리지 않고 있었다. 이국영의 나이 이제 스물세 살. 홀몸으로 지낸 지 칠 년의 세월이 흘렀지만 여전히 젊고 아름다웠다.

허회영이 오래전부터 자기를 마음에 두고 있었다는 사실을 이국영도 잘 알고 있었다. 그리고 성실하고 착한 남자라는 사실도 익히 알고 있었다. 이국영 역시 멀리서 자기를 바라보며 혼자서 가슴앓

이를 하던 허회영이 싫지 않았다. 하지만 하늘은 고상운과 인연을 맺어 주었다. 가진 것 없이 홀어머니를 모시고 사는 허회영에 비해서 그래도 먹고 사는 게 나았던 고상운 쪽에서 먼저 혼담을 꺼내면서 두 사람은 부부가 된 것이다.

고상운의 옷가지를 정리하는 이국영의 두 눈에서 눈물이 흘러내렸다. 고상운은 좋은 남편이었다. 신혼의 단꿈이 깨지기도 전에 불귀의 객이 되었지만 그래도 자기를 끔찍이 위해 주었던 다정다감한 사람이었다.

'용서해 주세요. 이제 그만 당신과의 인연을 끊으려 합니다.'

이국영은 마음속으로 용서를 빌었다. 끝까지 유복자 양필이와 둘이서 살 생각이었지만 젊은 과부가 혼자 산다는 것이 그리 호락호락하지 않았다. 아비 없는 자식으로 키우는 것도 두려웠고 이 남자 저 남자 치근대는 것도 싫었다.

양필이는 아무것도 모르고 곤히 자고 있었다. 그동안에 허회영이 틈틈이 찾아와서 양필이를 돌봐 줬기에 양필이는 허회영을 잘 따르고 있었다. 허회영도 양필이를 친자식처럼 대하고 있었다. 양필이도 얼굴조차 모르는 친부보다는 늘 대하는 허회영에게서 아버지의 정을 느낄 것이다.

이국영은 한숨을 내쉬었다. 새 삶을 찾더라도 힘든 일은 그치지 않을 것이다. 허회영의 노모는 한양 선비의 설득을 거절하지 못해서 자기를 받아들이기는 했지만 여전히 탐탁지 않게 여기고 있었다. 행여 양필이를 구박하면 어쩌나 하는……. 벌써부터 그게 걱정이 되었다. 열심히 살면서 노모의 마음을 풀어 드리는 수밖에 없을 것이다.

옷가지 정리를 끝낸 이국영은 밖으로 나섰다. 언제 안개가 꼈는지 밖은 해무(海霧)가 자욱했다. 이국영은 자욱한 해무 속에 홀로 서서 수평선 너머로 사라져 버린 고상운에게 영원한 작별을 고했다.

그때 뒤쪽에서 인기척이 났다. 이국영은 흠칫 놀라며 돌아섰다.

"날세. 질부(姪婦)."

젊은 남자가 안개 속에서 불쑥 얼굴을 내밀었다. 그 얼굴을 보는 순간 이국영은 가슴이 철렁 내려앉았다.

"그동안 잘 지냈나. 그럭저럭 삼 년 만이군. 그 사이에 양필이도 많이 컸겠군."

젊은 남자가 히쭉히쭉 웃으며 다가왔다.

———◇◇◇———

한치 앞도 보이지 않을 만큼 안개가 심했다. 당장은 바람이 없지만 물결이라도 일면 이런 조그만 단돛배는 위험하다.

"안개가 너무 심한데요. 이러다 엉뚱한 데로 가는 것은 아닙니까?"

어동(漁童)으로 데리고 온 칠상이 놈이 호들갑을 떨었다. 안개가 심하다고 뱃길을 놓치지는 않겠지만 그래도 갑자기 물결이라도 일까 봐 마음이 쓰였다. 하지만 그간의 경험에 의하면 이렇게 안개가 짙은 날은 큰바람이 불지 않는다.

"쓸데없는 소리하지 말고 빨리 주낙이나 내리거라."

허회영이 핀잔을 주자 칠상이가 쭈뼛거리며 낚싯줄을 풀기 시작했다. 주낙 모릿줄이 광주리에서 풀리며 빠른 속도로 바다로 잠겨 들었다. 허회영은 모릿줄 아래 여러 가닥으로 늘어진 아릿줄에 홍어가

282

제발 주렁주렁 매달리기를 기원하며 주낙에 눈길을 주었다. 곧 처자식이 생긴다. 그만큼 입이 늘어난다는 말이다. 그리고 마을 어른들을 모시고 잔치를 하려면 돈이 꽤 들 것이다. 쉬지 않고 출어를 하는 통에 몸은 파김치가 되었지만 아직 모아야 할 돈이 꽤 됐다.

"노랑가오리, 묵가오리가 그저 주렁주렁 매달렸으면 좋겠습니다."

칠상이 놈이 너스레를 떨었다. 칠상이 말대로 값비싼 홍어들이 주렁주렁 매달려서 대사를 앞두고 불안해하는 이국영과 여전히 섭섭해 하시는 노모를 조금이라도 기쁘게 해 드렸으면 좋을 텐데. 허회영의 간절한 소망을 담은 모릿줄은 일곱 광주리 째 풀려나갔다.

주위에서 자기를 두고 말이 많은 것을 허회영도 잘 알고 있었다. 총각이 뭐가 아쉬워서 애 딸린 과부에게 장가를 드냐는 사람들이 대부분이지만 개중에는 의붓아비 아래서 고생이 심할 거라며 양필이가 불쌍하다는 사람도 있었다. 허회영은 부질없이 뒷전에서 남의 얘기를 해 대는 사람들에게 보란 듯이 잘 살아 볼 생각이었다. 그리고 자신이 있었다.

"아저씨, 저기!"

풀려가는 모릿줄을 보면서 생각에 잠겨 있는데 갑자기 칠상이 놈이 허회영을 불렀다. 무슨 일인가 해서 고개를 돌리는 순간 안개 속에서 시커먼 그림자가 다가오고 있었다. 다른 고깃배일까. 그리 큰 배는 아닌데 아무튼 빨리 신호를 보내지 않으면 충돌할 판이다.

"어이! 위험해!"

허회영은 다가오는 배를 향해 큰소리를 질렀다. 그 배에서도 허회영의 쪽배를 알아봤는지 황급히 방향을 틀었다. 하지만 너무 가까이 접근했기에 완전히 빗겨가지 못하고 허회영의 배와 스치고 지나갔다.

"쿵" 하는 소리와 함께 충격이 밀려왔다. 하지만 정면충돌은 아니었기에 심하게 흔들렸을 뿐 그 이상의 피해는 없었다.

"바보 같은 놈!"

허회영은 안개 속으로 사라지는 배를 향해 욕을 내뱉었다. 하지만 허회영에게도 잘못은 있다. 고기잡이에 신경을 쓰느라 다가오는 배를 보지 못했던 것이다. 이래저래 피로가 쌓인 게 문제일 것이다. 목구멍이 포도청이라지만 그만 돌아가야 할 것 같았다. 허회영은 아쉬운 마음으로 주낙을 도로 거두어들일 것을 칠상이에게 일렀다.

"웬 배일까요? 우리 말고 출어한 배는 없는데."

허회영도 오늘 홍어 주낙에 출어한 배는 자기 밖에 없다는 사실을 알고 있었다. 그렇다면 진리나 예리에서……? 허회영은 고개를 내저었다. 짧은 순간이나마 충돌했던 배는 흔히 보던 배가 아니었다.

"어쩌면 황당선(荒唐船)이 나타났는지 모르겠구나. 돌아가는 대로 흑산진 별장에게 고해야겠다."

홍어잡이 철이 되면 청국 어선들이 흑산도 연해까지 몰려와서 몰래 홍어잡이를 하고 돌아간다. 그런 청국 어선을 황당선이라고 부르는데 황당선이 출현하면 수영(水營)에서 추포선(追捕船)을 띄워서 잡아들이지만 그렇다고 근절되지는 않았다. 흑산도 홍어는 어디에서나 비싼 값으로 팔리고 있었기 때문이다.

돌아와서 살펴보니 뱃머리 쪽이 약간 긁혔을 뿐 다른 피해는 없었다. 잠깐 손을 보면 될 것 같았다. 허회영은 칠상이에게 낚싯줄을 살필 것을 지시하고 일어섰다. 흑산진 별장에게 들러서 황당선이 출현했음을 고한 후에 이국영에게 들를 생각이다. 안개는 여전히 심했다. 흑산진에 들렀다가 옥녀봉으로 가려면 제법 먼 길을 걸어야 한다. 허회영은 걸음을 서둘렀다.

서둘러 일을 마치고 이국영의 초가로 들어서니 이국영은 옷가지를 정리하고 있었다. 양필이는 한쪽에서 자고 있었다. 허회영은 가지런히 정리된 옷가지를 보며 이국영이 고상운과의 연을 정리하고 있었음을 눈치챘다.

"일찍 돌아오셨군요."

"바다에서 작은 사고가 생기는 바람에 일찍 돌아왔소. 그런데 저것은 상운이의 유품인 것 같소."

"……."

이국영이 아무 말 없이 고개를 숙였다.

"마음이 편치 않겠소. 그동안 소중히 간직해 왔을 텐데."

"어차피 정리하려던 것입니다. 이제 그분을 내 마음 속에서 지워야 할 때가 되었으니까요. 그런데 너무 무리를 하고 있는 것은 아니신지요."

"자주 바다에 나가는 편이지만 아직은 젊으니 별 문제없을 것이오. 우리 열심히 삽시다. 양필이도 남보란 듯이 잘 키웁시다."

허회영이 이국영의 손을 꼭 잡았다. 따뜻한 정이 잡은 손을 통해서 이국영에게 전해졌다.

"그리 말해 주니 몸 둘 바를 모르겠습니다. 마을 사람들이 이런저런 말을 하는 걸 잘 압니다. 어머니도 심하게 반대를 하셨고."

"당신도 눈치채고 있었겠지만 나는 오래전부터 당신을 연모하고 있었소. 당신이 상운이와 혼례를 치렀을 때 나는 찢어질 것 같은 가슴을 달래며 잘 살기를 빌었소."

얼마 전까지 이국영을 양필이 엄마라고 부르던 허회영은 이제 당신이라고 부르고 있었다.

"그런데 상운이가 그렇게 어이없이 당신 곁을 떠나고 말았소. 그리고 칠 년. 당신이나 나나 기다릴 만큼 기다린 셈이오. 이렇게 당신과 맺게 된 것을 나름대로 하늘의 뜻이라고 생각하고 있소."

이국영은 고개를 숙인 채 아무 말이 없었다. 여전히 아름답고 청초한 자태였다. 허회영은 손끝을 통해 전해지는 이국영의 체온을 느끼며 꼭 보란 듯이 잘 살 것을 결심했다.

"저……"

이국영이 할 말이 있는지 조심스레 고개를 들었다. 그러고 보니 무슨 걱정이 있는지 아까부터 표정이 어두웠다.

"왜? 무슨 일이 있소?"

"시숙이 돌아왔어요."

"시숙이라니?"

허회영이 고개를 갸우뚱했다. 이국영의 시숙이 누군지 언뜻 떠오르지 않았던 것이다.

"왜 그이의 막내 숙부……"

그제야 허회영은 이국영이 말하는 사람이 누구인지 깨달았다.

"해문이를 말하는 모양이군. 그래 고해문이 섬에 들어왔단 말이오? 다시는 돌아오지 않을 줄 알았는데."

허회영이 혀를 찼다. 고해문(高海聞)이라……. 결코 반갑지 않은 인물이다. 고해문은 고상운의 조부가 늘그막에 뭍에서 외도를 하고서 데리고 들어온 자식으로 나이는 고상운이나 허회영보다 한 살 아래지만 촌수로는 고상운에게 숙부가 되는 자다. 고해문은 걸핏하면 싸움을 벌이고 사람을 팼기에 마을에서 여러 차례 쫓겨났지만 잊을 만하면 슬금슬금 기어 들어와서 지내다가 제 버릇 개 못준다고 또 사고를 치고 쫓겨나기를 반복했던 개망나니 같은 위인이다.

그러던 차에 삼 년 전에 큰 사고를 치는 바람에 마을 사람들에게 몰매를 맞고 초죽음이 되어 뭍으로 도망간 후에 소식이 끊겼다. 그런데 왜 하필이면 이때 나타났단 말인가. 허회영은 입맛이 썼다. 고해문은 조카며느리가 되는 이국영을 찾아와서 여러 차례 행패를 부렸던 적이 있었다. 그때마다 이국영은 없는 살림에 몇 푼씩 쥐어 줘 보냈는데 이국영이 재가를 한다는 사실을 알면 틀림없이 트집을 잡고서 행패를 부리려 들 것이다.

　"어떻게 하지요?"

　이국영의 얼굴에 수심이 가득했다.

　"뭐 별 일 있겠소. 당신은 이미 고씨 집안과 연을 끊었으니 그자가 무슨 소리를 하든 상관하지 마시오. 혹시 말썽을 피우거든 내가 알아서 처리하겠소."

　허회영은 불안해하는 이국영을 달래 주고 일어섰다.

　배는 금세 수리됐지만 기왕 손을 보는 김에 바닥을 그슬리는 것이 좋을 것 같아서 허회영은 불을 지피기로 했다. 그 사이에 칠상이는 부지런히 배 바닥에 달라붙은 해초와 조개 들을 떼어 냈다. 안개는 말끔히 걷혔고 바다는 잔잔했다. 다행이다. 그러나 날씨가 좋아지면 출어하는 배도 늘어날 것이기에 서두르지 않으면 홍어를 잡지 못한다. 허회영은 부지런히 손을 놀리며 출어 채비를 마쳤다.

　고해문이 나타났다는 사실이 계속해서 마음을 무겁게 하고 있었다. 고해문은 어려서부터 소악패로 집안사람들 속을 어지간히 썩였던 자다. 고상운의 조부와 부친이 차례로 돌아가시자 친척들은 모두 그를 외면해 버렸지만 사람 좋은 고상운은 그래도 숙부라며 상대를 해 주었는데 그게 화근이었다. 고해문은 빈둥빈둥 놀면서 이런 핑계 저런 구실로 고상운에게서 돈을 뜯어냈다. 심성이 착한 고상운은 주위에서 그렇게 말리는 데도 그래도 숙부라며 형편이 닿는 대로 얼마씩 쥐어 주었고 그럴 때마다 이국영의 마음고생은 심해갔다.

고상운이 실종된 후에도 고해문은 걸핏하면 이국영을 찾아와서 괴롭혀 댔다. 벼룩 간을 내먹는다고 잠녀 일을 하면서 간신히 입에 풀칠을 하고 있는 이국영을 우려먹자 보다 못한 마을 사람들이 몰려가서 혼쭐을 낸 적도 있었다.

'그 개망나니가 왜 하필 지금 나타났단 말인가.'

허회영은 상을 찡그렸다. 불청객도 이만저만한 불청객이 아니다. 고해문은 이국영이 재가한다는 사실을 알면 절대로 그냥 있을 자가 아니다. 또 무슨 구실을 들이대서 이국영을 괴롭힐 것이다.

"아저씨! 배가 다 타겠어요!"

칠상이가 소리쳤다. 허회영이 황급히 불을 뗐다. 잠시 딴 생각을 하는 바람에 배 밑바닥을 그슬린다는 것이 그만 태워 먹을 뻔했다.

"무슨 생각을 그리 하세요? 장가드는 것이 그렇게 좋으세요?"

칠상이 놈이 남의 속도 모르고 농을 건네 왔다.

"시끄럽다 이놈아! 빨리 낚싯줄이나 묶어라. 이러다가 홍어 다 남에게 빼앗기겠다."

허회영이 언성을 높였지만 칠상이는 여전히 히쭉거렸다.

불을 거두며 허리를 펴던 허회영은 허우적대며 이리로 걸어오고 있던 남자와 눈이 마주치는 순간 가슴이 철렁했지만 이내 마음을 고쳐먹었다. 언젠가는 한번 부딪쳐야 할 자다. 그리고 피할 이유가 없었다.

"이봐 회영이!"

고해문이 히쭉거리며 말을 걸어왔다.

"오랜만이군. 언제 돌아왔나."

허회영은 일부러 태연하게 인사말을 건넸다. 친구 고상운에게는 숙부지만 친구 숙부가 내 숙부는 아니다. 그리고 나이도 한 살 아래다. 허회영은 손아래를 대하듯 하대로 말을 받았다.

"마을에 갔다가 소식 들었네. 상운이 처와 혼례를 올릴 거라고 하더군. 허참! 어떻게 수절하고 있는 친구 부인을 꾀어서…….."

고해문이 어처구니없다는 표정을 지으며 말했다. 하지만 허회영은 고해문이 조카며느리의 수절 따위에 관심이 있는 자가 아니라는 사실을 잘 알고 있었다. 분명히 속셈이 따로 있을 것이다.

"상운이 일은 정말로 마음 아프지만 그렇다고 젊은 처자가 언제까지 청상과부로 지낼 수는 없지 않은가. 바다에 남편을 빼앗긴 여인이 재가를 하는 게 섬마을에서는 별 흠이 아니라는 사실은 해문이 자네도 잘 알 터. 마을 어른들 모두 우리 두 사람이 잘 살기를 바라고 계시네."

허회영은 마을 어른을 거론하며 네가 나설 일이 아님을 비쳤다. 초라한 몰골로 봐서 고해문은 노름판과 기방을 전전하다 가진 게 떨어지자 이국영에게 몇 푼 뜯어낼 요량으로 다시 섬으로 기어들어 온 모양이다. 그러다 이국영이 재혼을 한다는 소식을 듣고 잘하면 이 기회에 한 밑천 잡을 수 있을지 모른다는 생각을 하고 이리로 달려왔을 것이다. 허회영은 절대로 고해문의 수작에 놀아나지 않겠다고 단단히 마음을 먹었다.

"자네 이제 보니 뻔뻔한 사람이로군. 처녀 총각의 혼례라면 무엇이 문제가 되겠는가. 하지만 아직 생사가 불명한 친구의 부인에게 장가를 들겠다고 하니 내가 이리 흥분하는 게 아닌가. 그리고 나는 고씨 집안 어른이네. 고씨 가문 여인을 데리고 가려면 당연히 내 허락을 받아야지!"

고해문이 갑자기 거드름을 피며 언성을 높였다. 제 딴에는 제법 궁리를 한 모양이지만 어림도 없는 소리다. 얼떨결에 끌려 들어갔다가는 한도 끝도 없이 당할 것이다. 허회영은 정색을 하고 반박했다.

"제법 말은 그럴듯하게 하는군. 집안 어른이라고? 참으로 가소롭구나. 무슨 낯으로 그런 말을 한단 말이냐. 그동안 네가 하고 다닌 짓을 생각해 봐. 여인 홀몸으로 아이 굶기지 않겠다고 아등바등 살아가는 이씨 처자에게 시숙입네, 하며 돈푼이나 뜯어낸 거 빼고 또 뭐가 있어? 마을 사람들이 네가 한 짓을 다 알고 있는데 아니라고 하지는 못하겠지! 허튼 수작 부리지 말고 썩 꺼져! 괜히 쓸데없는 소리나 하고 다니면 마을 어른들께 말씀드려서 다시는 섬에 발을 붙이지 못하게끔 해 줄 테니까!"

허회영은 당장이라도 잡아먹을 기세로 고해문을 몰아붙였다. 허회영이 대차게 나오자 고해문은 당황한 듯 선뜻 대응하지 못했다. 허회영은 계속 밀어붙였다.

"고씨 가문과는 절연을 하고서 내 아내가 되기로 한 사람이야. 그러니 더 이상 내 앞에서 질부 운운하지 마!"

허회영이 눈을 부라리며 다가가자 고해문은 겁을 먹고 뒷걸음을 쳤다. 사고나 칠 줄 알았지 배짱도 없고 완력도 없는 자다.

"허! 기가 막혀서 말이 안 나오는군. 뭐 뀐 놈이 성낸다고 되레 큰소리를 치네. 좋아. 두고 보자. 얌전히 수절하는 질부를 꼬여 내고서 뭐 잘 했다고 큰소리야."

고해문이 악을 쓰더니 휑하니 걸음을 돌렸다.

"아저씨……."

칠상이가 걱정이 되는지 허회영을 쳐다봤다.

"걱정할 것 없다. 입만 살아서 나불대고 다니는 자니까."

고해문은 배포는 없지만 잔머리를 잘 돌리는 자다. 혹시 이국영
에게 해코지를 해 대지 않을까.

"오늘 출어는 그만두겠다."

허회영은 바다로 나가는 것을 그만두기로 했다. 억지로 출어를
해봐야 일이 손에 잡히지 않을 것이다.

"그렇게 하세요. 뒤는 내가 알아서 치울 테니 걱정하지 마세요."

칠상이가 제법 의젓하게 말했다. 아무래도 창대하고 의논하는 게
좋을 것 같았다. 허회영은 한걸음에 창대에게 달려갔는데 마침 창
대는 한양 선비에게 가고 없었다. 문순득이 첫 장사를 성공리에 마
쳤다면서 약전에게 인사차 들린 길에 동행을 했다는 것이다. 허회
영은 얼른 승선네로 향했다.

약전과 창대, 그리고 문순득 세 사람이 헐레벌떡 달려오는 허회
영을 반갑게 맞았다.

"어서 오게."

창대가 좁혀 앉으며 자리를 내주었다. 그런데 허회영의 안색이
영 말이 아니었다. 아무래도 무슨 일이 있는 듯했다.

"왜 그래? 무슨 일이라도 생긴 겐가?"

창대가 얼른 물었다.

"실은……."

허회영은 어두운 표정으로 그간의 일을 세 사람에게 전했다. 허

회영으로부터 자초지종을 전해 들은 세 사람은 금세 얼굴이 어두워졌다.

"호사다마라더니 이런 경우를 말하는군. 하필이면 이때 그런 자가 나타났단 말인가."

약전이 탄식을 했다.

"고해문이라면 나도 알아. 고씨 집안의 망나니였지. 허! 그자가 이제 와서 고씨 가문의 어른이라며 나서다니."

문순득이 어이가 없다는 얼굴로 말했다.

"그래 회영이 자네 생각은 어떤가? 고해문이 그냥 순순히 물러날 위인은 아니지 않은가?"

"절대로 그냥 물러설 자가 아니지."

허회영이 어두운 표정으로 고개를 끄덕였다.

"나도 그리 생각하네. 그래 어쩔 셈인가? 큰일을 앞두고 그자가 훼방을 놓겠다고 덤벼들면 곤란한 일이 생길지도 몰라. 그러니 되는 대로 몇 푼 쥐어주고 뭍으로 내쫓는 것은 어떻겠나?"

창대가 허회영의 눈치를 살피며 물었다. 풀이 죽어 있던 허회영이 고개를 번쩍 들더니 고개를 세게 흔들었다.

"그건 안 돼. 그랬다가는 계속해서 찾아와서 그 사람을 괴롭힐 거야. 어차피 고씨 가문과 연을 끊는 마당일세. 그러니 그자는 시숙도 아니고 양필이 삼촌도 아니야. 그저 망나니일 뿐이지. 내 아내가 망나니 따위에게 시달림을 당하도록 내버려 둘 수는 없네. 여태껏 시숙입네, 가문 어른입네, 하며 그 사람을 괴롭혔는데 이제부터는 어림없네. 또 다시 그런 수작을 벌인다면 개 패듯 패서 쫓아 버릴 걸세."

허회영의 결연한 태도에 세 사람은 더 이상 뭐라 할 말이 없었다.

맞는 말이다. 그런 자는 단호하게 물리쳐야지 약하게 나갔다가는 끝도 없이 달려든다.

"고해문 입장에서는 마지막일 테니 단단히 벼르고 덤벼들 텐데."

창대가 걱정을 했다.

"그렇겠지. 차라리 잘됐어. 어차피 겪을 일이라면 혼례를 치르기 전에 깨끗이 마무리 짓는 것도 나쁘지 않겠지."

"잘 생각했네. 자네가 고해문을 혼낸다고 해서 마을 어른들이 자네를 나무라지 않을 걸세. 하지만 일을 너무 크게 벌이지는 말게. 이씨 처자 입장도 있을 테니."

"내 생각도 같네."

창대의 말에 문순득이 동감을 표했다. 약전도 같은 생각이라는 듯 고개를 끄덕였다.

"고맙네. 그리고 정말 고맙습니다, 선비님. 그리고 순득이 형님. 답답해서 이리로 달려온 것인데 큰 힘을 얻었습니다."

허회영이 꾸벅 절하며 일어섰다.

"아무래도 마음이 놓이질 않는군요. 그 사람에게 가봐야 할 것 같습니다."

"그리하게. 단호하게 행동하되 창대 말대로 너무 심하게 다루지는 말게."

약전이 허회영에게 주의를 주었다.

"잘 알겠습니다."

허회영은 인사를 마치자마자 휑하니 달려갔다. 내내 이국영이 마음에 걸렸던 것이다.

"소인이 따라가 보겠습니다."

창대가 약전에게 예를 올리고 일어섰다.

고해문이 언성을 높이자 이국영은 대역죄라도 지은 죄인마냥 고개를 숙인 채 떨었고 양필이는 겁에 질려서 제 어미 옆에서 징징 울어 댔다.

"질부는 세상 사람들 보기가 부끄럽지도 않은가! 서방이 죽었는지 살았는지도 모르는 마당에 제 팔자를 고칠 궁리를 하다니. 아이고, 불쌍한 내 조카. 마누라가 지금 이러고 있는 것을 알면 기절초풍을 하겠지."

고해문은 마치 고상운이 살아 있기라도 한 듯 이국영에게 제멋대로 화풀이를 해 대더니 엄마 뒤에 몸을 숨기고 있는 양필에게 버럭소리를 질렀다.

"시끄럽다! 울지 마라 이놈아. 네 어미가 지금 무슨 짓을 하려는지 알고나 있는 거냐!"

그렇게 기세를 부리고 있는데 허회영과 창대가 뛰어들었다. 날뛰던 고해문은 허회영과 창대를 보자 흠칫하며 뒤로 물러섰다. 고해문을 노려보는 허회영의 눈에서 불길이 일었다.

"무슨 짓이야! 양필이 엄마를 괴롭히면 내가 가만두지 않겠다고 했지!"

허회영이 당장 주먹이라도 날릴 듯 고해문에게 다가가는 것을 창대가 만류를 했다. 섣불리 주먹을 휘둘렀다가 나중에 일이 꼬일 수도 있다.

"넌 꺼져! 고씨 집안일이야!"

고해문이 맞고함을 질러 댔다. 하지만 겁을 먹은 듯 기세가 예전만 못했다.

"내 아내가 될 사람이야. 이제 고씨 가문과는 인연이 끝났다. 그러니 꺼질 사람은 너야!"

허회영은 당장이라도 요절을 낼 기세로 고해문을 몰아붙였다. 창대는 한발 물러서서 지켜보기로 했다. 완력이라면 고해문은 허회영을 당해 내지 못할 것이다. 이국영은 양필이를 꼭 껴안고서 고개를 돌리고 있었다. 아이에게 차마 못볼 꼴을 보이고 싶지 않았을 것이다.

"흥, 꼴좋다. 서방이 살아 있을지도 모르는데 버젓이 집안에 외간 남자를 끌어들이고. 고씨 집안에 망신살이 뻗혀도 유분수지 어떻게 이럴 수가."

고해문은 허회영에게는 덤벼들지 못하고서 고개를 돌리고 있는 이국영에게 악다구니를 해 댔다. 그 말을 듣는 순간 창대는 가슴이 철렁했다. 고해문은 물론 허회영도, 또 이국영도 고상운이 멀리 안남 땅에서 살고 있다는 사실을 까맣게 모르고 있다. 고상운은 다시 돌아오기 힘든 사람이지만 그래도 왠지 죄를 짓는 기분이었다.

"고씨 집안을 망신시키고 다니는 사람은 바로 너야. 명색이 시숙이란 자가 남편도 없이 애를 데리고 어렵게 살고 있는 질부를 도와주지는 못할 망정 되지도 않을 구실로 돈푼이나 뜯어내다니. 하지만 이제부터는 어림도 없다."

사리에서 고해문 편을 들어줄 사람은 아무도 없다. 허회영은 이 기회에 다시는 발을 못 붙이도록 매듭을 단단히 지어야겠다고 생각했다.

"너를 두들겨 패서 쫓아낸들 네 편을 들어줄 사람은 아무도 없어. 그러니 더 이상 양필이 엄마를 괴롭히지 말고 썩 꺼져!"

허회영은 대갈일성을 질렀다. 그리고 정말 패기라도 할 듯 눈을 부라리며 다가섰다.

"질부는 사내 품이 그렇게 그리웠던가? 그저 죽은 내 조카만 불쌍하지."

허회영이 대차게 나오는 데다 여차하면 창대마저 끼어들 기세를 보이자 고해문은 주춤주춤 물러서며 이국영에게 화풀이를 해 댔다.

"계속 지껄일 테냐!"

허회영이 달려들려는 것을 창대가 황급히 제지했다. 때려서 쫓을 요량이면 마을 사람들을 데리고 와서 몰매를 놓는 편이 뒤처리가 깨끗할 것이다.

"그렇게 사내 품이 그립다면 고씨 가문과 인연을 끊어도 좋아. 그렇지만 똑똑히 알아 둬. 이제부터 이 집은 내 거야. 내 조카 상운이가 목숨을 걸고 마련한 집이니까."

고해문이 갑자기 집을 차지하겠다고 나서자 허회영과 이국영, 그리고 창대는 놀라서 서로를 쳐다봤다.

"뭘 그리 놀래? 당연한 거잖아. 서방 팽개치고 팔자를 고치겠다는 년이 서방이 물려준 집을 놓고 가는 건 당연한데."

"그게 무슨……."

이국영은 어이가 없어서 말이 나오지 않았다.

"말도 되지 않는 억지 부리지 마. 이 집은 양필이 엄마가 엄동설한에 물질을 해서 간신히 마련한 집이야."

허회영이 버럭 소리를 질렀다. 기가 차서 더 이상 말이 나오지 않았다. 어디서 그런 억지를 부린단 말인가. 행여 늙은 시부모를 남겨 두고 재가를 하는 거라면 인정상 그들에게 집을 넘겨줄 수도 있다. 하지만 불쑥 나타난 개망나니 시숙에게 집을 내줄 이유가 없다.

"아주 배짱으로 나오는군. 세상에 이런 경우가 어디 있어?"

고해문은 순순히 물러설 기색이 아니었다. 아마도 애초부터 집을 노리고 이국영을 닦달한 모양이다.

"좋아. 그렇다면 마을 어른들께 물어보기로 하자. 어른들께서 이 집이 누구의 것인지를 판가름 내달라고 하겠어."

창대가 끼어들었다. 아까부터 창대의 존재가 부담스러웠던 고해문은 창대와 허회영을 번갈아 쳐다보더니 "홍" 하고 코웃음을 치고는 그대로 사라졌다.

이국영은 사시나무 떨 듯 떨었다. 일의 전말을 아는 마을 어른들은 당연히 이국영 편을 들어주겠지만 소란을 떠는 것은 재가하는 데 일말의 죄책감을 느끼고 있는 이국영에게 너무 가혹한 짓이다. 아무튼 고해문은 일단 물러갔지만 잔머리 굴리는 데는 일가견이 있는 자여서 또 무슨 구실을 끌어들일지 모른다. 그러니 탈이 생기기 전에 빨리 혼례를 치르는 것이 좋을 것이다.

"여보게 회영이, 아무래도 혼례를 앞당기는 것이 좋을 듯하네. 자네 모친께서도 허락을 하셨으니 서두르도록 하게. 일단 혼례를 치루고 나면 고해문이 아무리 망나니라고 해도 더 이상 끼어들 구실이 없을 테니."

"자네 말을 모르는 건 아니네만 아무리 없는 살림이라고 해도 그렇지 대사를 치루는 마당에 마을 어른들을 모시고 소찬이나마 한 끼 대접을 해 드려야 하지 않겠나. 두어 달 동안 부지런히 출어를 해야 그럭저럭 형편이 조금 풀릴 것 같네."

워낙 가진 게 없는 데다 홍어잡이마저 신통치 않자 허회영은 혼례를 차일피일 미루고 있었다.

"자네 사정은 내가 잘 아네만 지금은 이것저것 따질 때가 아니지 않은가. 내가 선비님께 자네 사정을 말씀드리겠네. 선비님께서 나서

주시면 마을 사람들도 자네를 탓하지 않을 걸세."

"정말 고맙네. 일마다 자네 신세를 지고 있구먼."

허회영이 창대의 뜻을 받아들이기로 했다. 하루속히 고씨 가문과의 인연을 정리하는 것이 불안에 떨고 있는 이국영을 편하게 해 주는 길이다. 허회영은 어미 뒤에서 훌쩍거리고 있는 양필이를 번쩍 들어올렸다.

"울지 말거라. 앞으로는 우리 셋이서 함께 살 거다. 이제부터는 아무도 네 엄마를 괴롭히지 못할 것이다."

허회영이 양필이를 달랬다. 다행히 양필이는 울음을 멈추었지만 이국영은 돌아앉은 채 소리를 죽이며 흐느꼈다.

***

날이 밝기가 무섭게 허회영은 이국영에게 달려갔다. 서둘러 살림을 합치기로 한 것이다. 한양 선비께서 마을 사람들에게는 잘 말해 주시겠다고 했으니 공연히 남의 눈치를 보지 않아도 괜찮을 것이다. 노모께는 잘 말씀드렸다.

그런데 막상 세간을 정리하려 하니 생각보다 잔손이 많이 갔다. 아무리 없이 사는 사람들이라고 해도 꼭 지녀야 할 세간이 꽤 됐다. 세간을 정리하는 대로 살 집도 손을 봐야 한다. 빈 집은 팔 생각인데 그때까지 임시로 들어와 살 사람을 구하는 것도 일이다.

"손보느라고 손봤는데도……."

이국영이 미안해했다. 그렇지 않아도 좁은 집에 두 사람이 더 들어가 살 판이다. 짐이라도 줄여야 할 텐데 잠녀 일에 필요한 도구들과 양필이 옷가지들이 제법 되었다.

"광이 넓으니 거기에 쌓아 두면 될 것이오. 일단 광에 쌓아 두었다가 방을 늘리는 대로 다시 정리하기로 합시다."

허회영이 마지막 짐을 번쩍 들어서 수레에 실었다. 하루 사이에 텅 빈 집이 되었다. 당장 집을 세놓는 것만으로도 살림에 크게 보탬이 될 것이다.

수레를 끌고 집을 나서던 허회영은 걸음을 멈추었다. 고해문이 또 나타난 것이다. 그냥 물러설 작자가 아니라는 것은 알고 있지만 또 무슨 수작을 부리려는 걸까. 허회영은 음흉한 웃음을 지으며 다가오는 고해문을 쏘아보았다. 이국영은 얼굴이 창백해졌고 겁을 먹은 양필이는 제 엄마 뒤에 숨으며 당장이라도 울음을 터뜨릴 기세였다.

"저자가 또 무슨 수작을 부릴 모양인데 걱정할 것 없소. 내가 쫓아버릴 테니."

허회영은 이국영을 안심시키고서 다가오는 고해문의 앞을 가로막고 섰다.

"말세로군. 야반도주는커녕 아예 벌건 대낮에 살림을 차리겠다고 설쳐대고 있으니. 상운이만 불쌍하지. 제 여편네 하고 있는 꼴을 알면 얼마나 원통해 할까. 좋아. 더러운 년놈들끼리 정분이 나서 놀아나겠다는데 내 더 이상 관여하지 않겠다."

고해문이 도덕군자라도 된 양 혀를 끌끌 차며 두 사람을 쏘아보더니 갑자기 언성을 높였다.

"이 집을 세놓겠다며? 이 집이 누구 집인데 질부 마음대로 세를 놔?"

허회영은 얼른 겁에 질린 이국영과 양필이를 감싸며 더 큰소리로 맞고함을 쳤다.

"이 집이 누구 집인지 아직도 모른다면 잠시만 기다리고 있거라. 내가 확실하게 가르쳐 주겠다."

허회영은 창대가 일러준 대로 마을로 달려가서 사람들을 데리고 올 생각이었다. 마을 사람들 모두 이집은 이국영이 물질을 해서 어렵게 장만한 집이라는 사실을 잘 알고 있다.

그런데 떼를 쓰며 덤벼들 줄 알았던 고해문이 뜻밖에 순순히 물러서더니 엉뚱한 소리를 했다.

"좋아! 집을 못 내주겠다면 너희들 마음대로 해. 난 돈 따위에는 관심이 없으니까. 하지만 고씨 가문의 장손인 양필이는 절대로 못 데려 가!"

고해문이 돌연 제 엄마 뒤에서 떨고 있는 양필이를 노려보며 악을 썼고 겁을 먹은 양필이는 울음을 터뜨렸다. 이국영과 허회영은 말문이 막혔다. 이런 억지가……. 고해문이 그렇게 나올 줄은 몰랐다.

"그게 무슨 말이에요. 양필이는 내 아들인데."

이국영이 사색이 되어서 말을 더듬거렸다. 그러자 고해문은 기고만장해서 더 설쳐 댔다.

"그렇게 팔자를 고치고 싶으면 마음대로 고쳐! 그렇지만 양필이는 놓고 가. 고씨 가문을 이을 아이야. 길을 막고 물어봐! 다 내 말이 옳다고 하지."

"이것 봐, 억지 쓰지 마. 아이야 당연히 제 엄마하고 살아야지. 고씨 가문 운운하는데 넌 가문을 입에 담을 자격도 없는 놈이야. 생떼 쓰지 말고 비켜!"

허회영이 버럭 소리를 질렀지만 집을 내놓으라고 떼를 쓰는 것과는 달리 일이 간단히 끝날 것 같지가 않았다.

"좋아. 그러면 관에 송사를 내겠어. 누가 뭐래도 양필이는 고씨 가문의 장손이야. 누가 이기나 해보자고."

고해문이 잡아먹을 듯 쏘아보고는 횡하니 사라졌다. 참으로 어이가 없었다. 허회영은 솔직히 겁이 났다. 정말로 송사를 내면 관에서는 고해문 편을 들어줄지도 모른다. 양필이가 고씨 가문의 장손이라는 사실은 누구도 부인할 수 없다.

"어떻게 하지요? 양필이 없으면 나는 못살아요."

이국영이 흐느꼈다. 허회영은 허탈한 심정으로 하늘을 올려다보았다. 고해문이 양필이를 물고 늘어질 줄이야. 덜컥 겁이 나면서 그냥 집을 가지라고 할 걸 그랬나 하는 후회도 들었다.

"별일 없을 거요. 저자가 어떤 인간이라는 것을 섬사람들이 다 아는데 송사는 무슨 송사. 아무 걱정하지 마시오. 서두릅시다."

허회영은 서둘러 짐을 실었다. 빨리 일을 마치고 한양 선비를 찾아가는 수밖에 없을 것 같았다.

※

이국영은 밤새 잠을 이루지 못했다. 양필이도 덩달아 이리저리 뒤척거리며 제 어미 눈치를 살폈다. 일곱 살이면 벌써 철이 들었다. 무슨 일이 벌어지고 있는지 충분히 짐작하고 있을 것이다. 그렇지 않아도 낯선 마당에 근심이 가득하니 잠이 쉬 올 리 없었다. 급한 김에 허회영의 집으로 옮겨 왔지만 아직 정식으로 혼례를 치루기 전이어서 이국영 모자는 헛간을 치워 임시로 마련한 방에서 지내고 있었다.

정말로 관에 송사를 낼까. 양필이 문제는 허회영도 불안해하는 눈치였다. 그럼 집을 가지라고 할까. 그러나 고해문은 허회영의 말대로 집 판 돈을 다 날리는 대로 또 뜯어먹으려 할 것이다.

날이 새자 이국영은 얼른 일어서서 허회영의 노모에게 문안을 드렸다. 힘들게 혼례를 승낙받은 마당인데 이렇게 쫓기듯 집으로 들어왔으니 참으로 뵐 면목이 없었다. 허회영도 깨어 있었는지 건넌방 문이 열리면서 얼른 마당으로 나왔다. 밤새 잠을 제대로 이루지 못했는지 몰골이 퀭했다.

"일찍 일어났구려. 혼례를 서두르도록 합시다. 일단 혼례를 치루고 나면 관에서도 사정을 감안할게요."

허회영은 밤새 궁리했던 바를 이국영에게 전했다.

"그래도 송사를 내면……."

이국영은 불안했다. 양필이와 떨어지는 것은 생각해 본 적이 없었다.

"마을 사람들이 그자 편을 들지 않을 것이오."

허회영이 이국영을 위로했지만 불안하기는 마찬가지였다. 마을 사람들이야 두 사람에게 유리하게 증언해 주겠지만 나주 관아에서 먼 외딴섬의 사정을 속속들이 감안해 줄지 솔직히 자신이 없었다.

"집에 가봐야겠어요."

이국영이 밖으로 나섰다. 하긴 집도 걱정이다. 고해문이 노리는 것은 결국 집이다.

"같이 가리다."

허회영이 따라나섰다. 만류하는데도 양필이는 제 어미를 떨어지려 하지 않았다. 허회영은 옥녀봉 쪽으로 발길을 옮기는 동안 내내 걸음이 무거웠다.

혹시나 했는데……, 고해문이 집 앞에서 서성이고 있었다. 고해문은 당황하는 이국영을 보더니 코웃음을 쳤다.

"벌써 합친 모양이군. 흥! 사내 품이 그렇게도 그립던가! 그래 제 집도 버리고 도망갔으면 그만이지 무슨 낯으로 집으로 돌아와! 아이고 불쌍한 내 조카. 양필아, 이리 오너라. 이제부터는 이 할아비와 함께 살자."

고해문이 달려들자 양필이는 얼른 이국영 뒤에 숨었다. 할아비를 자처하는 고해문을 보며 허회영은 어이가 없었다. 아무튼 쉽게 물러설 것 같지 않았다.

"여기서 뭘 하는 거야? 근처에 얼씬도 하지 말라고 했을 텐데!"

허회영이 멱살이라도 잡을 기세로 고해문에게 다가갔다. 일일이 말 상대를 하다가는 당할 것이다.

"남의 조카 댁을 후려냈으면 됐지 대를 끊어 놓겠다는 것이냐! 내가 이렇게 두 눈이 시퍼렇게 살아 있는 한 절대로 네 마음대로 되지 않을 것이다!"

고해문은 어제와는 달리 대차게 받아쳤다. 해볼 테면 해보자는 태도였다. 그러더니 다시 양필이에게 다가왔다.

"가엾은 것, 이리 오너라. 고씨 가문을 이어 갈 네가 왜 의붓아비 아래서 천대를 받아야 한단 말이냐."

이국영은 질겁하며 양필이를 감쌌고 양필이는 울음을 터뜨렸지만 고해문은 막무가내였다.

"이리 오너라. 네 어미는 이제 고씨 가문 사람이 아니다. 그러니 이제부터 너는 이 할아비와 함께 살아야 한다."

집만 차지할 수 있다면 양필이가 어떻게 되건 상관이 없다는 고해문의 짓거리를 보며 허회영은 분통을 터뜨렸다.

"너 정말 나쁜 놈이로구나. 이 사람이 그동안 없는 살림에 그래도 시숙이라고 들를 때마다 몇 푼 씩 쥐어 준 것을 내가 잘 알고 있다. 그런데 이제 와서 이렇게 비열한 짓을 하다니. 너는 인간도 아니야."

허회영이 후려칠 듯 다가가자 고해문은 얼른 뒤로 물러섰다. 완력으로는 안 된다는 걸 잘 알고 있었다.

"관에 송사를 낼 거야! 절대로 너희 년놈들 마음대로 되지 않을 거야!"

고해문이 그렇게 악담을 늘어놓고 사라지자 이국영은 그 자리에 털썩 주저앉고 말았다.

"양필이 없으면 난 못살아요."

이국영이 양필이를 꼭 껴안고서 서럽게 흐느꼈다. 허회영은 난감했다. 그야말로 진퇴양난이었다.

"염려 마시오. 양필이와 헤어지는 일은 절대로 없을 것이오."

허회영은 눈물로 범벅이 된 이국영을 다독이고는 한달음에 승선네로 내달렸다. 마침 창대가 먼저 승선네에 와 있었다.

"호사다마라고 하더니……, 하필 이럴 때 그런 자가 나타났단 말이냐."

전후 사정을 듣고 난 약전이 혀를 끌끌 찼다.

"관에 송사를 내겠다고 하는데 어찌해야 할지 모르겠습니다. 은근히 겁도 나고……."

이국영 앞에서는 큰소리를 친 허회영이지만 약전에게는 솔직한 심정을 털어놓았다. 고해문이 정말로 관에 송사를 낼 경우 속내를 알 리 없는 관에서는 고해문에게 유리하게 판결을 내릴 수도 있는 상황이다. 어쩌면 고해문은 그것까지 계산했을지 모른다.

"어떻게 했으면 좋겠습니까? 혼례만 무사히 치룰 수 있다면 그자에게 집을 주어도 좋습니다만……."

허회영이 풀이 죽어서 약전에게 대책을 물었다.

"안 될 말. 나중에 또 찾아와서 양필이 핑계를 대며 돈을 뜯어내려 할 거야. 툭하면 찾아와서 양필이에게 네 아비는 따로 있다는 둥 쓸 데없는 말이라도 늘어놓으면 그때는 어떻게 할 텐가?"

창대가 완강하게 반대했다. 창대 역시 고해문이라는 인간을 잘 알고 있었다. 허회영도 전적으로 동감이지만 문제는 뾰족한 대책이 없다는 사실이다.

"답답하지만 지혜를 짜면 수가 생길지도 모르니 너무 속상해 하지 말고 방법을 궁리해 보기로 하자."

약전이 무거운 얼굴로 입을 열었다. 허회영과 이국영의 혼례에 관여를 한 마당에 이제 와서 모른 체할 수는 없다.

"고맙습니다. 그렇지 않아도 선비님께 큰 은혜를 입었는데 또 어려운 부탁을 드리게 되었습니다."

허회영이 큰절을 하고서 물러났다. 허회영은 약전이 나서 주겠다는 말만으로도 용기백배했다.

"일이 왜 이리 꼬이는 걸까. 어머니를 뵐 면목이 없네."

밖으로 나오니 벌써 어두워져 있었다. 허회영이 따라 나온 창대를 보며 무겁게 입을 열었다.

"선비님 말씀대로 호사다마라고 하지 않는가. 관에 송사를 낸다는 게 간단한 일인가? 고해문도 섣불리 행동하지는 못할 거야."

창대가 허회영을 위로했다.

"그렇기는 하지만 고해문은 청산유수의 말솜씨를 지닌 자니 안심할 수 없어. 상운이에게 어떻게 그런 숙부가 있단 말인가."

허회영이 장탄식을 내뱉었다.

"집에 들러서 한잔할 텐가?"

"그냥 가겠네. 그 사람이 기다리고 있을 걸세. 이럴수록 함께 있어야 하지 않겠나."

허회영이 사양했다. 창대는 더 잡지 않고서 허회영과 헤어져 집으로 향했다. 세상일 참 마음대로 되질 않았다. 모처럼 경사를 맞았다고 생각했는데 마지막에 일이 꼬일 줄이야. 이렇게 된 마당에 한양 선비에게 의지하는 수밖에 없을 것이다. 창대는 무거운 마음으로 집으로 향했다. 일 돌아가는 것을 대강 짐작하고 있을 처 전옥패가 몹시 궁금해하며 기다리고 있을 것이다.

"이보게. 자네 창대 아닌가."

모퉁이를 돌아서는데 누가 어둠 속에서 창대를 불렀다. 몹시 조심스러운 목소리였다.

고개를 돌리니 나무 뒤에서 건장한 남자가 모습을 드러냈다. 누굴까. 어두워서 자세히 보이지는 마을 사람 같지는 않았다.

"창대 맞는군. 이게 얼마만인가."

남자는 창대에게 다가왔다. 창대는 경계의 빛을 띠며 뒤로 물러섰다. 달빛에 남자의 모습이 드러났는데 낯선 얼굴이었다.

"날세. 고상운이야."

남자는 얼른 다가오더니 잔뜩 긴장하고 있는 창대의 손을 덥석 잡았다.

창대는 하마터면 까무러칠 뻔했다. 이 사람이 지금 뭐라고 했던가.

"놀라는군. 하긴 놀라는 것도 무리가 아니겠지. 모두들 내가 죽은 줄 알고 있을 테니."

숨이 멎을 것만 같은 창대와는 대조적으로 남자는 침착했다.

"자네……, 자네가……."

창대는 간신히 정신을 수습하고서 상대의 얼굴을 찬찬히 살폈다. 그리고 그가 정말로 고상운임을 확인하고서 창대는 할 말을 잊었다. 그가 살아 있다는 사실은 알고 있었지만 그래도 이렇게 내 앞에 나타날 줄은 꿈에도 생각해 본 적이 없었다. 그렇지만 지금 자기 손을 힘껏 부여잡고 있는 사람은 틀림없는 고상운이다.

"칠 년만이군. 그런데 자네는 별로 변한 게 없군."

고상운이 웃음을 지었다.

"틀림없이 상운이 자네로군. 자네를 다시 만나게 될 줄은 정말 몰랐네."

"그렇겠지. 나도 믿어지지가 않으니까. 그런데 여기서 이럴 것이 아니라 어디 앉아서 얘기를 하도록 하지. 할 말이 많네. 그런데 내가 사정이 좀 있어서 그러는데 남들 눈에 안 띄었으면 하네."

고상운은 사람들 눈을 꺼리는지 자꾸만 주위를 둘러봤다.

"우리 집으로 들어가세. 처가 있네만 자네가 원한다면 비밀로 하겠네."

"오! 장가를 들었군. 하긴 그 사이 세월이 흘렀으니……. 죄를 짓지는 않았지만 지금 내 처지가 조금 복잡하니 일단은 내가 살아 있다는 사실을 다른 사람들에게는 숨겼으면 하네."

무슨 사정이 있는지 고상운은 자신의 귀환을 밝히지 않으려 했다. 창대는 고개를 끄덕이고는 고상운을 데리고 얼른 자기 방으로 들어갔다. 호롱불에 비친 고상운의 얼굴에서 그가 순탄한 세월을 보내지 않았음이 어렵지 않게 짐작됐다. 풍상에 시달린 티가 흠씬 배어 있었지만 아무튼 틀림없는 친구 고상운이었다. 죽은 줄만 알았던 친구가 이렇게 멀쩡하게 살아서 돌아왔으니 반갑기 그지없었지만 동시에 심정이 착잡했다. 참으로 묘한 때 돌아온 것이다.

"황당선을 타고 몰래 들어왔네."

자리를 잡자 고상운이 그렇게 서두를 열었다. 황당선이 나타났다는 소문은 들었다. 고상운은 황당선을 얻어 타고 흑산도에 몰래 들어온 모양이었다. 황당선을 잡기 위해서 관에서 추포선을 띄웠다는 말을 들은 창대는 고상운이 남의 눈을 꺼리는 이유를 충분히 이해했다.

"그렇군. 황당선이 나타났다는 말은 들었네. 그런데 어찌된 일인가? 어디에 있다가 이제야 돌아왔나?"

고상운이 안남 상단의 서기로 있다는 사실은 알고 있었다. 그렇지만 어떻게 해서 그 먼 곳에 갔고, 무슨 재주로 선단 서기까지 됐는지는 문순득도 모르고 있었다.

"칠 년은 짧은 세월이 아닐세. 그 사이에 이런저런 사연이 많았지. 그보다도 집에 들렀더니 텅 비고 아무도 없더군. 혹시 처에게 무슨 일이라도 생긴 건가?"

창대는 가슴이 철렁했다. 어떻게 대답해야 하나. 창대는 일단 이국영의 재가 건은 덮어두기로 했다.

"자네 처는 아무 일이 없네. 잠시 집을 비운 거겠지."

창대는 그렇게 둘러댔다.

"그런가? 별 일이 없다니 다행이군. 그런데 집이 왜 그 모양이야. 마치 폐가 같더군. 아무튼 그 사람을 다시 만날 생각을 하니 몹시 흥분이 되는군. 불쌍한 사람. 혼례를 치른 지 얼마 되지도 않아서 청상과부가 되었으니……."

고상운의 눈에 눈물이 맺혔다. 창대는 가슴이 찢어질 것만 같았다. 고상운이 사실을 알게 되면 어떻게 될까. 또 이국영과 허회영

308

은……. 창대는 현실이 너무 야속했다.

"실은 상운이 자네가 살아 있다는 사실은 알고 있었네. 순득이 형님에게서 들었지."

"오! 순득이 형님이 무사히 돌아오셨군. 그래, 오문에서 순득이 형님을 만났었지."

고상운이 문순득 얘기를 듣자 반색을 했다.

"도대체 어떻게 된 건가? 순득이 형님은 자네가 안남 상인들과 함께 있었다고 했네만."

"얘기를 하자면 기네. 그보다도 내가 살아 있다는 사실을 아는 사람이 자네와 순득이 형님 말고 또 누가 있나?"

"자네는 모르겠지만 흑산도로 유배를 오신 선비님이 계시네. 나는 지금 선비님을 도와서 어보를 만들고 있는 중이네. 그리고 선비님은 순득이 형님의 표류담도 정리하고 계시지."

"그런 분이 계셨나? 그러면 처에게는 말하지 않았나?"

고상운에게는 그게 제일 궁금했을 것이다.

"말하지 않았네. 솔직히 자네가 이렇게 돌아오리라고는 생각하지 못했으니까. 마을에서는 오래전에 자네의 무혼제까지 지냈네. 그런 판에 공연히……."

창대는 고상운의 얼굴을 똑바로 쳐다보기도 힘이 들었다. 남을 속인다는 게 이렇게 힘든 일일 줄이야.

"잘했네. 누군들 내가 살아서 돌아올 것이라고 생각했겠는가. 내가 살아 있다는 사실을 알았다면 그 사람은 한결 더한 고통을 겪었을 거야."

창대는 고상운의 착한 심성을 확인하며 가슴이 더욱 아팠다.

"그래, 그동안 어떻게 지냈나? 어쩌다 먼 안남 땅까지 가게 된 건가?"

"생각하면 꿈같은 세월이었네."

고상운은 험하고도 먼 여정을 회고하려는 듯 긴 한숨을 내쉬더니 눈을 지그시 감았다.

"엄청난 바람이었어. 산더미 같은 파도가 몰려왔지."

칠 년 전의 그날을 떠올리는 고상운의 얼굴에 공포의 그림자가 스치고 지나갔다.

"배가 뒤집히면서 나만 빼고 모두 파도에 휩쓸려가 버렸지. 나는 간신히 배에 매달려서 정처 없이 표류했네. 며칠이나 떠밀려 갔을까. 배는 멀리 흑수양까지 떠밀려 갔네. 나는 이미 기력을 다했고 그대로 배 위에 쓰러져 죽을 순간만을 기다리고 있었지. 그런데 아직 죽을 때가 아니었는지 마침 부근을 지나던 배에 의해 구사일생으로 목숨을 건졌네."

"흑수양까지 떠밀려 갔다니 엄청난 풍랑을 만났군. 아무튼 망망대해에서 목숨을 건졌다니 천지신명께서 돌보신 것일세."

창대가 맞장구를 쳤다.

"나도 그렇게 생각하네. 천지신명께서 돌보시지 않고서야 그 상황에서 어찌 목숨을 부지할 수 있었겠나. 나를 구해준 배는 안남에서 양주를 오가며 해상을 하는 상선이었는데 소주(蘇州)에 들렀다가 양주로 돌아가는 길이었지."

그렇게 해서 목숨은 건졌지만 고향으로 돌아가는 건 쉽지 않았다. 아예 청국 땅에 표류를 했다면 예에 따라 조선으로 송환될 수도 있지만 바다 한복판에서 안남 선단에 의해 구조된 고상운에 대해서 청 관아는 의혹의 눈초리를 거두지 않았고 선뜻 표류객으로 인정하려 들지 않았다.

"그래서 나는 상단주에게 안남으로 데리고 가달라고 부탁했지.

허약해질 대로 허약해진 몸으로 덜렁 혼자 청국에 남는 것보다 일단 안남으로 가서 몸을 추스른 후에 조선으로 돌아가는 방안을 모색하기로 한 것이네."

창대가 생각해도 그것은 현명한 판단이었다.

"그렇게 되어 안남으로 가게 되었고 칠 년의 세월이 흐른 다음에야 이렇게 돌아오게 되었네. 어느 한순간 고향을 잊어 본 적이 없지만 세상 일이 어디 마음먹은 대로 풀리던가."

그럴 것이다. 목숨을 부지한 것만도 기적인 마당이다. 잠시 침묵이 흘렀다. 고상운은 감회에 겨운 듯 눈을 감았고 창대는 앞으로 이 일을 어찌 처리해야 할까 궁리 중이었다.

어떻게 해야 하나. 도무지 갈피가 잡히지 않았다. 사실대로 얘기해야 하나 아니면 적당히 둘러대서 고상운을 돌려보내야 하나. 아무튼 어떤 식으로든 결정을 해야 하는데 어떤 경우에도 바다에서 구사일생으로 목숨을 건지고 칠 년 만에 간신히 고향에 돌아온 사람에게는 못할 짓이었다.

"대체 그 사람은 이 밤에 어디를 간 것일까? 집은 또 왜 그 모양이고. 아무튼 고생이 말이 아니었겠군."

고상운이 다시 입을 열었다. 창대는 얼굴이 벌겋게 달아올랐다. 더 이상 둘러댈 자신이 없었던 것이다.

"실은 나 안남에서 살림을 차렸네. 먼 이역에 홀로 내동이 처져 막막하던 판에 좋은 여인을 만나게 되었지."

창대가 안절부절 못하고 있는데 고상운이 먼저 말을 꺼냈다. 그것은 문순득을 통해 짐작하고 있던 일이다.

"소안(小雁)이라고 좋은 여자야……. 소안이 아니었다면 나는 벌써 이 세상 사람이 아니었을 거야."

"그런 일이 있었군. 자네의 구구절절한 사연을 내 어찌 다 헤아리겠냐마는 나름대로 이해는 되네."

앞으로 일이 어떻게 될 것인가. 창대는 도무지 가닥이 잡히질 않았다.

"그럼 자네는 아주 돌아온 것이 아닌가?"

창대는 조심스럽게 물었고 고상운은 침울한 표정으로 대답했다.

"지난 세월 오로지 귀향의 일념으로 살았네. 너무도 당연한 것이었기에 그 다음은 어떻게 하겠다는 것은 생각해 본 적도 없었지. 그것은 소안과 살림을 차리고 나서도 마찬가지였어. 그래서 천신만고 끝에 흑산도로 돌아온 것인데 막상 돌아오니 조금 혼란스럽군. 어쨌거나 칠 년이 흘렀네. 그 사이에 많은 것이 변했을 텐데……. 물론 소안에게는 꼭 돌아올 것이란 말은 했지만……."

고상운이 복잡한 심사를 창대에게 숨김없이 털어놓았다. 창대는 안남의 일도 간단치 않음을 직감했다.

"처를 만나면 다시 발길을 돌릴 수 있을지 솔직히 혼란스럽네."

고뇌로 가득한 고상운의 얼굴을 보며 창대는 마음이 착잡했다.

"그 사이에 처에게 무슨 일이 생긴 것은 아닌지, 혹시 섬을 떠난 것은 아닌지, 조마조마한 심정으로 돌아왔네. 내게 그렇듯이 그 사람에게도 칠 년은 짧은 세월이 아니었을 테니. 더구나 나야 죽은 사람이 아닌가. 기다려 주기를 바랄 처지가 못 되는 것은 나도 잘 알고 있네."

땅이 꺼져라 한숨을 내쉬던 고상운을 보며 창대는 마음이 아팠다. 이러지도 저러지도 못하는 고상운의 처지가 너무 안타까웠던 것이다. 고개를 숙이고 생각에 잠겨 있던 고상운이 마음을 정한 듯 비감한 표정으로 창대를 쳐다봤다.

"그 사람이 여태껏 나를 기다리고 있었는데 내가 어떻게 다시 발길을 돌린단 말인가. 그 사람을 만나겠네. 그런데 그 사람은 도대체 어디를 갔단 말인가. 이 밤에."

난감했다. 창대는 이럴 줄 알았으면 그냥 팔자를 고치러 뭍으로 떠났다고 했으면 될 것을 하는 후회가 일었다.

이제 어떻게 해야 하나. 고심을 하던 창대는 일이 이렇게 된 마당에 사실대로 얘기하는 것이 제일 좋을 것 같았다. 고상운이 살아 있다는 사실을 감추고 지내는 것만도 그리 힘든데 멀쩡하게 살아서 돌아온 사람에게 거짓말을 해서 다시 돌려보냈다가는 평생 죄책감에 시달리게 될 것 같았다.

"이보게 상운이, 내 말을 잘 듣게."

창대가 돌연 정색을 하자 이번에는 고상운이 긴장했다.

"어떻게 말을 해야 하나……. 실은 자네 처는 재가를 하기로 하고 지금 새 살림을 장만 중이라네."

"처가 재가를? 그게 사실인가?"

고상운이 화들짝 놀랐다.

"그렇다네. 자네 처는 마을 사람들이 자네의 무혼제를 지냈음에도 재가할 생각을 않고서 줄곧 혼자 살았다네. 자네가 꼭 살아서 돌아올 것이라며. 그러다 얼마 전에 마음을 돌렸지. 자네 말대로 칠 년은 짧은 세월이 아니니까."

창대가 고상운의 눈치를 살피며 조심스럽게 입을 열었다.

"그렇게 되었군. 하면 상대는 누군가? 혹시 내가 아는 사람인가?"

창대를 재촉하는 고상운의 표정이 복잡 미묘했다. 칠 년을 수절한 과부가 재가를 하겠다는데 손가락질을 할 섬사람은 아무도 없다. 더구나 자기는 안남 땅에서 이미 살림을 차린 마당이다. 그렇지만 하루도 잊어 본 적이 없는 처고, 천신만고 끝에 찾아온 고향이다. 고상운에게는 너무도 가혹한 현실이었다.

"회영이일세. 허회영이."

창대는 망설이지 않고 허회영의 이름을 댔다.

"회영이. 허회영이……."

고상운이 넋 나간 사람처럼 중얼거렸다.

"상운이 자네도 짐작을 하겠지만 젊은 여자가 혼자서 사는 게 그리 쉬운 일이 아닐세. 먹고사는 것도 고달프고 괜히 집적거리는 자들이 있고……. 그동안 회영이가 자네 처를 많이 도와주었네. 자네 처는 끝까지 자네를 기다리겠다고 했지만 세월이 흐르면 기억도 희미해지고 생각도 바뀌는 법 아닌가. 그동안 회영이의 도움이 없었다면 자네 처나 양필이는 뭍에서 유랑하는 신세가 되었을 걸세. 나도 그렇지만 마을 사람들 모두 회영이와 자네 처가 살림을 합치는 것이 좋겠다고 생각하고 있었네."

"잠깐, 양필이라니? 양필이가 누군가?"

고상운이 놀라며 물었다. 그러고 보니 고상운은 양필이의 존재를 모르고 있었다.

"그렇군. 자네는 양필이가 누군지 모르겠군. 양필이는 자네 아들일세. 유복자인 셈이지. 그때 자네 처는 아이를 가지고 있었네."

"아들이? 내게 아들이?"

고상운이 소스라치게 놀랐다.

"벌써 일곱 살이 되었네. 양필이도 회영이를 친아버지처럼 따르고 있네."

"내게 아들이 있었다니……."

고상운은 충격을 받은 듯 말을 더듬거렸다.

"그래 내 아들이 회영이를 친아버지처럼 따르고 있단 말인가?"

고상운이 흥분을 누르며 물었다.

"그렇다네. 자네 처가 재가를 결심한 데는 양필이를 아비 없는 자식으로 키우기 싫었기 때문이기도 하네."

창대는 사실을 얘기하면서도 가슴이 아팠다. 고상운에게 못할 짓을 하고 있는 것만 같았다. 고상운은 고개를 숙인 채 아무 말이 없었다. 친구 허회영에게 재가하려는 처와 까맣게 몰랐던 아들……. 칠년 만에 찾아온 고향은 너무도 낯설었다. 한참 침묵이 흘렀다. 창대는 묵묵히 고상운이 입을 열기만을 기다렸다.

"그렇다면 내가 괜히 돌아온 것인가?"

고상운이 한참 만에 입을 열었다. 그리고 초점을 잃은 눈으로 창대를 쳐다봤다. 창대는 가슴이 찢어지는 비애를 느꼈다.

"그럴 리가 있나. 자네가 이렇게 살아 돌아와서 나는 무척 기쁘네. 자네 처는 자네가 이렇게 살아 있다는 사실을 알면 만사를 제쳐 놓고 달려올 것일세."

말을 조심해야지 하면서도 마음이 모질지 못한 창대는 그예 그 말을 하고 말았다. 틀림없이 이국영은 그러할 것이다. 고상운이 살아 있다는 사실을 알면 절대로 혼례를 치르지 않을 것이다.

"그렇겠지. 그 사람은 충분히 그럴 거야. 누구보다도 내가 그 사람을 제일 잘 알아."

고상운이 바닥이 꺼질 듯이 한숨을 내쉬었다. 돌아올 것이면 조금 일찍 돌아올 것이지. 창대는 고상운이 야속하기까지 했다. 이제 어떻게 해야 하나. 이제 와서 허회영에게 혼례를 없던 것으로 하라고 해야 하나. 아니면 천신만고 끝에 고향을 찾아온 고상운에게 그냥 돌아가라고 해야 하나. 창대는 어느 쪽도 자신이 없었다.

그렇게 두 사람이 비탄에 젖어 있는 사이에 동이 트면서 영창으로 환한 빛이 비쳤다. 어찌할 것인가. 고상운은 내내 말이 없었다. 그냥 돌아서기에는 그리움이 너무 깊고 되돌리기에는 너무 멀리까지 간 현실이다. 차라리 대성통곡이라도 했으면……. 얼빠진 사람처럼 앉아있는 고상운을 보며 창대는 그런 생각이 들었다.

"아까 잠깐 얘기했던 한양 선비님께 함께 가지 않겠나? 마을에 어려운 일이 있을 때마다 선비님께 의논을 드리곤 한다네."

창대는 멍하니 천장을 바라보고 있는 고상운에게 약전에게 같이 갈 것을 제안했다. 몽상에서 깨어난 듯 화들짝 놀란 고상운은 창대를 쳐다보더니 별 이의를 달지 않고 창대를 따라 일어섰다.

어둑새벽부터 찾아가는 것이 뭣했지만 고상운이 남의 눈을 피해야 할 입장이어서 창대는 길을 서두르기로 했다. 한양 선비는 새벽 일찍 일어나서 글을 읽기에 지금쯤이면 잠자리에서 일어나 있을 것이다. 다행히 두 사람은 남의 눈에 띄지 않고서 승선네에 이르렀다. 창대는 조심스럽게 인기척을 냈다.

"창대로구나. 이른 새벽부터 웬일이냐?"

약전이 문을 열더니 창대 뒤에 시립해 있는 고상운을 쳐다보고는 누구냐는 듯 창대에게 시선을 돌렸다.

"사정이 있으니 들어가서 여쭈었으면 합니다."

"그러거라."

약전이 쾌히 승낙했다. 창대와 고상운은 얼른 약전의 방으로 들어섰다. 예상대로 약전은 글을 읽고 있었다.

"고상운이라고 합니다."

약전이 자리를 잡자 고상운은 넙죽 절을 올렸다.

"일전에 순득이 형님이 얘기했던 그 친구입니다. 이씨 처자의 남편으로 칠 년 전에 바다에서 실종된······."

창대의 말에 약전은 화들짝 놀라며 고상운을 쳐다봤다.

"그게 무슨 소리냐? 그때 이씨 처자의 남편은 안남에 살고 있다고 하지 않았더냐?"

"그렇습니다. 이 친구는 안남에 살고 있는데 망향의 정에 끌려서 이렇게 섬으로 돌아왔답니다."

"놀라운 일이다. 조선인이 안남에서 사는 것만도 기이한 일이거늘 다시 돌아오다니."

약전은 큰 호기심이 일었다. 일찍이 숙종 33년(1687)에 제주도 사람 김태황 일행 스물네 명은 말을 싣고 육지로 오다가 태풍을 만나 멀리 안남의 회안(會安 호이안)까지 표류했다가 그곳 사람들의 도움으로 청나라를 거쳐 일 년 삼 개월 만에 제주도로 돌아왔던 적이 있었다. 그렇지만 칠 년 만에 단신으로 귀향을 한 경우는 김태황의 표류와는 또 다른 놀라운 일이었다.

"고초가 심했겠구나. 아무튼 이렇게 돌아왔으니······."

경탄을 하던 약전은 목전의 상황을 간파하고 심각한 표정으로 바꾸었다.

"실은 그 일 때문에 이렇게 새벽부터 찾아뵌 것입니다. 소인이 이 친구에게 저간의 사정을 대강 얘기했습니다."

창대는 조심스럽게 대답했다. 어떻게 이런 일이······. 당황스럽기는 약전도 마찬가지였다. 이씨 처자는 벌써 허회영의 집으로 옮겼다고 했다. 사정이 있어서 혼례를 미루고 있지만 이미 부부나 마찬가지다. 그런데 이제 와서 고상운이 나타났으니 이 일을 어쩌면 좋단 말인가.

"그래 어쩔 셈이냐?"

무엇보다도 본인의 의사가 제일 중요하다. 약전은 괴로운 표정을 짓고 있는 고상운에게 물었다.

"솔직히 어떻게 해야 할지 모르겠습니다. 둘이서 잘 사는데 이제 와서 내 마누라 내놓으라고 행패를 부릴 생각은 추호도 없습니다. 하지만 여전히 나를 잊지 않고 있는데 그냥 발길을 돌려야 한다면……. 너무 가혹하다고 생각합니다."

약전은 차마 괴로워하는 고상운을 정면으로 쳐다볼 수 없었다. 참으로 얄궂은 운명이다. 일찍 오든가 아니면 아예 오지 말든가 할 것이지 그래 하필이면 지금 이때 돌아왔단 말인가. 도대체 이 일을 어떻게 처리해야 한단 말인가.

"상운이에게도 사연이 있는 듯합니다. 일단 상운이 얘기를 들어 보고 연후에 차분히 대책을 강구하는 것도 좋겠습니다."

난감해하는 약전의 눈치를 살피며 창대가 끼어들었다.

"그리하는 게 좋겠구나. 그렇지 않아도 문순득으로부터 유구와 여송 얘기를 듣고 글로 정리하던 중이다. 이참에 어디 안남 얘기도 들어 보기로 하자. 안남에서 어떻게 지냈는지 확실히 아는 게 일을 마무리 짓는 데 도움이 될 것이다."

약전이 창대와 의견을 같이했다.

"알겠습니다. 그럼 그동안 소인이 겪었던 일들을 하나도 남기지 않고 말씀 드리겠습니다."

고상운도 순순히 동의했다. 그리고 회한이 가득한 얼굴로 천천히 입을 열었다.

"순득이 형님에게 어디까지 들으셨는지 모르겠지만 아무튼 아직 죽을 때가 아니었는지 안남 상단을 만나서 모진 목숨을 간신히 건지게 되었고 사정이 여의치 않아서 그들을 따라 가기로 했습니다."

고상운이 장탄식과 함께 지난 세월을 회고했다. 이렇게 되어서 약전은 뜻하지 않게도 안남 표류기를 접하게 되었다.

(2권에서 계속)